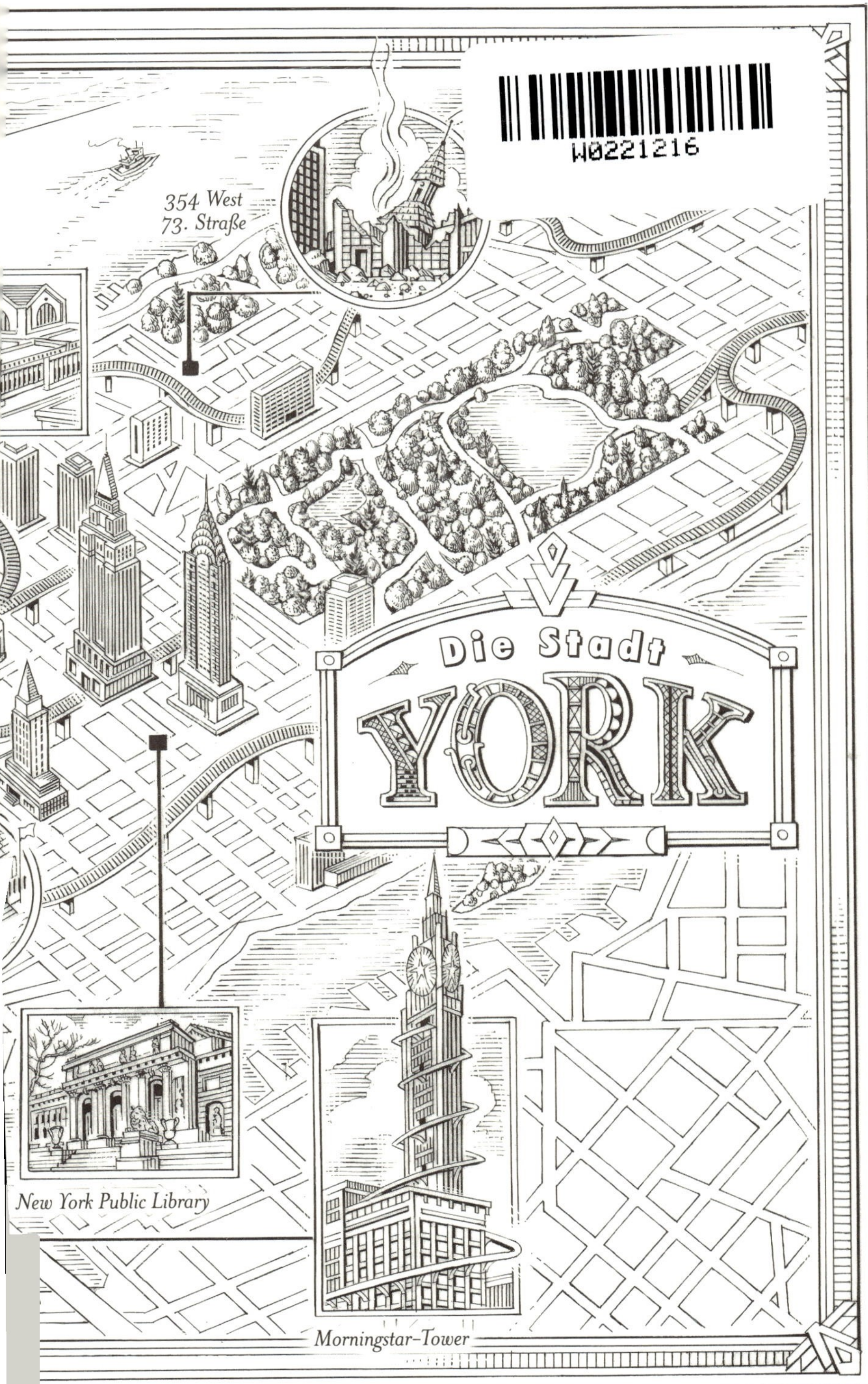

354 West
73. Straße
Die Stadt
YORK
New York Public Library
Morningstar-Tower

Laura Ruby

Chroniken von York

Das Geheimnis der Morningstars

Bisher von Laura Ruby im Loewe Verlag erschienen:

Chroniken von York – Die Suche nach dem Schattencode
Chroniken von York – Das Geheimnis der Morningstars

Für meinen Vater, Richard Ruby
1939–2018

Welch seltsame Dinge findet man nicht in einer großen Stadt, wenn man herumzukommen und zu beobachten weiß! Das Leben wimmelt von unschuldigen Ungeheuern!

Charles Baudelaire: *Gedichte in Prosa*

12. APRIL 1844

Wenn Geld glücklich machen würde, dann hätten die reichsten New Yorker zu den glücklichsten Menschen der Stadt gehören müssen. Oder sogar der ganzen Welt. Stattdessen waren sie häufig die unzufriedensten – diejenigen, die das Größte und Beste besaßen, schrien immer nach etwas Größerem und Besserem. Sie kämpften um Grundstücke mit dem besten Blick auf den Fluss, Eintrittskarten für die besten Vorstellungen, Reservierungen in den besten Restaurants und Einladungen bei den wichtigsten Menschen.

Und in ganz New York war niemand wichtiger als die Morningstar-Zwillinge: Ingenieure, Erfinder, Genies – mit dem Ruf, köstliches Essen zu servieren und die exzentrischsten Gäste an ihren Tisch zu laden. Bei den Morningstars wusste man nie, neben wem man sitzen würde: einem glühenden Gegner der Sklaverei, einem Wahrsager aus dem Zirkus, einer Schweizer Opernsängerin, einem chinesischen Würdenträger, einer Cellistin, einer Piratin. Man konnte vielleicht Theodore Morningstar dabei belauschen, wie er religiöse Glaubenslehren mit einem Bischof diskutierte, oder wie Theresa Morningstar im Gespräch mit einem Universitätspräsidenten für die Bildung der Frauen eintrat, während eine mechanische Ritterrüstung Kartoffelpüree auf die Teller schaufelte. Ganz egal, wer auf der Gästeliste stand oder was für den besagten Abend geplant war, eins war sicher: Jeder, der einmal eine der seltenen Dinnerpartys der Morningstars besucht hatte, konnte anschließend eine Geschichte erzählen.

Doch im Gegensatz zu den meisten Morningstar-Gästen dachte Miss Millicent »Millie« Munsterberg nicht an die Geschichten, die sie anschließend würde erzählen können. Nein, die Fünfzehnjährige schob Buttermöhren auf ihrem Teller herum und fragte sich, warum sie einen schönen Samstagabend mit einem Haufen Langweilern und Spinnern verbringen musste. Sogar die hübsche junge Frau, die ihr schräg gegenübersaß und ein schlichtes, aber teures Seidenkleid trug, schwafelte eine Stunde lang mit einem alten Mann namens Mr Cabbage über Mathematik und das Design irgendeiner Maschine.

Mathematik! Eine Maschine! Was war mit diesen Leuten bloß los?

»Millicent, meine Liebe«, sagte ihre Mutter von der anderen Tischseite. »Mrs Hamilton hat dir eine Frage gestellt.«

»Wer?«, fragte Miss Millie.

Ihre Mutter kniff die Lippen zusammen. Mit ihrem Messer deutete sie auf die faltige Dame rechts von Millie.

»Oh.« Miss Millie drehte sich zu dem traurigen alten Ding um. »Tut mir leid, Mrs Hammerston, ich habe mich gerade auf dieses köstliche Wurzelgemüse konzentriert. Was haben Sie gesagt?«

Die Frau öffnete den Mund, doch Millies Mutter kam ihr zuvor: »Mrs *Hamilton* wollte wissen, ob du daran interessiert bist, ihr Waisenhaus zu besuchen«, sagte sie in dem strengen Ton, den sie immer dann benutzte, wenn sie Millie am liebsten lebenslänglich ohne Abendbrot auf ihr Zimmer geschickt hätte.

»Ich? Waisen besuchen?«, rief Miss Millie entsetzt. Sie hatte pfirsichpinke Wangen und glänzende goldene Locken. Viele behaupteten, dass Miss Millicent Munsterberg aussähe wie ein Engel, aber die hatten auch niemals gesehen, wie sie beim Gedanken, Zeit mit Waisenkindern zu verbringen, das Gesicht verzog.

»Oh, ich bezweifle, dass die Waisen auch nur das geringste Interesse daran hätten, Ihre Gegenwart zu ertragen, junge Dame«, grummelte der Mann links von ihr. Er hatte blasse Haut, rastlose graue Augen, einen albernen schwarzen Schnurrbart und eine so hohe Stirn, dass er sich Miss Millies Meinung nach dafür hätte entschuldigen müssen.

»Ich bitte um Verzeihung«, sagte Miss Millie.

»Nein, das tun Sie ganz sicher nicht«, erwiderte der Mann, dessen Namen Millie nach der Vorstellungsrunde praktisch sofort wieder vergessen hatte. Früher am Abend hatte er irgendwelchen Blödsinn über Raben gebrabbelt und wie er manchmal nachts vom Klopfen seines eigenen Herzens aufwachte. Miss Millie hielt ihn für ziemlich verrückt.

Aber das konnte man genauso gut über jeden anderen am Tisch sagen, einschließlich ihrer Gastgeber, der berüchtigten Morningstar-Zwillinge. Miss Millie konnte nicht begreifen, wie zwei tatterige alte Dummköpfe so viel Faszination hervorrufen konnten. Mr Theodore Morningstar ereiferte sich so sehr über die bevorstehende Präsidentenwahl, dass er heftig genug mit der Faust auf den Tisch schlug, um die gebratene Wachtel von seinem Teller in seinen Schoß hüpfen zu lassen. Und Miss Theresa Morningstar achtete ganz offensichtlich kein bisschen auf die aktuelle Mode. Ihr grauer Haarturm neigte sich gefährlich zur Seite und ihr Abendkleid hing formlos an ihrem großen, dünnen Körper herab. Hier war sie nun, eine der reichsten Frauen in Amerika, und trug als einziges Schmuckstück ein angelaufenes altes Medaillon an einer Kette um den Hals. Wo waren ihre Diamanten?

Wo waren ihre Rubine, ihre Smaragde und ihr Gold? Miss Millies Mutter war geradezu mit Schmuck behängt, aber niemand warf auch nur einen Blick auf Mrs Munsterbergs funkelnde Ringe oder Armreifen. Was nützte es schon, reich zu sein, wenn man es nicht zur Schau stellte? Was nützte es, reich zu sein, wenn die reichen Leute sich weigerten, jemanden dafür zu bewundern?

Doch vielleicht waren die Morningstars gar nicht so reich, wie sie taten. Miss Millie kannte viele Familien, auf die das zutraf. (Der größte Cocktailring, den ihre Mutter trug, war bloß aus Strass.)

»Millicent!«, zischte ihre Mutter.

»Oh, was ist denn jetzt schon wieder?« Ihre Mutter war so gereizt seit ihrem vierunddreißigsten Geburtstag in der Woche zuvor, als Millie ihr zum Scherz einen Gehstock geschenkt hatte.

»Ich habe gerade gesagt«, erklärte ihre Mutter durch zusammengepresste Zähne, »dass Miss Morningstar vielleicht so nett ist, dich vom Tisch zu entschuldigen, damit du ein wenig frische Luft schnappen kannst. Viel Appetit scheinst du ja nicht zu haben.« Mrs Munsterberg blickte in die Runde. »Sie hat sich in letzter Zeit unwohl gefühlt.«

»Ich habe mich nicht …«, begann Miss Millie, doch angesichts des warnenden Stirnrunzelns ihrer Mutter schloss sie den Mund wieder.

»Ein kluger Mensch weiß, wann er besser *nicht* sprechen sollte, nicht wahr, Mr Poe?«, sagte Mrs Hamilton.

»Das stimmt«, bestätigte der Mann mit der beleidigenden Stirn. Er und Mrs Hamilton stießen über Miss Millies Teller ihre Gläser aneinander, was diese äußerst unverschämt fand.

»Ich entschuldige Miss Millicent gern«, sagte Miss Theresa Morningstar und machte eine Geste mit ihrer knochigen Hand. »Durch diese Fenstertür gelangst du in einen Salon mit Balkon, meine Liebe. Bitte gönn dir so viel frische Luft, wie du magst.«

»Danke«, erwiderte Miss Millie so dankbar wie möglich, was kein bisschen dankbar war. Auf dem Weg aus dem Zimmer stieß sie beinahe mit der klirrenden Rüstung zusammen. »Lance«, wie das eingravierte Namensschild auf seiner Eisenbrust verriet, trat zur Seite und bedeutete ihr durch das Anheben seines quietschenden Arms, dass sie vorbeigehen sollte. Während sie das tat, hörte sie die junge hübsche Frau in dem schlichten Kleid fragen, ob sie nach dem Essen mal Lances Innenleben untersuchen dürfe.

Es war alles extrem irritierend.

Miss Millie fand den Salon, machte sich aber nicht die Mühe, die Tür zum Balkon zu öffnen. Stattdessen ließ sie sich schmollend in einen der dick gepolsterten Samtsessel fallen. Es war einfach nicht fair, dass ihre Mutter sie gegen ihren Willen hierher mitgeschleppt und gezwungen hatte, sich mit solch widerwärtigen Menschen über solch langweilige Dinge zu unterhalten. Dabei war es ja nicht einmal so, als ob ihrer Mutter deren Gesellschaft Spaß machte. Miss Millies Eltern hatten beide schon einmal vor vielen Jahren, vor Miss Millies Geburt, mit den Morningstars gegessen und laut ihrer Mutter war dieser Abend absolut schrecklich gewesen.

»Aber warum willst du denn dann noch einmal dorthin?«, hatte sich Miss Millie gewundert.

»Weil dein Vater ihre Unterstützung braucht«, hatte ihre Mutter erklärt. »Ein gutes Wort von ihnen und die Investoren werden in Scharen herbeiströmen.«

Dr. Munsterberg war ein großartiger Wissenschaftler, aber ein mittelmäßiger Geschäftsmann. »Er kommt ja nicht mal zum Essen mit!«

»Das ist noch ein Grund mehr, warum du dich von deiner allerbesten Seite zeigen musst.«

Miss Millie fand, dass sie sich angesichts der Umstände ziemlich gut benahm.

Sie ließ den Blick durch den Raum schweifen. Der Salon war nicht übel, mit einem Marmorkamin, einem großen Kristallkronleuchter und einem kunstvoll gewebten Teppich. Auf einem Tischchen mit schmiedeeisernen Füßen lag neben ihr ein kleiner silberfarbener Würfel. Sie hob ihn hoch, um ihn genauer zu betrachten, und schnappte nach Luft. Hier waren also die Juwelen, die an Miss Theresa Morningstars Fingern und Handgelenken fehlten! Die Oberfläche des Würfels war mit funkelnden Rubinen und Saphiren besetzt, mit Smaragden und Diamanten, Perlen und Onyxen. Falls die Steine echt waren, war dieser Würfel ein Vermögen wert. Wer ließ denn so einen unbezahlbaren Gegenstand einfach so herumliegen, erst recht, wenn sich Fremde im Haus befanden? Am Dinnertisch im Nachbarraum saßen ein arabischer Scheich, ein Händler der Cherokee, ein indischer Teppichhersteller und ein *Schauspieler*! Sogar Miss Millie wusste, dass man Schauspielern nicht trauen konnte.

»Es ist ein Rätsel«, sagte eine Stimme hinter ihr.

Miss Millie sprang auf und ließ beinahe den Würfel fallen. »Was? Wer ist da?«

Ganz hinten in einer Ecke des Zimmers saß eine junge Frau, die ungefähr in Miss Millies Alter war, vielleicht ein oder zwei Jahre älter, und hielt eine Feder in der Hand. Das Mädchen legte sie beiseite und fächerte dann ohne besonders große Eile das, was es geschrieben hatte, trocken, bevor es das Buch schloss. Sie stand auf und kam auf Miss Millie zu. Sie war klein und anmutig, mit braunen Augen und brauner Haut, und trug ein schlichtes graues Kleid, das ihr so gut stand, dass Miss Millie sogar noch gereizter war als zuvor.

»Sie hätten etwas sagen können, damit ich weiß, dass Sie hier sind«, blaffte Miss Millie sie an.

»Das habe ich doch gerade getan«, entgegnete das Mädchen.

»Dann machen Sie sich nützlich und holen Sie mir einen … einen … Sherry.« Miss Millie durfte noch gar keinen Sherry trinken, aber das konnte dieses Dienstmädchen ja nicht wissen.

»Sie wirken doch vollkommen gesund«, erwiderte das Mädchen und zog spöttisch einen Mundwinkel hoch. »Holen Sie sich ihn selbst.«

»Wie bitte! Ich habe niemals …«

»Sind Sie sich da sicher?«, fragte das Mädchen.

»*Was?* Ich …«

Das Mädchen legte ihr Buch auf einen Sessel und streckte die Hand aus. »Geben Sie mir den Würfel, dann zeige ich Ihnen, was es damit auf sich hat.«

Zögernd reichte Miss Millie ihr den Würfel. Das Mädchen begann, ihn zu drehen. »Dieser Würfel besteht aus sechsundzwanzig kleineren Würfeln, die in der Mitte befestigt sind. Ziel ist, die Würfel so zu rotieren, dass sich am Ende auf allen Seiten die Steine mit derselben Farbe befinden.« Sie drehte die Würfel schneller, nach links und nach rechts. Nach einigen Minuten gab sie Miss Millie den Würfel zurück.

»Die Steine auf den Seiten passen aber nicht zusammen«, beschwerte sich Miss Millie.

»Noch nicht. Aber der Großteil ist erledigt. Den Rest schaffen Sie problemlos allein, da bin ich sicher.«

Miss Millie knallte den Würfel zurück auf den Tisch. »Ich habe kein Interesse an albernen Spielen.«

»Nein?«, fragte das Mädchen. »Vor einigen Minuten haben Sie noch sehr interessiert an diesem hier gewirkt.«

»Wer sind Sie?«

»Wer sind *Sie*?«

»Miss Millicent Magdalena Mariah Munsterberg«, antwortete Miss Millie.

»Ach herrje«, erwiderte das Mädchen.

»Also wissen Sie, wer ich bin«, stellte Miss Millie fest und hob das spitze Kinn.

»Ich habe nicht die geringste Ahnung«, widersprach das Mädchen. »Aber Ihr Name weist ziemlich viele Alliterationen auf.« Sie betastete eine große silberfarbene Anstecknadel an ihrem Kleid. Ein Schmetterling oder vielleicht eine Motte. Die Flügel bewegten sich sanft unter ihrer Berührung.

Plötzlich machte sich Miss Millie Sorgen, dass dieses Mädchen womöglich gar keine Dienstbotin war, dass sie jemand … Wichtigen beleidigt hatte. »Sind Sie ein Gast der Morningstars?«, fragte sie. »Beim Essen habe ich Sie nicht gesehen.«

»Ich mache mir nicht besonders viel aus Partys. Ich lese lieber ein gutes Buch.«

Ganz egal, wie wichtig dieses merkwürdige Mädchen auch sein mochte, Miss Millie platzte heraus: »Sie bevorzugen Lesen gegenüber Partys? Wie sonderbar!«

»So sagt man«, antwortete das Mädchen und hob ihr Buch auf. »Nun dann. Es ist an der Zeit, mich zurückzuziehen. Ich überlasse Sie jetzt wieder Ihren privaten Gedanken.«

Das Mädchen wandte sich zum Gehen, drehte sich dann jedoch noch einmal um. »Falls Sie sich doch entscheiden, den Würfel zu beenden, seien Sie vorsichtig. Er spielt gern Streiche.«

Und dann war sie fort.

Miss Millie betrachtete stirnrunzelnd das nun leere Zimmer und den silberfarbenen Würfel, erneut irritiert. Die Worte des Mädchens ergaben überhaupt keinen Sinn. Dieser ganze Abend ergab keinen Sinn. Es schien lediglich einen Weg zu geben, den Abend zu retten. Miss Millie schnappte sich den Würfel vom Tisch und steckte ihn in ihre Handtasche. Die Steine konnten unmöglich echt sein, daher würden die Morningstars ihn auch nicht vermissen. Und falls doch, trugen sie ganz allein die Schuld an seinem Verlust. Man sollte nicht einfach jeden in sein Haus einladen. Vielleicht würden sie glauben, dass das Mädchen im grauen Kleid ihn gestohlen hatte, wer auch immer sie war.

Das wäre doch mal ein lustiger Streich.

Mit besserer Laune gesellte sich Miss Millie gerade rechtzeitig zum Dessert wieder zu der Dinnerparty. Es gab einen herrlichen Schokoladenpudding. Sie vergaß darüber völlig den Würfel in ihrer Handtasche, bis sie sich viel später fürs Bett fertig machte. Während sie in die weichen Federkissen sank, drehte sie den Würfel und versuchte, die Steine auf jeder Seite farblich anzupassen. Nach einer Weile stand sie kurz davor, das nutzlose Ding gegen die Wand zu werfen, überzeugt, dass es sich überhaupt nicht um ein Rätselspiel handelte, als plötzlich jeder Stein seinen Platz fand. Sie wartete auf den Streich, den das Mädchen erwähnt hatte, aber nichts geschah. Sie legte den Würfel auf ihren Nachttisch und stellte sich all die Ringe, Armbänder und Broschen vor, die sie daraus anfertigen lassen würde, sobald der Würfel eingeschmolzen war. Dann schlief sie ein.

Mitten in der Nacht wurde sie durch merkwürdige Geräusche geweckt. Klickgeräusche. *Krabbelgeräusche.*

»Hallo«, sagte eine leise Stimme.

Miss Millie setzte sich auf, zog sich die Decke bis zum Hals und versuchte, in der Dunkelheit etwas zu erkennen. »Wer ist da?«, rief sie.

Kichern. »Hallo.«

Mit zitternden Fingern schaltete Miss Millie die Solarlampe auf ihrem Nachttisch ein.

Hunderte winziger Spinnen krochen über die Zimmerdecke, über die Möbel und den Fußboden. Eine kleine Spinne ließ sich an einem hauchzarten Faden vor Miss Millies schockiertem weißem Gesicht herunter. Sie hatte drei Smaragdaugen, was recht seltsam war.

»Hallo?«, sagte sie.

Miss Millie schrie. Die Spinne krabbelte zurück an die Decke. Die anderen Spinnen rasten wie wild geworden auf jeder Oberfläche im Raum im Kreis herum. *Hallo, hallo, hallo.*

Die Tür flog auf. Mit wilden Haaren stand Dr. Munsterberg darin, Mrs Munsterberg dicht hinter ihm. Beim Anblick der Spinnen fiel Mrs Munsterberg in das kreischende Geschrei ihrer Tochter mit ein, während Dr. Munsterberg nach den Spinnen griff. Er erwischte eine einen Cent große Kreatur mit Rubinaugen.

»Hallo«, sagte sie und sprang auf den Boden. Die Spinnenarmee rannte zum Fenster und verschwand durch die Risse in den Fugen, wobei sie unablässig kicherte.

Miss Millie hatte aufgehört zu schreien und schluchzte jetzt, weil sie wusste, woher die Spinnen gekommen waren. »Sie hat gesagt, er würde gern Streiche spielen, aber von Spinnen war nie die Rede!«

»Was? Wer?«, verlangte Dr. Munsterberg zu wissen. »Miss Theresa?«

»Nein«, jammerte Miss Millie. »Das Mädchen.«

»Welches Mädchen?«, fragte Mrs Munsterberg.

Doch Dr. Munsterberg hörte nicht mehr zu. Er war zum Fenster hinübergegangen und suchte in der Dunkelheit nach einem metallischen Glitzern. Jeder in New York City lebte bereits seit Jahren mit den Morningstar-Maschinen, aber Dr. Munsterberg hatte noch nie so kleine gesehen. Und jetzt fragte er sich, wie klein die Morningstars ihre Maschinen eigentlich bauen konnten.

Oder, dachte er, *wie groß*.

NEW YORK CITY

Heute

KAPITEL 1

Tess

Es gibt Katzen und es gibt KATZEN.

Eine normale Katze ist schon faszinierend. Mal graziös und mal albern, mal biegsam und mal starr, hier und dann fort. Aber KATZEN, die sind eine Klasse für sich. Beweglicher und frecher, größer und geschmeidiger, eine Konzentration kätzischer Eigenschaften, eine Vielzahl von Katzen vereint in einem Körper. Eine KATZE ist jede Katze und keine Katze.

Laut Tess Biedermann war ihre Katze Nine so eine KATZE. Wobei Tess selbstverständlich nicht voreingenommen war oder so.

»Das ist Wissenschaft«, behauptete sie.

»Ich wünschte, die Wissenschaft hätte Nine mit Taschenlampenaugen ausgestattet«, sagte Tess' Freund Jaime Cruz. »Hier drin ist es so dunkel wie im Weltall.«

Tess, Jaime und Tess' Bruder Theo befanden sich in einem Gebäude an der West 73. Straße in Manhattan.

Das unscheinbare Haus hatte einst neben ihrem alten

Apartmentgebäude gestanden, einem ursprünglichen Morningstar-Bauwerk, das von Jaimes Großmutter verwaltet worden war. Es war ihr Zuhause gewesen und sie hatten es geliebt. Bis zum Schluss hatten sie gehofft, das Haus retten zu können, und am Ende waren sie diejenigen gewesen, die es mit zerstört hatten. Sie versuchten angestrengt, diesen letzten Teil auszublenden.

Draußen war ein strahlender und heißer Augusttag. Doch hier, in der undurchdringlichen Dunkelheit hinter einer geschlossenen Tür, die mehr als anderthalb Jahrhunderte lang vor der Welt verborgen gewesen war, erfüllte Staub die kühle Luft. Es war das dritte Mal, dass sie diesen Ort erkundeten. Beim ersten Mal waren sie so enttäuscht gewesen, dass der gesuchte Schatz nicht unmittelbar hinter der Tür auf sie wartete, dass sie auf dem Absatz kehrtgemacht hatten und hinausmarschiert waren. Beim zweiten Mal waren sie draußen von einem übereifrigen Wachmann angehalten worden, der sie warnte, er würde sie verhaften lassen, sollte er sie jemals wieder hier herumstreunen sehen.

Jaime schniefte, Theo nieste. Tess rieb sich die Augen und versuchte angestrengt, sich an die Dunkelheit zu gewöhnen. Sie standen zusammengedrängt auf einer Art Absatz. Vor ihnen schien nichts weiter zu liegen als der Eingang zu einem steinernen Tunnel, der … ja, wohin würde er wohl führen? Nine zerrte an ihrem Geschirr und wollte sie nach vorne ziehen, doch Tess hielt sie zurück. Was einfacher gewesen wäre, wenn Nine nicht zwanzig Kilo wiegen würde.

Nine war definitiv eine KATZE.

»Nun ja«, begann Theo. »Ich entdecke hier nicht den größten Schatz, den die Menschheit je erblickt hat. Was ist mit euch?«

»Nine kann im Dunkeln sehen«, antwortete Tess. »Und sie möchte, dass wir weitergehen.«

»Klar, solange die *Katze* es für sicher hält, dass wir da reingehen«, kommentierte Theo.

»Du meinst die KATZE«, widersprach Tess.

»Das hab ich doch gesagt.«

»Nein, hast du nicht.«

»Ich glaube, der Code möchte auch, dass wir weitergehen«, warf Jaime ein. »Schaut mal nach unten.«

Tess tat ihm den Gefallen. Zu ihren Füßen war ein leuchtend grüner Pfeil auf den Steinboden gemalt, der direkt auf den Tunnel zeigte. Als ob jemand ihr Zögern vorausgeahnt hätte.

»Das ist aber nicht besonders mysteriös«, stellte Theo fest. »Man sollte meinen, der Code würde es uns schwerer machen.«

»War es denn bisher noch nicht schwer genug?«, wollte Tess wissen. Denn das war es gewesen.

Vor etwas mehr als einem Monat hatte ein Immobilienmogul namens Darnell Slant endlich die Stadt überredet, ihm alle fünf Morningstar-Gebäude zu verkaufen – darunter ihr Haus. Und vor etwas mehr als einem Monat hatten Tess, Theo und Jaime entschieden, dass der einzige Weg zur Rettung ihres Zuhauses darin bestand, das größte Geheimnis der Morningstars zu lüften: den Code, das Rätsel, das die mysteriösen Zwillinge vor mehr als einhundertfünfzig Jahren in die Straßen, Monumente und Artefakte von New York City eingebettet hatten. Ein Rätsel, das seither viele Menschen zu lösen versucht hatten – erfolglos, weil ihnen das Wichtigste entgangen war.

Es hatte nicht gelöst werden wollen. Bis jetzt.

Zumindest hofften sie das.

»Wer weiß, vielleicht lockt uns der Code geradewegs in eine Falle«, gab Jaime zu bedenken. »Es wäre schließlich nicht das erste Mal. Erinnert ihr euch noch an den Hinweis zur Underway? Wir wären beinahe gestorben.«

»Was für ein tröstlicher Gedanke«, kommentierte Theo.

»Stets zu Diensten«, antwortete Jaime.

Tess merkte, dass Jaime sich um einen lockeren Ton bemühte, doch er klang gestresst. Aber das waren sie alle. Und verwirrt. Sie hatten geglaubt, das Rätsel gelöst zu haben, als die Hinweise sie zurück zu ihrem Zuhause geführt hatten. Sie waren der Meinung gewesen, die Morningstars besser zu verstehen als jeder andere. Die Erinnerung daran, wie ihr geliebtes Haus direkt vor ihren Augen in sich zusammengefallen war, verfolgte sie jedoch. Es hatte ihnen gezeigt, dass niemand, nicht mal sie, die Morningstars wirklich verstand und dass der Code auch weiterhin ein Mysterium blieb.

»Warum machen wir das hier gleich noch mal?«, wollte Theo wissen.

»Das weißt du genau.«

Was Tess nicht erwähnte, weil es nicht nötig war, waren Slants ständige Auftritte im Fernsehen und auf Social Media, wo er verkündete, wie er New York City zu einer »Stadt der Zukunft« umstrukturieren würde – was auch immer das bedeutete. Dass er davon sprach, eine eigene Schule zu gründen, um »die Generation der Zukunft mit den Werten der Zukunft« zu füllen – was auch immer das wieder bedeutete. Oder dass er sich hinter politische Kandidaten und Forschungsgruppen stellte, die laut ihrem Vater »so zwielichtig sind wie sonst was« – was auch immer *das* bedeutete. Dass Slant mächtiger zu sein schien als je zuvor. Dass sie es nicht geschafft hatten, ihr eigenes Zuhause zu retten, aber vielleicht konnten sie das von jemand anderem vor dem gleichen Schicksal bewahren. Dass die Zerstörung von 354 W. 73. Straße einfach nicht umsonst gewesen sein durfte. Doch wenn sie den Code nicht knacken konnten, wäre es genau das gewesen.

Einige Momente vergingen, bis Jaime sagte: »Wir dürfen ihn nicht gewinnen lassen.«

Sie wussten alle ganz genau, wen er mit »ihn« meinte. Langsam und vorsichtig setzten sie sich in Bewegung, während Nine sie ungeduldig vorwärtszog. Bei jedem Schritt erwachten flackernd kleine Lichter über ihren Köpfen zum Leben und warfen einen dämmrig grünen Schein auf alles, auch wenn das nicht viel nützte. Es gab nichts weiter zu sehen als endlose Steinwände. Sie schienen sich in einer Art Tunnel unterhalb des Gebäudes zu befinden.

»Spürt ihr das? Der Boden fällt leicht ab«, stellte Theo fest. »Dieser Weg führt uns nach unten.«

»Super«, antwortete Jaime. »Darüber müssen wir uns bestimmt keine Sorgen machen.«

Tess schwieg, obwohl ihr die Fragen geradezu auf der Zunge lagen. Nach unten *wohin*? Was, wenn der Tunnel über ihren

Köpfen einstürzte? Was, wenn er sie direkt durch die Insel bis ins Meer führte? Was, wenn Armeen von Underway-Schaffnern oder Rollern oder Lances oder Motten auf sie lauerten?

Was, wenn sie wieder versagten?

Nine drehte sich um und zwickte Tess sanft in die Finger. Sie wusste immer genau, wann die Gedanken in Tess' Kopf zu rattern begannen. Schließlich war sie eine KATZE. Doch trotz Nines beruhigender Gegenwart zitterte Tess. »Es ist kalt hier.«

»Ja«, stimmte Jaime ihr zu. »Und still. Ich höre keine Underway-Züge. Ihr?«

»Nein«, sagte Theo. »Die Wände und der Boden müssen sehr dick sein.«

Jaime berührte die Steine an der Wand. »Hier steht etwas geschrieben.« Mit den Fingern folgte er den verblassten Markierungen. »Ein Name. Sam.«

»Kein Nachname?«, erkundigte sich Tess.

»Nur Sam.«

Je weiter sie gingen, desto steiler fiel der Boden nach unten ab. Alle paar Meter blieb Jaime stehen und las einen weiteren in die Wand gekratzten Namen: Beulah. James. Sissy. Solomon. Patrick. Meistens war jedoch nur ein einfaches X in den Stein geritzt, als hätte jemand lediglich eine Markierung hinterlassen wollen.

»So viele«, kommentierte Tess. »Aber wenn die Tür, durch die wir den Tunnel betreten haben, der einzige Eingang ist und der bisher versteckt war, wie ist dann jemand hier hereingekommen?«

»Vielleicht haben die Erbauer des Tunnels hier ihre Namen hinterlassen«, vermutete Theo.

»Hm«, machte Jaime. »Was ist das?«

»Was?«, wollte Tess wissen.

»Das da.« Jaime deutete nach vorne.

Einige Schritte vor ihnen lag etwas im Tunnel. Sie hielten an, doch davon wollte Nine nichts wissen. Sie riss Tess die Leine aus der Hand.

»Nine! Warte!«

Aber Nine wartete nicht. Sie sprang vorwärts und wurde beinahe von der Dunkelheit verschluckt. Ihre Streifen und Punkte schienen in der Luft zu schweben und ihr Schnüffeln echote von den Steinwänden. Nach einigen Sekunden rief sie mit einem leisen Miauen nach ihnen.

»Warte«, bat Theo, doch Tess tastete sich an den Wänden entlang bis zu dem großen Etwas, das den Tunnel füllte.

Es entpuppte sich als eine Art Kutsche, wie Tess feststellte, während sie mit den Händen über die Räder und die Seiten fuhr. Von der Sorte, wie sie im Central Park von schläfrigen hufklappernden Pferden gezogen wurde. Doch als Tess zur Vorderseite der Kutsche spähte, erblickte sie dort keine Pferde. Es war überhaupt nichts dort befestigt. Es sei denn … Sie tastete sich an den Zügeln entlang, die bis zum Boden reichten, wo sie …

Tess sprang zurück.

»Was?«, wollte Theo wissen.

»Ameisen«, erklärte Tess.

»Ameisen?«

»Vier mechanische Ameisen. Sie sind jeweils ungefähr daumengroß«, beschrieb Tess.

»Bewegen sie sich?«

Tess kauerte sich hin und blinzelte in die Dunkelheit. Die Fühler einer der Ameisen drehten sich in ihre Richtung, als ob sie zuhörte.

»Vielleicht?«

Jaime hockte sich neben sie. »Ja. Ameisen. Warum auch nicht?«

»Echte Ameisen können mehr als das Hundertfache ihres Körpergewichts tragen«, verkündete Theo. »Wer weiß, wie viel die mechanischen schleppen können?«

»Eine voll beladene Kutsche, würde ich sagen«, antwortete Jaime. »Wollen wir?«

Sie stiegen ein. Sobald sie sich hingesetzt hatten, begannen die Ameisen vorwärtszumarschieren. Oder besser gesagt, vorwärtszukrabbeln. Trotz der ungewöhnlichen Fortbewegungsart und des kopfsteingepflasterten Bodens war die Fahrt überraschend angenehm. Nine, die KATZE, machte es sich im vorderen Teil der Kutsche gemütlich und ließ den leichten Wind ihre Schnurrbarthaare zerzausen wie ein Kapitän am Bug seines Schiffes.

Sie krabbelten nicht sehr weit mit ihrem Gefährt oder zumindest erschien ihnen die Fahrt nicht sehr lang. Doch sie fuhren an Abzweigungen links und rechts vorbei. Wer hatte diesen Tunnel gebaut? Woher wussten die Ameisen, wohin sie laufen mussten?

Die Ameisen verrieten es nicht.

Tess wünschte sich, sie könnte mit ihrem Grandpa Ben sprechen, dass er jetzt bei ihnen wäre. Aber Grandpa Ben war von seiner Wohnung in 354 W. 73. Straße zunächst nach Long Island und kurz darauf in eine noble Pflegeeinrichtung im Norden der Stadt verlegt worden. Grandpa Ben vergaß inzwischen mehr, als dass er sich erinnerte.

Und genauso plötzlich, wie sich die Ameisen in Bewegung gesetzt hatten, blieben sie stehen.

»Wir sind da«, sagte Tess.

»Hervorragend. Wo sind wir?«, fragte Theo. Die Fühler der Ameisen zuckten und deuteten auf eine grobe Steintreppe, die in die nahe gelegene Wand eingelassen war.

»Danke«, wandte sich Jaime an eine der Ameisen. Er streckte den Finger aus, als ob er ihren silbrigen Bauch tätscheln wollte, überlegte es sich dann jedoch anders. Stattdessen streichelte er Nine, die schnurrte.

Sie ließen die Ameisen zurück und gingen die schmale Steintreppe hinauf, die sich im Zickzack wand. Die ersten fünf Minuten stellte sie das nicht vor Probleme, doch die nächsten fünf waren schon schwieriger. Die darauffolgenden zehn waren eine Qual.

»Das sind übermäßig viele Stufen«, beschwerte sich Theo lautstark.

»Wirf das dieser Treppe vor«, sagte Jaime.

»Wirf das dem Code vor«, sagte Tess und wischte sich den Schweiß von der Stirn.

»Nein, das tue ich nicht«, widersprach Theo.

»*Ich* manchmal aber schon«, gab Jaime zu. »Zum Beispiel,

wenn ich mich in unserer neuen Wohnung umsehe und alles so weiß ist, dass mir die Augen brennen.«

»Und vielleicht, wenn man neunzig Quadrillionen Stufen ins Nirgendwo hochsteigen muss?«, fragte Tess.

»Dann auch.«

Aber der Code führte sie nicht ins Nirgendwo. Gerade als sie dachten, sie müssten ewig so weiterklettern, als sie glaubten, ihnen würde gleich das Herz zerspringen, erreichten sie die letzte Stufe. Und eine Tür ohne Knauf. Lediglich eine Metallschlaufe mit einem Kombinationsschloss hing daran. Das Schloss wirkte alt, wie aus einem anderen Jahrhundert. Es bestand aus drei merkwürdig geformten Messingzahlenscheiben. Auf jeder davon waren die Ziffern Eins bis Neun eingeprägt. Tess zog an dem Schloss, aber selbstverständlich war es verschlossen.

»Okay, wir brauchen die Kombination«, stellte sie fest. Nine miaute zustimmend.

Theo zog die Brauen zusammen. »Drei Zahlenscheiben bedeuten … siebenhundertneunundzwanzig Möglichkeiten.«

»Besser als eine Million Möglichkeiten«, hielt Jaime dagegen. »Aber schlechter als … eine, zum Beispiel.«

»Irgendwo muss es hier einen Hinweis geben«, vermutete Tess.«

Sie betrachteten alle Steine um den Türrahmen herum, suchten nach einer Art Zeichen oder Symbol, doch sie fanden nichts. Dann überprüften sie die Tür, aber auf der Oberfläche war keine Schrift erkennbar. Tess kniete sich hin und fuhr mit den Fingern über den Steinfußboden. Jaime und Theo taten es ihr gleich. Jaime ging sogar so weit, die letzten zehn Stufen zu untersuchen.

»Vielleicht war der Hinweis die Anzahl der Stufen?«, vermutete Jaime. »Hat sie jemand gezählt?«

»Ich nicht«, gab Tess zu.

»Ich auch nicht.« Theo klang sehr von sich enttäuscht.

»Aber wie sollen wir die Tür ohne jeglichen Hinweis öffnen?«, fragte Tess. Nine kratzte an der Tür und miaute erneut.

»Möglicherweise gibt es diesmal keinen Hinweis, sondern wir müssen uns die Lösung erarbeiten«, schlug Theo vor. »Wir fangen mit einer Kombination an und gehen alle durch, bis wir die richtige gefunden haben.«

Nine strich um ihre Beine herum und hielt lediglich inne, um Tess sanft gegen die Knöchel zu stupsen. Tess beugte sich hinunter, um sie zu streicheln.

»Wir hätten uns etwas zu essen mitbringen sollen«, stellte Jaime fest. »Und Wasser. Denn wir könnten damit bis nächsten Dienstag vollauf zu tun haben.«

Theo begann mit 1-1-1, dann 1-1-2, dann 1-1-3. Jaime schrieb in seinem Notizbuch mit. Tess saß auf der Steintreppe, die Hand auf Nines Rücken gelegt.

Sie hatte schon immer etwas besessen, das ihre Eltern eine »außerordentliche Fantasie« nannten, doch nicht mal sie hätte sich vorstellen können, was im Sommer passiert war. Dass alle fünf Morningstar-Gebäude an Darnell Slant verkauft worden waren, überraschte sie kein bisschen. Darüber hatte sie sich schon Sorgen gemacht, seit sie ein kleines Mädchen gewesen war. Doch dass ein Hinweis zur Lösung des

Morningstar-Codes, den noch nie zuvor jemand gesehen hatte, an ihren Großvater geschickt würde, hätte sie sich nicht träumen lassen. Oder dass dieser Brief zu einer ganzen Reihe weiterer Hinweise führen würde, einer Art Schattencode, der völlig unabhängig vom Original funktionierte. Einem Schattencode, von dem Tess überzeugt war, dass er den wahren Code darstellte. Oder dass die Lösung der Hinweise dieses Schattencodes zu einem schrecklichen Verrat durch einen der ältesten Freunde ihres Großvaters führen würde und zur Zerstörung des Morningstar-Gebäudes, für dessen Rettung sie so verzweifelt gekämpft hatten. Oder die Tatsache, dass Theo und Tess gezwungen sein würden, bei ihrer Großtante Esther in Queens zu wohnen, und Jaime mit seiner Großmutter in einem brandneuen Haus in Hoboken, New Jersey. Oder dass sie nicht die geringste Ahnung hatten, wohin der Code sie sonst noch lotsen würde oder wie weit. Oder dass die Hinweise etwas im Herzen der Stadt selbst geweckt zu haben schienen, etwas, dem Tess gern trauen wollte, aber …

Nine miaute noch einmal und rieb ihr Gesicht an Tess' Bein.

»Mein Daumen wird schon taub«, beschwerte sich Theo.

»Ich übernehme«, bot Tess an.

Sie tauschte den Platz mit Jaime, sodass dieser die Kombinationen am Schloss ausprobieren konnte und Tess alles mitschrieb. Theo saß auf der Treppe und kraulte Nine hinter den Ohren, bis sich ihr Brummen in ein beruhigendes Schnurren verwandelt hatte. Als Jaimes Daumen taub wurde, übernahm Tess den Dienst am Schloss und Theo das Protokoll. Jaime setzte sich zum Ausruhen auf die Stufen und Nine leckte ihm über die Knie.

Sie wechselten die Positionen und dann noch einmal. Stunden vergingen oder sogar Tage. Tess war sich da nicht mehr sicher.

Jaime streckte die Finger aus und ließ die Handgelenke kreisen. »Vielleicht ist es eine Zahl, die wir bereits kennen?«

Ihre alte Adresse hatte 354 W. 73. Straße gelautet. Tess horchte auf. »Versuch es mit drei-fünf-vier!«

Das tat Jaime, allerdings erfolglos. Genauso erfolglos blieben andere Adressen, die Geburtstage der Morningstars oder das Datum, an dem sie verschwunden waren.

»Lasst uns einfach weitermachen«, schlug Theo vor. »Wir kriegen es schon raus.«

Seufzend hob Jaime wieder das Schloss an. Doch dann fuhr er stirnrunzelnd mit dem Daumen über den Verriegelungsmechanismus.

»Was ist?«, wollte Tess wissen.

»Das hier ist keine Schlaufe, aber wirklich gerade ist es auch nicht.«

»Das ist mir auch schon aufgefallen«, bestätigte Tess.

»Es sieht wie Katzenohren aus.«

»Was?«

»So, wie ein kleines Kind Katzenohren zeichnen würde. Dreieck, gerade Linie, Dreieck. Seht ihr?« Nine miaute leise und strich um Jaimes Beine.

»Katzenohren«, wiederholte Theo. »Eine Katze.«

»Oder eine KATZE«, fügte Tess hinzu. »So wie Nine.«

Einen Moment lang schwiegen sie alle drei. Nine hörte auf, umherzustreichen, zu lecken und zu knabbern, und putzte stattdessen das Ende ihres langen Schwanzes.

»Aber Nine ist nur eine Nummer. Die Neun«, gab Jaime zu bedenken. Er versuchte es mit 9-9-9, doch das funktionierte auch nicht.

»Nine ist nicht ihr vollständiger Name«, sagte Tess.

»Was meinst du damit?«

Theo steckte sich Jaimes Bleistift in die dichten buschigen Haare. »Als Tante Esther sie uns geschenkt hat, hat sie gesagt: ›Ich habe euch ein Haustier mitgebracht. Es heißt Nine Eighty-Seven. Außerdem habe ich noch ein paar Feigenkekse dabei. Die sind aber nichts für das Tier.‹«

Jaime sah Theo an, den Bleistift in dessen Haaren und dann hinab zu Nine. Nine erwiderte seinen Blick, still und wachsam. Die Antwort auf ihr eigenes Rätsel.

»Falls das funktioniert, sollten wir uns mal mit eurer Tante Esther unterhalten«, empfahl Jaime, bevor er die erste Zahlenscheibe auf Neun stellte, die zweite auf Acht und die dritte auf Sieben.

Mit einem Klicken sprang das Schloss auf.

Etwas Kleines, Weißliches, so groß wie eine Schmerztablette, fiel zu Boden. Nine schlug danach.

Theo beugte sich hinab und hob es auf. »Das muss im Schloss gesteckt haben.«

Tess spähte ihm über die Schulter. »Was ist es?«

»Eine Schriftrolle, glaube ich.« Theo rollte sie sorgfältig auseinander.

Es handelte sich um einen kleinen Streifen vergilbtes Papier, auf dem stand:

TICKET NR. 3152–TLJ. 17. JUNI.

»Ticket Nr. 3152? TLJ? Ein Ticket wofür?«, fragte Tess.

»Vielleicht finden wir das heraus, wenn wir die Tür öffnen.«

Jaime zog seinen Bleistift aus Theos Haaren, wischte ihn an seinem Hosenbein ab und steckte ihn zusammen mit seinem Notizbuch in die Tasche. Dann nahm er das Schloss von der Tür und schob es in die andere Tasche. Mit beiden Händen packte er anschließend den einzig verfügbaren Griff – die kleine Metallschlinge, durch die das Schloss gefädelt gewesen war.

»Bereit?«, fragte er.

Nein, dachte Tess. »Ja«, sagte sie.

Jaime zog. Die schwere Tür öffnete sich nur einen Spalt. Tess und Theo packten zu und gemeinsam zerrten sie die Tür weit auf. Ein heller Lichtstrahl fiel auf sie, und bevor sie es verhindern konnten, war Nine durch die Öffnung geschlüpft.

Und in diesem Moment begann jemand zu schreien.

KAPITEL 2

Theo

Die Frau war extrem groß, hatte braune Haut und blaue Haare und trug so riesige Ohrringe, dass sie Theos Meinung nach auch als Sitzstangen für Papageien hätten dienen können. Sie war in ein schwarzes Kleid mit Streifen in einem komplizierten Muster gehüllt. Dazu hatte sie einen Gürtel mit mindestens drei Schnallen umgelegt, die sie womöglich gleichzeitig als Waffen verwenden könnte. Sie hatte beide Hände in die Hüften gestützt und sah drohend wie eine Göttin auf sie herab.

Eine zweite Frau, etwas kleiner und von asiatischer Herkunft, die eher überrascht als wütend wirkte, stand auf einem Podest in der Mitte des Raumes und trug ein halb abgestecktes weißes Hochzeitskleid. Vielleicht war es jedoch auch ein Kaftan oder ein hawaiianisches Mu'umu'u oder ein Bettlaken – Theo kannte sich mit der neuesten Mode nicht so gut aus. Ihre Hände hatte sie links und rechts ans Gesicht gelegt, wie in Edvard Munchs Gemälde *Der Schrei*. Wenn Theo raten müsste (und das musste er), hätte er darauf getippt, dass die Tür aus dem Tunnel sie geradewegs in den hinteren Bereich eines schicken Ladens geführt hatte. Überall befanden sich Spiegel und luxuriöse Sessel. Er entdeckte auch einige große Umkleidekabinen. Neben einem der Sessel standen auf einem Marmortischchen mehrere Gläser und ein Krug mit Wasser, in dem Zitronenscheiben herumschwammen. Theo hätte gern um einen Schluck Wasser gebeten, aber er hatte das Gefühl, die große Frau würde ihm womöglich den ganzen Krug über den Kopf schütten.

»Was um alles in der Welt tut ihr Kinder hier?«, donnerte die große Frau.

»Entschuldigung, wir wollten nur …«, begann Jaime, doch sie fiel ihm ins Wort.

»Kind! Das hier ist ein Geschäft, kein öffentlicher Park! Kein Kino und auch keine Bibliothek! Keine Schule! Nicht euer Wohnzimmer!« Sie blickte auf Nine herab, die sich auf den Bauch gelegt hatte, wie um sich kleiner zu machen. »Und auch kein Zoo!«

»Es tut uns leid«, sagte Tess. »Wir wussten nicht, wohin …«

»Ihr habt gerade eine Tür in meiner wunderschönen *Steinwand* geöffnet. Eine Tür, von der ich nicht mal wusste, dass es sie gibt«, fuhr die Frau fort. »Wie habt ihr sie aufgemacht? Woher seid ihr gekommen?« Sie ging hinüber zu der Wand, durch die sie gerade gestürmt waren, und betrachtete die Treppe. »Was um alles in der Welt …?« Ihre Stimme hallte von den Steinen wider.

Die asiatische Frau stieg von dem Podest herunter, wobei

sie vorsichtig den Saum des Kleides/Mu'umu'us/Kaftans anhob, damit sich die Stecknadeln darin nicht verschoben. »Was ist denn da unten, Janice?«

»Ich habe nicht die geringste Ahnung«, antwortete die andere Frau. »Vielleicht möchten die Kinder es uns erklären, bevor ich ihre Eltern anrufe?«

Theo machte sich nicht mal die Mühe zu antworten, weil er wusste, dass er sowieso das Falsche sagen würde. Wie die Frau zu fragen, ob sie Papageien besaß oder vorhatte, sich welche anzuschaffen, weil die seinem laienhaften Modeverständnis nach perfekt zu ihren Ohrringen passen würden. Tess öffnete und schloss den Mund, als ob sie sich eine Lüge nach der anderen überlegte und dann sofort wieder verwarf. Lügen, die eventuell andere Menschen überzeugt hätten, die ihnen diese große Göttin jedoch keine Sekunde lang abkaufen würde.

Jaime sagte: »Ich glaube, wir haben einen Teil der Underground-Railroad gefunden, dem Netzwerk zur Flucht von Sklaven.«

»Was?«, fragten die große und die kleine Frau gleichzeitig.

»Ach ja?«, hakten Theo und Tess gleichzeitig nach.

Jaime erklärte den Frauen, dass er mit seinen Freunden eine Baustelle erkundet und dabei einen Eingang in den Keller des Nachbargebäudes gefunden hatte. Dort hatten sie hinter einem Haufen Steinen die Öffnung zu einem sehr alten Tunnel entdeckt, der unter das Haus führte. Obwohl sie natürlich wussten, dass sie das nicht tun sollten, hatten sie ihn betreten. Sie waren dem langen Steintunnel gefolgt und hatten Namen in die Steinwände eingeritzt gesehen, zum

Beispiel Sam und Beulah und Solomon, aber auch eine Menge Xe. Er konnte sich da nicht sicher sein, fuhr Jaime fort, doch irgendwie hatte er das merkwürdige Gefühl, dass dies die Namen und Zeichen der Menschen waren, die versucht hatten, etwas Schrecklichem zu entkommen. Sie hatten ihre Markierungen hinterlassen, falls sie es nicht schaffen würden.

Aus irgendeinem Grund klang die Geschichte weder vage noch merkwürdig, als Jaime sie erzählte. Sie klang richtig und wahr.

Die große Frau, Janice, musterte Jaime eine gefühlte Ewigkeit lang. Schließlich fragte sie ihn: »Wie heißt du, junger Mann?«

»Jaime Cruz, Ma'am.«

»Du würdest mich doch nicht anlügen, Jaime Cruz?«

»Nein, Ma'am.«

»Wenn ich jetzt diese Treppe hinab und in den Tunnel ginge, dann würde ich dort diese eingeritzten Namen und Xe finden?«

»Ja, Ma'am. Und vielleicht noch eine Menge anderer Dinge.«

Janice holte tief Luft und schob sich eine Strähne ihrer lockigen rauchblauen Haare aus dem Gesicht. An ihr wirkte die Farbe eher elegant anstatt albern. »Ein Teil der Underground-Linie, der geradewegs zu *Jennings* führt. Das sollte mich eigentlich nicht überraschen. Und ich hab mich immer gefragt, warum wir so weit östlich liegen, in der Nähe des Hafens.«

»Moment«, sagte Jaime. »Das hier ist *Jennings*?«

»Was sonst?«, erwiderte Janice, als wäre *Jennings* der einzig richtige Ort, an den der Tunnel sie gebracht haben konnte.

Allerdings hatte Theo nicht die geringste Ahnung, was *Jennings* war, obwohl ihm der Name bekannt vorkam.

»Meine Großmutter hat dieses Geschäft mal erwähnt«, erklärte Jaime. »Sie hat gesagt, dass sie auf direktem Weg hierherkommt und sich ein Kleid nähen lässt, wenn ich heirate.« Jaimes braune Wangen bekamen einen leichten Rotschimmer.

Janice lachte. »Heiratest du denn demnächst?«

»Ich bin zwölf, Ma'am. Im September werde ich dreizehn.«

»Also nein«, stellte Janice fest.

Jennings, Jennings, dachte Theo und wendete den Namen in Gedanken hin und her. »*Jennings* wie in *Thomas* Jennings? Dem Mann, der die chemische Reinigung erfunden hat?«

»Thomas L. Jennings, der *Schneider*, *Geschäftsmann* und *Sklavereigegner*, der die chemische Reinigung erfunden hat«, korrigierte ihn Janice in scharfem Ton.

»Der erste Afroamerikaner, der ein Patent erhielt«, bestätigte Theo. »Im Jahr 1821.«

Die großen braunen Augen der Frau weiteten sich und ihre Miene wurde weicher. »Sieh an«, sagte sie und musterte Theo eindringlich. »Du kennst dich mit Geschichte gut aus.«

Theo hätte beinahe genickt, denn er kannte sich tatsächlich gut mit Geschichte aus, zumindest hatte er das immer geglaubt. Doch dann fiel ihm ein, wie oft er während der vergangenen Wochen überrascht worden war. Stattdessen sagte er: »Ich kenne mich ein bisschen mit Geschichte aus.

Sie haben immer noch überall in der Stadt Reinigungen. Meine Mom ist Kundin bei einer.«

»Dann weißt du ja, dass sich der Firmensitz von *TLJ* direkt nebenan befindet, im selben Gebäude. Er wurde 1837 gegründet.«

Ticket Nummer 3152, TLJ, 17. Juni, dachte Theo. Wäre das möglich?

»Auf jeden Fall tut es uns leid, dass wir hier so hereingeplatzt sind«, meldete sich Jaime zu Wort.

»Ist ja nichts passiert«, wehrte Janice ab. Die kleinere Frau in dem weißen Mu'umu'u saß auf dem Boden und streichelte Nine. »Abgesehen von den Katzenhaaren, die du auf dem ganzen Kleid verteilst, Bibi.«

»Was?«, fragte Bibi. »Das ist ein braves Kätzchen.«

Janice verdrehte die Augen. »Das ist kein *Kätzchen*, das ist ein Säbelzahntiger.«

»Dann eben ein braver Säbelzahntiger.« Bibi zuckte mit den Schultern. Nine leckte ihr die Hand.

»Sie gehört in den Bronx Naturpark zu den anderen Schimären.«

»Sie ist keine Schimäre«, widersprach Tess. »Sie ist eine KATZE.«

»Soso«, entgegnete Janice und zog eine ihrer dünnen Brauen so hoch, dass sie beinahe unter dem blauen Haaransatz verschwand. »Sie würde all die Hamsterigel und Natterhasen und Pandaquokkas erschrecken. Oder sie fressen. Die sollten einige von denen etwas größer machen.«

»Die großen Schimären sind illegal«, warf Theo ein.

»Als ob das Menschen von etwas abhalten würde«, antwortete Janice.

»Das Einzige, was Nine frisst, ist ihr Trockenfutter«, beendete Tess die Diskussion. »Sie rufen doch nicht wirklich unsere Eltern an, oder?«

Janice stützte wieder die Hände in die Hüften. »Sind unter euren Eltern professionelle Historiker, die das Alter dieses Tunnels bestimmen könnten? Oder vielleicht Journalisten, die darüber berichten würden? Mächtige Anwälte oder Ex-Präsidenten, die dafür sorgen könnten, dass dieses Gebäude nicht vor unseren Augen an irgendeinen reichen Mann verkauft wird, der sich nicht um die Vergangenheit und lediglich um seine eigene Zukunft schert?«

Tess blieb einen Moment lang still. »Nein. Nichts in der Art.«

»Dann rufe ich sie auch nicht an.« Janice ließ ihre Zähne aufblitzen. Ein Lächeln oder eine Grimasse. Oder möglicherweise beides.

»Falls Sie doch einen Anwalt oder Historiker anrufen, könnten Sie vielleicht sagen, dass *Sie* den Tunnel gefunden haben?«, fragte Jaime.

»Aber was ist, falls ihr eine unglaubliche Entdeckung gemacht habt?«, wollte Bibi wissen. »Wollt ihr denn gar keine Anerkennung dafür?«

»Wichtiger als jede Anerkennung ist mir, dass meine Großmutter nicht herausfindet, dass ich etwas getan habe, was sie nicht gutheißen würde«, erklärte Jaime. Tess und Theo nickten.

»So eine Großmutter habe ich auch«, gab Janice zu. »In

Ordnung. Wir werden niemandem von euch erzählen, nicht wahr, Bibi?«

»Ich bin dreiunddreißig Jahre alt und meine Eltern sind immer noch sauer, dass ich damals nicht mit John Park zum Schulabschlussball gegangen bin«, erwiderte Bibi. »Ich werde schweigen wie ein Grab.« Sie drückte Nine einen dicken Schmatzer auf den Kopf und Nine empfing ihn, als stünde er ihr zu.

Janice spähte wieder die Steintreppe hinab. »Bis ich mich entschieden habe, was ich mache, werde ich diese Tür schließen. Kann ich bitte ein wenig Hilfe bekommen?«

Gemeinsam schoben Theo, Tess, Jaime und die beiden Frauen die »Tür« zu. Sobald sie geschlossen war, fügten sich die Steine so nahtlos aneinander, dass man kaum glauben konnte, dass sich dort überhaupt jemals eine Öffnung befunden hatte. *Was vermutlich der Sinn der Sache war*, dachte Theo.

»Also, Kinder, es war interessant, euch kennenzulernen«, sagte Janice, die Göttin. »Aber ich bin für heute Nachmittag komplett ausgebucht und glaube, es ist besser, wenn ihr euch mit eurem Säbelzahntiger jetzt auf den Weg nach Hause macht.«

»Vielen Dank, Ma'am«, erwiderte Jaime. »Wir wissen das zu schätzen.«

»Da bin ich mir sicher.« Janice deutete auf die andere Seite des großen Raumes, wo sich eine Tür mit der Aufschrift »Ausgang« befand. »Zum Laden geht es dort entlang. Wenn ihr geradeaus weitergeht, kommt ihr direkt auf die Straße. Ich bin überzeugt, ihr findet allein hinaus. Aber fasst ja nichts an!«

Sie wandten sich bereits zum Gehen, als Janice hinzufügte: »Und treibt euch vielleicht ab jetzt nicht mehr auf Baustellen herum. Ihr wollt doch nicht in Schwierigkeiten geraten, oder?«

»Zu«, sagte Tess.

»Spät«, ergänzte Theo.

Theo, Tess, Jaime und Nine erreichten die Eingangstür zu *Jennings's Fine Designs*, ohne irgendeins der handgenähten Kleidungsstücke zu zerstören, Regale umzustoßen, irgendetwas explodieren zu lassen oder Katzenhaare auf den Kundinnen zu verteilen. (Sofern die Kundinnen nicht Katzenhaare auf sich selbst verteilten.) Einige von ihnen hatten Angst vor Nine, andere konnten die Hände nicht von ihr lassen. Natürlich nur, wenn Nine das zuließ. Es war ihre Superkraft. Eine von vielen.

Sobald sie sich auf der Straße befanden, deutete Theo auf die Reinigung nebenan. Er flüsterte: »Auf dem Papier, das wir gefunden haben, stand …«

»TLJ«, beendete Tess seinen Satz.

Jaime schob sich die Brille hoch. »Gehen wir rein.«

Der Laden war hell und warm und voller Kunden, die trotz der späten Stunde ihre gereinigte Kleidung abgeben oder abholen wollten. Erinnerungsstücke an Thomas L. Jennings hingen überall an den Backsteinwänden und lagen unter der Glasplatte des Tresens am Eingang.

Als Theo dem rotgesichtigen, gestresst wirkenden Angestellten sein Ticket reichte, warf der einen Blick darauf und musterte Theo dann scharf.

»Soll das ein Witz sein?«

»Kein Witz«, versicherte ihm Theo.

»Wir schließen in wenigen Minuten und ich hab noch Kunden zu bedienen, Junge«, sagte der Angestellte und gab ihm das Ticket wieder. »Wer ist der Nächste?«

»Aber …«, begann Tess.

»DER NÄCHSTE!«, rief der Angestellte.

Eine blasse Frau mit drei identischen roten Hosenanzügen über dem Arm blickte Tess finster an, bevor sie sie nicht allzu sanft mit dem Ellbogen zur Seite schob. Nine knurrte und die Frau ließ daraufhin erschrocken ihre Anzüge zu Boden fallen. Die KATZE schüffelte daran, warf anschließend den gestreiften Kopf zurück und zog Tess und Theo hinüber zu Jaime, der ihnen von der anderen Seite des Ladens aus zugewinkt hatte.

»Was ist?«, fragte Theo.

»Das hier«, erklärte Jaime und deutete auf ein schwarzes Abendkleid, das in einer Glasvitrine vor der Annahmetheke für Änderungsarbeiten ausgestellt war. »Lest das Schild darunter.«

TICKET NUMMER 3152, TLJ, 17. JUNI.

DIESES TICKET WURDE IRGENDWANN IN DEN 1840ER-JAHREN VON THOMAS L. JENNINGS PERSÖNLICH AUSGESTELLT. DAS KLEID GEHÖRTE ANGEBLICH NIEMAND ANDEREM ALS THERESA MORNINGSTAR, WURDE JEDOCH NIEMALS ABGEHOLT. EINIGE BEHAUPTEN, DASS ES VERSEHENTLICH HIER ZURÜCKGELASSEN UND VERGESSEN WURDE. ANDERE SIND DAVON ÜBERZEUGT, DASS DAS NICHT ABGEHOLTE KLEID EINE BELEIDIGUNG DARSTELLEN SOLLTE, OBWOHL MR JENNINGS SOWOHL VOR ALS AUCH NACH DEM AUSSTELLEN DES TICKETS GAST BEI MEHREREN DINNERPARTYS UND VERSTALTUNGEN DER MORNINGSTARS WAR. WIEDERUM ANDERE GLAUBEN, DASS DAS KLEID KEINERLEI VERBINDUNG ZU MISS MORNINGSTAR HAT UND STATTDESSEN JEMAND VÖLLIG ANDEREM GEHÖRTE. DIE WAHRHEIT WERDEN WIR WOHL NIE HERAUSFINDEN.

VON DER BESITZERIN DES KLEIDES EINMAL ABGESEHEN, BEACHTEN SIE BITTE DIE QUALITÄT DER SEIDE, DAS SCHLICHTE DESIGN UND DIE EINZIGE VERZIERUNG: DER SPITZENBESATZ AM KRAGEN. MR JENNINGS' REVOLUTIONÄRER REINIGUNGSPROZESS HAT WEDER DIE SEIDE NOCH DIE EMPFINDLICHE SPITZE BESCHÄDIGT.

Theo betrachtete die Spitze um den Kleidkragen. Statt mit Punkten oder Blumen war sie mit winzigen Herzen geschmückt. Jaime holte sein Handy heraus und fotografierte das Kleid. Dann zückte er sein Notizbuch und machte eine Skizze, weil er der Technologie nicht zu einhundert Prozent vertraute. Anstelle des Gesichts der Frau zeichnete er ein leeres Oval, was Theo ein wenig gruselig fand.

Tess runzelte ebenfalls die Stirn über das gruselige leere Oval und sah sich dann in dem vollen Laden um. »Ich denke, wir müssen herausfinden, wem das Kleid gehörte. Sie ist vermutlich der Schlüssel zum nächsten Hinweis.«

»Es ist schon spät, und wenn wir nicht bald zu Hause auftauchen, werden sich unsere Eltern und deine Großmutter bestimmt Sorgen machen. Gehen wir zurück zu Tante Esther«, schlug Theo vor. »Wir können uns einige von Grandpa Bens Aufzeichnungen ansehen. Er hat eine Menge zu den Leuten im Umfeld der Morningstars und ihren Geschäftspartnern recherchiert. Vielleicht werden wir da fündig.«

Jaime steckte seufzend sein Notizbuch zurück in die Tasche, sagte jedoch nichts Aufmunterndes oder Sarkastisches oder aufmunternd Sarkastisches.

»Alles in Ordnung?«, erkundigte sich Tess.

Jaime zog an einer seiner Dreadlocks. »Fragt ihr euch manchmal, wann das alles enden wird? Oder wie?«

»Es endet, wenn wir den Schatz finden«, antwortete Tess und betonte jedes Wort, als ob sie sich das selbst genauso versichern müsste wie Jaime.

»Ja, aber manchmal habe ich den Eindruck, dass meine

Vorstellung von einem Schatz und die der Morningstars womöglich ein wenig anders sind«, gab Jaime zu.

Während der vergangenen Wochen war Theo genau derselbe Gedanke gekommen, aber Tess wirkte so niedergeschlagen über Jaimes mangelnde Begeisterung, dass Theo den Mund hielt. Ob er es nun zugeben wollte oder nicht, er brauchte Tess' unermüdliche Energie, ihre merkwürdige Gewissheit, um weiterzumachen. Ansonsten hätten sie ihr eigenes Zuhause für nichts und wieder nichts zerstört. Und diesen Gedanken konnte Theo nicht ertragen.

Sie verließen die Reinigung auf der West 34. Straße und mussten beinahe eine Viertelstunde bis zur nächsten Underway-Station laufen. Das Fahren mit der Underway war inzwischen eine völlig andere Erfahrung als zuvor. Seit sie herausgefunden hatten, dass die Zunftgenossen, die die Züge fuhren, womöglich gar keine Menschen, sondern Morningstar-Maschinen waren. Seit sie beinahe bei einer Fahrt mit einem außer Kontrolle geratenen Underway-Zug gestorben waren. Und seit sie entdeckt hatten, dass möglicherweise einige der Morningstar-Maschinen – oder vielleicht sogar alle – ihre ganz eigenen Absichten verfolgen könnten.

Die Fahrt nach Queens war lang, doch sie saßen alle drei aufrecht auf ihren Sitzen. Nine jedoch lag ruhig und entspannt zu ihren Füßen, während die Fahrgäste an den verschiedenen Haltestellen ein- und ausstiegen. Der Zunftgenosse in diesem Zug war groß und dünn, mit spinnenartigen Gliedmaßen und einem so ausdruckslosen blassen Gesicht, dass er eins von Jaimes leeren Ovalen hätte sein können.

Doch er beachtete die drei überhaupt nicht. Er ließ den Blick aus seinen kalten blauen Augen über alle Passagiere schweifen, um sicherzugehen, dass niemand aß, Müll herunterwarf oder andere Schwierigkeiten machte. Statt den Boden zu reinigen, wie sie es sonst tat, war eine silberne Raupe in einem der Sitze ihnen gegenüber zusammengerollt, als ob sie schliefe. Theo deutete mit dem Kinn darauf.

»Ja, ist mir auch schon aufgefallen«, murmelte Jaime.

»Glaubt ihr, sie verwandelt sich?«, fragte Tess. »In einen Schmetterling? Eine Motte?«

Theo zuckte mit den Schultern und machte ein finsteres Gesicht. Er mochte es nicht, wenn er etwas nicht wusste. In letzter Zeit war das viel zu häufig vorgekommen.

Sie stiegen in einen anderen Zug in Richtung Astoria um. Während der Fahrt bemühte sich Theo angestrengt, weder den Zunftgenossen noch die Raupe und ganz besonders nicht die anderen Fahrgäste anzusehen, die in seliger Ungewissheit umherreisten, als hätte sich nichts auf der Welt geändert, wenn doch das Gegenteil der Fall war.

Schließlich erreichten sie ihre Station. Sie legten den restlichen Weg zu Tante Esthers bescheidenem Haus, das inzwischen auch das Zuhause von Theo und Tess war, zu Fuß zurück. Die Tante der Zwillinge war eine kleine stämmige Frau von unbestimmbarem Alter, die schon alle möglichen Jobs gemacht und die ganze Welt bereist hatte. Von dort hatte sie die ungewöhnlichen Stücke mitgebracht, mit denen ihr Haus dekoriert war. Ihr Zuhause war genauso einzigartig wie sie. Jaime lebte auf, als sie das Haus betraten, begeistert von all den Masken und merkwürdigen Puppen und den Pflanzen mit ihren mechanischen Spinnen, die sie wässerten und stutzten. Sosehr sie der Umzug von 354 W. 73. Straße nach Queens geschmerzt hatte, Theo musste zugeben, dass Tante Esthers Haus ziemlich cool war. Genau wie Tante Esther.

»Ah, ihr seid wieder da«, wurden sie von Tante Esther begrüßt. »Ich habe zum Glück gerade einige Feigenkekse besorgt.«

Nine miaute klagend.

»Beschwer dich nicht«, sagte Tante Esther zu der Katze. »Du weißt ganz genau, dass ich für dich auch etwas habe, Nine Eighty-Seven.«

»Ja, was das angeht …«, begann Tess.

»Die Katzenleckerli? Die sind zu einhundert Prozent bio. Ich bestelle sie bei einem kleinen Geschäft in Kansas. Manchmal vermisse ich Kansas. Hab ich euch schon erzählt, dass ich dort mal als Weizendrescherin gearbeitet habe? Dreschen ist schon was Feines.«

»Nein, ich meinte Nines Namen«, erklärte Tess.

»Der Name passt hervorragend«, erwiderte Tante Esther rasch und stellte den Teller mit den Keksen auf den Esszimmertisch. Sie musste dafür mehrere Silberspinnen fortscheuchen, die kichernd vom Tisch auf den Boden krochen. Nine schlug mit der Pfote nach ihnen, was sie nur noch mehr zum Kichern brachte.

»Haben Sie Nines Namen ausgesucht?«, fragte Jaime, der bereits sein zweites Plätzchen vertilgte.

»Ich? Oh nein. Sie trug bereits diesen Namen, als ich sie abgeholt habe«, antwortete Tante Esther. Sie hielt einen Krug hoch. »Limonade?«

»Gern, danke. Also, wer hat ihr den Namen gegeben?«, hakte Jaime nach.

»Das weiß ich nicht genau. Vielleicht war sie es selbst.«

Theo versuchte, nicht die Augen zu verdrehen, scheiterte aber kläglich.

»Ich kann dich und deine zynisch rollenden Augäpfel sehen, Theodore«, sagte Tante Esther und stellte ein Glas Limonade vor ihn hin. »Die werden irgendwann mal so stehen bleiben.«

»Nein, werden sie nicht«, widersprach Theo.

»Aber sie könnten es«, entgegnete Tante Esther. »Wie ihr wisst, sind schon merkwürdigere Dinge passiert.« Sie holte ein kleines fischförmiges Leckerli aus ihrer Tasche und warf es Nine zu, die es mit dem Maul auffing. »Katzen haben ein sehr starkes Selbstempfinden. Ist euch schon mal aufgefallen, dass Katzen einfach nicht auf Namen reagieren, die ihnen nicht gefallen? Welche Kreatur mit ein wenig Würde möchte schon Fluffy oder Bubu gerufen werden?«

Jaime nahm einen großen Schluck Limonade. »Ich weiß nicht, mir gefällt Bubu eigentlich.«

»Bubu?«, wiederholte Theo.

»Vielleicht hast du recht und etwas Banales wie Kitty oder Miezi wäre viel schlimmer.« Tante Esther erschauerte, als wäre allein der Gedanke an Banalität grässlich.

»Woher hattest du Nine eigentlich?«, erkundigte sich Theo.

»Ich habe auf eine Anzeige in der Zeitung geantwortet.

Eine nette junge Frau in Uptown hatte sie aufgegeben. Sie hatte Kätzchen und Welpen und einige andere Tiere, die schwieriger zu identifizieren waren, darunter auch einige Schimären. Die Nummer ist inzwischen allerdings nicht mehr gültig. Ich habe sie noch mal angerufen, weil ich einen ihrer Welpen haben wollte. Er sah aus wie ein Wolf, mit riesigen Pfoten. Wer weiß, wie groß der geworden wäre.« Sie lächelte strahlend, als wäre der Gedanke an riesige Welpen genauso erfreulich, wie der Gedanke an banale Katzennamen schrecklich war.

»In der Anzeige stand also einfach etwas über Haustiere?«, hakte Theo nach.

»Nein, natürlich nicht.«

»Natürlich nicht«, wiederholte Jaime und zog einen Mundwinkel hoch.

»Die Anzeige lautete: ›Esther, wir haben, was du suchst‹. Eine Telefonnummer war auch dabei. Also hab ich dort angerufen.«

Tess ließ den Keks fallen, den sie in der Hand gehalten hatte. »Moment. In der Anzeige stand *dein* Name?«

»Warum denn nicht? Ich bin ziemlich bekannt in der Stadt.«

Theo und Jaime tauschten einen Blick. Theo sagte: »Aber Tante Esther, wie …«

»Das war ganz sicher nicht die erste Anzeige, die an mich persönlich gerichtet war. Meinen zweiten Ehemann habe ich auch durch eine Kontaktanzeige kennengelernt. Er war ein Trapezkünstler. Sehr gelenkig.« Tante Esther blickte auf den

Teller. »Ach du liebe Zeit! Ihr seid ja richtige Gierschlunde. Ich hole euch noch ein paar Feigenkekse. Gut, dass ich die immer gleich massenweise kaufe.«

Sie verschwand aus dem Zimmer und ließ die drei mit einem leeren Teller und mehr Fragen als Antworten zurück.

KAPITEL 3

Jaime

Die Tante der Zwillinge brachte zwei weitere Teller voller Kekse und noch mehr kryptische Antworten auf ihre Fragen zu Nine, deren Namen und woher sie kam. Nein, sagte Tante Esther, sie erinnerte sich nicht besonders gut an den Ort, wo sie die Katze abgeholt hatte. Nur, dass es dort sauber gewesen war. Auch nicht besonders gut an die junge Frau mit den übergroßen Tieren, abgesehen davon, dass auch die Frau und die Tiere sauber gewesen waren. Sauberkeit war eine Tugend, erklärte ihnen Tante Esther. Genau wie Neugier, Beharrlichkeit und Pünktlichkeit. Ihr dritter Ehemann hatte nichts von Pünktlichkeit gehalten, fuhr sie fort, und damit war die Sache gelaufen gewesen.

Tess rief ihr in Erinnerung, dass sie streng genommen nie verheiratet gewesen war, aber Tante Esther winkte ab.

Jaime fragte sich laut, ob es eine Tugend oder ein Laster war, sich Gedanken über solche Details zu machen, und wurde dafür mit einem Lächeln und mehreren Keksen belohnt.

Obwohl das Gespräch mit der Tante der Zwillinge frustrierend war, fand Jaime es gleichzeitig auch faszinierend. Tante Esther war wie eine Romanfigur. Eine alterslose und magische Person wie Dumbledore oder Gandalf oder Galadriel. Jemand, der so viele Leben gelebt hatte, dass er manchmal die Einzelheiten ein wenig durcheinanderwarf. Besser gesagt, der sehr sorgfältig abwägte, welche Einzelheiten er preisgab, weil er auf die harte Tour gelernt hatte, niemandem zu trauen.

Vertraue niemandem. Der Gedanke zuckte durch Jaimes Kopf, während er und die Zwillinge die letzten Krümel aßen und zum Dachboden hinaufstiegen, wo viele von Benjamin Adlers Notizbüchern in Kisten verstaut lagerten. Der Brief, mit dem alles begonnen hatte, der an den Großvater der Zwillinge geschickt und von Tess abgefangen worden war, hatte die Aufschrift »Vertraue niemandem« auf dem Umschlag gehabt. Und sie hatten niemandem ihre Entdeckung des Schattencodes anvertraut – bis auf Edgar Wellington.

Jaime konnte immer noch den Atlantic Avenue Tunnel unter den Füßen vibrieren spüren, sah immer noch die Maulwerkzeuge der riesigen Metallmaschine durch die Wand stoßen, roch die staubige Luft, fühlte das Entsetzen, als die Maschine Edgar Wellington mit sich riss, nur wenige Minuten nach seinem Verrat. Dass Edgar überlebt hatte, sich nicht an den Tag im Tunnel oder die Ereignisse zuvor zu erinnern schien, dass er die Zwillinge besucht und mit ihnen geplaudert hatte, als wäre nichts passiert, machte das Ganze nicht weniger merkwürdig. Es linderte auch nicht die Furcht, die manchmal in Jaimes Kehle aufstieg und ihn mitten in der Nacht aus dem Schlaf riss.

Jaime schüttelte den Gedanken ab und versuchte, sich auf das zu konzentrieren, was Tess gerade sagte.

»Grandpa hat sich viele Notizen zu den Geschäftspartnern und Gästen der Morningstars gemacht, obwohl das sicherlich keine vollständige Liste ist. Und manchmal handelt es sich nur um Beschreibungen der Personen statt ihrer Namen.« Sie kramte in einer Kiste herum und zog mehrere ledergebundene Tagebücher heraus. »Ich wünschte, die hätten damals schon Kameras gehabt. Vielleicht hätten wir dann ein Foto gefunden, auf dem eine Frau dieses Kleid trägt.«

Jeder von ihnen nahm sich eins der Bücher und begann, es durchzublättern. Einige Namen in Benjamin Adlers winziger, schlecht lesbarer Handschrift waren vertraut: Eliza Hamilton, Edgar Allan Poe, Charles Dickens. Andere Namen waren ihnen völlig unbekannt und sie mussten sie auf dem Computer der Zwillinge oder auf Jaimes Handy googeln. Weitere Personen waren lediglich beschrieben.

»Laut der *Sun* spielte eine Cellistin, eine offenbar ziemlich talentierte, nach dem Dinner am 18. September 1849 im Salon«, las Jaime vor. »Das war ungewöhnlich für diese Zeit, da die Art und Weise, wie das Cello gehalten wurde, damals als unschicklich für Damen galt.«

»Gab es überhaupt etwas, das man bei Damen damals nicht für unschicklich gehalten hat?«, fragte Tess.

Jaime suchte auf seinem Handy nach Cellistinnen im neunzehnten Jahrhundert. Er fand eine Portugiesin namens

Guilhermina Suggia, doch sie wurde 1885 geboren, das war zu spät, als dass sie ein Gast oder eine Freundin der Morningstars hätte sein können. Dann stieß er auf eine Französin namens Lise Cristiani, die 1827 geboren war und 1853 an Cholera starb.

»Sie ist überall in Europa und Russland aufgetreten. Der Komponist Mendelssohn hat das Opus 109, *Lied ohne Worte*, für sie geschrieben, weil er von ihrem Spiel so beeindruckt war. Aber ich kann keine Informationen über einen Aufenthalt in New York City oder überhaupt den USA finden.«

»Ich schreibe trotzdem mal ihren Namen auf«, verkündete Tess.

Sie lasen weiter. Jaime fand die Erwähnung einer Piratin.

»Würde eine Piratin überhaupt ein Seidenkleid tragen?«, gab Tess zu bedenken.

»Für einen Besuch bei den Morningstars vielleicht«, antwortete Theo.

»Mein Gefühl sagt mir, dass die Morningstars nicht allzu viel Wert darauf legten, was für Damen schicklich war«, erwiderte Tess.

Sie gingen weiter die Notizen durch, immer auf der Suche nach anderen Frauen. Dabei entdeckten sie Chemikerinnen, Autorinnen, Schmiedinnen, Dichterinnen und Damen der Gesellschaft – manchmal mit Namen, manchmal ohne, genau wie zuvor. Wo kein Name dabeistand, versuchten Jaime und Theo wieder, die möglichen Kandidatinnen durch Recherche einzugrenzen. Tess schrieb alle Namen ordentlich auf und Jaime tat es ihr in seinem Skizzenblock gleich.

Nach einer Weile hatten sie so eine lange Namensliste zusammengestellt, allerdings waren sie dem Geheimnis um die Besitzerin des Kleides kein Stück näher gekommen. Es hätte jeder der Frauen auf ihrer Liste gehören können. Oder keiner von ihnen.

»Die Herzen auf der Spitze müssen eine Art Hinweis sein«, schlussfolgerte Tess.

»Vielleicht dienen sie nur zur Dekoration?«

»Aber es war die einzige Verzierung an dem Kleid.«

»Wir haben allerdings nicht das ganze Kleid gesehen«, betonte Jaime. »Möglicherweise ist etwas im Stoff versteckt oder in den Saum eingenäht oder so.«

»Na toll. Jetzt müssen wir also in eine Reinigung einbrechen«, stellte Theo fest.

Jaime überprüfte auf seinem Handy die Zeit, stand auf und streckte sich. »Wir brechen nirgendwo ein, denn wenn ich nicht sofort nach Hoboken zurückfahre, wird Mima mich umbringen.« Den Begriff *nach Hause* brachte er nicht über die Lippen.

Tess legte das Tagebuch beiseite, in dem sie gelesen hatte, und stand ebenfalls auf. »Okay. Vielleicht können wir morgen weitermachen? Sollen wir diesmal zu dir kommen?«

Die Zwillinge hatten immer noch nicht Jaimes neues Apartment gesehen, aber er war dafür noch nicht bereit. »Die Notizen eures Grandpas sind alle hier. Ich werde euch bestimmt nicht bitten, sie den ganzen Weg hinaus nach New Jersey zu schleppen.«

Tess biss sich auf die Unterlippe, sagte aber nichts. An der

Tür umarmte sie Jaime. Nine knabberte sanft an seinen Fingerspitzen, als ob sie ihn trösten wollte.

»Sei vorsichtig«, bat Tess, als er die Hand auf den Türknauf legte.

»Du klingst wie meine Großmutter«, erwiderte Jaime.

»Ich betrachte das als Kompliment.«

Jaime schrieb seiner Großmutter eine Nachricht, dass er sich auf dem Rückweg befand. Dann nahm er die Underway bis zur Grand Central Station in Manhattan, doch statt dort in einen anderen Zug umzusteigen, tat er das, wonach ihm in letzter Zeit öfter war: Er ging zu Fuß. An manchen Tagen war Jaime stundenlang unterwegs gewesen und hatte so viel wie möglich von der Stadt erkundet. Seit 354 W. 73. Straße eingestürzt war – seit sie es hatten einstürzen lassen –, kam ihm jeder Laden, jedes Denkmal und jedes Gebäude irgendwie zerbrechlich vor. Als könnte es viel zu leicht niedergerissen werden, viel zu leicht zerstört. Manchmal saß er auf einer Bank im Washington Square Park oder in einer Bushaltestelle oder auf den Stufen zu einer Pizzeria und skizzierte die Gebäude in seinem Notizblock. Dann ging er nach Hause und zog die Linien mit Tusche nach, um sie real werden zu lassen, wieder ganz, immun gegen alles und jeden. Gegen die Menschen, die Gutes im Sinn hatten, und gegen die mit bösen Absichten, denn manchmal lief es auf dasselbe hinaus.

Heute lief er den ganzen Weg von der Grand Central Station bis zum Broadway und der Liberty Street. Er setzte sich auf eine Bank und blickte zum Morningstar-Tower hinauf, der einmal das höchste Gebäude in Manhattan gewesen war.

Noch bis vor Kurzem hatte man das Innere besichtigen können, inklusive Fahrt in einem der ständig die Richtung wechselnden Aufzüge. Man hatte den Schreibtisch von Theresa Morningstar betrachten können und das Porträt des finster dreinblickenden Theodore Morningstar, das über einem der großen Kamine hing. Mit dem Fahrstuhl konnte man bis nach oben fahren, um die ganze Stadt und das umgebende blaugraue Wasser zu überblicken. Jaime öffnete seinen Zeichenblock und skizzierte die eleganten Linien des Gebäudes und die Underway-Gleise, die spiralförmig um den Turm hinaufführten.

Was er nicht malte, war der Zaun um das Gebäude herum. Oder das rote Signalband. Auch nicht das Schild mit der Aufschrift »BIS AUF WEITERES GESCHLOSSEN«. Und schon gar nicht den Namen »SLANT«, der überall angebracht war.

Er zeichnete, bis ihm die Hand wehtat und sein Magen knurrte. Erst dann steckte er den Block ein. Anstatt mit dem PATH-Zug von Manhattan nach New Jersey zu fahren, marschierte er den ganzen Weg zurück zur 39. Straße, wo er die Fähre nehmen konnte. Er kaufte sich ein Ticket und bestieg gemeinsam mit den Pendlern das Boot. Statt sich ins Innere zu setzen, drängte er sich durch die Menschenmassen bis zu einem Platz außen neben der Reling. Der Wind und die Wasserspritzer machten ihm nichts aus. Trotz der späten Stunde war die Luft noch warm und der Abendhimmel wurde vom silbernen Mond hell erleuchtet. Als er sich über die Reling beugte, sah er Fische im Wasser umherschießen. Der Mond, das Wasser und die Fische beruhigten ihn und erinnerten ihn an die guten Dinge auf der Welt. An die Stadt, die sie zu retten versuchten, obwohl diese gar nicht wusste, dass sie gerettet werden musste.

In der Ferne verbargen sich die Fährstege unter einem riesigen Schild mit der Aufschrift »ERIE LACKAWANNA«. Die Fähre drosselte ihr Tempo und dockte schließlich an, um ihre Passagiere zu entlassen. Jaime musste nur wenige Minuten bis zu seinem Apartment in einem brandneuen Gebäude mit Blick auf die Skyline von Manhattan laufen.

Jaime hasste es. Er hasste die weißen Wände und die makellosen Teppiche und die Fenster, die so sauber waren, dass manchmal Vögel dagegenknallten. Er hasste das Geplärre des riesigen Fernsehers im Fitnessraum im Erdgeschoss, die hilfsbereiten Wachmänner und die glücklichen Kinder, die durch die Flure liefen. Egal, wie heiß es war, er hatte bisher kein einziges Mal den Pool auf dem Dach benutzt und weigerte sich, auch nur einen Muffin im Laden im Erdgeschoss zu kaufen. Mima nannte sein Verhalten lächerlich, aber Jaime wusste genau, dass es ihr hier kein bisschen besser gefiel als ihm. Sie war jedoch besser darin, der Situation das Beste abzugewinnen.

Jaime bestieg den absolut normalen Fahrstuhl, der lediglich nach oben und unten fuhr, und drückte den absolut normal aussehenden Knopf, während er vor sich hin grummelte. Als die Fahrstuhltür gerade zugehen wollte, hörte er eine hohe Stimme: »ENTSCHULDIGUNG, BITTE.«

Jaime steckte eine Hand zwischen die sich schließenden Türen, und als sie sich öffneten, gaben sie den Blick auf ein kleines, ungefähr sechsjähriges Mädchen auf einem blauen Dreirad frei. Sie hatte hellbraune Haut und Zöpfe, die wie Antennen nach oben abstanden. Dazu trug sie einen knielangen weißen Kittel, der mit Neonfarbe bespritzt war, schwarze Leggings mit kleinen Dinosauriern drauf und rote Gummischuhe. Ein großer Katzenwaschbär saß im Fahrradkorb und winkte mit einem Käseflip.

»*Cricket?*«, fragte Jaime.

»Wer sonst?« Cricket trat in die Pedale und fuhr ihr Dreirad in den Fahrstuhl.

»Was machst du hier?«

»Was machst *du* denn hier?«, gab Cricket zurück.

»Ich wohne hier«, erklärte Jaime.

»Nein, *ich* wohne hier.«

»Seit wann?«

Cricket wühlte unter Karl herum, woraufhin er protestierend fiepte. Sie zog eine große Armbanduhr hervor und blickte darauf.

»Seit genau einhundert Minuten.«

»Knapp über eine Stunde?«

Sie runzelte die Stirn. »Seit hundert Minuten.«

»Okay, aber …«

»Zehnter Stock, bitte«, sagte Cricket und schob die Uhr zurück unter Karl, der quiekte.

»Das ist mein Stockwerk«, erwiderte Jaime.

»Nein«, widersprach Cricket. »Meins.«

Jaime drückte erneut die Zehn und die Türen schlossen sich. »Vielleicht das Stockwerk von uns beiden?«

Cricket dachte einen Moment lang darüber nach, dann entgegnete sie: »Es ist meins, aber ich lasse dich dort wohnen.«

Jaime konnte nicht anders, er musste lachen. Cricket runzelte die Stirn und er lachte erneut.

»Ich lache dich nicht aus. Ich finde dich einfach nur lustig.«

Cricket schüttelte den Kopf. »Ich bin nicht lustig. Ich bin sehr ernst. Zum Beispiel habe ich dieses Gebäude erkundet, aber etwas stimmt nicht damit. Es ist ABSONDERLICH.«

Obwohl Jaime es ebenfalls ABSONDERLICH fand, hakte er nach: »Was stimmt nicht damit?«

»Viel zu weiß und strahlend«, erklärte sie.

»Da könntest du recht haben.«

Cricket sah ihn an. »Ich habe die Wände in meinem Zimmer mit Außerirdischen und Blumen und Pizza bemalt. Es sieht jetzt viel besser aus, aber meine Mom findet das nicht. Sie ist IN HYSTERIE AUSGEBROCHEN.«

Jaime schluckte. Seine Mutter war gestorben, als er noch sehr klein gewesen war, und er hätte alles dafür gegeben, sie bei sich zu haben und in Hysterie ausbrechen zu lassen. »Einige Moms sind so, nehme ich an.«

»Hmpf«, machte Cricket. »Außerdem mag ich die ganzen Wackelwürmer nicht.«

»Die was?«

»Die Wackelwürmer. Hast du die nicht gesehen?«

Jaime hatte nicht die geringste Ahnung, wovon sie da sprach. »Nein, aber ich freue mich, *dich* zu sehen.«

Sie kniff die Augen zusammen und betrachtete ihn misstrauisch.

»Wirklich.«

Ihre Miene entspannte sich ein wenig. »Ich bin froh, dass wir nicht mehr beim schlecht gelaunten Cousin Gordon in Bayonne, New Jersey, wohnen. Sein ganzes Haus riecht nach Nachos, dabei isst er nicht mal Nachos. Das ergibt überhaupt keinen Sinn und ich mag keine WIDERSINNIGEN Dinge.«

Mit einem schrillen *Pling!* öffneten sich die Fahrstuhltüren. Cricket strampelte hinaus. Bevor sie das Ende des Flurs erreicht hatte, drehte sie sich um. Leise fügte sie hinzu: »Ich bin froh, deine berühmten Haare wiederzusehen.«

Dann verschwand sie um die Ecke.

Jaime lächelte in sich hinein, während er die Tür zum neuen Apartment aufschloss. Ein bekanntes Gesicht hier im Haus zu finden war ermutigend. Selbst wenn es sich dabei um eine extrem exzentrische Sechsjährige handelte, die nur nett zu Menschen war, wenn man sie dazu zwang, und die eigentlich längst im Bett liegen sollte. Sobald er die Tür aufstieß, wehte ihm der Duft von Schweinefleisch, Zwiebeln und Paprika entgegen. Neben dem Herd stand ein Teller mit gebratenen Kochbananen. Bei dem Anblick knurrte sein Magen laut.

»Ah, da ist ja mein hungriger Junge, und gerade rechtzeitig«, begrüßte ihn Mima. »Ich glaube, dein Magen hat den sechsten Sinn.« Sie trug immer noch ihren weißen Overall mit der Aufschrift »DIE HANDWERKERIN« auf dem Rücken.

»Hattest du heute viel zu tun?«, erkundigte sich Jaime, während Mima riesige Portionen Schweinefleisch und Gemüse auf einen Teller schaufelte und ihn auf die Arbeitsplatte stellte.

»In dieser winzig kleinen Stadt gibt es eine große Menge

stümperhafte Hausmeister. Wieso die alle noch Arbeit haben, ist mir ein Rätsel. Die Menschen geben Stümpern gern eine zweite Chance. Meine Eltern hätten gesagt, dass diese Männer Familien haben und Geld verdienen müssen. Als hätten Frauen keine Familien!«

Jaimes Großmutter, die er Mima nannte, weil sie ihn großgezogen hatte wie ihr eigenes Kind, gehörte nicht zu den traditionelleren Mitgliedern ihrer großen kubanischen Familie. Viele Onkel, Tanten und Cousins hatten Mima erklärt, dass der Hausmeisterjob unter ihrer Würde war, und Reparaturarbeiten waren sogar noch schlimmer.

»Großtante Sylvia hat gesagt: ›Männerarbeit sollte man den Männern überlassen. Daher kommt auch der Begriff.‹ Ist das zu fassen?« Mima hustete angewidert. »Ich habe jedenfalls genügend Arbeit bis nächstes Jahr. Jaime, warum isst du denn gar nicht? Es wird doch kalt!«

Jaime machte sich über das Fleisch her, das ihm auf der Zunge zerging. Ganz egal, was Mima kochte, ob es nun traditionelle kubanische Gerichte oder einfach nur ein ganz normaler Insektenburger war, es schmeckte alles himmlisch.

»Ich glaube, deine Finger haben kleine Gehirne«, sagte Jaime, »weil sie die unglaublichsten Dinge erschaffen.«

»Mein Gehirn steckt in meinem Kopf, du Quatschkopf«, entgegnete Mima lächelnd. Sie schöpfte sich selbst eine Portion auf den Teller und setzte sich neben ihn.

»Du wirst nicht glauben, wer mir gerade begegnet ist«, begann Jaime.

»Cricket und Karl«, vermutete Mima.

Jaime hielt einen Moment mit dem Essen inne. »Woher weißt du das?«

»Durch das Gehirn in meinem Kopf? Ich hab den Morans geholfen, diese Wohnung hier zu bekommen.«

»Wirklich?«

»Natürlich. Eine Menge Leute hatten keinen Ort, wohin sie gehen konnten, nachdem … Nun ja, danach.« Mima nahm einen kleinen Bissen.

»Das war nett von dir«, fand Jaime.

»Das meinst du nicht ernst«, erwiderte Mima.

»Doch, natürlich!«

»Dir gefällt es hier nicht.«

Jaime kaute und schluckte dann. »Gefällt es *dir* denn hier?«

»Wenn wir es erst mal gestrichen haben …«, begann Mima, aber sie beendete den Satz nicht.

Ihr Apartment mit seinen großen Fenstern und weißen Wänden und riesigen Zimmern und zwei glänzenden Bädern war geräumig und neu – und schrecklich. Deshalb verbrachte Mima den Großteil ihrer Zeit damit, in der Stadt herumzufahren und für alle möglichen Leute in Hoboken Reparaturarbeiten durchzuführen. Ihr gefiel es hier auch nicht.

Was nicht bedeutete, dass einer von beiden darüber reden wollte.

Nach dem Essen half Jaime seiner Großmutter mit dem Abwasch und ging dann in sein Zimmer. Wie alle anderen Räume der Wohnung war es groß, mit einem riesigen Fenster in Richtung Manhattan. Er zog seinen Block hervor und setzte sich an den Schreibtisch. Dann blätterte er durch die Seiten und betrachtete die Zeichnung von dem Kleid im Laden von Thomas Jennings, die Liste der Frauen, denen das Kleid gehört haben könnte, und die Skizze des Morningstar-Towers. Im Gegensatz zu seinen anderen Büchern war dieses hier mit vielen verschiedenen Zeichnungen desselben Motivs gefüllt. Seite um Seite zeigte eine wunderschöne Frau mit brauner Haut in unterschiedlichen Kostümen: einem blauen Gymnastikanzug mit roten Stiefeln, einer grünen Camouflagehose mit einem dazu passenden grünen T-Shirt oder einem flachen goldenen Brustpanzer mit Schienbein- und Oberschenkelschützern und einem Helm mit kleinen Flügeln. Auf einigen Skizzen trug sie ein Schwert bei sich, in anderen einen Stab und in wieder anderen einen mit Ninjasternen besetzten Gürtel.

Keine dieser Zeichnungen war jedoch richtig. Noch nicht.

Er blätterte zurück bis zu der Zeichnung des einfachen schwarzen Kleides aus dem Laden von Jennings. Vielleicht würde er es dieses Mal mit einem schlichten Kostüm probieren. Etwas Klassisches und Zeitloses, das nicht die Frau in den Schatten stellte, die es trug.

Jaime schlug eine neue weiße Seite auf und leckte über die Spitze seines Bleistifts. Während vor seinem Fenster die Stadt lag, die er liebte, versuchte er erneut, eine Superheldin zu erschaffen, die ihm helfen sollte, sie zu retten.

KAPITEL 4

Duke

Acht Kilometer von Jaimes Apartment in Hoboken entfernt lehnte sich in einem Glasturm in Manhattan ein großer blasser Mann, der Ähnlichkeit mit einer selbstzufriedenen Schildkröte hatte, in einem Ledersessel zurück und legte die Füße auf seinen riesigen Mahagonischreibtisch. Der Mann hieß Jackson »Duke« Goodson und hatte einen guten Tag.

Erst mal war es ein guter Tag, weil er einen brandneuen Hut trug. Dabei handelte es sich wie bei all seinen anderen Hüten um einen Cowboyhut. Dieser hier war in einem weichen, pilzfarbenen Beige mit einem braunen Lederband. Als er am Morgen das Büro betreten hatte, hatte seine Sekretärin Candi ihn mit den Worten »Guten Morgen, Sir. Toller Hut!« begrüßt. Das sagte sie jeden Morgen über jeden Hut, aber er hörte es immer wieder gern. Er war für seine Cowboyhüte ziemlich bekannt. In allen Zeitungsartikeln über ihn – und von denen gab es eine ganze Menge – stand immer etwas in der Art wie: »Duke Goodson war in der Menge leicht zu entdecken, weil er den für ihn typischen Cowboyhut trug« oder »Goodson, mit einem seiner üblichen Hüte, ist ein guter Sohn des Südens, der in Oklahoma geboren und aufgewachsen ist«. Dass sein echter Name keineswegs Jackson »Duke« Goodson lautete, dass er nicht mal in der Nähe von Oklahoma aufgewachsen war und die Hüte nur trug, um dadurch von seinen Viertausend-Dollar-Anzügen abzulenken, machte diese Artikel für ihn nur noch amüsanter.

Er las gerade den aktuellsten Bericht über sich, als sein schickes neues Handy mit dem Lied *All My Exes Live in Texas* klingelte. Er nahm die Füße vom Schreibtisch und drückte auf den grünen Knopf.

»Goodson hier«, knurrte er.

»Sir, wir haben ein paar Schwierigkeiten, Mrs Chopra zur Unterschrift …«

»Wenn diese Dokumente nicht morgen früh unterschrieben und notariell beglaubigt auf meinem Schreibtisch liegen, sind Sie gefeuert. Und das wird Ihr geringstes Problem sein. Und das Ihrer Familie.« Er beendete das Gespräch.

Seine Leute brauchten manchmal ein wenig Motivation und er war nur allzu gern bereit, sie ihnen zu geben.

Er wandte sich wieder seiner Zeitung zu. Er musste den Artikel gar nicht erst lesen, um zu wissen, was darin stand, doch er tat es trotzdem. Die Journalisten erwähnten zwar immer seine Hüte, aber dann schrieben sie darüber, was Duke Goodson tatsächlich tat, um diese Aufmerksamkeit zu verdienen – und es war nicht das Tragen von Hüten. Duke Goodson war ein Problemlöser. Wenn reiche und mächtige

Leute ein Problem hatten, riefen sie Duke Goodson an. Hat dein Teenager aus Langeweile Einbrüche begangen und ist im Gefängnis gelandet oder, schlimmer noch, in den Schlagzeilen? Ruf Duke an. Du brauchst einen Kredit für dein brandneues Casino, aber die Banken wollen dir kein Geld geben? Ruf Duke an. Du möchtest Bürgermeister, Senator, Gouverneur oder Hundefänger werden, doch niemand, einschließlich deiner Familie, kann dich leiden? Ruf Duke an. Und ganz wie sein (falscher) Name es versprach, war Duke Goodson sehr gut darin, Probleme zu lösen. So gut sogar, dass er inzwischen beinahe so reich und mächtig wie seine Kunden geworden war. Etwas, das die Journalisten auch jedes Mal erwähnten.

Die Überschrift dieses Artikels lautete »Der Problemlöser der Problemlöser«.

Nicht schlecht für einen einfachen Jungen aus dem Süden. Er hätte darüber gekichert, wenn er der Typ gewesen wäre, der kichert.

Das Handy sang erneut das Lied über die Ex-Frauen in Texas. Er nahm den Anruf an. »Und?«

»Es ist erledigt«, berichtete eine Stimme am anderen Ende der Leitung.

»Das will ich hoffen«, erwiderte Goodson und legte auf. Er warf das Handy auf den Schreibtisch und verzog die Mundwinkel zu einem zufriedenen Grinsen.

Und da war der zweite Grund dafür, dass er einen guten Tag hatte: Gerade hatte er einige offene Angelegenheiten zum Projekt 354 W. 73. Straße erledigt. Angelegenheiten mit

Namen Mr Stoop und Mr Pinscher. Das waren auch nicht ihre echten Namen, aber das spielte keine Rolle. Stoop und Pinscher waren viel schlechter darin, ihre Identitäten zu verbergen, als Duke Goodson. Viel, viel schlechter. Nachdem die Polizei sie auf freien Fuß gesetzt hatte, waren Stoop und Pinscher verschwunden. Es dauerte einige Wochen, bis er die beiden in einem Hotel in irgendeiner Kleinstadt inmitten der Maisfelder von Illinois aufgespürt hatte. Pinscher hatte sogar eine Stelle bei der örtlichen Tankstelle angenommen, damit er und sein Freund genügend Geld für Insektenburger und Donuts hatten. In ihrem Hotelzimmer lagen überall leere Verpackungen herum. Eklig. Was auch eklig war: dass Pinscher das Versagen von ihm und Stoop auf ein paar Kinder schob. Oder dass Stoop wegen seines toten Mutantenhaustiers in Tränen ausgebrochen war, als wäre es ein Golden Retriever gewesen statt eines herumkriechenden Stücks Abfall, das im Labor gezüchtet worden war.

Nutzlos, die beiden. Wie dumme Gefolgsleute in einem Comicheft.

Also hatte Duke getan, was man mit nutzlosen, dummen Gefolgsleuten machte. Er hatte Stoop und Pinscher an eine Außenstelle in Sibirien versetzt. Duke kannte eine Menge prima Leute dort. Zähe Typen, diese Sibirier. Duldeten keinen Blödsinn. Wobei weder Stoop noch Pinscher in der Verfassung gewesen waren, irgendwelchen Blödsinn zu versuchen.

Es war ziemlich traurig.

Ha, nein, eigentlich nicht.

Goodson schob die Zeitung und das Handy beiseite, holte eine Akte mit der Aufschrift »Morningstar« heraus und machte sich Notizen. Der dritte Grund für seinen guten Tag war, dass er neugierig geworden war auf die Kinder, die sich Stoop und Pinscher angeblich in den Weg gestellt hatten. Nicht, weil er Pinscher glaubte, sondern weil er ein großer Fan von Gründlichkeit war. (Wie hätten sich Kinder kompetenten Erwachsenen in den Weg stellen können? Das war unmöglich. Sie waren lediglich Kinder – kleine, hungrige, alberne, hilflose, überschätzte Wesen. Kinder. Duke konnte nicht verstehen, warum sich überhaupt jemand welche anschaffte. Er selbst war nie ein Kind gewesen, nicht mal in seiner Kindheit.)

Obwohl er die Kinder an sich nicht besonders interessant fand, hatte Duke herausgefunden, dass sie durchaus faszinierende Verwandte besaßen. Zwei von ihnen waren der Nachwuchs einer Polizistin aus New York City und die Enkel eines gewissen Benjamin Adler und das dritte Kind war der Sohn eines Ingenieurs *und* der Enkel der ehemaligen Hausmeisterin von 354 W. 73. Straße. Duke nahm an, dass die Frau Detective sicher eine Menge über den Code von Old York wusste. Vielleicht hatte ihr ihr Vater den einen oder anderen Hinweis gegeben, bevor er dement wurde. Und die Hausmeisterin wusste bestimmt eine Menge über das Gebäude, das sie ihr halbes Leben lang betreut hatte. Einschließlich all seiner Geheimnisse.

Falls es überhaupt irgendwelche Geheimnisse barg. Da war sich Duke nicht sicher. Sein Kunde allerdings schon, und der bezahlte ihn immerhin dafür. Wieso sollte Duke Goodson also mit jemandem herumdiskutieren, der bereit war, für ein paar Informationen einen Haufen Geld auf den Tisch zu legen? Also würde er seinem Kunden diese Informationen beschaffen, ganz egal, was er dafür tun musste.

Er würde klein anfangen – oder besser gesagt groß: mit dieser Katze. Schließlich konnte man nicht zulassen, dass so ein überdimensional großes Tier einfach in der Stadt herumspazierte. Stoops laborgezüchtetes Monster zu fressen war das eine, aber so eine unnatürliche Kreatur konnte bestimmt auch *Menschen* verletzen. Das wäre wirklich schade. (Nun ja, das käme auf die Person an.) Außerdem hatte Duke einige Ideen für die Katze.

»Candi!«, rief er.

Seine wunderschöne blonde Assistentin erschien im Türrahmen. Wie bei allen seinen Mädchen handelte es sich bei ihr um eine ehemalige Cheerleaderin mit rotem Lippenstift. »Ja, Sir?«

»Ich habe vielleicht später einen Auftrag für dich.«

»Was auch immer Sie brauchen, Sir.«

»Jetzt brauche ich erst mal mein Nickerchen. Stell zwanzig Minuten lang keine Anrufe durch«, verlangte Duke und warf ihr sein Handy zu.

Sie fing es mit einer Hand und steckte es in die Tasche an ihrem roten Kleid. »Natürlich, Sir. Soll ich die Tür schließen?«

»Ja, danke, Candi.«

Sobald sie die Tür hinter sich geschlossen hatte, lehnte sich Duke Goodson in seinem Stuhl zurück, legte die Füße zurück auf den Schreibtisch und schob seinen neuen Hut so zurecht, dass die Krempe seine Augen vor dem grellen Licht der Lampe schützte. Wie er es vor jedem Nickerchen tat, ging er in Gedanken noch einmal die Ereignisse des Tages durch: der Hut, die Lakaien nach ihrem Versagen nach Sibirien verbannt, seine herrlichen Pläne für ein paar lästige Kinder und ihre diversen Haustiere und Verwandten. Das Entzücken auf Darnells Gesicht, wenn er diese ganze Situation bereinigte, der Bonus auf Dukes Schweizer Bankkonto.

Dukes letzter Gedanke vor dem Einschlafen: Was die Reporter nie in ihren Artikeln über ihn erwähnten, was sie nicht bemerkten – seine wahre Spezialität, sein echtes Talent, das Motto, nach dem er lebte.

Um etwas zu reparieren, musste man es erst zerstören.

KAPITEL 5

Tess

Die nächsten Tage verbrachten Tess, Jaime und Theo damit, Namen der möglichen Kleidbesitzerinnen für ihre Liste zusammenzutragen. Tess war genauso scharf darauf, das Rätsel des schwarzen Kleides zu lösen, wie sie bei jedem anderen Hinweis des Codes von Old York gewesen war, und in ihrem Kopf ratterten die Gedanken. Wem könnte das Kleid gehört haben? Eliza Hamilton, die fünfzig Jahre lang um ihren Mann getrauert hatte? Oder jemandem wie Anna Ottendorfer, einer Witwe, die Mitte des neunzehnten Jahrhunderts eine deutschsprachige Zeitung in New York City herausgegeben hatte? Oder vielleicht der mysteriösen Ava Oneal, über die es beinahe genauso viele Theorien gab wie über die Morningstars selbst?

Doch so eifrig Tess auch tagsüber war, ihre Nächte waren eine ganz andere Geschichte. Seit sie angefangen hatte, sich mit den New Yorkern zu befassen, deren Leben mit dem Geheimnis der Morningstars verbunden war, war ihr Schlaf unruhig und voller Monster, sofern man das überhaupt als Schlaf bezeichnen konnte.

Wenn sie diese Albträume hatte, kletterte Nine auf ihr Bett, knabberte an ihren Fingern und leckte ihr übers Gesicht, bis sie zitternd aufwachte. Dann klammerte sich Tess bis zum Morgen an der KATZE fest, als wäre sie eine Boje auf stürmischer See.

»Du siehst absolut schrecklich aus«, sagte ihre Mutter, als Tess nach stundenlangem Herumwerfen im Bett in die Küche kam. »Schon wieder Albträume?«

»Vermutlich«, erwiderte Tess und nahm sich eine Müslischüssel aus dem Schrank. »Ich kann mich nicht immer daran erinnern.«

»Möchtest du darüber reden?«

»Mir geht's gut.« Tess stellte die Schüssel auf den Tisch und füllte sie mit Frühstücksflocken, obwohl sie nicht besonders hungrig war. »Ich denke einfach immer noch an 354 W. 73. Straße, das ist alles.«

»Verständlich«, erklärte ihre Mutter. »Das tun wir alle.«

Ihr Ton klang zwar neutral, aber in ihren Augen konnte Tess die Sorge lesen.

Als die Sonne durchs Fenster drang und das Gesicht ihrer Mutter beleuchtete, verschwand ein wenig vom Schrecken der Nacht. Tess fühlte sich plötzlich albern, weil sie so viel Angst gehabt hatte. Sie hatte ihre Mom, ihren Dad, ihren Bruder und Tante Esther. Sie war nicht allein.

»Ist schon gut, Mom. Ich versuche es weiterhin mit Meditation. Und Nine ist eine große Hilfe.«

Ihre Mutter blickte lächelnd auf Nine hinab. »Ich bin froh, dass du sie hast.«

»Ich bin froh, dass *wir* sie haben«, korrigierte Tess. Nine miaute, strich an Tess' Beinen entlang und dann um die ihrer Mutter, wobei sie Katzenhaare auf dem Hosenanzug von Miriam Biedermann verteilte. »Ist Dad schon im Büro?«

»Ja«, bestätigte ihre Mutter. »Er muss sich auf das neue Schuljahr vorbereiten.«

Ihr Vater war Beratungslehrer und Sozialarbeiter in einer Schule und nahm den Wortteil »-arbeiter« genauso ernst wie ihre Mom.

»So früh? Es ist ja noch nicht mal sieben Uhr.«

»Er muss sich um eine Menge Kinder kümmern. Du kennst ihn doch.«

»Und du gehst heute auch früher zur Arbeit?«, wollte Tess wissen.

»Ich muss. Neuer Partner.« Ihre Mutter verzog das Gesicht.

»Wirklich? Was ist denn mit Syd passiert?«

Tess hatte den alten Partner ihrer Mom gemocht, einen Mann mit silbergrauen Haaren, aber einem Bizeps wie der eines Bodybuilders.

»Der Stress wurde ihm schließlich zu viel. Er hat gekündigt und will jetzt als Park Ranger arbeiten.«

»Im Ernst?«

»Im Ernst«, bestätigte ihre Mutter. »Er hat gesagt, er würde lieber gegen Bären kämpfen, die den Campern Essen klauen, als gegen die Bürokraten bei der Polizei. Keine Ahnung, was ich da für einen Jungspund bekomme. Er ist noch echt grün hinter den Ohren. Wurde gerade erst vom Streifendienst befördert.«

Tess schob sich einen Löffel Flocken in den Mund. »Ist Polizistin sein schwierig, Mom?«

Ihre Mutter goss sich noch einen Kaffee ein und setzte sich zu Tess an den Tisch. »Es ist schwer, aber vermutlich aus anderen Gründen, als du denkst. Als die Polizei in den 1840ern gegründet wurde, sollte sie zum Schutz der Reichen und ihrer Besitztümer dienen. Das bedeutete normalerweise: reiche Weiße und ihre Besitztümer. Und obwohl es sich anhört, als wären die 1840er schon lange her, ist es nicht einfach, diese Altlast abzuschütteln. Manchmal fällt es den Leuten nicht leicht, mir zu vertrauen, wenn ich sage, dass ich ihnen bei der Suche nach den Dingen helfen will, die sie verloren haben oder die ihnen gestohlen wurden. Warum sollten sie mir glauben?«

»Weil du wirklich versuchst, ihnen zu helfen?«

»Manchmal reicht das aber nicht«, erwiderte ihre Mom. Dann lachte sie plötzlich. »Wow, ich klinge ganz schön miesepetrig. Vielleicht sollte ich mich Syd und den Bären anschließen.«

»Klingt wie der Name einer Band«, fand Tess.

Theo kam gähnend in die Küche geschlurft. »Was klingt wie der Name einer Band?«

Tess aß einen weiteren Löffel aus ihrer Schüssel. »Syd und die Bären.«

»Was soll denn das für ein Bandname sein?«, erkundigte sich Theo, griff nach den Frühstücksflocken und schüttete sich ebenfalls welche in eine Schüssel.

»Er braucht vermutlich ein wenig mehr Pep«, stimmte ihre Mutter zu. »Wie wär's mit *Syd und die verbrecherischen Bären*?«

Theo goss Milch über seine Cornflakes und ein wenig auf den Fußboden. Nine leckte sie auf. »Mir gefällt *Die verbrecherischen Bären*. Ohne Syd.«

»Was hast du gegen Syd?«, wollte Tess wissen.

»Wer ist dieser Syd überhaupt?«, fragte Theo.

»Moms alter Partner, weißt du nicht mehr? Aber sie bekommt heute einen neuen.«

»Lass mich raten: einen verbrecherischen Bären?«

Ihre Mom zerstrubbelte seine buschigen Haare. »Du bist der verbrecherische Bär.«

Eine Stunde später hatten Tess und Theo gefrühstückt und geduscht und ihre Mom war zur Arbeit gefahren. Während sie auf Jaime warteten, gingen sie noch einmal die Liste der möglichen Besitzerinnen des Kleides bei *Jennings* durch: Damen der Gesellschaft, Schriftstellerinnen, Dichterinnen, Musikerinnen, Töchter, Piratinnen, Diebinnen, Schauspielerinnen, Lehrerinnen, Mathematikerinnen und Wissenschaftlerinnen.

Es war eine sehr lange Liste.

Theo sagte: »Mom hat vielleicht sogar recht mit dem verbrecherischen Bären. Denn wenn wir diese Liste nicht eingrenzen können, bleibt uns keine andere Wahl, als in die Reinigung einzubrechen und das Kleid zu stehlen. Nur so können wir nachsehen, ob irgendwas darin versteckt ist.« Er wühlte in seinen Haaren herum, als wäre *dort* irgendwas versteckt. »Möglicherweise ist das Kleid aber auch gar kein Hinweis.«

»Es muss aber einer sein. Die Zahlen auf dem Ticket stimmen überein«, hielt Tess dagegen. Sie ging die Liste durch, aber das Kleid hätte jeder dieser Frauen gehören können oder keiner von ihnen. »Die einzige Verzierung auf dem Kleid war die Spitze mit den kleinen Herzen.«

»Hm«, machte Theo, der sich weder für Spitze noch für Herzen interessierte.

»Vielleicht hat das was zu bedeuten?«

»Was denn?«

»Die Herzen.«

»Du meinst, wir hätten sie zählen sollen oder so? Eventuell ist die Anzahl der Symbole wichtig.«

Als Jaime schließlich eintraf, schickten sie die Fotos des Kleides von seinem Handy auf den Computer der Zwillinge. Dann vergrößerten sie die Ansicht. Sie zählten die Herzen auf der Spitze und kamen auf einhundertundelf.

»Das sagt mir gar nichts«, stellte Theo fest.

»Mir auch nicht«, bestätigte Jaime.

Theo wühlte schon wieder in seinen zotteligen Haaren. »Ich glaube nicht, dass die Spitze wichtig ist. Spitze ist Spitze.«

»Wie ich neulich schon sagte, da muss etwas in dem Kleid versteckt sein«, meinte Jaime. »Im Saum oder im Unterrock oder wie auch immer das heißt, was man unter diesen altmodischen Kleidern trug.«

Doch irgendwas nagte an Tess' albtraumgeplagtem Hirn. Während der Nacht hatte sie solche Angst gehabt, sogar am

Morgen noch. Aber dann hatte sie die Sonnenstrahlen auf dem Gesicht ihrer Mutter gesehen. Und sie hatte … Liebe gespürt.

Vielleicht war gar nicht das Kleid wichtig oder die Anzahl der Symbole, sondern das Symbol selbst.

Herzen. Liebe. Herzen. Liebe.

»Liebe!«, rief sie. »Es geht um Liebe!«

»Okay«, erwiderte Jaime und blickte Tess an, als wäre ihr eine zweite Nase gewachsen.

»Du verstehst mich nicht«, sagte sie. »Das Herz bedeutet Liebe.«

»Tess, wir verstehen den Symbolcharakter«, erklärte Theo. »Wir haben alle in der ersten Klasse die gleichen Karten zum Valentinstag bekommen.«

»Deine einzigen Valentinstagskarten waren von Mom und mir«, gab Tess zurück. »Ich will damit sagen, das Symbol der Liebe auf der Spitze ist das Entscheidende. Liebe auf Spitze, *love on lace*.« Sie riss die Augen auf. »Lovelace! *Ada* Lovelace!«

Jaime runzelte die Stirn. »Ada Lovelace? Ich kann mich gar nicht erinnern, dass dieser Name auf unserer Liste stand.«

»Sie ist die Tochter von Lord Byron, dem Poeten. Sie war Mathematikerin. Hat in den 1840ern Computer studiert.«

»Ich dachte, die Morningstars wären die Einzigen gewesen, die sich damals mit Computern, Robotern und solchen Dingen beschäftigt haben«, sagte Jaime.

»Nein«, berichtigte ihn Theo. »Ein Mann namens Charles Babbage hat das auch getan. Ada Lovelace hat mit ihm zusammengearbeitet.«

»Aber sie wurde für lange Zeit ignoriert. Viele Leute hielten sie für wahnsinnig«, fügte Tess hinzu.

»Was?«, fragte Theo.

Tess' Aufregung war wie Sonnenlicht, das in die nebligen Ecken ihres Geistes fiel und damit alles erhellte. »Was wollen wir wetten, dass sie mit den Morningstars in Kontakt stand? Das muss so sein. Sie waren die Vorreiter beim Bau von Maschinen. Vielleicht ist sie sogar nach New York City gekommen.«

»Darüber habe ich nie irgendwas gelesen«, sagte Theo.

»Was nicht heißen muss, dass es nicht passiert ist«, hielt Tess dagegen. »Wir wissen schließlich nicht alles über die Morningstars.«

»Genau darauf will ich hinaus«, erwiderte Theo. An seiner Miene erkannte Tess jedoch, dass sie seiner Meinung nach da etwas auf der Spur war. »Lass uns mal nach Ada suchen und herausfinden, ob irgendwo etwas über einen Besuch in New York City erwähnt wird.«

Sie verbrachten einige Stunden damit, im Internet und in Grandpa Bens Notizbüchern zu stöbern, entdeckten jedoch keinerlei Hinweise darauf, dass Ada Lovelace jemals in New York City gewesen war oder mit den Morningstars im Briefwechsel gestanden hatte. Theo wollte sogar einen Anruf bei der Codistengesellschaft riskieren, aber Tess war strikt dagegen.

»Weißt du nicht mehr, was beim letzten Mal passiert ist?«

»Okay, aber …«

»Ich will erst um Hilfe bitten, wenn es absolut nötig ist«,

erklärte Tess. »Ich möchte nicht, dass noch jemand anderes …« Sie verstummte.

»Wir verstehen dich«, versicherte ihr Jaime und stupste sie freundschaftlich gegen die Schulter. »Wir möchten genauso wenig, dass jemand verletzt wird. Doch wenn Ada Lovelace niemals New York City besucht oder an Theodore oder Theresa geschrieben hat, oder sie es getan hat, aber wir finden keine Beweise dafür, wo sollen wir dann nach dem nächsten Hinweis suchen?«

Sie blickten einen Moment lang schweigend auf die Stapel aus Notizbüchern und ihren eigenen Aufzeichnungen. Dann sagte Theo: »Nun ja, es gibt eine Menge Schriften von Ada Lovelace, in denen sie das Potenzial von Charles Babbages analytischer Maschine erläutert.«

»Einem Computer?«, hakte Jaime nach.

»Ja, in seiner frühen Form«, bestätigte Theo. »Er hat die analytische Maschine ungefähr zur selben Zeit entwickelt wie die Morningstars ihre Maschinen, obwohl die Arbeit der Morningstars viel fortgeschrittener war. Aber vielleicht ist ja *er* nach New York gekommen? Möglicherweise stand er im Schriftwechsel mit den Morningstars?«

Sie verbrachten eine weitere Stunde damit, das Internet und die Notizbücher nach Charles Babbage und seinen verschiedenen Maschinen in New York City zu durchsuchen. Dabei fanden sie heraus, dass Babbage einige Entdeckungen in der Kryptografie gemacht und etwas namens Vigenère-Chiffre entschlüsselt hatte und dass er ein gern gesehener Dinnergast war, weil er so gut Geschichten erzählen konnte. Es hieß sogar, dass er Ada Lovelace bei einer seiner eigenen Partys kennengelernt hatte.

»Ich kann allerdings nichts darüber finden, dass er jemals in New York City war«, sagte Theo.

Jaime, der auf seinem Handy herumgescrollt hatte, blickte auf. »Vielleicht haben es Ada oder Charles niemals bis nach New York geschafft, aber einige ihrer Briefe schon.«

»Welche Briefe?«, fragte Tess. »Wo sind die?«

»An meinem Lieblingsort. Nun, abgesehen vom Comicladen.«

»In der Küche deiner Großmutter?«

»Okay, an meinem drittliebsten Ort.«

»Wo?«

»Wo sich überhaupt die besten Rätsel befinden: in der New York Public Library.«

KAPITEL 6

Theo

Um zum Hauptgebäude der Bibliothek zu gelangen, nahmen Theo, Tess und Jaime den Zug Nummer 7 und gingen den Rest des Weges zu Fuß. Es war heiß und schwül, daher konnten sie es kaum erwarten, das gekühlte Gebäude zu betreten. Trotzdem blieben sie kurz stehen, um Geduld und Tapferkeit zu bewundern, die beiden Steinlöwen vor dem Eingang der Bibliothek. Während Jaime rasch Geduld skizzierte und Nine ihre Pose imitierte, fragte Tess: »Wäre es nicht toll, wenn die Löwen auch Morningstar-Maschinen wären?«

»Die Morningstars haben keine Maschinen gebaut, die wie Säugetiere aussehen«, gab Theo zu bedenken.

»Manchmal wünschte ich, sie hätten es getan«, erwiderte Tess. »Mit diesen Löwen würde sich niemand anlegen.«

»Wenn man den Gerüchten glauben darf, braucht die Bibliothek keine Löwen zu ihrem Schutz«, konterte Theo.

Obwohl das Gebäude selbst lange nach der Zeit der

Morningstars errichtet worden war, streiften dort angeblich nachts Morningstar-Maschinen herum. Welche Art von Maschinen, konnte allerdings niemand sagen. Einmal hatte sich ein Mann nach der Öffnungszeit in einer Toilette versteckt, um eine Karte aus einer Sammlung zu stehlen. Zwei Tage später fand die Polizei die Karte an ihrem Platz in der Sammlung und den Möchtegerndieb in einem Besenschrank bei *Bug's Burger* auf Staten Island. Alles, was der Mann über seinen Aufenthalt in der Bibliothek sagte, war: »So leuchtend. So, so leuchtend.«

Das Einzige, was jetzt gerade leuchtete, war die Sonne. Theo kratzte sich am Kopf, wo ihm Schweiß aus den dicken buschigen Haaren tropfte. »Können wir jetzt reingehen?«

»Warum? Verlierst du die Geduld?«, fragte Tess.

Jaime steckte sein Skizzenbuch ein und musterte Theo. »Er verliert definitiv die Tapferkeit.«

»Ihr seid beide echt witzig«, erwiderte Theo und lief die Stufen hinauf, wobei er beinahe eine blasse blonde Frau in einem roten Kleid mit dazu passenden Schuhen umrannte, die seinen Weg kreuzte. Sie warf ihm über die Schulter einen bösen Blick zu und stieß dann die Tür zur Bibliothek auf.

Theo hörte immer noch ihre Absätze auf dem Steinfußboden klappern, als sie die kühle Bibliothek betraten. Durch die hohen Fenster über den Türen strömte Licht herein und tauchte die cremefarbenen Wände und Böden in Gold. Große Torbögen führten zu eindrucksvollen Treppen. Sosehr er die Archive der Rätsel- und Codistengesellschaft von Old York auch liebte, die Bibliothek liebte er noch viel mehr. Nicht nur

Grandpa Ben und Grandma Annie hatten ihn und Tess als Kinder mit in die Bibliothek genommen, auch ihre Eltern. Für ihn roch sie sogar nach Zuhause.

Jaime sagte: »Okay, wir müssen nach der Pforzheimer Sammlung suchen. Ich glaube, die befindet sich im zweiten Stock. Dort müssten die Briefe von Ada an Babbage sein. Wusstet ihr, dass ihr richtiger Name eigentlich Ada King, Countess of Lovelace, lautete?«

»Ha! Die Countess of Lovelace! Countess! Versteht ihr? Gräfin? Wie Graf Zahl! Sie war Mathematikerin«, erklärte Theo seinen Witz.

»Und wer findet sich jetzt besonders witzig?«, fragte Tess.

»Das liegt nur daran, dass du keinen Humor hast«, behauptete Theo.

Sie stiegen die Treppe zum zweiten Stock hinauf und gingen zum Informationsschalter. Die Bibliothekarin war eine jüngere Frau mit kurzen schwarzen Haaren, gebräunter Haut und einer großen grünen Brille, die fast ihr gesamtes Gesicht einnahm.

»Natürlich kannst du eine Menge Material unter der Überschrift ›Sioux‹ finden«, erklärte sie dem Teenager vor ihr. »Aber das Wort *Sioux* stammt aus der Kolonialzeit und war ein Aussprachefehler. Ich würde auch unter Lakota und Dakota nachsehen.«

Der Teenager, ein weißer Junge, der eine Wollmütze trug, deren bloßer Anblick bei Theo einen Juckreiz auslöste, fragte: »Warum gibt es so viele unterschiedliche Namen für dieselben Leute?«

Die Bibliothekarin zuckte mit der Schulter. »Wie andere einen nennen, ist nicht immer auch das, als was man sich selbst bezeichnet. Manchmal geschieht es aus Respektlosigkeit, manchmal aufgrund eines Missverständnisses.«

»Oh«, sagt der Junge. »So hab ich das noch nie gesehen. Danke für die Info.«

»Gern geschehen.«

Der Junge tippte sich an die Wollmütze und wandte sich zum Gehen. Beim Anblick von Nine riss er die Augen auf, aber dann tippte er auch ihr gegenüber an seine Mütze, bevor er ging. Die Bibliothekarin winkte Theo, Tess und Jaime heran.

»Hi. Wir wollen uns einige Briefe aus der Pforzheimer Sammlung ansehen«, erklärte Jaime.

»Aha. Fabelhaft! Für welche Briefe interessiert ihr euch?«, erkundigte sich die Bibliothekarin.

»Die Korrespondenz zwischen Ada King und Charles Babbage.«

»Die Countess of Lovelace! Ist das nicht der perfekte Titel für eine Mathematikerin? Countess! Gräfin! Wie bei Graf Zahl! Versteht ihr?«, fragte die Frau.

»Sie haben einen ausgezeichneten Sinn für Humor«, verkündete Theo, hauptsächlich wegen Tess.

»Das stimmt, obwohl den nicht jeder zu schätzen weiß«, erwiderte die Bibliothekarin.

»Wem sagen Sie das?«, antwortete Theo. »Ich meine, mir sagen Sie das, aber ich weiß es schon. Sie können es natürlich trotzdem gern noch einmal sagen. Wenn Sie das möchten.«

Tess und Jaime drehten sich zu ihm um. Theos Wangen

brannten, als stände er draußen in der schwülen Luft statt in der kühlen Bibliothek. Der Frau schien seine Unbeholfenheit nicht aufzufallen oder sie hatte so viel Erfahrung mit Unbeholfenheit, dass es in ihren Augen nichts Merkwürdiges war.

Theo gefiel ihre Brille.

»Wenn ihr die Briefe sehen wollt, müsst ihr einige Vorschriften beachten«, fuhr sie fort. »Ihr dürft sie nicht aus den Schutzhüllen nehmen oder ausleihen. Und ich weiß, dass dein Kätzchen ein Therapietier ist, aber Fell verträgt sich nicht so gut mit alten Dokumenten. Es wäre mir lieber, sie würde hier draußen bei mir bleiben. Wenn das für dich okay ist. Und für sie.«

Nine blickte zur Bibliothekarin auf und miaute.

»Das ist für sie in Ordnung«, bestätigte Tess.

»Prima«, erwiderte die Bibliothekarin, auf deren Namensschild Dr. Deborah Little Crow stand. »Ich bringe euch in den Raum 319 und hole die Briefe.«

Dr. Little Crow ging mit ihnen zu Zimmer 319 und öffnete die Tür mit einer Schlüsselkarte. Dann schaltete sie das Licht ein. Es war ein Raum von mittlerer Größe, in dem verschiedene Regale, Aktenschränke und in der Mitte ein runder Tisch mit einigen Stühlen standen. Über einem der Aktenschränke hing ein Porträt von Ada Lovelace. Dunkle Locken umrahmten ihr Gesicht. Theo hatte das Gefühl, dass sie ihn mit verschleiertem Blick ansah.

»Sie war erst sechsunddreißig, als sie starb«, erklärte ihnen Dr. Little Crow, die Theos Blick gefolgt war. »Eine sehr ehrgeizige Frau. Sie hat sogar mehr Potenzial in Charles

Babbages Designs gesehen als er selbst.« Sie bückte sich und ließ Nine an ihrer Hand schnüffeln, bevor sie die Katze zwischen den Ohren kraulte. »Okay, Kitty, bleib genau hier, während ich deinen Begleitern gebe, was sie brauchen.«

Nine setzte sich und blickte friedlich vor sich hin, als wäre das sowieso ihr Plan gewesen.

Die Bibliothekarin nahm einen Ordner von einem Regal. Sie schlug ihn auf dem Tisch auf und blätterte durch die Briefe in Plastikhüllen, bis sie gefunden hatte, was sie suchte. »Die King-Babbage-Briefe beginnen hier. Ihr könnt euch setzen und sie so lange betrachten, wie ihr möchtet.«

»Danke«, sagte Tess.

»Kein Problem«, versicherte ihr die Bibliothekarin. »Ich bin mit eurer Katze vorne am Schreibtisch.«

»Ihr Name ist Nine«, erklärte Tess.

»Ach ja?«, sagte Dr. Little Crow. »Was für ein großartiger Name!« Und an die Katze gewandt: »Na komm, meine Schöne. Ich kann bestimmt irgendwo Leckerli für dich auftreiben. Darin sind Krähen gut.«

Sie lachte über ihren eigenen Witz und schloss die Tür hinter sich, wodurch sie Theo, Tess und Jaime mit der Countess of Lovelace zurückließ.

Einer Mathematikerin namens »Countess«.

Er fand es immer noch witzig.

Vielleicht würde er eines Tages eine Bibliothekarin heiraten.

»Theo, stehst du jetzt den ganzen Tag lang dort rum und träumst von Dr. Little Crow oder hilfst du uns bei den Briefen?«, wollte Tess wissen.

Theo setzte sich an den Tisch. Insgesamt gab es sechs Briefe, alle zwischen 1843 und 1844 geschrieben. Abwechselnd lasen sie sie laut vor, machten sich Notizen und Fotos und versuchten herauszufinden, ob sich irgendwelche geheimen Botschaften oder Codes darin befanden.

Der erste begann mit den Worten: »Es war ein Versäumnis, mir nicht die Zeichnungen zu schicken, auf die sich in Ihrem Stapel Dokumente kontinuierlich bezogen wird …«

Und dann: »Die Lösung (wie von Ihnen vermutet) von einfachster Art.«

»Ich habe gerade Weatstone mitgeteilt, dass ich nicht Ihrer Wiederverwertung der verbliebenen Aufzeichnungen zustimmen kann. Senden Sie mir diese daher bitte unverzüglich zu.«

»Als Folge der Anlage breche ich in die Stadt auf und werde Ihnen dieses unverzüglich nach meiner Ankunft zusenden …«

»Wir sind sehr erfreut über Ihr (allerdings unverhofftes) Angebot, das wir heute Morgen erhalten haben …«

Oberflächlich betrachtet schien keiner der Briefe irgendwelche Hinweise zu enthalten. Erst als sie den sechsten Brief lasen, abgeschickt im Oktober 1844, wurde die Sache interessanter: »Ich habe die Konferenz im April sehr genossen und kann es kaum erwarten, noch einmal so eine Reise zu unternehmen. Allerdings bedauere ich immer noch den Verlust meines Geschenks«, las Theo vor. »Ich hatte mich darauf gefreut, das Rätsel zu lösen.«

»Das Rätsel!«, rief Tess. »Welches Rätsel?«

Theo las sich den Rest des Briefes durch. »Das sagt sie nicht. Und etwas Genaues über diese Konferenz auch nicht.«

Er schob den Ordner zur Seite, rieb sich die Stirn und fing den wissenden Blick von Ada King, Countess of Lovelace, im Porträt an der Wand auf.

Jaime sagte: »Ich weiß, es ist nur ein Gemälde, aber es fühlt sich an, als wäre sie mit uns im Zimmer und würde auf uns herabstarren.«

»Das stimmt«, gab Tess zu. »Als ob sie will, dass wir etwas finden. Oder weiß, dass wir etwas übersehen.«

Theo warf einen Blick auf die geschlossene Tür und holte dann einige Papiertaschentücher aus einer Box auf dem Schrank. Er setzte sich wieder hin und zog den Ordner zu sich heran. Die Fingerspitzen in die Tücher gehüllt, griff er in die Plastikhülle und zog den Brief heraus.

»Tut mir leid, Dr. Little Crow«, murmelte er.

Alle drei hielten den Atem an, aber es befand sich nichts auf der Rückseite des Briefes und es war auch nichts zwischen die Zeilen geritzt.

»Vielleicht haben wir es wieder mit unsichtbarer Tinte zu tun?«, schlug Jaime vor.

»Wir haben keine Lösungsmittel mitgebracht«, stellte Tess fest. »Wir sind keine besonders guten Codisten.«

Theo benutzte die Papiertücher auch für die anderen King-Babbage-Briefe, aber auch dort stand nichts auf der Rückseite und es gab keinerlei Hinweise zu entdecken.

»Vielleicht haben wir etwas missverstanden«, sagte er. »Möglicherweise hat das Kleid überhaupt nichts mit Ada zu tun.«

Er begann, die Briefe wieder vorsichtig in ihre Schutzhüllen zurückzustecken. Doch als er den sechsten Brief anhob, hielt er inne.

»Was ist?«, wollte Jaime wissen.

»Das Papier fühlt sich schwerer an als bei den anderen.« Theo bedeckte seine Handfläche mit einem Tuch und legte das Blatt darauf, um den Rand zu untersuchen. »Es ist auch dicker.« Er seufzte, als ihm klar wurde, was er tun musste. »Es tut mir wirklich *sehr* leid, Dr. Little Crow.« Mit der Zeigefingerspitze stupste er gegen eine Ecke des Blattes.

»Theo«, warnte Tess.

»Ich weiß«, erwiderte er, aber er stupste weiter, so sanft er nur konnte. Kurz darauf hatte sich ein kleines Stück Papier vom Original gelöst. Jemand hatte ein zusätzliches Blatt so genau auf die Rückseite des Briefes gelegt, dass es niemandem aufgefallen war.

Bis jetzt.

Als das abstehende Stück groß genug war, zog Theo die beiden Papiere auseinander. Was stand auf der Rückseite von Avas sechstem Brief an Charles Babbage?

Zuerst hatte sie zwei kleine Zeichnungen gemacht:

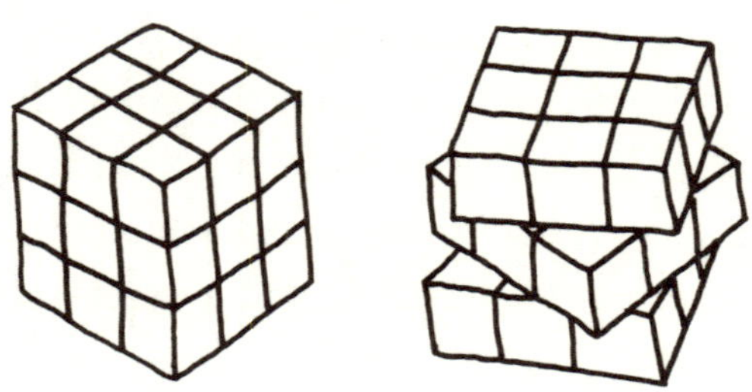

»Ist das nicht ein Zauberwürfel? Ich wusste gar nicht, dass es die im neunzehnten Jahrhundert schon gab«, sagte Jaime.

»Das glaube ich auch nicht«, stimmte Theo ihm zu.

Unter die Zeichnungen hatte Ada geschrieben:

Das Rätsel passte in meine Handfläche. Es ist aus Silber und Edelsteinen gemacht. Ich glaube, ich habe es im Salon der M. vergessen. Vielleicht hat es das hohlköpfige Mädchen mit den gelben Haaren gestohlen. Als sie an den Tisch zurückkam, hat sie ihr Täschchen ziemlich fest umklammert, wenn ich mich richtig erinnere.

Falls sie es nicht aus reiner Frustration einschmilzt, wird sie es vermutlich irgendwo auf ihrem Dachboden verstauen, wo es dann von einem Nachfahren gefunden und in hundert Jahren irgendwo in einem Museum ausgestellt werden wird. Ein weiteres mysteriöses Relikt unter vielen.

Oh, wir haben noch viel Arbeit vor uns, Mr Babbage. Viel Arbeit.

Ihre
A.A.L.

Unter den Text hatte jemand – Ada? Jemand anderes? – gekritzelt:

JOVXXMFWCBAFMZGJFSHFIMFFGB

»Sieht das für euch nach derselben Handschrift aus?«, fragte Jaime. »Ich bin mir da nämlich nicht so sicher.«

»Jemand könnte diesen Code hinzugefügt und mit dem zweiten Blatt den Text auf der Rückseite versteckt haben«, vermutete Tess.

»Aber wann? Die Sammlung befindet sich erst seit zwanzig Jahren hier«, gab Jaime zu bedenken. »Und wie oder warum sollte das jemand tun?«

»Das ist eine gute Frage«, meinte Theo.

Tess deutete auf die Schriftzeilen. »Sie spricht hier vom ›Salon der M.‹ Damit meint sie sicher die Morningstars.«

»Sie könnte jede beliebige Person meinen, deren Name mit M. beginnt«, hielt Theo dagegen.

»Ach komm schon, Theo!«, rief Tess. »Das ist zu bezaubernd.«

»Ich hasse es, wenn du das sagst.«

Jaime schrieb den Text des Briefes in seinen Skizzenblock ab und machte dann zur Sicherheit noch ein Foto. Er steckte gerade das Handy wieder zurück in die Tasche, als ein kurzes Klopfen an der Tür ertönte. Theo blieb kaum genügend Zeit, den Ordner zu schließen, bevor sich die Tür öffnete und Dr. Little Crow erschien.

»Wie läuft's?«

»Prima«, entgegnete Jaime ruhig und völlig unschuldig. »Wir sind beinahe fertig.«

»Gut! Ich glaube, Nine hat von den ganzen Leckerli vier Kilo zugenommen. Sie schläft gerade.«

»Nine frisst für zehn«, bestätigte Tess.

Dr. Little Crows Blick fiel auf den geschlossenen Ordner. »Habt ihr irgendwas gefunden?«

»Ada war sehr leidenschaftlich«, antwortete Tess.

»Das stimmt«, pflichtete ihr die Bibliothekarin bei. »Ich habe euch noch gar nicht gefragt, warum ihr so an ihr interessiert seid?«

»Ist das nicht jeder?«, fragte Tess.

Dr. Little Crow lachte. »Nicht so viele, wie es sein sollten! Aber das Schuljahr hat noch nicht begonnen. Müsstet ihr nicht irgendwo schwimmen gehen oder Rad fahren oder euren Eltern irgendwelchen Kummer bereiten?«

»Wir sind Streber«, erklärte Theo.

Er meinte das todernst, aber die Bibliothekarin lachte erneut, als hätte er einen Witz gemacht. Viele Leute glaubten, dass er Spaß machte, wenn das gar nicht der Fall war, oder erkannten seine tatsächlichen Scherze nicht. Das regte ihn immer wieder auf.

Vielleicht sollte er über die Sache mit dem Heiraten noch mal nachdenken.

Ihre Brille war allerdings wirklich toll.

»Sagt mir Bescheid, falls ihr noch etwas braucht«, sagte Dr. Little Crow und schloss die Tür.

»Wir sollten zusammenräumen und gehen«, fand Tess. »Sie

ist echt nett, aber ich habe ein schlechtes Gewissen, weil sie sich die ganze Zeit über um Nine kümmern musste.«

»Sollten wir den Code auf der Rückseite des Briefes löschen?«, wollte Theo wissen.

»Ich bin dafür, dass wir noch einige Fotos machen und die Rückseite dann wieder abdecken«, sagte Jaime. »Wir stecken den Brief genauso in die Hülle, wie er war. Ich möchte nicht, dass jemand anderes den Code findet, und auch nicht, dass Dr. Little Crow unseretwegen Schwierigkeiten bekommt.«

Jaime zog den Ordner zu sich heran und öffnete die Stelle mit dem sechsten Brief. Er presste den Daumen gegen den Rand der beiden Blätter.

»Immer noch klebrig«, stellte er fest. Er legte den Originalbrief auf den Tisch, die falsche Rückseite darauf und drückte alle Ecken mit dem Daumen zusammen. Dann hob er das Blatt hoch. »So gut wie … alt?«

»Ha«, entgegnete Theo. Er hielt die Plastikhülle geöffnet, während Jaime den Brief hineinsteckte. Man konnte nicht erkennen, dass an diesem Brief etwas anders war.

Theo stellte den Ordner zurück ins Regal. Dann fragte er: »Fertig?«

»Fertig«, bestätigte Tess.

Theo ging zur Tür und öffnete sie.

Unmittelbar davor stand die blasse Blondine im roten Kleid – dieselbe Blondine, in die Theo auf der Treppe zur Bibliothek beinahe hineingelaufen wäre – oder war es doch eine andere? Sie starrte alle drei lange und angespannt an, so kühl und berechnend, dass Theos Haut zu prickeln anfing.

Dann lächelte sie plötzlich – dabei verspannte sich ihr Gesicht und sie zeigte viel zu weiße Zähne.

»Oh, tut mir leid, Kinder«, sagte sie. »Ich habe wohl das falsche Zimmer erwischt.«

Während sie davonklackerte, sagte Jaime: »Ich glaube nicht, dass diese Frau das falsche Zimmer erwischt hat.«

Theo rieb sich über den Nacken, wo die Haare abstanden. »Und ich glaube nicht, dass es ihr leidtut.«

KAPITEL 7

Jaime

Manchmal sagte Jaimes Vater, dass es ihm leidtat. »Es tut mir leid, dass deine Mutter nicht hier ist, um sich deine neue Zeichnung anzusehen.« »Es tut mir leid, dass deine Mutter nicht dabei sein kann, wenn du diese Auszeichnung erhältst.« »Sie hat dich über alles geliebt. Es tut mir leid, dass sie nicht hier sein kann, um es dir selbst zu sagen.«

Manchmal machte sich Jaime auf die Suche nach seiner Mutter. Sie war auf vielen Fotos an den Wänden des Apartments zu sehen, daher war das häufig der erste Ort, an dem er sie fand. Doch sie tauchte auch in den Zeichnungen seines Vaters auf, die er aus dem Sudan schickte oder wo auch immer ihn sein Job gerade hinführte. Sein Vater zeichnete sie überall – in der Wüste, im Regenwald, an einem Strand, wo die Wellen ihre Füße umspülten. Selbst wenn sie in seinen Skizzen nicht lächelte, wirkte sie immer so, als stünde sie zumindest kurz davor. Jaime sammelte den Großteil der Zeichnungen seines Vaters in einem Ordner auf seinem

Nachttisch. Häufig ging er sie einzeln durch, manchmal stundenlang.

Doch da seine Mutter Wissenschaftlerin gewesen war, noch dazu eine wichtige, lebte sie auch in den Köpfen anderer Menschen weiter. Im Internet musste Jaime sie mit allen anderen teilen. Er brauchte nichts weiter zu tun, als ihren Namen in das Suchfeld in seinem Handy einzutippen, und schon war sie da: ihre aufgetürmten Haare, ihre unbekümmerte Zuversicht, die ihm vom Bildschirm entgegenstrahlte, ganz egal, wo sie abgebildet war oder was sie tat. Es war, als sähe man einen Geist. Manchmal vergaß er das und berührte das Display, in der Erwartung, ihren Arm oder ihre Wange zu spüren, und wurde vom harten Plastik unter seiner Fingerspitze überrascht.

Noch gespenstischer als die Bilder waren die Videos. Die Interviews und Vorträge, die Gespräche und Podiumsdiskussionen. Als er jünger gewesen war, hatte er sich unaufhörlich diese Videos angesehen. Er hatte sich jedes Wort seiner Mutter eingeprägt, obwohl er nicht viel von der komplexen Physik verstand, die ihr Spezialgebiet war. Sein Lieblingsvideo hatte weniger mit Physik und mehr mit den Herausforderungen zu tun, denen sich ein junges schwarzes Mädchen mit einem Interesse an Naturwissenschaften hatte stellen müssen.

»Oh, es gab Menschen, die versucht haben, es mir auszureden. Die mich überzeugen wollten, etwas anderes zu machen, egal was«, erzählte sie in dieser Aufzeichnung. »Ich war groß und sportlich, also sollte ich Basketball spielen oder es mit Leichtathletik versuchen und mir dadurch ein Stipendium verdienen, sagten diese Leute. Ich könnte Buchhalterin oder Krankenschwester werden. Etwas Praxisorientierteres wählen als diese Flausen, rieten sie mir.«

Der Interviewer fragte: »Und was haben Sie diesen Leuten geantwortet?«

»Dass das ebenfalls gute Ziele sind, aber eben nicht meine. Manchmal wurden sie dann sogar wütend.«

»Sie haben mit Ihnen gestritten?«, hakte der Interviewer nach.

»Nicht immer. Meistens haben sie mir nur einen bösen Blick zugeworfen. Man spürt, wie sie meine Hautfarbe und Frisur und meine Größe abschätzen und davon überzeugt sind, dass alle Probleme der Welt von Menschen wie mir verursacht werden. Menschen, die Dinge anstreben, die sie nicht wollen sollten oder haben dürften. Ist Ihnen schon mal aufgefallen, dass so was die Menschen überraschend wütend macht? Ich hoffe, dass mein Sohn das niemals erleben muss. Diesen Blick. Aber falls doch, wird es ihn hoffentlich niemals aufhalten. Ich hoffe, dass seine Träume größer sind als alle Sterne des Universums. Ich hoffe, er erträumt sich genau solche Flausen.«

Jaime hatte sehr wohl diesen Blick erlebt, von dem seine Mutter gesprochen hatte. Kühle Augen, die ihn von Kopf bis Fuß anklagend musterten, weil es so viele Probleme auf der Welt gab und er vielleicht die Ursache dafür war. Allerdings war er immer in der Lage gewesen, dieses Gefühl nach ein bis zwei Sekunden abzuschütteln. Diese Menschen kannten ihn nicht, sie spielten keine Rolle. Seine Träume waren das Wichtige. Und die Menschen, die er liebte.

Doch jetzt, hier in der New York Public Library, fühlte er immer noch den eisigen Blick der blonden Frau auf sich. Er lag schwer auf ihm wie die Bleischürze, die man beim Zahnarzt vor einer Behandlung umgelegt bekam. Aber im Gegensatz dazu diente dieser Blick nicht zu seinem Schutz, sondern machte ihn verwundbar.

Tess' Stimme durchdrang Jaimes Gedanken. »Diese Frau war echt gruselig. Als ob sie ihre Zähne mit Bleichmittel putzt. Lasst uns hier verschwinden, bevor sie zurückkommt.«

Sie gingen zurück zum Schreibtisch von Dr. Little Crow. Die ganze Zeit, während sich Theo und Tess mit der Bibliothekarin unterhielten, blickte sich Jaime nach hellen Haaren und einem Kleid in der Farbe von frischem Blut um. Doch die Frau war fort.

Schnurrbarthaare kitzelten seine Fingerspitzen und ein tiefes Schnurren drang bis in sein Inneres, als Nine ihren Kopf an seinem Bein und seiner Hand rieb.

»Jaime? Ist alles okay?«, erkundigte sich Tess.

»Ja«, behauptete er, was nicht ganz der Wahrheit entsprach.

Eigentlich war er kein nervöser Mensch, aber jetzt stand er hier und zitterte in seinen Chucks, weil ihm eine merkwürdige Frau mit schlecht gefärbten Haaren einen bösen Blick zugeworfen hatte. Er wünschte, Mima wäre hier, um der Frau in einem Dutzend verschiedener Sprachen die Meinung zu geigen. Er wünschte, er wäre groß und stark genug, um den Kopf genauso hoch zu tragen, wie es seine Mutter immer getan hatte, oder dass er die ruhige Würde und Vornehmheit seines Vaters besäße.

Aber Mima hatte ihm beigebracht, seinem Bauchgefühl zu vertrauen, und das verriet ihm, dass die Entdeckung des Schattencodes ihnen Macht verlieh. Die Art von Macht, die mächtigere Menschen begehrten und für die mächtigere Menschen beinahe alles tun würden.

Er wartete, bis sie die Bibliothek verlassen hatten. »Wir müssen uns eine bessere Geschichte einfallen lassen. Wir können nicht einfach weiter in der Stadt herumlaufen und herausposaunen, wonach wir suchen.«

»Aber das machen wir doch gar nicht«, widersprach Tess.

»Wir haben der Bibliothekarin gesagt, welche Briefe wir sehen wollten. Dabei hätten wir die auch selbst finden können. Was, wenn sie es jemandem gegenüber erwähnt oder es in irgendein Protokoll oder so einträgt? Was, wenn ...« Er hielt inne. Alle möglichen Schreckensszenarien schossen ihm durch den Kopf. »Was, wenn sie jemand ausfragt? Oder bedroht?«

Theo schüttelte den Kopf, aber in seinen Augen stand Besorgnis. »Deshalb haben wir den Hinweis doch auch versteckt.«

»Aber jemand anderes könnte ihn finden. Wir sind nicht die Einzigen, die versuchen, den Code zu knacken.«

»Ja, aber das waren wir auch nie«, gab Tess zu bedenken.

Jaime vergrub die Hände in den Hosentaschen und versuchte, seinen Standpunkt zu erklären. »Ich weiß nicht, seit 354 West 73. Straße eingestürzt ist, ist alles anders. Sogar ich fühle mich anders. Und sagt nicht, das läge daran, dass ich jetzt in Hoboken wohne.«

»Das liegt daran, dass du jetzt in Hoboken wohnst«, erwiderte Theo beinahe automatisch. Dann hielt er abwehrend die Hände hoch. »Nein, ich weiß, was du meinst. Alles ist … merkwürdig.«

Tess schluckte schwer und Nine leckte über ihre Finger, um sie zu beruhigen. »Die blonde Frau war merkwürdig. Was glaubt ihr, wer sie ist?«

»Vermutlich niemand«, antwortete Jaime. »Aber ich möchte ihr nicht noch mal begegnen.«

»Keine Zusammenstöße mehr mit komischen Fremden«, stimmte Tess ihm zu. »Einverstanden.« Mit einem schnellen Griff nach hinten zog sie ihren Zopf fest. »Lasst uns hier verschwinden. Wir brauchen eine Pause. Möchtest du mit zu Tante Esther kommen? Wir könnten dort etwas essen.«

»Feigenkekse?«, fragte Jaime.

»Theo macht ein fieses Sandwich«, behauptete Tess.

»Ich mache ein *gutes* Sandwich«, widersprach Theo.

Im Dachbodenzimmer der Zwillinge lag Nine kurz darauf auf dem Teppich wie ein Teppich. Die Überbleibsel eines viel zu späten Mittagessens – Teller und zusammengeknüllte Servietten und getrocknete Käsereste – waren überall auf dem Fußboden verstreut. Jaime mochte dieses Zimmer in all seiner Gemütlich- und Unordentlichkeit. Er zog ein Stückchen Käse von seinem Teller ab, steckte es sich in den Mund und erinnerte sich an etwas, das Mima immer zu sagen pflegte: Wenn du nervös bist und irgendwie schlechte Laune hast, dann iss etwas. Vielleicht hast du einfach nur Hunger.

Meistens stimmte das.

»Also«, fasste Jaime zusammen. »Dieses Sandwich war sowohl fies als auch gut.«

»Das liegt daran, dass Theo selbst sowohl fies als auch gut ist«, erklärte Tess.

»*Fies* ist lediglich eine Frage der Wahrnehmung«, warf Theo ein.

»Du klingst wie ein Bösewicht aus einem Comic«, stellte Jaime fest.

»Ja, wenn er den Monolog darüber hält, dass er und der Held eigentlich eine Menge gemeinsam haben«, stimmte Tess ihm zu. »Dass sie zwei Seiten einer Medaille sind.«

Theo nahm einen Feigenkeks vom Teller. »Noch mal zu diesem Hinweis.«

»Griesgrämig«, fand Tess und warf Nine ihre Brotrinde zu. Doch dann widmete sie ihre Aufmerksamkeit der Skizze von Adas Brief in Jaimes Block. »Okay, was haben wir?«

JOVXXMFWCBAFMZGJFSHFIMFFGB

»Wir haben einige Zeichnungen von einem Würfel, einer Art Rätselbox. Und Gerede darüber, dass er 1844 gestohlen wurde. Und weiter unten stehen diese Buchstaben, was ein Code sein könnte«, berichtete Jaime.

»Ich frage mich, ob wir dieses Rätsel lösen oder nach dem Würfel suchen sollen.«

»Vielleicht beides«, schlug Jaime vor.

»Oder keins von beidem«, hielt Theo dagegen.

»Du kannst gern jederzeit damit aufhören, uns zu sagen, wie dumm du unsere Ideen findest«, erwiderte Tess.

»Wann hab ich denn das gesagt?«, fragte Theo.

Tess seufzte so laut, dass eine lose Haarsträhne nach oben geweht wurde und dann wieder auf ihrer Schläfe liegen blieb. »Fangen wir mit dem Code unten an. Vielleicht können wir den knacken«, schlug sie vor.

Alle drei betrachteten die Buchstabenreihe und nahmen sich zur Stärkung jeweils noch einen Keks.

Jaime sprach aus, was sie alle drei dachten und Nine vermutlich ebenfalls: »Falls es sich nur um ein umgestelltes Wort handelt, eine Substitution, gibt es unglaublich viele Tauschmöglichkeiten.«

»Millionen und Abermillionen«, bestätigte Theo.

Aber sie versuchten es trotzdem, gaben die Buchstaben in Dechiffriermaschinen im Internet ein und erhielten alle möglichen bedeutungslosen Wörter und Ausdrücke.

»Vielleicht beziehen sich die Buchstaben auf etwas in dem

Brief«, überlegte Tess. »Zum Beispiel, der Buchstabe *J* bedeutet die zehnte Zeile oder das zehnte Wort im Brief und so weiter.«

»Der dritte Buchstabe ist *V*. Das wäre die zweiundzwanzigste Zeile. So viele Zeilen hat der Brief gar nicht«, hielt Theo dagegen.

»Wie wäre es dann vielleicht mit den einzelnen Wörtern?«, schlug Tess vor.

Sie suchten das zehnte Wort heraus: *Silber*. Dann das fünfzehnte: *glaube*. Das zweiundzwanzigste, das vierundzwanzigste und so fort.

»*Silber, glaube, M., vielleicht, vielleicht*«, fügte Jaime alles zusammen. »Das klingt nicht nach einem neuen Satz, sondern eher nach Kauderwelsch. Hat jemand noch eine andere Idee?«

»Wir könnten es mit einer Frequenzanalyse versuchen«, schlug Theo vor.

»Was ist denn das?«, wollte Jaime wissen.

»Es gibt bestimmte Buchstaben in unserem Alphabet, die häufiger benutzt werden als andere, zum Beispiel *E* und *A*. Falls es sich hier um eine Substitution handelt und wir herausfinden, wie häufig jeder Buchstabe darin auftaucht, können wir möglicherweise feststellen, was es heißt. Im Internet gibt es für solche Berechnungen Hilfsmittel.«

Während Theo so ein Hilfsmittel aufrief und die Buchstaben aus dem Code eingab, legte sich Jaime mit hinter dem Kopf verschränkten Händen auf den Teppich zurück und dachte nach. Normalerweise wäre er über Theos Vorschlag erfreut gewesen und hätte gespannt gewartet, was die Berechnung ergab. Obwohl er sich nach dem Essen besser fühlte, hatte er trotzdem das Gefühl, dass sie etwas ganz Offensichtliches übersahen. Dass sie einen Umweg machten, wo es eine viel einfachere Lösung gab. In Gedanken ging er die Schritte zurück, die sie überhaupt erst zur Bibliothek geführt hatten. Lovelace, Babbage, die analytische Maschine …

Moment.

»Babbage!«, platzte er heraus.

»Was ist mit ihm?«, fragte Theo.

»Als wir uns über ihn informiert haben, stand da nicht etwas darüber, dass er eine bestimmte Art von Code geknackt hatte?«

Tess griff nach seinem Handgelenk. »Ja! Aber ich kann mich nicht an den Namen erinnern.«

Rasch suchte Jaime nach den Begriffen »Babbage« und »Code« und wurde fündig.

»Die Vigenère-Chiffre.« Sorgfältig betonte er den schwierigen Namen. »Um eine Nachricht zu verschlüsseln, werden hier sechsundzwanzig Codealphabete statt nur eines einzigen verwendet.«

Theo hielt inne. »Ehrlich? Das ist ja cool.«

»Schaut mal. Hier ist eine Tabelle mit den verschiedenen Alphabeten.«

Jaime hielt sein Handy hoch, um sie ihnen zu zeigen. Die Zwillinge beugten sich vor.

Klar	a	b	c	d	e	f	g	h	i	j	k	l	m	n	o	p	q	r	s	t	u	v	w	x	y	z
1	B	C	D	E	F	G	H	I	J	K	L	M	N	O	P	Q	R	S	T	U	V	W	X	Y	Z	A
2	C	D	E	F	G	H	I	J	K	L	M	N	O	P	Q	R	S	T	U	V	W	X	Y	Z	A	B
3	D	E	F	G	H	I	J	K	L	M	N	O	P	Q	R	S	T	U	V	W	X	Y	Z	A	B	C
4	E	F	G	H	I	J	K	L	M	N	O	P	Q	R	S	T	U	V	W	X	Y	Z	A	B	C	D
5	F	G	H	I	J	K	L	M	N	O	P	Q	R	S	T	U	V	W	X	Y	Z	A	B	C	D	E
6	G	H	I	J	K	L	M	N	O	P	Q	R	S	T	U	V	W	X	Y	Z	A	B	C	D	E	F
7	H	I	J	K	L	M	N	O	P	Q	R	S	T	U	V	W	X	Y	Z	A	B	C	D	E	F	G
8	I	J	K	L	M	N	O	P	Q	R	S	T	U	V	W	X	Y	Z	A	B	C	D	E	F	G	H
9	J	K	L	M	N	O	P	Q	R	S	T	U	V	W	X	Y	Z	A	B	C	D	E	F	G	H	I
10	K	L	M	N	O	P	Q	R	S	T	U	V	W	X	Y	Z	A	B	C	D	E	F	G	H	I	J
11	L	M	N	O	P	Q	R	S	T	U	V	W	X	Y	Z	A	B	C	D	E	F	G	H	I	J	K
12	M	N	O	P	Q	R	S	T	U	V	W	X	Y	Z	A	B	C	D	E	F	G	H	I	J	K	L
13	N	O	P	Q	R	S	T	U	V	W	X	Y	Z	A	B	C	D	E	F	G	H	I	J	K	L	M
14	O	P	Q	R	S	T	U	V	W	X	Y	Z	A	B	C	D	E	F	G	H	I	J	K	L	M	N
15	P	Q	R	S	T	U	V	W	X	Y	Z	A	B	C	D	E	F	G	H	I	J	K	L	M	N	O
16	Q	R	S	T	U	V	W	X	Y	Z	A	B	C	D	E	F	G	H	I	J	K	L	M	N	O	P
17	R	S	T	U	V	W	X	Y	Z	A	B	C	D	E	F	G	H	I	J	K	L	M	N	O	P	Q
18	S	T	U	V	W	X	Y	Z	A	B	C	D	E	F	G	H	I	J	K	L	M	N	O	P	Q	R
19	T	U	V	W	X	Y	Z	A	B	C	D	E	F	G	H	I	J	K	L	M	N	O	P	Q	R	S
20	U	V	W	X	Y	Z	A	B	C	D	E	F	G	H	I	J	K	L	M	N	O	P	Q	R	S	T
21	V	W	X	Y	Z	A	B	C	D	E	F	G	H	I	J	K	L	M	N	O	P	Q	R	S	T	U
22	W	X	Y	Z	A	B	C	D	E	F	G	H	I	J	K	L	M	N	O	P	Q	R	S	T	U	V
23	X	Y	Z	A	B	C	D	E	F	G	H	I	J	K	L	M	N	O	P	Q	R	S	T	U	V	W
24	Y	Z	A	B	C	D	E	F	G	H	I	J	K	L	M	N	O	P	Q	R	S	T	U	V	W	X
25	Z	A	B	C	D	E	F	G	H	I	J	K	L	M	N	O	P	Q	R	S	T	U	V	W	X	Y
26	A	B	C	D	E	F	G	H	I	J	K	L	M	N	O	P	Q	R	S	T	U	V	W	X	Y	Z

»Das *ist* cool«, gab Tess zu.

»Das Problem ist nur, dass wir ein Schlüsselwort brauchen, um die Botschaft zu dechiffrieren«, erklärte Jaime.

»Oh nein«, seufzte Tess.

Jaime blickte auf sein Handy, stand auf und streckte sich. »Wenn ich jetzt nicht losgehe, komme ich zu spät zum Abendessen. Machen wir morgen weiter?«

»Natürlich«, antwortete Tess und hielt ihre Faust hoch. Jaime stieß mit seiner dagegen. Theo salutierte. Nine strich dreimal um Jaimes Beine, als ob sie ihn mit einer Art Zauberspruch belegte. Vielleicht tat sie das sogar.

Jaime ging die Treppe hinunter und entdeckte dort Tante Esther, die ihre Pflanzen goss, während die mechanischen Spinnen vor dem Wasser Reißaus nahmen.

»Jaime!«, begrüßte sie ihn. »Ich dachte mir doch, dass ich deine liebliche Stimme vom Dachboden habe klingen hören.«

Jaime lachte. »›Lieblich‹ hat meine Stimme bisher noch niemand genannt.«

»Das sollten sie aber«, erwiderte Tante Esther. »Als ich noch für die Castings in der Showbranche zuständig war, habe ich eine Menge nicht lieblicher Stimmen gehört, das kannst du mir glauben.«

»Wann war denn das?«

»Och, das ist schon Jahre her«, antwortete sie und verscheuchte eine Spinne. »Wenn du älter bist, könntest du als Synchronsprecher arbeiten, falls du das möchtest.«

»Danke. Ich werde das im Hinterkopf behalten«, versprach Jaime und ging zur Tür. »Ich muss jetzt nach Hause.«

»Oder du machst einfach so weiter wie bisher«, fügte Tante Esther hinzu.

Etwas in ihrem Ton veranlasste ihn, mit der Hand auf dem Türknauf innezuhalten. Dann stellte er ihr die Frage, die sich wichtiger anfühlte als alle anderen Fragen der Welt: »Und was mache ich?«

»Na, alles, was du kannst, mein Lieber«, erwiderte Tante Esther. »Alles, was du kannst.«

KAPITEL 8

Karl

Einige Meilen entfernt, in dem Gebäude in Hoboken, das Jaime immer noch nicht als sein Zuhause bezeichnen konnte, raste ein entschlossenes kleines Mädchen auf ihrem Dreirad einen leeren Flur entlang. Ein Sicherheitsmann folgte ihr dicht auf den Fersen.

Sie trat wie wild in die Pedale, ihr Atem kam in schnellen Stößen.

»Stopp!«, brüllte der Wachmann.

Natürlich hielt sie nicht an. Sie würde sich nicht aufhalten lassen. Ihr Name war Zelda »Cricket« Moran und sie war unaufhaltbar. Das würde der Sicherheitsmann schon noch früh genug begreifen.

Karl, der Katzenwaschbär, klammerte sich mit einer seiner winzigen, aber kräftigen Pfoten am Rand seines Körbchens fest. Mit der anderen hielt er eine leere Tüte Käseflips hoch und hoffte, dadurch Crickets Aufmerksamkeit auf sich lenken zu können, doch sie war viel zu beschäftigt.

Nun ja.

Karl stopfte die leere Tüte in die Seite des Körbchens, schloss die Augen und ließ die Brise durch seine Schnurrbarthaare streichen. Trotz der ganzen Schreierei war es eine angenehme Fahrt. Karl genoss diese kleinen Abenteuer mit Cricket. Mit ihr wurde es nie langweilig, pflegte er zu sagen. Oder zumindest würde er das sagen, wenn er sprechen könnte. Es war ein Jammer, dass die Menschen, die ihn geschaffen hatten, sich nicht die Mühe gemacht hatten, die feinen Muskeln in seiner Zunge und seinem Kiefer so zu formen, dass er Wörter bilden konnte. Damit hätte er alle überraschen können. Er hätte so viele wunderbare Geschichten erzählen oder seine Meinung zu einer Vielzahl an Themen äußern können. Kindererziehung! Gartenbau! Kochen! Politik! Eines Tages würde er einen Weg finden, seine Gedanken aufzuschreiben. Denn er war geduldig und bereit zu warten, bis Cricket einen eigenen Computer bekam. In der Zwischenzeit war er gern ihr Reisegefährte. Er wurde gut versorgt, war glücklich und hatte es bequem. Außerdem gab es jede Menge Käseflips.

Außer gerade in diesem Moment.

Karl kratzte seinen Fellbauch und rollte sich herum, um über Crickets Schulter zu blicken. Der Wachmann stampfte immer noch wütend und mit rotem Gesicht hinter ihnen her wie ein Moster aus einem Film. Er machte sich vollkommen lächerlich. Cricket hatte ein Talent dafür, in den Menschen den … wie hieß das Wort gleich noch mal? Ach ja, den Berserker in den Menschen hervorzubringen. Sie sagte etwas oder tat etwas und plötzlich flippten sie aus, redeten komisches Zeug und wedelten mit den Armen herum wie kaputte Spielzeuge.

An diesen Nachmittag zum Beispiel hatten Cricket und Karl das Gebäude erkundet, alle Eingänge und Ausgänge untersucht und verdächtige Personen und/oder Vorgänge beobachtet, wie es nun mal ihre Angewohnheit war. Während der Wachmann seine Runde drehte, hatte Cricket die Gelegenheit genutzt, seinen Schreibtisch zu durchsuchen, wo sie dann etwas fand, das sie als »Wackelwurm« bezeichnete. Cricket erklärte ihn für EXTREM VERDÄCHTIG und konfiszierte ihn. Sie informierte Karl, dass sie ihn für weitere Untersuchungen mit zurück in die Wohnung nehmen wollte. Doch genau in diesem Moment kam der Wachmann zurück, erblickte den Wackelwurm in Crickets Händen und das Herumberserken – und die nicht allzu lustige Verfolgungsjagd – begann.

Jetzt bog Cricket so scharf nach rechts ab, dass das hintere Rad vom Boden abhob und dann wieder hinunterknallte, wodurch Karl in seinem Körbchen durchgeschüttelt wurde. Sie rasten an erschrockenen Bewohnern in Badekleidung vorbei, die gerade auf dem Weg zum Dachpool waren, an einigen mürrischen Teenagern, deren schwarzes Make-up Karls Waschbärenmaske ähnelte, und an Vätern in unvorteilhaften Bermudashorts. Cricket riss den Lenker wieder nach rechts und sie fuhren zurück in die Lobby, wo sie beinahe in einen großen Jungen mit kurzen, ordentlichen Dreadlocks und einer Brille hineinsausten. Jaime war sein Name.

»Hey, hey, hey«, sagte Jaime und hielt den Lenker fest. »Wohin bist du denn so schnell unterwegs, Cricket?«

Cricket blieb keine Zeit für eine Antwort, weil der Wachmann gerade hinter ihnen angerannt kam. Seine Schuhe quietschten auf dem Marmorboden.

»Danke, Junge«, sagte er. »Ab hier übernehme ich.« Er griff nach Crickets Arm, doch Jaime stellte sich rasch vor sie.

»Was machen Sie denn da?«, fragte er den Wachmann.

»Meine Arbeit«, erwiderte der Mann. »Jetzt hör mir mal zu, Kleine, du musst …«

»Entschuldigung, Sir, aber ich habe Sie gefragt, was Sie Ihrer Meinung nach hier tun«, unterbrach ihn Jaime. »Warum verfolgen Sie sie denn? Sie ist doch noch ein Kleinkind.«

Cricket begann zu widersprechen: »Ich bin *kein* …«, aber Jaime streckte eine Hand aus, um sie daran zu hindern, den Satz zu beenden. Karl war überrascht, als Cricket den Mund schloss.

Der Wachmann blickte finster drein und wischte sich den Schweiß von der blassen Stirn. »Sie hat etwas aus meinem Schreibtisch gestohlen.«

»Was denn?«, fragte Jaime.

Das Stirnrunzeln des Mannes vertiefte sich. »Etwas.«

»Etwas«, wiederholte Jaime tonlos.

»Etwas Wichtiges.«

»Ein Sandwich? Eine Tasse Kaffee? Ihr Tagebuch? Eine Million Dollar? Was?«

»Kein Grund, gleich so unverschämt zu werden«, protestierte der Wachmann.

Jaime nahm seine Brille ab und wirkte plötzlich viel älter, als er eigentlich war. »Unverschämt ist es, ein Kleinkind durch ein Apartmentgebäude zu jagen. Es ist auch unverschämt, einem Kleinkind Angst zu machen.«

»Das Mädchen sieht alles andere als verängstigt aus«, beharrte der Wachmann.

Doch nun begannen die anderen Leute in der Lobby herüberzusehen. Der Wachmann trat von einem Fuß auf den anderen, als wäre ihm seine Hose zu eng. Nun, Karls Meinung nach war sie das auch, obwohl er selbst noch nie eine Hose getragen hatte.

»Ich habe lediglich versucht, mein wichtiges … äh, Ding zurückzubekommen.«

»Aha«, sagte Jaime und setzte seine Brille wieder auf. »Nun, wenn Sie mir verraten, was es ist, kann ich Cricket fragen, ob sie es genommen hat.«

Der Wachmann blickte zwischen Jaime, Cricket und den Bewohnern in der Lobby, die mit hochgezogenen Brauen herübersahen, hin und her, dann ließ er die Schultern sinken. »Wisst ihr was? Ich denke, es ist egal. Ich kann mir ein anderes … äh, ein anderes …«

»Sehr wichtiges Etwas?«, schlug Jaime vor.

Diesmal war es der Wachmann, der den Mund schloss. Er marschierte zurück zu seinem Schreibtisch und ließ sich auf seinen Stuhl fallen. Seine Miene war geradezu … wie hieß das Wort gleich noch mal? Ach ja, mörderisch.

Jaime wandte sich an Cricket. »Ist mit dir alles in Ordnung?«

Cricket sah zu ihm auf, als hätte sie ihn noch nie zuvor gesehen. »Ja, mir geht's gut.«

»Was ist mit deinem Freund hier? Karl, geht's dir gut?«

Ja, vielen Dank, mit mir ist alles in bester Ordnung, flötete Karl. *Aber dieses Abenteuer hat mir ziemlich großen Appetit gemacht.* Er hielt die leere Käsefliptüte hoch.

Jaime nahm die Tüte, knüllte sie zusammen und warf sie in den Mülleimer. »Ich glaube, Karl braucht mehr Käseflips.«

Was für ein kluger Junge, dachte Karl. Gut und freundlich. Manche würden ihn vielleicht sogar als heldenhaft bezeichnen. Cricket zum Beispiel, so wie sie ihn gerade anblickte. Wobei Zelda »Cricket« Moran das selbstverständlich niemals zugeben würde.

»Ich mag diesen Mann nicht«, sagte Cricket. »Er ist ABSONDERLICH.«

»Ich mag ihn auch nicht«, pflichtete Jaime ihr bei. »Aber du solltest ihm vermutlich von jetzt an aus dem Weg gehen. Ich spreche mal mit deinen Eltern. Du hast doch nichts von seinem Schreibtisch genommen, oder?«

»Hmpf«, machte Cricket.

»Cricket?«

»Ich nehme nichts, ich KONFISZIERE.«

»Okay, hast du etwas von seinem Schreibtisch *konfisziert*?«

»Vielleicht einen Wackelwurm«, gab Cricket zu.

»Einen was?«

»EINEN WACKELWURM.«

»Ja, aber ...«

»Es ist ein WURM und er WACKELT«, erklärte Cricket.

»Okay?« Jaime war ganz offensichtlich verwirrt. »Wo ist dieser Wackelwurm jetzt?«

»Ich habe ihn Karl gegeben. Er hat ihn gegessen.«

Karl flötete: *Das Kind hat mir tatsächlich den besagten Wackelwurm gegeben, Sir, aber ich habe ihn nicht gegessen. Käseflips wären mir lieber.*

»In Ordnung«, sagte Jaime. »Nimm keine, äh, Wackelwürmer mehr von irgendwo weg.«

Cricket verschränkte die Arme vor der Brust. »Ich *nehme* überhaupt nichts.«

»*Konfisziere* auch keine mehr«, präzisierte Jaime.

»Ich verspreche nichts«, warnte ihn Cricket. »Dafür ist dieser Ort zu ABSONDERLICH.«

Karl erschöpfte das Gespräch allmählich, er hatte Hunger und musste dringend etwas essen und schlafen, in genau dieser Reihenfolge. Er wünschte sich, er könnte einfach danach fragen, in einer Sprache, die die Menschen verstanden. Das würde alles so viel einfacher machen.

Stattdessen war er gezwungen abzuwarten, während Jaime Cricket riet, vorsichtiger zu sein, und Cricket Jaime informierte, dass sie vor niemandem Angst habe, und so weiter. Karls Blick wanderte von Jaime zu Cricket hinüber zum vorderen Teil der Lobby, wo enorm große Glasfenster einen Blick auf die Straße davor freigaben.

Und auf den Mann und die Frau in den merkwürdigen Mänteln, die davorstanden und sie aus dunklen und undurchdringlichen Augen anschauten.

Karl öffnete den Mund, um Jaime und Cricket zu warnen, und war noch enttäuschter als sonst, als keine Worte herauskamen.

KAPITEL 9

Tess

Tess war gerade inmitten eines seltenen wunderbaren Traums, als ihr Dad rief: »Aus den Betten erhebt euch, denn euer Vater hat ein Mahl zubereitet!«

Theo drehte sich herum und fiel kurzerhand mit einem lauten Plumps aus dem Bett. »Hast du wieder Shakespeare gelesen?«

Tess schlug ein Auge auf. »Dad! Ich hatte ausnahmsweise mal einen schönen Traum!«

Ihr Vater blickte auf sie herab. »Was für einen?«

Tess runzelte die Stirn. »Ich versuche gerade, mich zu erinnern. Auf jeden Fall kamen Katzen darin vor.«

Theo setzte sich auf. »Es ist immer eine Katze dabei.«

Nine miaute zustimmend und sprang von ihrem Platz auf Tess' Bett herunter.

»Nine hat Hunger«, stellte ihr Dad fest, der ein T-Shirt mit dem Aufdruck »Wo ist dein Lama?« trug, auf dem ein Alpaka abgebildet war. Theo wirkte noch zu müde, um es zu kritisieren.

»Was ist mit euch beiden? Bereit fürs Frühstück?«

Theo strich sich durch die Haare. »Was hast du gemacht?«

»Das ist eine Überraschung.

»Das erfüllt mich nicht unbedingt mit Zuversicht.«

»Oh, sorget euch um ihn, denn er ist voll des Zweifels«, sang ihr Vater lauthals. »Kommt mit nach unten. Ihr habt verschlafen.«

»Wir haben Sommerferien. Während der Sommerferien kann man nicht verschlafen«, grummelte Tess.

»Kann man sehr wohl. Besonders, wenn euer liebender Vater ein Überraschungsfrühstück vorbereitet hat, das allmählich kalt wird.«

Tess und Theo stritten sich darum, wer zuerst ins Bad durfte – Tess gewann –, und dann schleppten sie sich nach unten in die Küche. Dort standen stapelweise Pancakes in der Form von …

»Äh, Dad, was sollen die denn darstellen?«, erkundigte sich Theo.

»Erkennst du es wirklich nicht?«

Er wirkte so traurig, dass Tess behauptete: »Er macht nur Spaß.«

Theo sagte: »Ich …«, aber Tess trat ihm unter dem Tisch gegen das Schienbein.

»Es sind Morningstar-Maschinen«, erklärte ihr Vater. Er deutete auf die Pfannkuchenhäufchen in unterschiedlichen Größen, die er auf verschiedenen Tellern angerichtet hatte. »Das hier ist ein Roller, das hier ein SqueeGee und hier ist die neue, diese große Motte. Ich frage mich, wohin die verschwunden ist. Vor einigen Wochen wurde sie noch mal in der Bronx gesichtet, aber seither hat man nichts mehr von ihr gehört.«

»Die Pancakes sehen ihnen total ähnlich, Dad«, versicherte ihm Tess.

Theo blinzelte. »Dad, auf deinem Shirt steht ›Wo ist dein Lama?‹, aber ich bin ziemlich sicher, dass das ein Alpaka ist.«

Ihr Vater blickte an sich herab. »Ich liebe dieses Shirt.«

Theo gab nach und aß einen Bissen von den Pancakes. »Köstlich.«

Ihr Dad strahlte. »Kommt Jaime vorbei? Ich kann ihm ein paar Spinnen machen.«

Tess aß ihre klumpigen, aber leckeren Pancakes.

»Hast du darüber nachgedacht?«, fragte Theo so leise, dass ihr Vater sie nicht hören konnte.

»Worüber?«, hakte Tess nach.

»Den Hinweis«, erklärte Theo und biss einem Roller den Kopf ab. »Wir müssen Ada, Lovelace, Babbage, Morningstar oder eine Kombination davon ausprobieren. Vermutlich ist es etwas Undurchschaubareres, vielleicht ein Wort oder eine Wortgruppe aus dem Brief.«

»Hm«, machte Tess.

»Was? Glaubst du, wir sollten es mit etwas anderem probieren?«, wollte Theo wissen.

»Ich glaube gar nichts, weil ich immer noch halb schlafe.«

»Dann sag mir Bescheid, wenn du wach bist.«

Tess nahm sich einen weiteren Pancake, tränkte ihn mit Sirup und versuchte, sich an ihren schönen Traum zu erinnern. Darin war sie in einem Garten mit kunstvollen Formschnitten spazieren gegangen, in dem die Hecken in Zahlenform gestutzt waren. Katzen waren hinein- und wieder hinausgehuscht. Eine von ihnen war klein und weiß und hatte ein blaues und ein grünes Auge. Sie führte Tess zu einem Tisch, an dem eine Frau, die ihr bekannt vorkam, Tee trank. Die Frau wollte Tess … etwas über den Hinweis erzählen. Dass sie auf der falschen Fährte waren. Dass sie einen Schritt zurückgehen mussten. Sie sagte, sie wäre die Königin. Nein, das stimmte nicht. Eine Prinzessin? Nein. Herzogin? Nein.

Oh.

OH.

Natürlich.

Wie es aussah, hatte auch Ada Lovelace einen merkwürdigen Sinn für Humor.

»Es ist nicht undurchschaubar«, erklärte Tess.

»Was?«

»Das Schlüsselwort ist nicht undurchschaubar. Es ist offensichtlich.«

»Woher weißt du das?«

»*Du* weißt es.«

»Was meinst du damit?«

»Du weißt, wie das Schlüsselwort lautet.«

Theo hielt inne. Ein Stück Pancake hing von seiner Gabel herab. »Ich weiß es?«

»Es ist die einzige Möglichkeit.«

Theo runzelte die Stirn. »In genau solchen Momenten wie jetzt fällt mir plötzlich immer wieder ein, dass ich dich nicht leiden kann.«

»Du liebst deine Schwester«, widersprach ihr Vater.

»Was hat das damit zu tun, ob ich sie leiden kann?«

Es klingelte an der Haustür. Theo ließ seinen Pancake fallen, rannte hinaus und kam mit Jaime in die Küche zurück.

»Jaime!«, wurde er von ihrem Dad begrüßt. »Setz dich. Ich habe dir Spinnen gebacken.«

»Äh, danke?«, erwiderte Jaime und nahm Platz. »Oh! Morningstar-Maschinen!«

»Ich bin froh, dass wenigstens einer meine Arbeit zu schätzen weiß.«

»Wir wissen *dich* zu schätzen«, versicherte ihm Tess.

»Du hast die Roller noch nicht probiert. Die sind mit Blaubeeren«, erwiderte er, ging zurück an den Herd und goss mehr Teig in die Pfanne.

Theo wischte sich den Mund mit einer Serviette ab und flüsterte: »Tess kennt das Schlüsselwort.«

»Es ist offensichtlich«, sagte Jaime.

»Ach ja?«, fragte Theo.

»Ja«, bestätigten Jaime und Tess gleichzeitig.

Theo schüttelte den Kopf. »Es ist schräg, wenn ihr das tut.«

»Wenn wir was tun?«, fragten Tess und Jaime zur selben Zeit und lachten.

Einen Moment lang fühlte es sich an, als wäre die Tragödie in 354 W. 73. Straße nie passiert, dass sie immer noch dieselben waren wie zuvor. Tess versuchte, sich an dieses Gefühl zu klammern.

Nachdem sie ihr Frühstück beendet und beim Abwasch geholfen hatten, gingen sie nach oben. Jaime zog sein Skizzenbuch heraus und schrieb das Wort *Countess* oben auf die Seite.

»Hah! Ich hab euch ja gesagt, dass es ein toller Witz ist«, rief ihnen Theo in Erinnerung.

»Falls es sich hierbei tatsächlich um das Schlüsselwort handelt, ist es kein Witz«, hielt Jaime dagegen.

Sie zogen die Vigenère-Tabelle zurate, die sie am Vortag gefunden hatten:

Klar	a	b	c	d	e	f	g	h	i	j	k	l	m	n	o	p	q	r	s	t	u	v	w	x	y	z
1	B	C	D	E	F	G	H	I	J	K	L	M	N	O	P	Q	R	S	T	U	V	W	X	Y	Z	A
2	C	D	E	F	G	H	I	J	K	L	M	N	O	P	Q	R	S	T	U	V	W	X	Y	Z	A	B
3	D	E	F	G	H	I	J	K	L	M	N	O	P	Q	R	S	T	U	V	W	X	Y	Z	A	B	C
4	E	F	G	H	I	J	K	L	M	N	O	P	Q	R	S	T	U	V	W	X	Y	Z	A	B	C	D
5	F	G	H	I	J	K	L	M	N	O	P	Q	R	S	T	U	V	W	X	Y	Z	A	B	C	D	E
6	G	H	I	J	K	L	M	N	O	P	Q	R	S	T	U	V	W	X	Y	Z	A	B	C	D	E	F
7	H	I	J	K	L	M	N	O	P	Q	R	S	T	U	V	W	X	Y	Z	A	B	C	D	E	F	G
8	I	J	K	L	M	N	O	P	Q	R	S	T	U	V	W	X	Y	Z	A	B	C	D	E	F	G	H
9	J	K	L	M	N	O	P	Q	R	S	T	U	V	W	X	Y	Z	A	B	C	D	E	F	G	H	I
10	K	L	M	N	O	P	Q	R	S	T	U	V	W	X	Y	Z	A	B	C	D	E	F	G	H	I	J
11	L	M	N	O	P	Q	R	S	T	U	V	W	X	Y	Z	A	B	C	D	E	F	G	H	I	J	K
12	M	N	O	P	Q	R	S	T	U	V	W	X	Y	Z	A	B	C	D	E	F	G	H	I	J	K	L
13	N	O	P	Q	R	S	T	U	V	W	X	Y	Z	A	B	C	D	E	F	G	H	I	J	K	L	M
14	O	P	Q	R	S	T	U	V	W	X	Y	Z	A	B	C	D	E	F	G	H	I	J	K	L	M	N
15	P	Q	R	S	T	U	V	W	X	Y	Z	A	B	C	D	E	F	G	H	I	J	K	L	M	N	O
16	Q	R	S	T	U	V	W	X	Y	Z	A	B	C	D	E	F	G	H	I	J	K	L	M	N	O	P
17	R	S	T	U	V	W	X	Y	Z	A	B	C	D	E	F	G	H	I	J	K	L	M	N	O	P	Q
18	S	T	U	V	W	X	Y	Z	A	B	C	D	E	F	G	H	I	J	K	L	M	N	O	P	Q	R
19	T	U	V	W	X	Y	Z	A	B	C	D	E	F	G	H	I	J	K	L	M	N	O	P	Q	R	S
20	U	V	W	X	Y	Z	A	B	C	D	E	F	G	H	I	J	K	L	M	N	O	P	Q	R	S	T
21	V	W	X	Y	Z	A	B	C	D	E	F	G	H	I	J	K	L	M	N	O	P	Q	R	S	T	U
22	W	X	Y	Z	A	B	C	D	E	F	G	H	I	J	K	L	M	N	O	P	Q	R	S	T	U	V
23	X	Y	Z	A	B	C	D	E	F	G	H	I	J	K	L	M	N	O	P	Q	R	S	T	U	V	W
24	Y	Z	A	B	C	D	E	F	G	H	I	J	K	L	M	N	O	P	Q	R	S	T	U	V	W	X
25	Z	A	B	C	D	E	F	G	H	I	J	K	L	M	N	O	P	Q	R	S	T	U	V	W	X	Y
26	A	B	C	D	E	F	G	H	I	J	K	L	M	N	O	P	Q	R	S	T	U	V	W	X	Y	Z

JOVXXMFWCBAFMZGJFSHFIMFFGB

»So«, begann Jaime. »Das Schlüsselwort *Countess* liefert uns die Reihenfolge der unterschiedlichen Alphabete. Zuerst das C-Alphabet, dann das O-Alphabet, danach das U-Alphabet.«

Er schrieb das Schlüsselwort dreimal hintereinander auf und fügte ein zusätzliches C und O hinzu. Darunter schrieb er den Code:

COUNTESSCOUNTESSCOUNTESSCO

JOVXXMFWCBAFMZGJFSHFIMFFGB

Tess suchte in der Übersicht das C-Alphabet. »Im C-Alphabet steht der Buchstabe J für den Klartextbuchstaben *H*«, informierte sie die anderen.

Jaime schrieb *H* unter den Codetext:

COUNTESSCOUNTESSCOUNTESSCO
JOVXXMFWCBAFMZGJFSHFIMFFGB
H

»Im O-Alphabet bedeutet der Codebuchstabe O den Klartextbuchstaben *A*«, fuhr Tess fort.

Jaime schrieb auch das auf:

COUNTESSCOUNTESSCOUNTESSCO
JOVXXMFWCBAFMZGJFSHFIMFFGB
HA

Auf diese Weise gingen sie den gesamten Code durch. Anschließend las Jaime die Botschaft laut vor:

COUNTESSCOUNTESSCOUNTESSCO
JOVXXMFWCBAFMZGJFSHFIMFFGB
HABKEINEANGSTVORDENSPINNEN

»Hab keine Angst vor den Spinnen. Nun ja. Das ist hilfreich.«

»Ich finde es nicht hilfreich«, widersprach Theo. »Wer hat Angst vor Spinnen? Genauso gut könnte da stehen: ›Hab keine Angst vor Staubsaugern.‹«

Er zupfte eine winzige mechanische Spinne von einer Pflanze in seiner Nähe ab.

»Nicht jeder hat die so gern«, erklärte Jaime und beobachtete den kleinen Roboter dabei, wie er zurück auf die Pflanze hüpfte und den Stängel hochkroch.

»Habt ihr denn keine Zimmerpflanzen?«, erkundigte sich Theo.

»Mima kümmert sich selbst darum.«

»Vergesst eine Minute lang die Spinnen und Zimmerpflanzen«, bat Tess. »Gehen wir mal zurück. Vielleicht waren wir ja gestern auf der richtigen Spur, als wir dachten, dass der Hinweis im versteckten Text von Avas Brief steckt. Immerhin hat sich jemand die Mühe gemacht, ihn komplett zu verbergen, nicht nur den Code.«

»Es war leichter, alles abzudecken als nur einen kleinen Teil davon«, gab Theo geistesabwesend zu bedenken, aber er steckte eine Hand in seine buschigen Haare. Seine Denkerpose.

Jaime blätterte in seinem Skizzenbuch, bis er den abgeschriebenen Text gefunden hatte. »Sie sagt, sie kann sich ausmalen, dass der Würfel in einem Museum ausgestellt wird. Ein weiteres Relikt unter vielen.«

»Die Morningstars haben diese Hinweise 1855 versteckt. Alte Dinge landen in Museen. Zumindest, wenn es sich nicht gerade um Straßen oder Gräber oder ganze Gebäude handelt.«

»Ja, aber die Morningstars konnten nicht voraussagen, ob die Objekte oder Gemälde oder was auch immer in der Gegend bleiben würden. Alte Dinge werden auch manchmal von Museeen ausgeliehen oder an Sammler verkauft«, warf Theo ein.

»Die Morningstars haben daran geglaubt«, sagte Jaime.

»Was meinst du damit?«

»Sie haben daran geglaubt, dass diese Dinge so wichtig waren, dass jemand sie aufbewahren würde.«

Tess sprach es zwar nicht aus, aber sie dachte: Oder die Morningstars *wussten*, dass jemand sie aufbewahren würde. Doch vielleicht war genau das die Definition von *glauben*: Etwas, das man nicht beweisen kann, aber tief im Herzen weiß man genau, dass es stimmt, obwohl man es nicht erklären kann.

»Wir können online die Museumskollektionen durchsuchen«, schlug Tess vor.

»Und wir können auch in den Museen anrufen«, spann Jaime den Gedanken weiter.

»*Telefonieren?*«, fragte Theo. »Das klingt fürchterlich.«

»Manche Menschen machen das tatsächlich immer noch«, informierte ihn Tess.

»Ja, *alte* Menschen«, beharrte Theo. »Wie Mom.«

»Theo hat Telefonangst«, erklärte Tess Jaime.

»Hab ich nicht!«

»Dafür musst du dich nicht schämen«, beruhigte sie ihn.

»Ich schäme mich ja gar nicht«, behauptete Theo und wurde rot.

»Allerdings gibt es in New York City Hunderte von Museen«, warf Jaime ein.

Sie verbrachten den Rest des Vormittags damit, online Museumskollektionen zu durchsuchen, und machten erst am Mittag eine Pause. Tante Esther bestellte eine Pizza und dann noch eine, weil Tess immer noch Hunger hatte. Anschließend nutzten sie den Nachmittag dafür, große Museen mit riesigen Kunstkollektionen, die bis zu den alten Griechen zurückreichten, und kleine Museen anzurufen, die Dinge ausstellten wie verschiedene Zahnpasten aus der ganzen Welt oder einen Schuh, der einmal einem Präsidenten der USA an den Kopf geworfen worden war. Sie wurden von Abteilung zu Abteilung weiterverbunden und immer wieder bekamen sie die Antwort, dass sie das Museum persönlich besuchen mussten, wenn sie genauere Auskünfte haben wollten. Oder man sagte ihnen, dass Telefonstreiche bei Museen »wirklich albern« wären. Oder verwies sie auf andere Ausstellungen von Dingen, an denen sie vielleicht interessiert sein könnten, wie zum Beispiel Fahrstuhltafeln aus der Elevator Historical Society, ein Dreifuß aus dem Cast Iron Museum für Gusseisen-Objekte, ein Dreirad mit viereckigen Rädern aus dem National Museum of Mathematics oder ein riesiger Schmetterling namens »Dogface« aus der Insektenwand im Staten Island Museum.

Tess wünschte, die Morningstars hätten einfach eine Schatzkarte gezeichnet wie normale Menschen. Aber dann hätte vermutlich schon vor vielen, vielen Jahren jemand den Schatz gefunden und für sich behalten. Grandpa Ben wäre vielleicht niemals in ihrem Gebäude aufgewachsen oder auch ihre Mutter nicht, und hätte sie dann überhaupt ihren Vater kennengelernt? Wären Tess und Theo geboren worden? Grandpa Ben hatte ihr einmal vom sogenannten Schmetterlingseffekt erzählt, bei dem ein winziges Ereignis eine Million größerer Dinge beeinflussen konnte. Zum Beispiel konnte der Flügelschlag eines Schmetterlings Wochen später für die Bildung eines Hurrikans verantwortlich sein. Wenn man sich die Vergangenheit anders vorstellte, könnte man die eigene Existenz verändern oder komplett auslöschen, was ein viel zu verstörender Gedanke war, um ihn zu Ende zu denken.

Tess ging die Liste der Museen für den nächsten Anruf durch. »Das 2nd City Reliquary«, las sie vor. »Das Reliquiar der zweiten Stadt?«

»Der zweiten Stadt?«, wiederholte Theo. »Wird nicht Chicago so bezeichnet?«

»Reliquiar«, überlegte Jaime. »Ein Ort, an dem sie Relikte aufbewahren. Wie Ada es im Brief erwähnt hat.«

Warum sollte es in Brooklyn ein Museum für Relikte aus Chicago geben? Tess wählte trotzdem die Nummer. Eine polternde Stimme antwortete: »2nd City Reliquary.«

»Hi. Ich arbeite gerade an einem Gruppenprojekt für die Schule über Rätsel und wollte gern wissen, ob …«

»Schule? Habt ihr nicht Sommerferien?«

»Ich gehe auf eine besondere Schule. Wir haben das ganze Jahr über Unterricht.«

»Cool«, erwiderte die polternde Stimme. »Wonach genau suchst du?«

»Einer bestimmten Art Geduldsspiel. Es ist ein Würfel, der aus mehreren kleineren Würfeln besteht, die man drehen muss, um …«

»Oh. Ja! So einen haben wir hier irgendwo.«

»Wirklich?«

»Ja!«

»Prima«, erwiderte Tess.

»Okay«, sagte die polternde Stimme.

»Nur noch eine Frage. Warum heißt das Museum ›2nd City Reliquary‹?«

»Weil es das zweite ist.«

»Gab es auch ein erstes?«

»Natürlich«, antwortete die polternde Stimme. »Bis es eines Tages verschwand.«

»Äh … verschwand?«

»Am Vortag war es noch da, am nächsten Tag war es weg. Und damit meine ich nicht, dass die Regale leer waren. Das gesamte Gebäude war einfach verschwunden, als hätte es sich in Luft aufgelöst oder nie da gestanden. Verrückt, oder?«

»Nicht so verrückt, wie Sie glauben.«

KAPITEL 10

Theo

Brooklyn war zwar nur eine halbe Stunde entfernt, aber es hätte genauso gut in einem anderen Land liegen können. Auf den Straßen rund um das Museum tummelten sich tätowierte Mädchen mit Jeansshorts über Strumpfhosen und Jungs, die angezogen waren wie Farmer aus dem Jahr 1825. Sie sahen eine Menge lange und üppige Bärte und breite und gestutzte Schnauzbärte.

Ein dünner brauner Typ in gestreifter Hose wirbelte auf seinen Rollerskates zweimal um Theo herum. »Super Afro, Alter«, sagte er und verschwand in der Menge.

Das 2nd City Reliquary selbst war ein Laden im Viertel Williamsburg, ein winziges Haus mit allem möglichen Kram. Alte Underway-Wertmarken, Limoflaschen, Karten, Poster, Baseballkarten, Minifiguren der Freiheitsstatue, eine Sammlung Porzellaneinhörner und eine sehr alte Schaufel, die mit »SEHR ALTE SCHAUFEL« beschriftet war.

»Ist das wirklich ein Museum?«, fragte Jaime. »Es sieht

nämlich hier ein bisschen so aus wie im Haus meiner Großtante Sylvia.«

Ein Mann trat hinter der Theke hervor. Er hatte lange lockige Haare, die zu seinem buschigen lockigen Bart passten. Er trug ein T-Shirt mit SpongeBob Schwammkopf und glänzende Laufshorts zu Flipflops.

»Willkommen im Reliquary, meine Dame und meine Herren. Sucht ihr nach etwas Bestimmtem?«

»Wir schauen uns nur um«, erwiderte Tess.

»Wir mögen Besucher, die sich nur umschauen. Besonders Katzen, die sich nur umschauen«, sagte der Mann, als Nine an seinen Füßen schnüffelte und ihn dann mit der Nase gegen das Knie stupste. »Hallo, meine Katzenfreundin.«

»Sie scheint Sie zu mögen«, stellte Jaime fest.

»Da bin ich froh«, sagte der Mann. »So, dann will ich euch und eurem Kätzchen mal ein paar Exponate empfehlen. Wir haben hier eine Menge coole Dinge. Da drüben findet ihr mehrere Modelle der Freiheitsstatue. Dort hinten bewahren wir die Baseballkarten auf. Alte Underway-Karten. Und einige unterschiedliche Stein- und Schieferstücke aus allen Teilen der Stadt. Manche von denen stammen unserer Meinung nach sogar aus der Zeit, als die Underway-Tunnel gegraben wurden. Irre, oder?« Er grinste, daher nahm Theo an, dass er *irre* im Sinne von *fantastisch* meinte, nicht im Sinne von verrückt, denn was war an Schiefer denn schon verrückt?

»Irre«, antwortete Theo.

»Klaro«, bestätigte der Mann. »Oh, und die ausgestellte Gemeindesammlung ist eine Kollektion von Tierknochen.«

Tess riss den Kopf hoch. Nine stellte ihr Schnüffeln ein.

Der Angestellte hob abwehrend die Hände. »Dafür kamen keine Tiere zu Schaden! Alle Knochen wurden auf Wanderwegen, in Scheunen, Parks oder an ähnlichen Orten gefunden. Stadtknochen, die Knochen der Geschichte. Aber schaut es euch selbst an, Kinder.«

»Warum stellt man einen Haufen Mäuseknochen aus?«, wollte Tess wissen.

»Vielleicht, weil sogar in den Dingen, die wir mit dem Ende assoziieren, eine gewisse Schönheit liegt«, erklärte der Mann. »Oder möglicherweise liegt die Botschaft der Sammlung darin, dass es kein Ende gibt. Nicht für uns, nicht für alle Dinge. Wie auch immer, schaut euch gern um.« Der Mann ging zurück hinter die Theke und blätterte in einem Comic.

Bevor Tess all die Fragen stellen konnte, die ihr ganz offensichtlich im Kopf herumspukten, führten Theo und Jaime sie hinüber zur SEHR ALTEN SCHAUFEL.

»Wir haben keine Zeit, um dich die viertausend Fragen stellen zu lassen, die dir auf der Seele brennen«, erklärte Theo, ehe Tess den Mund öffnen konnte. »Wir müssen den Würfel und den nächsten Hinweis finden.«

»Teilen wir uns auf«, schlug Jaime vor. »Das Museum ist zwar nicht besonders groß, aber so können wir es schneller durchsuchen.«

Und das taten sie auch. Tess und Nine gingen in den hinteren Teil des Museums, Jaime blieb vorne in der Nähe der Tür und Theo durchkämmte das Labyrinth aus Regalen und Vitrinen in der Mitte. Es dauerte nicht lange, bis er gefunden hatte, wonach sie suchten. Auf einem wackligen Metallgestell mitten im Reliquary lag der Würfel aus Adas Zeichnung. Ein schmutziges, ramponiertes Ding. Auf dem Schild daneben stand »SEHR ALTER WÜRFEL«.

Theo blickte sich um, doch niemand beobachtete ihn. Er nahm den Würfel in die Hand. Früher mussten sich einmal unterschiedlich gefärbte Steine in den kleineren Würfeln befunden haben, aber viele davon fehlten inzwischen. Mussten wie bei einem Zauberwürfel alle Steine mit derselben Farbe auf eine Seite gebracht werden? Oder sollten sie ein bestimmtes Muster bilden? Das würde schwierig werden, vielleicht sogar unmöglich. Es könnte Tage, Wochen oder sogar Monate dauern. Womöglich schafften sie es nie.

Und dann erkannte er noch etwas und ein Kloß formte sich in seinem Hals: Er hatte nicht die Zeit, tage-, wochen- oder sogar monatelang in diesem Museum zu stehen, um das Rätsel zu lösen.

Er würde den Würfel stehlen müssen.

Mit einer Hand griff er in seine buschigen Haare und versuchte, sich zu konzentrieren. Seine Mutter war eine Ermittlerin. Im Raubdezernat.

Er konnte diesen Würfel nicht stehlen.

Er musste diesen Würfel stehlen.

Wie sollte er das tun? Wie sollte er überhaupt *irgendetwas* stehlen?

Was, falls er noch mehrere Objekte würde stehlen müssen?

Theo dachte an die Relikte und Artefakte in den anderen Museen, nicht nur in New York City, sondern weltweit. So viele von ihnen wurden ebenfalls gestohlen – aus Gräbern, aus Gotteshäusern. Spielte es eine Rolle, dass es sich lediglich um einen verloren gegangenen und beschädigten Würfel handelte? Spielte es eine Rolle, dass ihn vor vielen Jahren schon einmal jemand gestohlen hatte? Spielte es eine Rolle, dass sie jetzt versuchten, damit etwas Gutes zu tun?

Vermutlich fühlte Tess sich ständig so, den Kopf voller herumwirbelnder Gedanken, dass einem schwindlig davon werden konnte. Und als könnte sie diese herumwirbelnden Gedanken hören, kam Nine um die Ecke gesaust, mit Tess im Schlepptau.

Nine knabberte an seinen Fingern. Tess flüsterte: »Du hast ihn gefunden.«

»Ja.«

»Was ist denn los?«

»Er ist beschädigt. Die Lösung wird schwierig.«

»Aber nicht unmöglich«, sagte sie.

»Vielleicht unmöglich.«

»Nein.«

»Selbst wenn wir die Lösung finden können, wird es ewig dauern.«

Tess dachte einen Moment lang nach. »Wir müssen ihn uns borgen.«

»Du meinst *stehlen*.«

»Nein, ich meine *borgen*. Wir nehmen ihn mit nach Hause, finden die Lösung und den nächsten Hinweis und dann bringen wir ihn zurück.«

»Und wenn sie merken, dass der Würfel fort ist? Was, wenn

sie hier drin Kameras haben und uns gerade in diesem Moment filmen?«

»Ich sehe hier keine Kameras«, widersprach Tess.

»*Versteckte* Kameras«, präzisierte Theo.

»Das hier kommt mir nicht wie ein Ort vor, an dem es versteckte Kameras gibt.«

»Ich möchte nichts stehlen«, gab Theo zu. »Es ist nicht richtig.«

»Ich weiß«, erklärte Tess. »Aber wir behalten ihn ja nicht. Wir geben ihn zurück.«

»Und falls wir ihn behalten müssen? Was, wenn ...?«

»Hey, ich dachte, ich wäre diejenige mit den vielen Fragen!«

»Wohl nicht die Einzige«, antwortete Theo und zog an seiner Lippe.

»Du machst schon wieder diese Sache mit deiner Lippe«, wies ihn Tess darauf hin.

Theo nahm die Hand im selben Augenblick von seinem Mund, als Jaime auftauchte. Nine rieb sich an Jaimes Knie.

»Wie gut bist du im Ablenken?«, fragte Theo ihn.

»Ich könnte so tun, als hätte ich einen Wutanfall«, schlug Jaime vor. »Und verlangen, dass der Chef geholt wird.«

Tess lachte. »Sehr subtil.«

»Der Mann hinter der Theke liest einen Comic. Ich bin sicher, ich kann ihn für eine Weile ablenken.« Jaime kniff die großen braunen Augen zusammen. »Kann ich mich darauf verlassen, dass ihr euch nicht in Schwierigkeiten bringt und verhaftet werdet?«

»Klaro«, erwiderte Tess.

Jaime ging zur Theke. »Hey. Ist das *Batman* Nummer 92?«

»Ja«, erwiderte der Thekenmann. »Ein altes Schätzchen.«

»Den hab ich auch! Mit Ace, dem Bat-Hund, richtig?«

Während Jaime und der Mann an der Theke über Batman und Bat-Hund sprachen, tat Tess so, als ob sie sich für die Exponate um den Würfel herum interessierte. Theo stand hinter ihr und versperrte die Sicht auf sie, sodass sie den Würfel in ihre Tasche stecken konnte. Als Theo vorsichtig Richtung Eingang blickte, tauschten sich Jaime und der Mann immer noch fröhlich über Comics aus.

Theo zog an seiner Lippe und Tess rückte einige der Exponate im Regal herum, damit es nicht so aussah, als ob etwas fehlte.

»Erledigt«, flüsterte sie.

Vor lauter Nervosität war Theo schlecht, als hätte er etwas Verdorbenes gegessen. »Ich hatte viel mehr Spaß am Code, bevor wir ihn knacken *mussten.*«

Auch Jaime schien nervös zu werden, denn er beendete sein Gespräch und kam zu ihnen herüber. »Sind wir so weit?«

»Mehr oder weniger«, erwiderte Theo.

»Miau«, machte Nine.

Auf dem Weg zum Ausgang bedankten sie sich bei dem Mann für seine Hilfe.

»Kein Problem«, entgegnete er. »Kommt gern jederzeit wieder.«

Sie schlüpften zur Tür hinaus und atmeten alle erleichtert auf, als ihnen niemand folgte. Gerade hatten sie das Ende der Straße erreicht, als eine Frau um die Ecke geschossen kam und geradewegs in Tess hineinlief. Bevor Tess auch nur reagieren konnte, begann die Frau zu schreien.

»Es hat mich gebissen!«, kreischte sie. »Hilfe!«

»Was?«, sagte Tess. »Sie hat nicht …«

Und dann machte sie einen Schritt nach hinten – sie alle taten das –, weil ihnen die Frau so bekannt vorkam. Sie hatte weißblonde Haare und trug ein rotes Kleid mit dazu passenden Schuhen.

Die Frau hielt ihren Arm hoch, von dem plötzlich Blut tropfte. »Sieh dir das an!«

Tess wurde blass. »Meine Katze war das nicht. Sie hat Sie nicht mal berührt!«

»Das ist keine Katze!«

»Natürlich ist sie eine Katze!«

»Das ist eine Art Monster! Oh mein Gott, das ist eine Maschine, nicht wahr?«, schrie die Frau.

»Nein!«, widersprach Tess.

»Doch! Das ist eine Maschine!« Die Frau jammerte. »Eine Art gestörte Maschine. Hilfe! Warum hilft mir denn niemand?«

Aber sie wirkte nicht verängstigt und sie wich nicht zurück. In ihren dunklen Augen glitzerte etwas, das Theo vorkam wie … Belustigung? Wer auch immer sie war, sie genoss diesen Auftritt.

Die Menschen auf der Straße blieben stehen und starrten zu ihnen herüber. Jaime nahm Tess' einen Arm und Theo den anderen.

»Kopf runter«, murmelte Jaime. »Auf keinen Fall rennen.«

»Aber …«, begann Tess, doch Jaime unterbrach sie.

»Wir gehen zur Bahn. Tut so, als könntet ihr sie nicht hören oder als ob sie nicht über uns spricht.«

Sie marschierten los. Hinter ihnen ertönte ein immer lauter werdendes Gemurmel, dazwischen die schrillen Schreie der Frau. Ein Mann knurrte: »Ist das Blut?«

Sobald sie die Treppe zur Underway erreicht hatten, gingen sie schneller und hüpften in den nächsten Zug. Steif und nervös saßen sie nebeneinander.

Tess murmelte: »Nine war nicht mal in der Nähe dieser Frau. Sie ist in *mich* hineingelaufen. Und warum hat sie behauptet, Nine wäre eine Maschine? Warum hat sie gelogen?«

Nine stupste ihr gegen die Finger und Tess vergrub das Gesicht im Fell ihrer Katze. Theo musterte nacheinander alle Fahrgäste. Keiner von ihnen schien sie zu beobachten. Gleichzeitig schienen sie sie alle zu beobachten.

»Wir sind in Sicherheit«, sagte Jaime.

»Ich will wissen, wer diese Frau ist«, antwortete Theo leise. »Sie scheint uns zu verfolgen.«

Jaime schüttelte den Kopf. »Diesmal war es eine andere. Die Frau in der Bibliothek war größer und hatte helle Augen. Diese hier war kleiner mit braunen Augen.«

»Es gibt zwei davon?«, vergewisserte sich Tess. »Ein Team? Aber wessen Team?«

»Keine Ahnung«, gab Jaime grimmig zu. Er zog sein Skizzenbuch hervor und zeichnete rasch die Frau, wie sie kreischend ihren Arm hochhielt, während eine kalte Schadenfreude in ihren Augen glitzerte.

Theo erschauerte beim Anblick der Zeichnung. »Das ist beinahe zu gut.«

Die restliche Fahrt bis zu Tante Esther schwiegen sie, als hätten sie Angst, dass alle weiteren Gespräche irgendwie die nächste Person heraufbeschwören könnten, die wie eine Hyäne kreischte. Als sie schließlich Tante Esthers Haus betreten hatten, schloss Tess die Tür hinter ihnen und lehnte sich dagegen.

»Wow«, sagte sie. »Das war echt knapp.«

»Wir müssen uns für eine Weile bedeckt halten«, stimmte Jaime ihr zu.

»Mit dem Würfel sind wir erst einmal beschäftigt«, fand Theo.

Tante Esther erschien in der Küchentür. »Womit seid ihr erst einmal beschäftigt?«

»Ihnen bei der Vorbereitung des Abendessens zu helfen, Ms Esther«, entgegnete Jaime.

Tante Esther strahlte. »Du bist immer so ein Gentleman, Mr Jaime. Ich habe mir überlegt, Lasagne zu machen.«

»Das trifft sich gut, denn ich liebe Lasagne«, antwortete Jaime.

»Dann bleib und iss mit uns. Ruf am besten deine Großmutter an und frag sie.«

Theo wunderte sich, wie es sein musste, so eine Gabe für Menschen zu haben. Immer das sagen zu können, was sie hören wollten, ohne jemals heuchlerisch zu klingen, weil man nichts vortäuschen musste. Er täuschte zwar auch nichts vor, aber die Menschen schienen ihn für seine Ehrlichkeit nicht immer zu mögen. Meistens machte ihm das nichts aus, doch ab und zu schon.

Aber er war dankbar, dass Jaime den Museumsmann von ihrem Diebstahl abgelenkt hatte, Tante Esther von ihrem Gespräch und Tess von ihrem Zusammenstoß mit der Hyäne. Sie verbrachten die nächsten beiden Stunden mit Tante Esther in der Küche, halfen beim Zwiebelschneiden und Tomatenzerkleinern, kochten Nudeln vor und schichteten eine riesige Lasagne in eine riesige Auflaufform. Nine half, indem sie den Käse auffraß, der ihnen versehentlich auf den Boden gefallen war. Nachdem sie die Lasagne in den Ofen geschoben hatten, half Lance, indem er allen Plätzchen und Milch im Wohnzimmer servierte. (»Den Nachtisch zuerst«, hatte Tante Esther vorgeschlagen. »Nachtisch geht immer«, hatte Tess bestätigt.)

Sie waren solch guter Dinge und hatten die seltsamen Ereignisse des Tages längst verdrängt, dass Theo vom plötzlichen Erscheinen seiner Mutter, die eigentlich erst viel später nach Hause kommen sollte, völlig überrascht wurde. Als sie das Wohnzimmer betrat, lächelte sie nicht, begrüßte sie nicht, machte keine Bemerkung über die Plätzchenkrümel oder den Duft nach Tomatensoße. Stattdessen steckte sie die Hände in die Taschen und fragte: »Wer möchte mir erzählen, was heute passiert ist?«

Theo dachte sofort an den gestohlenen Würfel. Er öffnete den Mund, doch ihm fiel nichts ein.

»Hast du mir etwas zu sagen, Theo?«

»Ich …«, begann er. Doch er wusste nicht, wie er den Satz

beenden sollte. Sogar Jaime wirkte sprachlos. Angesichts ihrer ernsten Miene schien selbst er seinen natürlichen Charme verloren zu haben.

Ihre Mutter zog ihr Handy heraus und drückte einige Tasten. Dann drehte sie es herum, damit es alle sehen konnten. »Vielleicht hilft euch ja dieses Video auf die Sprünge? Es verbreitet sich im Internet wie ein Lauffeuer.«

Auf dem Handy beobachteten sie, wie die Frau kreischte und ihren blutigen Arm herumschwenkte. Und sie entdeckten sich selbst, alle vier. Nine wirkte sogar noch größer als sonst.

Tess beugte sich vor. »Mom, diese Frau ist in mich hineingelaufen. Nine hat sie überhaupt nicht berührt. Sie würde niemanden beißen. Die Frau hat gelogen.«

Ihre Mutter steckte das Handy seufzend zurück in die Tasche. »Warum sollte sie lügen?«

»Ich weiß es nicht«, gab Tess zu.

Ein lautes Klopfen ertönte an der Tür.

»Herein!«, rief ihre Mutter und ein blasser, teigiger Mann betrat das Zimmer.

»Das ist mein neuer Partner, Detective Clarkson«, stellte ihre Mom ihn vor.

Tess starrte ihn an. Sie alle starrten ihn an. Denn der blasse, teigige Mann gehörte zu den Polizisten, die die drei im vergangenen Monat beim Herunterklettern von den verlassenen Underway-Gleisen erwischt hatten. Er und sein Partner hatten gewusst, wer die Mutter von Tess und Theo war, aber sie hatten versprochen, ihr nichts zu sagen, damit sie nicht in

Schwierigkeiten gerieten (und sie keinen zusätzlichen Papierkram zu erledigen hatten).

Falls er sich an sie erinnerte – und Theo war sich sicher, dass er es tat –, dann zeigte er es nicht. Clarkson nickte nur, die Miene genauso ernst wie die ihrer Mutter.

»Sie sind hier, Detective«, sagte er.

»Wer ist hier?«, wollte Tess wissen.

»Hör mal, Schatz«, begann ihre Mom. »Ich glaube dir. Wirklich. Aber die Frau aus dem Video hat Anzeige erstattet.«

»Nine hat nichts getan, Mom«, versicherte ihr auch Theo.

Jaime pflichtete ihm bei. »Wirklich nicht, Mrs Biedermann.«

»Wie dem auch sei, ich muss Nine mitnehmen.« Als Tess sie schockiert anblickte, fuhr sie fort: »Nur für eine Weile, bis wir die Sache geregelt haben.«

»Nein!« Tess presste Nine an sich. »Nein! Das ist ungerecht! Diese Frau lügt!«

»Was habt ihr in Brooklyn gemacht?«, fragte ihre Mutter.

»Spielt das eine Rolle?«, entgegnete Theo schärfer als beabsichtigt. Seine Mutter starrte ihn an, genau wie Clarkson. »Wir haben ein Museum besucht. Diese Frau ist in Tess hineingelaufen. Wir haben nichts gemacht. *Nine* hat nichts gemacht. Sie hat diesen Biss vorgetäuscht. Keine Ahnung, warum, aber so war es.«

Clarksons Blick wurde weich. »Ich habe mit der Frau gesprochen und ihre Geschichte war voller Apfelmus.« Er wandte sich an Theos Mom und fügte hinzu: »Meiner Meinung nach.«

»Ich weiß. Aber weil ihr meine Kinder seid und weil ich dir die Lizenz für Nine besorgt habe, darf es nicht nach Bevorzugung aussehen. Ich muss mich streng an die Regeln halten.«

Tante Esther, die den ganzen Schlagabtausch wortlos verfolgt hatte, fragte: »Wessen Regeln, Miriam?«

»Du weißt, was ich meine.«

»Da bin ich mir nicht so sicher«, gab Tante Esther zu. »Du weißt, dass Nine keiner Fliege etwas zuleide tun würde. Und die Kinder haben dir erzählt, was passiert ist. Diese Frau hat offensichtlich irgendwelche Hintergedanken. Vielleicht will sie dich ärgern.«

»Warum sollte sie das tun?«

»Keine Ahnung, Miriam. Frag sie doch einfach.«

»Das werde ich«, versprach ihre Mom. »Und je früher ich es herausfinde, desto früher bekommen wir Nine zurück. Aber bis dahin muss sie ins städtische Tierheim. Die Leute sind schon hier.«

Bei diesen Worten begann Tess zu weinen. Neben Theo drückte Jaime die Sofakissen so fest, dass seine Knöchel weiß hervortraten. Theo juckte es am ganzen Körper, als ob sich seine Haut ablöste.

Ihre Mutter hockte sich vor Tess hin. »Alles wird gut. Ich habe mit den Männern vom Tierheim gesprochen. Sie werden sich um sie kümmern und dafür sorgen, dass es ihr gut geht.«

»Ich kann nicht«, sagte Tess. »Ich kann nicht.«

Vielleicht meinte sie, dass sie es nicht ertragen konnte, Nine fortgehen zu sehen, oder dass sie nicht ohne Nine leben konnte, nicht mal für kurze Zeit, oder dass sie die Ungerechtigkeit der ganzen Sache nicht aushielt.

Doch ihre Mom packte Nine am Geschirr und kniff bei Tess' Schreien die Lippen fest zusammen. Nine krümmte sich und versuchte, sich kleiner zu machen, allerdings erfolglos. Sie ließ ein verwirrtes »Miau?« hören.

Tante Esther stand auf. »Tu das nicht, Miriam.«

»Ich habe keine andere Wahl«, erwiderte ihre Mom. Doch sie vermied Blickkontakt mit allen, als sie Nine aus dem Wohnzimmer zerrte.

Clarkson blieb noch einen Moment. »Ich weiß, dass die ganze Situation maisverrückt wirkt, aber eure Mom ist wirklich klug. Sie wird herausfinden, was zum Toffee diese Frau vorhat, und euch eure Katze in Nugat Komma nichts zurückbringen. Macht euch keine Sorgen.«

Theo hätte ihm sagen können, dass die einzige Person, die Tess davon überzeugen konnte, sich keine Sorgen zu machen, gar keine Person war, sondern die sehr große Katze, die sie ihr gerade weggenommen hatten. Tess schlug sich die Hände vors Gesicht und schluchzte.

Kurz darauf ging Tess ins Bett. Tante Esther klapperte mit Töpfen und Pfannen in der Küche herum, die Lippen missbilligend zusammengepresst. Lance hockte in einer Ecke, Theo und Jaime stocherten in der Lasagne herum, aber brachten nicht viel hinunter. Schließlich gaben sie es auf, wickelten die Auflaufform in Folie und stellten sie in den Kühlschrank.

Jaime informierte Theo, dass er nach Hause müsste, und Tante Esther bot ihm an, ihn bis zum Zug zu begleiten.

»Wenn ich nicht an die frische Luft komme, platze ich womöglich«, verkündete sie.

Bevor sie aus der Tür verschwanden, wandte sich Jaime an Theo: »Sag Tess Auf Wiedersehen von mir.«

»Das werde ich«, versprach Theo.

»Sag ihr …« Er schien noch etwas hinzufügen zu wollen, tat es aber nicht.

»Morgen«, erwiderte Theo. »Du siehst sie morgen.«

»Ja.«

Und dann waren sie fort.

Ihr Dad kam nach Hause. Er hatte gehört, was passiert war, und ging nach oben, um nach Tess zu sehen, während Theo die Küche aufräumte. Er ließ einen Teller mit einem Stück Lasagne für seinen Dad auf dem Tisch stehen. Doch als der zurück nach unten kam, schien er ebenfalls keinen besonders großen Appetit zu haben. Er half Theo mit dem Abwasch und dann schauten sie eine Weile lang Fernsehen, wobei sie alle Nachrichten über eine riesige Katze, die vermutlich eine als Tier getarnte Maschine war und blonde Frauen in Brooklyn terrorisierte, vermieden.

Nach einer weiteren Stunde ging Theo ins Bett. Irgendwie schlief er ein. Er erwachte von Tess' leisem Weinen, das viel zu sehr dem Jammern von verlorenen Kätzchen ähnelte. Er kroch aus seinem Bett und kniete sich neben ihres. Ihre Augen zuckten unter den Lidern und sie warf die Arme und Beine herum, als ob sie versuchte zu rennen. Er griff nach einer ihrer Hände und flüsterte: »Es ist gut, alles wird gut«, obwohl das nicht stimmte und er keine Ahnung hatte, wie er wieder alles gutmachen sollte. Er sprach mit ihr und drückte ihre Hand, bis ihre hektischen Bewegungen nachließen und schließlich aufhörten.

Ohne sie loszulassen, drehte sich Theo so, dass er an ihr Bett gelehnt saß, den Kopf auf die Matratze gelegt. Die ganze Nacht über hielt er die Hand seiner Schwester, bis die aufgehende Sonne den Himmel teilte, schwarz und goldfarben wie Nines Fell.

KAPITEL 11

Nine

Miriam Biedermann hatte ihre Kinder nicht angeschwindelt. Die Männer, die Nine in ihren Transporter verfrachteten und zu einer großen, feuchtkalten Einrichtung in Manhattan fuhren, gingen sanft mit ihr um. Sie rissen nicht an ihrem Geschirr und schrien sie auch nicht an. Sie sprachen in leisem, beruhigendem Ton mit ihr. Sie steckten sie in einen sauberen Käfig mit einer bequemen Kiste in einer Ecke und einer vollen Wasserschüssel.

Aber ein Käfig blieb ein Käfig und Nine kannte sich sehr gut mit Käfigen aus. Als sie noch ein Kätzchen und nichts weiter als eine weitere Zahl gewesen war, hatte sie den Großteil ihrer Zeit in einem verbracht.

Damals hatte ihr der Käfig nichts ausgemacht. Sie war klein genug gewesen, dass ihr das Gehege so groß wie ein Universum vorgekommen war. Mit noch geschlossenen Augen und Ohren, kaum in der Lage zu gehen, war sie mit der Nase am gepolsterten Boden des Käfigs entlanggekrochen, um den

Rand zu finden, aber erfolglos. Lediglich die Gerüche waren eindeutig gewesen: der papierartige Geruch der Polsterung unter ihren Pfoten, der intensive Geruch der Metallstäbe, der Geruch ihrer Brüder und Schwestern, von denen jeder einzigartig war, und der Geruch ihrer Mutter nach Milch und Wärme.

Je größer sie und ihre Geschwister wurden, desto größer wurde auch der Käfig. Sobald ihre Augen und Ohren offen waren, balgten und jagten sie sich, hüpften und sprangen und schliefen zusammengekuschelt in einem riesigen Katzenberg. Ab und zu griff eine behandschuhte Hand in den Käfig und zog trotz Mutters lautem Protest die Kätzchen nacheinander heraus. Außerhalb des Käfigs wurden sie gewogen und gemessen. Ihre Mäuler wurden aufgezwungen, damit die Zähne überprüft werden konnten. Nadeln. Viel zu viele Nadeln. Und andere Demütigungen, an die sich Nine nicht gern erinnerte.

Woran sie sich aber sehr gut erinnerte: Sie war immer am schwersten zu fangen gewesen.

Egal, wie schnell die Hand nach ihr gegriffen hatte, sie war immer schneller gewesen. Der Handschuhhand auszuweichen war zu ihrem Lieblingsspiel geworden. Sie rannte im Käfig herum, sauste an den Stäben entlang und wich aus, wobei sie die Rücken ihrer Geschwister als Treppenstufen benutzte. Oft waren zwei oder drei Handpaare nötig, um sie einzufangen. Dann fauchte und zappelte sie, wand sich und entwischte, wodurch sie ihre Fänger zu einer weiteren Jagd um die anderen Käfige der Einrichtung zwang.

Es gab viele Käfige dort. Manchmal war ihr der Geruch der Kreaturen darin vertraut, manchmal war er rätselhaft und merkwürdig. Manchmal miauten, jaulten und heulten die Kreaturen freundlich. Und manchmal waren sie feindselig und versuchten, mit ihren scharfen Zähnen durch die Gitterstäbe nach ihr zu schnappen, wenn sie vorbeiflitzte. Aber sie war für alle zu schnell.

Das war ihre Kindheit gewesen: Sie spielte mit ihren Geschwistern, kuschelte mit ihrer Mutter und wich den Fängern so gut wie möglich aus. Doch dann verschwanden ihre Geschwister einer nach dem anderen und kamen nie zurück. Erst waren es neun, dann acht, dann sieben, sechs, fünf, vier, drei, zwei. Eines Tages, während sie betäubt war, nahmen sie ihre Mutter mit.

Und Nine war allein im Käfig. Genau wie jetzt.

Sie musste nicht erst mit der Nase über den Boden dieses Käfigs streifen, um seine Grenzen zu finden. Ihr blieb genug Platz für fünf Schritte, aber nicht mehr. An diesem Ort gab es viel zu viele Gerüche, um sie alle zu absorbieren: Wut und Traurigkeit, Verzweiflung und Resignation. Sie fraß nichts von dem angebotenen Futter, obwohl die Männer es ihr mit freundlichen Worten hingestellt hatten. Denn sie war viel zu sehr damit beschäftigt, die Belastbarkeit des Schlosses an ihrer Käfigtür zu testen. Sie lehnte sich dagegen, schlug danach, biss hinein. War enttäuscht, als es standhielt. War sogar noch enttäuschter, als einer der Männer, diesmal nicht so freundlich, es verstärkte, indem er es mit Draht umwickelte.

So ging das nicht.

Nine verstand nicht, warum oder wie sie hier gelandet war, aber es musste sich um ein tragisches Versehen handeln. Schließlich hatte sie eine Familie und eine Arbeit. Sie konnte nicht in diesem Gefängnis für die Verlorenen und Verlassenen und Gestohlenen eingesperrt bleiben. Nine wartete bis zum Einbruch der Dunkelheit, als die Männer die jammernden Kreaturen verließen, damit diese auf sich allein gestellt die einsame Nacht herumbringen konnten. Mit einer Pfote zerrte sie den Drahtknoten auf. Dann nahm sie den Draht zwischen die Zähne und wickelte ihn geduldig vom Schloss ab. Anschließend wandte sie ihre Aufmerksamkeit dem Schloss selbst zu.

Es war keine besonders komplizierte Vorrichtung, lediglich ein Hebel von der Außenseite des Käfigs. Nine schob eine Pfote zwischen die Metallstäbe, hob ihn an und lehnte sich gegen die Tür. Sie öffnete sich mit einem kaum wahrnehmbaren Quietschen. Jedenfalls kaum wahrnehmbar für Menschen, doch die anderen Kreaturen hörten es sehr wohl. Als Nine den leeren Flur entlanghuschte, an allen Käfigen vorbei, murmelten und sangen die Kreaturen, jaulten und knurrten, wimmerten und heulten. Sie wollte ihnen helfen, aber dafür blieb ihr keine Zeit. Daher wappnete sie sich gegen das wehleidige Klagen und marschierte geradewegs auf die große Schwingtür am Ende des Flures zu – die Tür zur Freiheit.

Doch kurz bevor Nine die Tür erreichte, schwang diese auf. Ein dunkler Schatten lauerte dahinter. Nine stolperte rückwärts, mit den Krallen Halt suchend, und rannte zurück. Der lange Schatten folgte ihr. Die Schritte klangen gespenstisch ruhig auf dem Betonboden. Beim Anblick des Eindringlings wurden die anderen Tiere wild, rüttelten an ihren Käfigen und erfüllten die Luft mit Bellen, Quäken und Kreischen. Nine fand sich am Ende des Flurs wieder, vor ihr eine Backsteinwand, links und rechts Käfige.

Ohne Ausweg.

Sie wandte sich um, senkte den Kopf und machte sich zum Sprung bereit.

Die Frau blieb nur wenige Schritte von Nine entfernt stehen und lächelte unerschrocken. Sie hockte sich hin und lächelte noch breiter, als Nine ihren ruhigen Blick mit einem warnenden Knurren erwiderte.

»Schau an, schau an«, murmelte die Frau. »Genau das Kätzchen, nach dem ich gesucht habe.«

KAPITEL 12

Jaime

Am Morgen, nachdem die Mutter der Zwillinge Nine fortgebracht hatte, wachte Jaime viel zu früh mit einem merkwürdigen Druck im Kopf auf, als ob jemand sein Gehirn von innen zusammendrückte.

Er stand auf und versuchte, das Gefühl abzuschütteln, und als das nicht funktionierte, massierte er sich die Schläfen. Seine Hamsterigel Napolean und Tyrone, die in ihrem Käfig nach Frühstück herumschnüffelten, lenkten ihn von den Schmerzen ab. Er öffnete die Klappe zu ihrem Käfig, nahm ihre Schüssel heraus und schüttete frisches Trockenfutter hinein. Wie gewöhnlich kam Napolean herübergerannt und begann zu fressen, aber Tyrone, die viel wählerischer war, roch nur kurz daran und rannte dann hinüber zu ihrem Rad. Sie sprang hinein und flitzte, so schnell sie konnte, wobei sie ihre Unzufriedenheit über das Trockenfutter und ein herzloses Universum herausquiekte, das sie mit einem gefühllosen, egoistischen Besitzer gestraft hatte, der kein angemessenes Essen servierte.

»Okay, okay«, gab Jaime nach und ging in die Küche, um ihr ein wenig Obst zu holen.

Erst als er mit einigen Stücken Wassermelone zurückkehrte und Tyrone beim Rennen beobachtete, erkannte er den Grund für seine Kopfschmerzen: Er war wütend. So wütend, dass er in einem Rad in seiner Größe zehn Kilometer hätte sprinten können, falls jemand so etwas erfand.

Jaime wurde nicht schnell wütend. Er war ausgeglichen, er steckte Dinge gut weg, genau wie seine Mutter es getan hatte. Das mochte er an sich. Als Baby war er so ruhig und still gewesen, dass seine Eltern ihn jede Stunde im Bettchen angestupst hatten, um sicherzugehen, dass er noch lebte (behauptete zumindest Mima). Aber dass der Wachmann Cricket gejagt hatte, dass diese Frau den Biss vorgetäuscht und Detective Biedermann ihrer eigenen Tochter die Katze weggenommen hatte, das nagte an ihm.

Es war einfach nicht richtig.

Es war immer noch nicht richtig, als er sich anzog, es war nicht richtig, als er am Frühstückstisch saß und Mimas Rührei in sich hineinschaufelte, ihr versicherte, dass es ihm gut ging und auch Tess und dass Detective Biedermann Nine zurückholen würde.

Eine Stunde später machte er sich auf zum Haus der Zwillinge. Die Kopfschmerzen drückten ihm immer noch auf den Schädel. Er warf dem Wachmann einen bösen Blick zu, obwohl es nicht derselbe war, der Cricket gejagt hatte, was ihm ein verwirrtes »Guten Morgen?« von dem armen Kerl einbrachte. Jaime fühlte sich schuldig, aber nicht schuldig genug, um sich zu entschuldigen. Was ebenfalls gar nicht seine Art war. Die Lösung des Codes von Old York übernahm allmählich die Kontrolle über sein Leben und verwandelte ihn in einen völlig anderen Menschen. Oder möglicherweise wäre er eines Tages sowieso ein anderer geworden, das wusste er nicht genau.

Was er jedoch genau wusste: Sie mussten Nine zurückbekommen, und zwar sofort, heute noch. Und momentan war ihm egal, wem er dafür böse Blicke zuwerfen musste.

Seltsamerweise heiterte dieser Gedanke ihn ein wenig auf und während der Underway-Fahrt nach Queens ließ der Schmerz in seinem Kopf etwas nach. Als er bei den Zwillingen ankam, fühlte er sich beinahe wieder so gelassen wie sonst, wie früher, bevor der ganze Code-Kram passiert war. Obwohl es immer noch recht früh war, schien Tante Esther froh, ihn zu sehen, genau wie Mr Biedermann, der am Küchentisch einen Bagel aß.

»Ah, Jaime«, begrüßte ihn Mr Biedermann. »Wie geht es dir heute Morgen?«

»Vermutlich genauso gut wie Ihnen«, erwiderte Jaime. »Gibt's was Neues von Nine?«

Tante Esther brummte missbilligend und knallte eine Tasse auf die Arbeitsplatte.

Mr Biedermann blickte sie stirnrunzelnd an. »Nein, noch nicht. Aber meine Frau arbeitet daran.«

Tante Esther nahm eine Handvoll Besteck und stopfte es in eine Schublade. »Sie könnte sich ein bisschen beeilen.«

»Es ist zwölf Stunden her, Esther.«

Tante Esther schniefte. »Eben.«

Mr Biedermann schloss die Augen, als ob er um Geduld betete, dann schlug er sie wieder auf. Er aß den letzten Bissen Bagel und erhob sich. »Ich muss zur Arbeit. Nimm dir einen Bagel, Jaime, oder was du sonst möchtest. Die Zwillinge sind schon wach und sollten in einigen Minuten herunterkommen.« Dann legte er Jaime eine Hand auf die Schulter. »Ich freue mich immer, dich zu sehen, aber heute bin ich besonders froh. Tess wird einen Freund brauchen.«

Jaime wusste nicht, was er darauf antworten sollte, und nickte nur. Das reichte Mr Biedermann, der nach einem Stapel Akten griff und in Richtung Tür ging. In diesem Moment läutete es in seiner Tasche. Buchstäblich, wie die Pausenklingel in der Schule. Mr Biedermann wühlte darin nach dem Handy. »Hallo?«

Dann blieb er wie angewurzelt stehen.

»Was? Aber wo ist sie?«

Pause.

Mr Biedermann versteifte sich, genau wie seine Stimme. »Und *warum* fragen Sie mich das?«

Eine weitere Pause.

»Meine Tochter war den ganzen Abend zu Hause. Und hat geweint, möchte ich hinzufügen. Sie ist am Boden zerstört. Ein kleines Mädchen, völlig aufgelöst.«

Pause. Ein schneller Blick über die Schulter hinüber zu Tante Esther.

»Niemand aus diesem Haus hat sich dem Ort auch nur genähert. Und mir gefallen Ihre Anschuldigungen ganz und

gar nicht. Ich rufe jetzt meine Frau an. Und Sie schicken lieber ein paar Leute los, um sie zu suchen, denn wenn nicht …«
Mr Biedermann beendete den Anruf, kam zurück an den Tisch und ließ sein Handy und die Akten darauffallen.

»Worum geht es, Lawrence?«, fragte Tante Esther.

»Nine«, antwortete Mr Biedermann.

»Was ist mit Nine?«, fragte eine Stimme von der Tür her.

Tess. Die Augen rot. Immer noch im Nachthemd. Theo direkt hinter ihr.

»Schatz«, begann Mr Biedermann. »Wie wär's, wenn du dich erst mal setzt …«

»*Was ist mit Nine?*«, wiederholte Tess.

Mr Biedermann holte tief Luft. »Sie ist verschwunden.«

Theo legte Tess eine Hand auf die Schulter. Doch falls sie erwartet hatten, dass Tess zusammenbrach und schrie, wurden sie überrascht.

Denn nichts davon passierte. Tess blinzelte und dann machte sich ein Grinsen auf ihrem Gesicht breit.

»Tess?«, fragte Mr Biedermann.

»Sie ist ausgerissen«, sagte Tess. »Jetzt kommt sie nach Hause.«

»Tess.«

»Darin war sie schon immer gut. Ausreißen, verstecken. Wie damals, als sie noch klein war und aus der Wohnung geflüchtet ist. Sie hat sich in Mr Perlmutters Vorratsschrank versteckt und all seine Cornflakes gegessen.«

»Tess …«, begann Mr Biedermann erneut.

»Oder wie damals, als sie mit dem Speiseaufzug gefahren

ist. Sie war stundenlang verschwunden. Ich hab mir solche Sorgen gemacht, aber völlig umsonst! Ich mache mir immer vollkommen umsonst Sorgen.«

»Schatz.«

»Weißt du noch, Dad? Erinnerst du dich, wie gern sie ausreißt? Wie gern sie sich versteckt?«

Mr Biedermann kniff die Lippen zusammen. Dann sagte er: »Ich erinnere mich.«

»Sie ist ihnen entwischt«, behauptete Tess fest. »Sie kommt jetzt nach Hause.«

»Tess, geht's dir …«

»Mir geht's gut, Dad«, versicherte ihm Tess.

»Aber …«

»Ehrlich. Mir geht's gut.«

Jaime glaubte nicht, dass es ihr gut ging. Seiner Meinung nach war überhaupt nichts gut.

Doch Mr Biedermann nahm sein Handy. »In Ordnung. Ich lasse eure Mutter wissen, was passiert ist.«

»Falls sie es nicht schon längst weiß«, antwortete Theo.

»Ja. Nun gut. Ich ruf sie trotzdem an.«

Mr Biedermann nahm auch die Akten. Er schien noch etwas sagen zu wollen, entschied sich aber dagegen. Sie hörten die Haustür hinter ihm zuknallen.

Jaime und Theo beobachteten Tess. Sie stützte die Hände in die Hüften, die Augen und das Lächeln wirkten übertrieben fröhlich.

»So. Was gibt's zum Frühstück?«

Tess' Lächeln hielt den ganzen Morgen über an. Während des Frühstücks, als sie langsam einen Bagel kaute. Als sie in Jeansshorts und einem Wonder-Woman-Shirt die Treppe heruntergesprungen kam. Während der Underway-Fahrt nach Manhattan zu dem Ort, an den Nine gebracht worden war. Während ihrer Suche zwischen den benachbarten Häuserblocks, in der Hoffnung, Nine irgendwo versteckt in einer Gasse oder schlafend in einem Hauseingang zu finden.

Und sie behielt es auf dem gesamten Rückweg zu Tante Esther bei und während sie Empanadas vom Laden an der Ecke aßen. Tess' Strahlen war wie eine Schutzmauer, eine Magie, in der sie sich eingeschlossen hatte. Ein sicherer Ort, an dem sie sich über gar nichts Sorgen machte und es Nine auf jeden Fall gut ging und sie sich auf direktem Weg nach Hause befand. Ab und zu berührte Theo den Arm oder die Hand seiner Schwester, so wie Nine es getan hatte – um sie zu beruhigen, sie aus ihren Gedanken zu holen oder ihr zu sagen, sie könne sich so viel Zeit nehmen, wie sie brauchte.

Am Morgen war sich Jaime so sicher gewesen, dass sie Nine zurückbringen könnten. Jetzt, wo sich Nine selbst befreit hatte, wusste er nicht mehr weiter. Schließlich bestand auch die Möglichkeit, dass Nine vielleicht gar nichts Derartiges getan hatte, sondern entführt worden war. Dass die Frau, die behauptet hatte, die Katze habe sie angegriffen, möglicherweise etwas damit zu tun hatte. Dass Nine ohne Hilfe nicht zurück zu Tess kommen würde. Doch er brachte es nicht über sich, das laut auszusprechen. Noch nicht. Stattdessen zeichnete er Nine: wie sie einen Käfig aufschloss, durch die

Stäbe schlüpfte, sich unter einem zerbrochenen Fenster durchzwängte und in der Nacht verschwand. Er zeichnete Dutzende Variationen und zeigte Tess die Bilder. Bei jedem lächelte sie ihr breites Lächeln und drückte seine Hand, als ob er tatsächlich etwas täte, als ob es einen Grund gäbe, ihm zu danken.

Tante Esther schien ebenfalls neben sich zu stehen und wirkte irgendwie ernüchtert, wie ein Magier, dem man seine Magie weggenommen hatte. Sie verkündete, sie würde zum Markt gehen und ihnen einen Teller mit Feigenkeksen hinstellen. Auf Tess' Grinsen hin brummte sie und legte noch weitere Kekse auf den Teller, bevor sie ging.

Theo holte den Metallwürfel aus ihrem Zimmer im Dachboden und sie untersuchten ihn im Wohnzimmer mit einer Lupe. Auf der Oberfläche befand sich hier und da ein Stein, ein roter oder ein blauer, aber es waren deutlich mehr leere Höhlen als Steine vorhanden.

»Es fehlen eine Menge«, stellte Theo fest.

»Wir können es schaffen«, behauptete Tess und lächelte, lächelte, lächelte.

»Vielleicht«, erwiderte Theo. Jaime bemerkte, dass Theo sorgfältig darauf achtete, nichts von dem zu sagen, was er normalerweise zu bedenken gegeben hätte: dass der Würfel schon mit wenigen fehlenden Steinen schwer zu lösen wäre, geschweige denn mit so vielen Lücken. Aber Theo war Theo, und deshalb versuchte er es trotzdem. Anschließend probierte Jaime es. Überraschenderweise, oder wenig überraschend, versuchte es Tess am längsten, bis auch sie aufgab.

Sie reichte den Würfel zurück an Theo und blickte zum Fenster hinaus, für den Fall, dass Nine nach Hause gekommen war und ins Haus wollte.

Jaime beobachtete, wie sie nach links und rechts schaute, und sah ihre Schultern ein kleines bisschen sinken, als sie die Katze nicht fand und sich wieder zurück auf die Couch setzte.

»Vielleicht gibt es gar nichts zu lösen«, vermutete Jaime. »Vielleicht sollen wir den Würfel auseinandernehmen.«

»Das ist eine spannende Idee«, sagte Theo und klang tatsächlich zum ersten Mal an diesem Tag an etwas anderem interessiert als an Tess oder Nine. »Eventuell können wir etwas Neues daraus bauen.«

»Gute Idee«, bestätigte Tess lächelnd.

Jaime wünschte sich, sie würde damit aufhören. Es begann ihn wahnsinnig zu machen.

Theo holte einen kleinen Werkzeugkasten und machte sich mit einem Schraubendreher am Würfel zu schaffen. Dann mit Hammer und Meißel. Aber wenn sie den Würfel wirklich auseinandernehmen und neu zusammensetzen sollten, würde das zu einer echten Herausforderung werden. Keiner der winzigen Würfel bewegte sich auch nur einen Millimeter.

»Es funktioniert nicht«, stellte Theo fest und schob sich eine Hand in die Haare. Dann: »Autsch!«, weil er vergessen hatte, dass er immer noch den Meißel festhielt.

»Schlag dir nicht versehentlich was aus dem Kopf«, sagte Jaime, aber es kam nicht richtig heraus. Nicht cool oder fröhlich und es war kein bisschen lustig.

»Hallo«, sagte Tess.

»Wie bitte?«, fragte Jaime.

»Ich rede mit den Spinnen«, erklärte sie. Sie deutete auf die Pflanzen am Fenster. »Sie blicken zu uns herüber. Seht ihr?«

Jaime fürchtete sich davor, den Kopf zu drehen, weil er Angst hatte, dass Tess halluzinierte, aber das tat sie nicht. Eine kleine Gruppe Spinnen hatte sich am Rand einer der Zimmerpflanzen versammelt. Sie alle schienen die Kinder aus ihren merkwürdigen Knopfaugen anzustarren.

Die haben viel zu viele Augen, dachte Jaime. Da stimmte irgendwas nicht. »Machen die … machen die das oft?«, fragte er. »Euch so beobachten?«

»Na ja, unsere lachen meistens«, gab Theo zu.

»Kichern«, widersprach Tess. »Es ist mehr ein Kichern.«

»Okay?«, wunderte sich Jaime.

Einige weitere Spinnen krabbelten zu der Gruppe. Dann sagte eine leise Stimme: »Hallo.«

»Und sie sagen ›Hallo‹«, ergänzte Theo.

»Aha«, machte Jaime. Und sprang kerzengerade in die Höhe, als eine der Spinnen plötzlich von der Pflanze hüpfte und direkt vor ihm auf dem Tisch landete.

»Hab keine Angst …«, murmelte Tess.

»… vor den Spinnen«, beendete Theo ihren Satz.

»Hab keine Angst vor den Spinnen«, wiederholte Jaime mit wild pochendem Herzen.

»Die Vigenère-Chiffre«, hauchte Tess. »Das war die Lösung dazu. Hab keine Angst.«

Die kleine Spinne kicherte. »Hallo, hallo, hallo.« Sie krabbelte zur Tischmitte und kletterte auf den Würfel.

Eine weitere Spinne sprang von der Pflanze auf den Tisch und umkreiste den Würfel. Dann noch eine. Spinne um Spinne versammelten sich dort. Jaime kniete vor dem Tisch und hielt eine Lupe über den Würfel, damit er besser feststellen konnte, was die Spinnen dort taten. Sie umschwärmten den silbernen Würfel, wobei ihre Körper auf der gleichfarbigen Oberfläche beinahe nicht mehr zu erkennen waren. Ihre winzigen Beine klickten und arbeiteten. Gemeinsam drehten sie den Würfel um und schwärmten wieder über dessen Oberfläche aus. Dann ließen sie den Würfel mit einem dumpfen Klappern auf den Tisch fallen. Eine schimmernde Welle aus Spinnen raste über den Tisch, über den Rand hinweg und über den Fußboden.

Die letzte Spinne hockte unter der Lupe. »Hallo!«, trällerte sie. Es wirkte auf Jaime, als hätte sie jetzt ein Auge weniger – zwei schimmernde grüne statt dreien. Dann kicherte sie, sprang ebenfalls vom Tisch, flitzte fort und ließ den Würfel vor ihnen zurück – wie neu und besetzt mit glänzenden bunten Juwelen.

KAPITEL 13

Tess

Tess hörte Jaime und Theo über den Würfel reden und wie sie sich fragten, ob alle Spinnen das gekonnt hätten oder ob Tante Esthers Spinnen etwas Besonderes waren und was das bedeutete. Ob die bunten Steine echte Juwelen waren und, falls ja, wie viel der Würfel wohl wert wäre. Und dann beobachtete sie die beiden, wie sie probierten, das Würfelrätsel zu lösen. Sie drehten die kleinen Einzelwürfel mal hierhin und mal dorthin und versuchten, auf jeder Seite die richtigen Farben zu erhalten.

Aber gleichzeitig hörte und sah sie die Jungs nicht wirklich, denn sie war gar nicht richtig anwesend. Sie war wieder jünger und Nine war erst seit einem halben Jahr bei ihr. Damals hatte Nine nur fünfeinhalb Kilo gewogen und war eigentlich noch fast ein Kätzchen gewesen – klug und schnell und frech. Obwohl sie Nine eine Lizenz von der Stadt beschafft hatte, war ihre Mom nicht davon überzeugt gewesen, dass Nine ein gutes Assistenztier abgeben würde. Bis sie die Katze in der

Ausbildung sah – wie aufmerksam und wachsam sie war, wie klug und stark, wie sie Tess davon abhielt, geradewegs in den Verkehr zu stolpern, sich von einer Panikattacke mitreißen zu lassen, oder wie sie Tess während ihrer endlosen Albträume tröstete.

Als Nine eines Winternachmittags verschwand, war Tess außer sich, doch ihre Mutter blieb unbesorgt. Nine war zu klug, um sich zu verlaufen, beruhigte sie Tess. *Sie spielt nur*, versicherte sie ihr. Bis sie das ganze Gebäude, den Fahrstuhl, das Dach und den Keller durchsucht hatten. Bis die Stunden vorbeitickten und sich die Dunkelheit wie eine Decke über ihre Köpfe senkte, als sie die Gassen draußen durchkämmten. Da veränderte sich die Miene ihrer Mutter so schnell wie der Minutenzeiger einer Uhr von Besorgnis zu Angst zu Resignation und Akzeptanz.

»Tess, es ist eiskalt hier draußen. Du musst zurück ins Haus. Ich bin sicher, Nine hat einen Ort gefunden, an dem sie sich … versteckt.«

»Nein«, hatte Tess erwidert. »Sie wird uns finden, wo auch immer sie ist. Das weiß ich. Wir müssen nur einfach weiter nach ihr rufen.«

Ihre Mutter berührte ihre Schulter und musste das tiefe Zittern gespürt haben, das in Tess' Knien begann und bis hinauf zu ihrem Kopf vibrierte. Doch ihre Mom gab nach, blieb eine weitere halbe Stunde mit Tess draußen und rief über den Lärm der Autos und Roller und wild bellenden Hunde hinweg nach Nine, bis ihre Stimmen heiser und rau klangen. Und sogar nachdem sie Tess zum Aufwärmen gezwungen hatte, ließ sie ihre Tochter noch einmal das Haus durchsuchen, den Keller, den Fahrstuhl und das Dach.

Als Tess in die Wohnung zurückkehrte, kochte ihr Vater gerade das Abendessen, Theo machte Hausaufgaben und ihre Mutter legte beim Fernsehen Wäsche zusammen. Und in diesem Moment wurde ihr nicht von der Heizung warm, sondern vor Wut.

»Was macht ihr da?«, brüllte sie die anderen an.

Alle drei hielten inne und sahen sie an.

»Sie ist da draußen und ihr … kocht einfach Eintopf und legt Unterwäsche zusammen, als wäre alles in Ordnung!«

»Tess«, begann ihre Mutter, doch Tess brüllte, so laut sie konnte: »Nein!«

Mit neuer Entschlossenheit rannte sie zurück in den Flur und rief nach Nine. Sie klopfte an jede Wohnungstür, erkundete jeden Winkel des Gebäudes, einschließlich jedes Zentimeters von Grandpa Bens Wohnung, während Grandpa und Lance sie beobachteten und beide die Hände rangen. In der Lobby presste sie das Gesicht an die Scheibe. Die Tränen auf ihrer Wange verwandelten sich zu Eis und brannten. Selbst durch das Glas konnte sie noch das ununterbrochene Bellen und Jaulen der Hunde hören. Warum? Warum bellten sie? Was bellten sie an?

Was bellten sie an?

Sie lief aus dem Gebäude und folgte dem Geräusch. Es führte sie zu der Gasse neben dem Haus, wo reihenweise leere Mülltonnen und Müllcontainer in der Dunkelheit lagen. Ein Mann zog an den Leinen von mindestens einem halben Dutzend Hunden, die wild einen Müllcontainer anbellten.

»Hört ihr auf damit! HÖRT AUF!«

Tess eilte zu dem Mann hinüber. »Warum bellen die Hunde so?«

»Was weiß ich! Hundemarkierungen, Tischabfälle, Müll. Keine Ahnung! Was erwartest du von Tieren mit tennisballgroßem Gehirn?« Er zog erneut an den Leinen. »HÖRT AUF, HAB ICH GESAGT!«

Die Hunde in den Größen von Teetasse bis Pony versuchten, ihre Köpfe unter den Müllcontainer zu stecken.

Tess schob das Pony zur Seite und spähte unter den Container. »Nine?«

Die Antwort war ein beängstigend schwaches »Miau«.

»Oh, Nine!«

Tess griff unter den Container und stellte fest, dass Nine in eine Art altes Netz gewickelt war. Eins für Volleyball oder Badminton oder so was. Je mehr das Kätzchen sich dagegen gewehrt hatte, desto enger hatte es sich vermutlich um seine Pfoten und seinen Hals geschlungen. Als Tess das Netz fortriss, Nine unter dem Müllcontainer hervorzog und sie in ihre Jacke steckte, war sie so kalt, so, so kalt, viel kälter, als eine lebende Kreatur jemals sein sollte.

Sie ignorierte den Hundeausführer und seine Hunde, die ihr hinterherjaulten. Dann rannte sie den gesamten Weg von der Gasse bis zur Lobby, von der Lobby bis zum Fahrstuhl, vom Fahrstuhl bis zu ihrem Apartment und riss beinahe atemlos die Tür auf, um ihren Eltern zu zeigen, was sich in ihrer Jacke befand. Die gesamte Familie drängte sich in ein Taxi und raste zum nächsten Bereitschaftstierarzt. Der erklärte ihnen, dass die Katze in der Eiseskälte erfroren wäre, hätte Tess sie nicht noch rechtzeitig gefunden.

»Du hast ihr das Leben gerettet«, sagte der Tierarzt. »Vielleicht wird sie eines Tages dasselbe für dich tun.«

Verkehr, Panikattacken, Albträume. »Das hat sie schon«, hatte Tess geantwortet.

»Wer hat was?«

Theo und Jaime starrten sie beide von Tante Esthers Couch aus an, wo sie immer noch über dem Würfel zusammensaßen.

»Nichts.«

Tess stand auf und ging zum Fenster. Sie zog die dünnen Vorhänge zur Seite. Auf der Straße schoben Frauen Kinderwagen vorbei, rannten Kinder zum nächsten Park oder Basketballplatz und saßen Männer auf Treppenstufen zusammen und lachten. Eine blonde Frau in einem roten Kleid ging vorbei. Ihre hellen Haare wehten bei jedem Schritt.

Tess eilte zur Tür.

»Tess!«, rief ihr Theo hinterher, doch sie war bereits draußen und folgte der blonden Frau. Gerade als diese die Ecke erreichte, erwischte Tess ihren Arm.

»Was glauben Sie, was Sie hier tun?«, schrie Tess. »Wo ist Nine? Was haben Sie mit meiner Katze gemacht?«

Die Frau drehte sich mit weit aufgerissenen Augen zu ihr um. »Was? Wovon redest du?«

Sie war jünger, als Tess erwartet hatte, ihr Kinn mit Akne übersät. Winzige aufgedruckte Blumen bedeckten das rote Kleid.

Sie wirkte in etwa so gefährlich wie ein Gänseblümchen. »Warum sollte ich irgendeiner Katze etwas antun? Ich bin allergisch gegen Katzen!«

»Ich …«, begann Tess. »Ich glaube, ich habe Sie womöglich verwechselt.«

»Ach nee«, sagte das Mädchen und rieb sich den Arm.

Hinter ihnen donnerten Schritte. Theo und Jaime, völlig außer Atem.

»Ist hier alles in Ordnung?«, fragte Jaime.

»Eure Freundin braucht echt Hilfe«, beschwerte sich das Mädchen, drehte sich um und stolzierte davon.

Tess schlang die Arme um sich selbst. »Ich hab das rote Kleid gesehen und gedacht …«

»Wissen wir«, sagte Jaime.

»Gehen wir wieder rein. Wir haben das Würfelrätsel beinahe gelöst«, schlug Theo vor.

Wen interessiert's?, dachte Tess, aber sie sprach es nicht aus.

»Tess. Sie kommt wieder. Ich weiß es.«

Tess blickte ihren Bruder an. »*Woher* weißt du das?«

Theo dachte einen Moment lang darüber nach und zerbrach sich den Kopf über Beweise für seine Behauptung. Schließlich zuckte er hilflos mit den Schultern. »Ich weiß es einfach.«

»Das ist eigentlich mein Satz«, entgegnete Tess.

»Hm, na ja, vielleicht lerne ich ja gerade, manchmal auf mein Bauchgefühl zu vertrauen.«

»Deinem Bauchgefühl zu vertrauen? Wer *bist* du?«

»Dein Bruder«, sagte Theo und streckte eine Hand nach ihr aus.

Tess blieb nichts weiter zu tun, als sie zu nehmen.

Der Würfel stand auf dem Tisch. Nur noch wenige Steine waren nicht an ihrem Platz. Tess versuchte, ihrem eigenen Bauchgefühl zu vertrauen. Sie passte auf, wie sich Theo und Jaime den Würfel hin und her reichten und jeder verschiedene Drehungen und Wendungen probierte. Und sie beobachtete Theo dabei, wie er unterschiedliche Varianten testete und dabei laut davon schwärmte, wie logisch und wunderschön der Würfel war. Ihr Blick wanderte jedoch immer wieder hinüber zum Fenster.

Bis Theo sagte: »Ich hab's.«

Er legte den silberfarbenen Würfel in die Mitte des Tisches und lehnte sich zurück. Sie warteten darauf, dass etwas passierte. Und warteten. Und warteten.

Jaime fragte: »Sollen wir die Spinnen um Hilfe bitten?« Ein Scherz. Oder vielleicht auch nicht.

»Was ist, wenn die Spinnen uns gar nicht wirklich geholfen haben? Wenn sie die Juwelen einfach willkürlich verteilt haben und das Rätsel nicht richtig gelöst ist?«

Jaime zuckte mit den Schultern. Theo zog an seiner Lippe. Tess fragte sich, ob sie hinter dem Haus nachsehen sollte. Vielleicht steckte Nine dort hinter einer der Mülltonnen fest oder hatte sich im Gebüsch verfangen. Aber wie hätte sie dann von Manhattan über das Wasser hierherkommen sollen? Sie hätte irgendwo mitfahren müssen, in einem Taxi, einem Auto oder der Underway. Oder durch den Underway-Tunnel laufen müssen. Was, wenn sich Nine jetzt gerade unter der Stadt befand? Im Dunkeln herumwanderte? Was, wenn sie auf eine dieser mechanischen Ameisen traf?

Theo drückte wieder ihre Hand, Tess erwiderte den Druck. Das hatte er auch letzte Nacht getan, erinnerte sie sich plötzlich. Er hatte gespürt, wie ihre Gedanken rasten, ihren Arm berührt und mit ihr geredet. Wie lange hatte er das gemacht? Eine Stunde? Die ganze Nacht?

Theo sah kein bisschen anders aus – dieselben buschigen Haare, dieselbe gerunzelte Stirn, dieselbe dünne Figur, dieselben nervigen Angewohnheiten, an der Lippe zu ziehen und die Hand in den widerspenstigen Locken zu vergraben. Und trotzdem hatte sie einen Eindruck von jemand Älterem, Weiserem, wenn sie sein Profil betrachtete und den rauen Druck an ihren Fingern spürte. Von jemandem, der sich auf alle möglichen technischen Probleme konzentrieren konnte, aber sich gleichzeitig auch von technischen Problemen losreißen, die Zerrissenheit von Menschen erspüren konnte und sich bemühte, auch die zu reparieren.

Der Würfel klapperte. Einige Minuten lang blieb er ruhig, dann wackelte er erneut.

»Hoffentlich explodiert er nicht«, sagte Jaime. Ein weiterer Scherz. Oder auch nicht.

»Er explodiert nicht«, behauptete Theo.

Vielleicht doch, dachte Tess.

Er explodierte nicht. Stattdessen klapperte er, dann hüpfte er auf dem Tisch herum. Sie zuckten alle drei vor Schreck zusammen.

»So klingt es, wenn Mima Popcorn macht«, stellte Jaime fest.

Genau in diesem Augenblick sprang der Würfel auseinander und setzte sich neu zusammen, kombinierte und rekombinierte seine Einzelteile. Zwei kurze »Arme« schossen aus den Seiten hervor, zwei »Füße« brachen aus dem unteren Teil heraus. Ein winziger, kastenförmiger Kopf mit zwei blauen Juwelenaugen stieß aus dem oberen Teil hervor.

»Was soll das denn sein?«, fragte Tess.

»Ein Spielzeug?«, mutmaßte Jaime.

»Das sieht nicht nach etwas aus, das die Morningstars gebaut hätten«, stellte Theo fest.

Jaime kniete sich neben den Tisch. »Vielleicht stammt das hier auch nicht von ihnen. Hallo, kleiner Roboter. Was bist du denn für einer?«

Der kleine Roboter erbebte und spuckte dann etwas aus, das einem übergroßen Knochen aus einem Geschicklichkeitsspiel ähnelte. Es traf Jaime an der Nase.

»Oh Mann«, sagte Theo. »Wie sollen wir den Würfel jetzt wieder zurückbringen?«

»Wir können ihn ja später immer noch in seinen ursprünglichen Zustand versetzen«, beruhigte ihn Tess.

Jaime nahm das große, knochenähnliche Stück in die Hand. »Das muss die Drehachse des Würfels sein.«

»Heb das gut auf, wir brauchen es eventuell noch«, riet ihm Theo.

»Ich hatte nicht vor, es zu essen.« Jaime steckte es in eine seiner vielen Taschen.

Doch Tess blickte nicht zu der Achse, sie beobachtete den Roboter. Einen Moment lang stand er völlig still, aber dann leuchteten die blauen Augen auf. Er hob einen Arm in Richtung Haustür. Mit ganz leiser Stimme sagte er: »Auf ins Land der Könige!«

»Welches Land?«, hakte Jaime nach.

Der Roboter drehte seinen winzigen Kastenkopf und marschierte mit seinen winzigen Kastenbeinen über den runden Tisch. Der Marsch dauerte recht lang. Als er den Rand des Tisches erreicht hatte, blieb er stehen und sah nach unten.

»Oh no«, sagte er.

Er drehte sich um, schritt in die andere Richtung, gelangte zum Rand.

»Oh no«, sagte er erneut.

Ein dritter Ausflug über den Tisch brachte dasselbe Ergebnis.

»Oh no.«

»Läuft ja prima«, kommentierte Jaime. Er nahm den Roboter hoch.

»Fass ihn nicht an! Vielleicht ist er gefährlich«, warnte ihn Theo.

»Er ist nicht gefährlich«, widersprach Jaime und stellte den Roboter auf den Fußboden. »Oder?«

Der Roboter schritt durchs Wohnzimmer. Mit einem kleinen *Uff* traf er auf die Tür, aber er marschierte weiterhin auf der Stelle und sagte immer wieder »Oh no, oh no, oh no«.

»Ich glaube, er möchte, dass wir ihm zur Tür hinaus folgen«, meinte Tess.

»Ja«, pflichtete Theo ihr bei. »Aber wir können uns draußen nicht blicken lassen. Noch nicht. Wir brauchen nicht noch mehr Schwierigkeiten.«

Doch Tess wollte nichts lieber, als nach draußen zu gehen. Was, wenn Nine dort war? Wenn sie Hilfe benötigte?

»Ich will mich nicht verstecken«, erklärte Tess. »Ich habe das Verstecken satt.«

»Es ist gerade mal der erste Tag, Tess«, erinnerte sie Theo.

»Ist mir egal.«

»Wir sind wegen des Videos mit dieser gruseligen Frau schon überall im Internet«, gab Jaime zu bedenken. Er ging hinüber und hob den Roboter auf, dann setzte er ihn sich in die Ellbeuge.

»Oh no«, sagte der Roboter verzweifelt.

In diesem Moment öffnete Tante Esther die Tür, die Arme voller Tüten mit Lebensmitteln. Sie betrachtete die drei und den kleinen Roboter in Jaimes Arm. »Wie ich sehe, habt ihr einen neuen Freund. Wie heißt er?«

»Wie er heißt?«

»Alles hat einen Namen.«

»Oh no«, sagte der Roboter.

»Das ist sein Name, Tante Esther«, bestimmte Tess und nahm ihr eine der Tüten ab. »Ono.«

»Das ist zumindest originell. Gibt's was Neues von Nine?«

»Noch nicht«, berichtete Tess. »Wir wollten nach ihr suchen, aber …«

»Aber?«

»Wir wollen nicht schon wieder in einem Video landen.«

»Nun, dieses Problem lässt sich leicht lösen«, fand Tante Esther und ging in die Küche.

»Ach ja?«

»Sicher doch. Ihr braucht nur die richtige Verkleidung.«

KAPITEL 14

Theo

Theo war kein Freund von Verkleidungen. Seine letzten Halloween-Kostüme waren zum Beispiel Geist, Geist, Nerd, Geist, Nerdgeist und ein Fernsehmaler mit buschigen Haaren namens Bob Ross gewesen, der gern »glückliche kleine Bäume« malte. Jeden Oktober brachte Theo das Argument an, dass er eigentlich kein Kostüm brauchte, weil ihn sowieso niemand außerhalb der Wohnung kannte. Wozu also die Mühe, wenn er streng genommen eh für alle ein Rätsel war? In diesen Momenten legte ihm sein Dad dann immer ein Bettlaken über den Kopf und bat ihn, brav Danke zu sagen, wenn er bei Süßes oder Saures Schokoladenriegel mit Nugat bekam.

Theo mochte kein Nugat. Doch Tess liebte Schokoriegel mit Nugat und ihr gefiel Tante Esthers Idee. »Welche Art von Verkleidung?«, fragte sie, als sie alle in die Küche gingen, um die Lebensmittel auszupacken.

»Was auch immer euch gefällt«, antwortete Tante Esther.

»Ich besitze noch drei große Schrankkoffer voller Kostüme aus meiner Zeit am Theater. Ich habe es nicht über mich bringen können, mich davon zu trennen.«

»Wann warst du denn am Theater?«, fragte Theo automatisch – und sinnloserweise, denn Tante Esther verriet nie etwas.

»Oh, das war vor langer Zeit«, wich Tante Esther aus. »Wenn wir alles eingeräumt haben, schauen wir mal nach.« Sie musterte den kleinen Roboter, der immer noch in Jaimes Armbeuge lag. »Vielleicht finden wir sogar etwas für euren kleinen Freund hier.«

Anschließend stiegen sie die Treppe zum Dachboden hinauf, wo Tante Esther ihre Schrankkoffer aufbewahrte. Sie hatte Dutzende und Aberdutzende davon in verschiedenen Formen, Farben und Größen. Sie hatte sogar Tess als Chanukka-Geschenk vor fünf Jahren einen eigenen geschenkt, ein altmodisches braunes Lederding, das Tess als »MAGIX« bezeichnete. Tess hatte Theo nie verraten, was sie darin aufbewahrte.

Tante Esther war da weniger empfindlich. Sie öffnete einen großen roten Koffer, zog Kleider, Anzüge, Trikots und Requisiten daraus hervor und warf sie vor Theo, Tess und Jaime auf den Boden.

Als Nächstes kam ein aufwendiges goldfarbenes Abendkleid mit langem Rock zum Vorschein. »Einer von euch könnte als Lady Macbeth gehen.«

»Ich glaube, damit würden wir sogar noch eher Aufmerksamkeit auf uns lenken, Tante Esther«, vermutete Tess.

»Da könntest du recht haben. Nun, ich habe noch diese Armeeuniform von unserer Aufführung von *Hurrican Hall.*«

»*Hurrican Hall?* Was ist *Hurrican Hall*?« Nicht, dass es Theo wirklich interessierte, aber er mochte es nicht, wenn er etwas nicht wusste.

»Du kennst *Hurrican Hall* nicht? Das ist ein Roman, der 1848 erschien. Eine Gesellschaftskomödie im Stil von Jane Austen. Die junge schwarze Heldin wird von ihren reichen weißen New Yorker Verwandten aufgenommen, als ihr weißer Vater stirbt. Das Buch solltest du aber wirklich kennen, Theo.«

»Kommt mir irgendwie bekannt vor«, grummelte Theo. Tat es nicht.

»Oh, macht nichts. Du wirst es vermutlich auf der Highschool lesen. Wir haben unser Stück während des Zweiten Weltkriegs angesiedelt. Obwohl die Uniform vermutlich auch zu viel Aufsehen erregt.« Sie legte sie zur Seite und zog ein weißes Satinshirt mit großen blauen Pompons auf der Vorderseite heraus. »Hm … ein Clown? Vielleicht zu Furcht einflößend. Wie wär's mit einem Waldkobold? Nein, die Blätterkrone ist viel zu kratzig. Nein, das nicht. Das hier auch nicht.« Sie wühlte sich durch die Kostüme im ersten Koffer und machte dann mit dem nächsten weiter. »Ich nehme nicht an, dass ihr euch als Mitglieder einer Sträflingskolonne verkleiden möchtet? Nein, das wäre unangemessen. Aber ich habe hier irgendwo noch ein riesiges Schinken-Käse-Sandwich-Kostüm.«

Gerade als Theo davon überzeugt war, dass Tante Esther

darauf bestehen würde, dass sie sich als Schokoriegel mit Nugat verkleideten, rief sie: »Aha! Wie wäre es damit?«

Sie rollte eine Reihe unscheinbarer schiefergrauer Overalls auf und schüttelte sie aus. Auf den Brusttaschen waren die Worte »Acme Repair Co.« aufgedruckt.

»Das könnte funktionieren«, fand Jaime. »Niemand achtet auf Mechaniker.«

»Ganz genau«, pflichtete ihm Tante Esther bei. »Und wenn du deine Haare unter einer Kappe versteckst und dir eine von denen hier aufsetzt« – sie hielt eine verspiegelte Sonnenbrille hoch –, »dann wird dich niemand erkennen. Ich habe für euch alle drei einen Overall.« Sie verteilte einen an jeden von ihnen, dazu passende Baseballkappen und Sonnenbrillen. »Und für euren kleinen Freund habe ich das hier!« Sie reichte Jaime etwas Durchsichtiges und Verknautschtes.

Jaime faltete es auseinander. »Was … Was ist das?«

»Ein Feenkostüm! Auf der Bühne haben wir es einem Sittich angezogen, komplett mit dieser roten Perücke. Ach herrje, ich glaube, die Motten haben die Flügel erwischt. Sie sehen ein wenig angefressen aus.«

»Oh no«, sagte der Roboter.

»Äh, ich glaube, es reicht, wenn ich Ono einfach in meine Tasche setze«, schlug Jaime vor.

Er zog den Overall über und schloss den Reißverschluss, steckte seine Haare unter die Kappe und schob sich die Brille auf die Nase. Dann ließ er den Roboter sanft in die Brusttasche gleiten.

»Wie sehe ich aus?«

»Als wärst du fünfundzwanzig«, antwortete Tess beeindruckt.

»Allerhöchstens achtzehn«, widersprach Theo.

Jaime grinste. »Ich bin nicht sicher, ob du die Kappe über deine Haare bekommst, Theo.«

»Vielleicht könnte Theo ja die Feenperücke aufsetzen«, schlug Tess vor.

»Die würde auf seinen Haaren sitzen wie eine Kirsche auf einer Sahnetorte«, erwiderte Jaime.

»Vielleicht könnten wir uns stattdessen alle als Geister verkleiden«, schlug Theo vor.

Tess zog ihren Overall über. »Es ist doch nicht Halloween. Außerdem wussten immer alle, dass du der Geist warst.«

»Wussten sie nicht.«

»Das stimmt«, pflichtete Jaime ihr bei. »Der gesamte Häuserblock wusste es.«

»Sogar als ich als Nerdgeist gegangen bin?«

»Da ganz besonders.«

Tante Esther klopfte Theo auf die Schulter. »Beim nächsten Mal leihe ich dir das riesige Schinkensandwich-Kostüm.«

Anschließend versorgte sie die drei mit echten Sandwiches zum Mittagessen und winkte ihnen zum Abschied zu, als sie zur Hintertür hinausschlichen, nur für den Fall, dass jemand »den Laden ausspionierte«, wie Tess es ausdrückte. Auf der Straße schien jedoch niemand einen zweiten Blick für sie übrig zu haben.

Jaime tätschelte seine Brusttasche und flüsterte: »Okay, Ono, mach dein Ding.«

»Auf ins Land der Könige?«, fragte der Roboter.

»Genau.«

Der Roboter streckte einen Arm aus Jaimes Tasche und deutete nach vorne. Sie gingen los.

»Hoffen wir mal, dass sich das Land der Könige nicht in Kanada befindet«, warf Theo ein.

»Was hast du gegen Kanada?«, wollte Tess wissen, doch sie fragte es geistesabwesend, als hätte gar nicht sie selbst den Witz gemacht, als wäre die Antwort ihr völlig egal. Ihr Blick flog von einer Seite zur anderen. Beim Laufen drehte sie sich gelegentlich um und ging rückwärts, um die Straße hinter ihnen abzusuchen. Vielleicht suchte sie nach Blondinen in roten Kleidern. Doch viel wahrscheinlicher hielt sie Ausschau nach einer bestimmten riesigen KATZE.

Als sie die Bushaltestelle erreichten, deutete der Roboter darauf und sagte: »Auf ins Land der Könige!« Sie bestiegen den Bus Nummer Q19.

»Vielleicht liegt es doch nicht in Colorado oder Kanada«, vermutete Jaime.

»Möglicherweise auf den Kanarischen Inseln«, rätselte Theo.

»Der Q19 bringt uns auf die Kanarischen Inseln?«

»Nein, aber vielleicht führt uns dein Freund geradewegs in den Atlantik«, gab Theo zu bedenken.

»Aha, jetzt ist er also *mein* Freund.«

»Ach, hört auf«, verlangte Tess. »Ihr beiden stichelt wie, wie …«

Wie immer?, dachte Theo, aber er sagte es nicht. Auch Jaime sprach es nicht aus, sondern beobachtete nur, wie sich die Landschaft draußen von den dicht gedrängten Häusern und Läden von Astoria zu Sunnyside Gardens wandelte, durch Woodside und Jackson Heights. Als sie Flushing erreichten, meldete sich der Roboter erneut.

»Auf ins Land der Könige!«, sagte er.

»Ich glaube, hier müssen wir aussteigen«, stellte Jaime fest.

Sie verließen den Bus. Der Roboter zeigte ihnen den Weg und sie folgten ihm, bis sie ein Schild mit der Aufschrift »Kingsland Homestead« erreichten.

»Aha! Das Land der Könige«, stellte Jaime fest.

Die Juwelenaugen des Roboters blitzten auf und er piepte vor Freude. Jaime steckte ihn tiefer in seine Tasche und knöpfte den Verschluss über Onos Kopf zu.

»Oh no«, hörten sie gedämpft seine Stimme.

Die das Haus umgebenden Bäume waren spektakulär, doch das Gebäude selbst war es nicht. Es handelte sich um ein eher schlicht wirkendes gelbes Haus, klein und bescheiden.

»Um 1785 gebaut«, verkündete Jaime.

»Du weißt etwas über dieses Haus?«, erkundigte sich Theo.

»Nein, ich lese die Tafel«, erklärte Jaime und deutete auf den schmiedeeisernen Zaun, der das Grundstück umgab.

Tess fluchte.

»Hey!«, beschwerte sich Theo.

»Schaut auf die Veranda«, verlangte Tess.

Dort stand ein Schild: *Geöffnet Di., Sa., So. von 14:30 bis 16:30 Uhr.*

»Wenn man bedenkt, dass heute weder Dienstag, Samstag

noch Sonntag ist und auch nicht zwischen 14:30 Uhr und 16:30 Uhr, haben wir die Reise wohl umsonst gemacht.«

»Auf ins Land der Könige«, murmelte der Roboter.

»Deine Tasche redet«, sagte Theo.

Jaime knöpfte seine Tasche auf und sprach hinein: »Kingsland ist nicht geöffnet.«

»Auf ins Land der Könige!«

»Sorry, Kumpel. Heute nicht.«

Theo war sich nicht sicher, aber der Roboter klang ein kleines bisschen verärgert, als er sagte: »Land. Der. Könige.«

»Du kannst das immer weiter wiederholen, aber es ändert nichts daran, dass es früher Nachmittag an einem Mittwoch ist«, erklärte Jaime.

Theos Magen knurrte. »Apropos Mittag, vielleicht sollten wir unsere Sandwiches essen, bevor wir zurückfahren. Außerdem ist mir ziemlich warm in diesem Overall. Ich muss mich hinsetzen.«

Sie fanden eine Bank in dem Park, der das Haus umgab, und breiteten ihr Essen aus. Sandwiches, Äpfel und Feigenkekse (natürlich). Während des Essens recherchierte Jaime auf seinem Handy über das Haus.

»Es wurde um 1785 herum von einem Typen namens Charles Doughty gebaut. Es heißt ›Kingsland‹ nach Doughtys Schwiegersohn, dem britischen Kapitän Joseph King, der das Haus 1801 gekauft hat«, las er vor. »Es wurde mehrere Male umgesetzt, bevor es hier gelandet ist.«

»Land der Könige!«, sagte seine Tasche.

»Genau davon spreche ich«, bestätigte Jaime.

Theo steckte sich einen Keks in den Mund, kaute und schluckte. »Wir könnten am Samstag noch mal herkommen, allerdings sind dann vermutlich mehr Leute hier.«

»Glaubst du, dass viele Leute samstags irgendwelche alten Häuser in Queens besuchen?«, fragte Tess.

»Es werden auf jeden Fall mehr sein als jetzt«, bestätigte Jaime. »Es wäre tatsächlich besser, wenn wir ins Haus gelangen könnten, solange es geschlossen ist.«

»LAND DER KÖNIGE«, beharrte der Roboter.

»Ich glaube, dein Roboter ist sauer«, sagte Tess.

»Es ist nicht *mein* Roboter«, entgegnete Jaime.

»Er mag dich«, stellte Theo fest.

Jaime stand auf und wischte sich die Krümel vom Schoß. »Lasst uns mal nachschauen, ob die Tür abgeschlossen ist.«

»Natürlich ist sie abgeschlossen.«

Jaime zuckte mit den Schultern. »Einen Versuch ist es wert. Wir können durch die Fenster spähen. Vielleicht gibt uns der Roboter dann einen neuen Hinweis.«

Sie gingen um das Haus herum und betraten die Veranda. Jaime öffnete die Fliegengittertür und drehte dann am Türknauf.

»Verschlossen, wie ich gesagt habe.«

»Du hast wirklich gerne recht«, stellte Jaime fest.

»Das stimmt«, bestätigte Theo. Das hatte er. Traf das nicht auf jeden zu?

Jaime legte sich die Hände ans Gesicht und linste durch eins der abgedunkelten Fenster.

»Siehst du irgendwas?«, erkundigte sich Tess, obwohl sie

nicht mal in seine Richtung schaute. Sie betrachtete die Umgebung, als ob Nine plötzlich irgendwo auftauchen könnte.

»LAND DER KÖNIGE«, krächzte der Roboter.

Jaime steckte einen Finger in seine Tasche. »Ich hab es dir doch schon gesagt: Das Haus ist abgeschlossen. Wir haben keinen Schlüssel.«

»LAND DER KÖNIGE, LAND DER KÖNIGE, LAND DER KÖNIGE.«

Der Roboter war so laut, dass Jaime eine Hand über seine Tasche hielt und sich rasch umsah, ob auch niemand etwas gehört hatte. Aber da war keiner. Keine Autos auf dem kleinen Parkplatz, keine Kinder auf dem nahe gelegenen Spielplatz.

Tess richtete ihren Blick hinter der verspiegelten Brille auf Jaime, die Brauen hochgezogen. »Ich glaube, er versucht uns etwas zu sagen.«

»Was?«

»Dass wir womöglich den Schlüssel haben.«

»Aber das haben wir nicht«, widersprach Theo.

Jaime tastete seine diversen Taschen ab. Dann zog er den Reißverschluss des Overalls ein Stück auf und griff hinein. Er holte den übergroßen silberfarbenen Knochen heraus und zeigte ihn dem Roboter. »Meinst du das hier?«

»LAND DER KÖNIGE, LAND DER KÖNIGE, LAND DER KÖNIGE.«

»Ich halte das für ein Ja«, sagte Tess.

Theo versuchte, sich nicht allzu schlecht zu fühlen, weil er unrecht gehabt hatte. Wieder mal. Grandpa Ben hätte Theo daran erinnert, dass es nicht ums Rechthaben ging. Der

Prozess des Entdeckens war das Ziel. Der Weg war das Ziel. Und Reisen waren nicht immer bequem. Manchmal, hätte Grandpa Ben gesagt, waren Reisen geradezu schmerzhaft, wie Frodos langer Weg nach Mordor in *Herr der Ringe*, um den Ring im Schicksalsberg zu zerstören. Theo hasste die Bücher. All das Gerede und Gekämpfe und Gesterbe, wenn die Adler sie doch von Anfang an nach Mordor hätten fliegen können.

Wo waren die Adler, wenn man sie brauchte?

Diese faulen Adler.

Jaime setzte die verspiegelte Sonnenbrille ab und ersetzte sie durch seine eigene. »Das ist besser. Ich konnte gar nichts richtig erkennen.« Er sah sich noch einmal um und steckte dann den Knochen in das Schloss.

Die Innentür schwang auf.

Sie waren nicht mal mehr überrascht.

Im Haus war es düster, aber ein wenig kühler als draußen in der Sonne. Das Erdgeschoss war wie ein Museum eingerichtet, mit historischen Auslagen und Postkartenständern. Jaime holte Ono aus seiner Tasche und setzte ihn auf den Boden. Der Roboter marschierte, so schnell er konnte, durchs Zimmer, was alles andere als schnell war. Trotzdem schien er zu wissen, wo er hingehen musste. Als er die unterste Treppenstufe erreichte, sagte er: »Oh no!« Dann ging er einen Schritt zurück und stieß wieder gegen die Treppe. »Oh no!« Und wieder: »Oh no! Oh no! Oh no!«

Jaime hob den Roboter auf und sie stiegen die Treppe hoch. Im Obergeschoss sah es völlig anders aus.

Statt mit Museumsvitrinen und Postkarten waren die Räume hier mit viktorianischen Möbeln bestückt, als ob hier noch eine Familie wie in den 1850ern lebte. Im noblen Salon hingen rosarote Vorhänge, überall war goldfarbene Tapete und es gab einen Kamin.

»Was meinst du, Ono?«, fragte Jaime. »Ist das nicht ein wenig kitschig?«

»DAS LAND DER KÖNIGE«, antwortete Ono.

»Genau da sind wir«, bestätigte Jaime. »Weißt du, wo sich der nächste Hinweis befindet?«

»LAND DER KÖNIGE, LAND DER KÖNIGE.«

Jaime seufzte. »Ich muss dir unbedingt noch andere Wörter beibringen.«

»Was, wenn er gar keine neuen Wörter lernen kann?«, fragte Tess und fuhr mit der Hand über den Kaminsims.

Theo ging hinüber zum Schreibtisch zwischen den beiden Fenstern und blätterte durch das Kassenbuch, das dort aufgeschlagen lag. Spaltenweise handgeschriebene Zahlen füllten die Seiten. Als er sich gerade von dem Buch abwenden wollte, schrie Ono: »OH NO, LAND DER KÖNIGE, OH NO, LAND DER KÖNIGE.«

»Was meint er denn?«, fragte Theo Jaime.

»Ich hab keine Ahnung«, gab Jaime zu.

»Vielleicht will er damit sagen, dass ihr nah am nächsten Hinweis dran seid, Theo«, schlug Tess vor.

Sie trug immer noch die verspiegelte Sonnenbrille, die Tante Esther ihr gegeben hatte, was sie mysteriös erscheinen ließ. Als wäre sie eine FBI-Agentin oder eine Spionin oder so.

Als wäre sie eine völlig andere Person, ein Mädchen, das noch nie etwas verloren hatte.

Theo wandte seine Aufmerksamkeit wieder dem Schreibtisch zu. Darauf befanden sich einige Kassenbücher und auf einem Regal darüber lagen weitere Bücher und Papiere. Er legte die Hand auf eins der Kassenbücher.

Ono sagte: »LAND DER KÖNIGE.« Theo nahm die Hand fort. Ono sagte: »OH NO.«

Tess nahm die Brille ab und stellte sich neben ihn. Sie schloss das Kassenbuch. Auf dem Deckel stand nichts. Sie schlug die erste Seite auf. An den oberen Rand hatte jemand geschrieben: »Land der Könige«.

»Geht es um dieses Buch hier, Ono?«, fragte Tess den Roboter.

»LAND DER KÖNIGE, LAND DER KÖNIGE«, war seine Antwort.

»Der Hinweis muss irgendwo hier sein«, vermutete Tess. Sie blätterte das Buch durch.

Jaime stellte sich zu ihnen. »Da stehen eine Menge Zahlen drin. Eine Art Code?«

»Könnte sein«, pflichtete ihm Theo bei. »Das ganze Buch könnte ein einziger ausgeklügelter Code sein.«

»Wir können jedenfalls nicht die ganze Nacht hier verbringen, um es herauszufinden«, beschloss Tess. Als sie das Buch aufhob und in ihren Overall steckte, piepte der Roboter und quiekte. Er klang beinahe glücklich.

Theo war alles andere als glücklich. »Wir können das Buch nicht einfach mitnehmen.«

»Natürlich können wir das«, widersprach Tess. »Wir borgen es uns nur.«

»Wir haben uns den silbernen Würfel aus dem 2nd City Reliquary auch nur geborgt und schau dir an, was passiert ist. Jetzt spricht er. Oder so was in der Art.«

»Ich mag diesen Roboter«, warf Jaime ein. »Er ist irgendwie niedlich.«

»Was ich damit sagen will: Das Kassenbuch könnte wertvoll sein.«

»Das stimmt«, bestätigte Tess. »Oder es könnte ausschließlich wertvoll für uns sein. Außerdem werden wir alles zurückbringen, was wir mitnehmen.«

»Wir müssen allmählich schon eine Liste anlegen«, grummelte Theo. Er legte ein anderes Buch in die Mitte des Schreibtischs und arrangierte das Tintenfass und eine Feder so, dass es nicht wirkte, als ob irgendwas fehlte.

Aber es handelte sich hier um ein Museum, also würde es früher oder später bestimmt jemandem auffallen. Wen würde man dann anrufen? Theo schloss die Augen und stellte sich ihre Mutter vor, wie sie den gesamten Raum auf Fingerabdrücke untersuchte und zu ihrer Überraschung entdeckte, dass ihre eigenen Kinder die Diebe waren. Was, wenn das 2nd City Reliquary ebenfalls die Polizei gerufen hatte? Und ihrer Mutter auch dieser Fall zugeteilt wurde? Wenn sie die drei für eine Artefakte stehlende Bande oder etwas in der Art hielt? Was, wenn sie gezwungen war, sie zu verhaften und ins Gefängnis zu stecken, weil es nicht so aussehen durfte, als ob sie jemanden bevorzugte?

Tess legte ihre Hand in seine. »Theo? Ist mit dir alles in Ordnung?«

Ihre Augen waren immer noch gerötet von den Tränen wegen Nine. Er fragte sich, ob seine Augen genauso aussahen. Doch dann fiel ihm die verspiegelte Brille ein, die er immer noch trug, und er wusste, dass sich ihre eigenen roten Augen dort reflektieren würden.

Er drückte ihre Hand und wusste nicht, für wen von beiden dieser Händedruck war.

KAPITEL 15

Jaime

Auf der Busfahrt nach Hause waren die Zwillinge ungewöhnlich ruhig, was Jaime ihnen nicht verübeln konnte. Er wäre stinkwütend, wenn jemand in sein Haus gekommen wäre und so getan hätte, als hätte Tyrone ihn gebissen. Tyrone würde nie jemanden beißen! Es sei denn, derjenige hatte es verdient. Und manche Menschen verdienten es, oder?

Doch Nine hatte die blonde Frau in dem roten Kleid nicht gebissen. Welche Absicht verfolgte sie also? Warum sah sie der anderen blonden Frau aus der Bibliothek so ähnlich? War das Kleid eine Art Uniform? Eine Verkleidung? Sogar jetzt in seiner eigenen Verkleidung, mit der tief ins Gesicht gezogenen Baseballkappe, fühlte er sich beobachtet. Was dumm war, schließlich befand er sich in einem Bus in New York City und die Fahrgäste achteten darauf, mit niemandem Blickkontakt aufzunehmen. Außerdem, was würde er tun, wenn die blonde Frau hinter ihm säße? Sie anschreien? Ihr vorwerfen, dass sie log, spionierte und alles nur vorgetäuscht hatte? Dann wäre er derjenige, der in Schwierigkeiten geriet. Und was würde mit ihm passieren? Würde Mrs Biedermann *ihn* verhaften? Ihn abführen lassen?

Er glitt tiefer in seinen Sitz und versuchte, sich klein zu machen. Was ungerecht war. Warum sollte er derjenige sein, der sich kleiner machte?

Um sich abzulenken, suchte er in seinem Overall nach seinem Skizzenbuch und einem Bleistift. Er schlug eine neue Seite auf und begann zu zeichnen, ohne sich großartig Gedanken darüber zu machen. Manchmal ließ er gern seine Hand entscheiden, was er skizzierte, bevor sein Kopf sich einschalten konnte.

Jaime hatte einen Freund namens Adam, dessen Mutter ebenfalls aus Trinidad stammte, genau wie seine. Adams Mutter, Ms Tracey, hatte ihrem Sohn Geschichten über merkwürdige Geister und Kreaturen namens Jumbies erzählt, die dort unter den Menschen lebten, und sogar einige Bücher darüber geschrieben. Als Jaime einmal auf Adams Geburtstagsparty bei ihm übernachtete, schaltete Ms Tracey das Licht aus und berichtete den anwesenden Jungs von den Geistern in Trinidad.

Geister, die nachts die Insel durchstreifen. Meerjungfrauen, die im blauen Wasser Männer in den Tod locken. Douen, die Seelen verlorener Kinder, Geister ohne Gesichter und mit rückwärts zeigenden Füßen, die andere Kinder in den Wald führen, damit auch die dort verloren gehen.

Kein einziger Junge machte in dieser Nacht ein Auge zu.

Es war die beste Geburtstagsfeier, auf der Jaime je gewesen war.

Und jetzt zeichnete Jaime Geister, Meerjungfrauen und Douen in sein Skizzenbuch. Die Zeichnungen machten ihn traurig, weil seine Mutter nicht da war, um ihm gruselige Geschichten, oder schöne, zu erzählen. Weil Adam nicht bei ihm übernachten, seine Mutter »Ms Renée« nennen und ihren Geschichten lauschen konnte. Wie viele Geschichten gingen verloren, wenn ein Mensch nicht mehr da war?

Er blätterte um. Diesmal zeichnete er bewusster: die Superheldin, die er immer wieder skizzierte. Dunkel und wunderschön, mit dichten, lockigen Haaren, die locker aufgesteckt waren. Sie trug nichts Auffälliges – keine Rüstung, keinen Trikotanzug und keine Maske. Nur einen einfachen grauen Mantel, der ihr beinahe bis zu den Knöcheln reichte, und einen Stock in der Hand.

Sie ähnelte ein wenig seiner Mutter. Und trotzdem sah sie genauso aus wie sie selbst, wer auch immer sie war.

»Wer ist das?«, wollte Tess wissen.

»Das weiß ich noch nicht«, gab Jaime zurück.

Tess tippte auf den Mantel. »Der erinnert mich ein wenig an Adas Kleid. Genauso schlicht.«

»Ohne die Herzen«, hob Jaime hervor.

»Sie braucht keine Herzen?«

»Sie muss sie nicht auf ihrer Kleidung tragen.«

Aus einem Impuls heraus, vermutlich, weil Tess ihm zusah, zeichnete Jaime eine Begleiterin für die Frau. Eine große Katze. Geschmeidig und schwarz wie ein Panther, mit einem langen Schwanz. Sie – und er wusste, dass es eine Katze und kein Kater war – trug einen kühnen Ausdruck im Gesicht. *Versuch doch, mich zu fangen*, drückte ihre Miene aus.

Tess wischte sich unter der verspiegelten Sonnenbrille über die Augen.

»Tut mir leid«, entschuldigte sich Jaime. »Ich wollte dich nicht traurig machen.«

»Nein, nein. Ich finde es wunderschön«, entgegnete Tess. »Es ist nur …«

»Ich weiß.« Er verstand.

Tess richtete die Brille. »Nine wird zu Hause sein, wenn wir zurückkommen.«

»Darauf wette ich.«

Die Andeutung eines Lächelns spielte um Tess' Mund. Dann wandte sie sich ab und starrte wieder zum Busfenster hinaus.

Jaime fügte weitere lose Locken um das Gesicht der Frau hinzu und einen wehenden Mantel, als herrschte ein starker Wind oder als wäre etwas im Anmarsch. Eine Braue war hochgezogen. Dunkle Augen glitzerten. Sie starrte ihn geradewegs an, forderte ihn heraus.

Warum *sollte* er sich kleiner machen?

Er richtete sich auf seinem Sitz auf und saß den Rest der Fahrt über kerzengerade und aufrecht da.

Zurück bei Tante Esther rannte Tess um das Haus herum und rief nach Nine. Sie klopfte an die Türen der Nachbarn und fragte, ob sie die gefleckte Katze mit den gestreiften Ohren gesehen hatten. Hatten sie nicht. Sie rief ihren Vater auf der Arbeit und erkundigte sich, ob es etwas Neues gab, und dann ihre Mutter. Ihre Mom berichtete, dass Nine irgendwie aus ihrem Käfig entkommen war, doch sie hatten keine Ahnung, wie sie es aus dem Gebäude geschafft hatte oder wohin sie geflohen war. Jemand würde sie bestimmt entdecken und es melden, weil das Video immer noch überall gezeigt wurde. Sie war sich sicher, dass Nine auftauchen würde. Tess brauche lediglich ein wenig mehr Geduld.

Tess hängte den Hörer zurück in Tante Esthers vorsintflutliches Wandtelefon, ein gelbes Plastikding mit einer langen gewundenen Schnur. Doch sie ließ die Hand darauf liegen, als hoffte sie, es würde wieder klingeln und die Person am anderen Ende hätte bessere Neuigkeiten.

»Warum zieht ihr nicht eure Overalls aus und werft sie in die Wäsche. Ich kümmere mich um das Telefon, falls es klingelt«, bot Tante Esther an.

Sie befolgten ihren Vorschlag und nahmen Ono und das gestohlene Kassenbuch mit nach oben in das Zimmer der Zwillinge. Dort legten sie es zwischen sich auf den Fußboden, um es genauer in Augenschein zu nehmen. Jaime ließ Ono im Zimmer herumlaufen, während sie versuchten, in den endlosen Zahlenkolonnen einen Sinn zu erkennen. »Oh no oh no oh no oh no«, flüsterte der Roboter vor sich hin, als er gegen Wände, Kommoden und Bettrahmen stieß.

»So«, begann Jaime. »Wir haben hier eine Menge Einkäufe aufgeführt. Futter für Farmtiere und Lebensmittel für den Haushalt. Allerdings kann ich kein Muster entdecken.«

»Nichts sticht irgendwie heraus«, pflichtete Theo ihm bei. »Aber er könnte versteckt sein, genau wie die anderen Hinweise. Unsichtbare Tinte oder vielleicht steht auf jeder dritten Seite eine Adresse oder …«

Tess fiel ihm ins Wort. »Oder auf jeder fünften Seite oder vielleicht ist etwas im Einband versteckt oder an eine der Seiten geklebt.«

»Ja, aber ich glaube, dass …«

»Oder vielleicht muss man die erste Zahl auf jeder Seite nehmen und sie zusammenaddieren oder multiplizieren oder dividieren und dabei kommt eine Hausnummer irgendwo in Brooklyn oder im East Village oder sonst wo heraus.«

»Ich …«

»Oder vielleicht waren wir beim falschen Haus und haben das falsche Buch gestohlen. Vielleicht sollten wir dem Roboter überhaupt nicht folgen. Möglicherweise ist er nur ein Köder und wurde vom größten Erzfeind der Morningstars gebaut.«

Theo zog an seiner Lippe. »Wer war denn der größte Erzfeind der Morningstars?«

»Das kannst du dir aussuchen. Charles Dickens. Charles Babbage. Irgendein Charles. Alle, die Charles heißen.«

»Warum sollten alle, die Charles heißen …«

Jaime legte Theo eine Hand auf den Arm, um ihn zu unterbrechen, bevor er sich auf Tess' endlose Fragen und ihre endlosen Möglichkeiten einließ.

»Die Rätsel sind anfangs immer schwer«, erinnerte Jaime sie. »Aber bisher haben wir sie alle gelöst. Und hast du nicht gesagt, dass der Code auch uns entschlüsselt? Dass er vielleicht von uns verstanden werden will?«

Tess stand auf und ging zum Fenster hinüber. Sie schob den Vorhang ein Stück zur Seite und spähte hinaus in den briefmarkengroßen Garten hinter dem Haus. »Das war davor.«

Theo hörte auf, an seiner Lippe zu ziehen. »Der Code hat Nine nicht mitgenommen. Soweit wir wissen, hat das Knacken des Codes nichts mit Nine zu tun.«

»Ihr Name war ein Hinweis!«, widersprach Tess. »Warum sonst sollte jemand sie beschuldigen? Warum sollte jemand behaupten, sie sei eine Maschine und kein echtes Tier? Alle Maschinen wurden von den Morningstars gebaut. Auch der Code stammt von ihnen. Was, wenn jemand herausgefunden hat, was wir tun? Wenn uns jemand davon abhalten will, das Rätsel zu lösen?«

»Werden wir das zulassen?«, fragte Jaime.

Tess fixierte ihn aus dunklen, wütenden Augen. »Warst du nicht derjenige, der gesagt hat, wir sollten für eine Weile untertauchen?«

»Ja«, gab Jaime zu. »Das war davor.«

»Wovor?«

Bevor sie mir das Gefühl gegeben haben, klein zu sein. »Bevor Nine mitgenommen wurde.«

Der kleine Roboter marschierte in den offenen Schrank und fiel kopfüber in einen Turnschuh. »Oh no«, sagte er.

»›Oh no‹ ist richtig«, kommentierte Tess.

Die Wut in ihrer Miene ließ nach und sie ließ den Vorhang

zurückfallen. Anschließend setzte sie sich wieder auf den Fußboden.

»Okay. Dann nehmen wir uns das Ding mal Seite für Seite vor. Theo, wo ist deine Lupe?«

Sie verbrachten Stunden damit, die Seiten des Kassenbuchs zu überprüfen, begutachteten den Einband, suchten nach versteckten Codes und Mustern in den Zahlenreihen. Sie lasen sich durch todlangweilige Aufzeichnungen über Lebensmitteleinkäufe für den Haushalt – Mehl, Zucker, Brandy, Schweine- und Rindfleisch. Löhne für Gärtner und Schmiede. Sie durchkämmten Listen für Baukosten: Maurerarbeiten, Holz, Löhne, Unterkünfte für Lehrlinge und Dienstboten. Sie fanden Zahlungen für Schuhe für Bob junior, Bob senior und Wiley Dan und stellten sich ein Comicheft mit diesen dreien vor.

Doch all ihre Bemühungen blieben ergebnislos.

Jaime nahm seine Brille ab und rieb sich über die Nasenwurzel. »Ich kann schon gar nichts mehr erkennen. Machen wir morgen weiter?«

»Morgen«, stimmten Tess und Theo zu.

»Ist es okay, wenn ich Ono mitnehme? Ich hab mich irgendwie an ihn gewöhnt.«

Sie blickten alle hinüber zu dem Roboter, der seit mindestens zehn Minuten versuchte, mit dem Teddybär in der Ecke zu kommunizieren. »Auf ins Land der Könige«, sagte er zu dem Bären. »Könige. KÖNIGE.«

»Na los,«, meinte Jaime. »Wir fahren mit der Underway.«

»Auf ins Land der Könige?«

»Auf ins Land von Hoboken. Es wird dir gefallen«, versprach Jaime.

»Oh no«, entgegnete der Roboter.

Jaime verabschiedete sich von den Zwillingen und Tante Esther und sagte, er hoffe, dass Nine bis zum Morgen wieder da wäre.

Dann ging er mit Ono zur Underway-Station und stieg in den Zug in Richtung Manhattan. Er hielt den kleinen Roboter dicht an sich gedrückt und murmelte: »Wenn ich deinen Kopf aus meiner Tasche herausschauen lasse, versprichst du mir dann, leise zu sein?«

Ono wisperte: »Land der Könige.«

»Gut.«

Den Rest der Fahrt über sagte Ono nichts mehr. Weder im ersten Zug noch auf dem Fußweg zum nächsten. Und Ono sagte auch nichts, als sie schließlich Hoboken erreichten, obwohl er irritiert piepte, als sie beinahe von einer Gruppe junger Männer in Anzügen umgerannt wurden, die Jaime offensichtlich überhaupt nicht gesehen oder erwartet hatte, dass er zur Seite auswich.

»Pass auf, wo du hinläufst!«, ermahnte ihn einer davon, ein bleicher junger Mann mit glänzendem Gesicht in einem viel zu engen Anzug.

»Pass du auf, dass deine Hose nicht reißt, sobald du dich hinsetzt«, erwiderte Jaime.

»Was?«, rief der Mann, doch Jaime drehte sich nicht um, sondern ging weiter, gerade und aufrecht.

Vielleicht war Ono eine Art magischer Transformer und würde sich in einen Monstertruck oder eine Raketenabschussvorrichtung mit Gesicht verwandeln, falls der Kerl es wagen sollte, Jaime weiter zu provozieren. Das glaubte er zwar nicht wirklich, aber der Gedanke war lustig genug, um ihn aufzumuntern.

Seine gute Laune dauerte jedoch nur an, bis er die Lobby seines Gebäudes erreichte. Cricket sprach mit einem Wachmann, im Gesicht einen Ausdruck, den er noch nie zuvor bei ihr gesehen hatte. Wenn er es nicht besser wüsste, hätte er es für Angst gehalten.

»Cricket? Was ist los?«

Cricket brachte nur ein Wort heraus: »Karl.«

Und dann brach Cricket, die unerschütterliche, entschlossene, eigensinnige, unstoppbare Cricket, in Tränen aus.

KAPITEL 16

Duke

Duke Goodson trommelte ungeduldig mit den Fingern auf der Armlehne, während seine Limousine durch den spätnachmittäglichen Verkehr in Harlem schlich. Er hatte seiner Fahrerin bereits vor einiger Zeit ordentlich die Leviten gelesen, weil sie nicht über die Interstate 278 gefahren war, aber offensichtlich brauchte die Frau noch eine weitere Lektion.

Er klopfte an das Glas.

»Ja, Sir?«, antwortete Candi, die Fahrerin.

»Dieser Verkehr ist ein Albtraum. Warum fahren wir über die Seventh Avenue?«

»Weil es auf der 278 noch schlimmer ist, Sir.«

»Nein, ganz sicher nicht. Ich hab dir gesagt, du sollst über die 278 fahren. Wenn ich 278 sage, dann erwarte ich auch die 278.«

Candis Miene im Spiegel veränderte sich nicht. »Sie haben die 278 *vorgeschlagen*. Aber auf der 278 ist der Stau noch viel schlimmer, daher habe ich den Weg über die Seventh Avenue genommen.«

»Meine Vorschläge sind keine Vorschläge.«

»Ich werde das zukünftig berücksichtigen, Sir.«

»Sei nicht so dreist.«

»Ich bin niemals dreist, Sir.«

»Du bist immer dreist, Candi. Eines Tages werde ich dich an einen schrecklichen Ort schicken lassen.«

»Ja, Sir.«

»Wenn ich *schrecklich* sage, dann meine ich auch schrecklich. Mit harter Arbeit. Bedingungen wie auf dem Mond. Nur Brot und Wasser, aber ohne Brot.«

»Hauptsache, woanders als im New Yorker Verkehr, Sir.«

Genau das meinte er mit dreist.

Aber Candi kam damit durch, weil sie die beste Fahrerin war, die Duke hatte. Sie kannte alle fünf New Yorker Stadtteile und den Großteil der Ostküste wie ihre Westentasche. Außerdem war sie so diskret wie ein Schweizer Bankier und besaß schwarze Gürtel in allen möglichen mysteriösen Kampfdisziplinen.

Es gab nicht viele Fahrerinnen wie Candi. Ärgerlicherweise wusste Candi das.

Duke beruhigte seine Nerven, indem er sich umsah. Harlem war voller Trubel und Menschen. Sie fuhren an einem altmodisch aussehenden Barbierladen vorbei, an Restaurants und braunen Sandsteinhäusern. Hier gab es viele schöne Anwesen. Könnten eine nützliche Investition sein. Raus mit den Alten, rein mit den Neuen, und dann von den

Neuen fünftausend Dollar pro Monat für eine Einzimmerwohnung kassieren.

Reiche Schnösel waren Dukes Lieblingsmenschen.

Candi bog in die 158. Straße ein und der Verkehr normalisierte sich. Sie entgegnete nicht: »Hab ich Ihnen doch gesagt«, blickte nicht mal in den Spiegel. Das würde sie auch nicht. Sie hätte längst keinen Job mehr bei Duke Goodson, wenn sie diese dreiste Nummer abziehen und ihn dann nicht rechtzeitig dorthin bringen würde, wo er sein musste. Es sah sogar so aus, als wären sie zu früh dran. Duke hoffte, dass es dem Doktor nichts ausmachen würde. Wobei ihm die Gefühle des Arztes egal waren, aber es ließ sich mit Menschen viel leichter umgehen, wenn sie nicht schlecht gelaunt waren.

Allerdings würde der Doktor schlechte Laune bekommen, wenn er hörte, was Duke ihm zu berichten hatte.

Nun ja. Falls die Dinge aus dem Ruder liefen, konnte Duke immer noch sein neues Lieblingsspielzeug ausprobieren: die Schaumpistole. Er wartete ungeduldig auf eine Gelegenheit, sie zu testen.

Und falls das nicht funktionierte, würde Candi sich um die Angelegenheit kümmern.

Candi lenkte die Limousine in den Bronx Naturpark. Nicht durch die Vordereinfahrt, sondern den Hintereingang, der nur für Angestellte gedacht war. Sie parkte unmittelbar neben dem Forschungszentrum. Dann stieg sie aus und öffnete Duke die Tür.

»Wir sind da, Sir.«

»Das sehe ich selbst.«

»Natürlich, Sir.«

Duke winkte Candi fort. »Geh zur Snackbar und hol dir einen Smoothie oder was auch immer du so trinkst. Es könnte eine Weile dauern.«

»Smoothies mag ich gern, Sir.«

»Hör auf damit!«

»Womit, Sir?«

Duke machte ein angewidertes Geräusch und ging zum Eingang. Dort gab er einige Zahlen in die Tastatur ein, einen temporären Zugangscode, der ihm für das heutige Treffen genannt worden war. Er betrat das kalte weiße Gebäude, das vage nach Zitrone, Hundetrockenfutter und Komposthaufen roch. Kurz darauf ging er an einer Gruppe Menschen in Laborkitteln vorbei. Sie betrachteten ihn neugierig, aber er machte sich erst gar nicht die Mühe, sie anzufunkeln. Dafür hatte er es viel zu eilig. Er hatte beschlossen, dass es eher ein Vorteil als ein Nachteil war, dass er ein wenig zu früh dran war. So konnte er sehen, was der Doktor so trieb. Ob er irgendwelche Experimente nebenbei durchführte oder nur das, was er ihm aufgetragen hatte.

Als Duke jedoch die vorletzte Tür auf der linken Seite erreichte und sie aufriss, fand er nichts auch nur annähernd Interessantes vor. Der Doktor stand über ein Mikroskop gebeugt und sagte nur: »Sie sind zu früh.«

»Nur ein paar Minuten.«

»Dreiundzwanzig Minuten, um genau zu sein.«

Ein pingeliger Typ. Duke konnte pingelige Typen nicht ausstehen. Die wischten ständig Finger- und Handabdrücke von den Arbeitsplatten. Beschwerten sich über jede einzelne Vertragszeile.

Momentan war Duke jedoch der Einzige, der sich ärgerte. »Was sehen Sie sich da an?«

»Eine Hautzelle von einem Tintenfisch.«

»Faszinierend.«

»Ziemlich«, bestätigte der Doktor. »Ich denke darüber nach, diese Molluskenzellen in Ratten einzusetzen.«

»Warum in Ratten?«

»Warum nicht in Ratten?«

Darauf hatte Duke keine Antwort, daher sagte er lediglich: »Wer will schon eine Tintenratte?«

Endlich richtete sich der Doktor auf und sah Duke direkt ins Gesicht. Nicht allzu viele Menschen trauten sich das, besonders nicht spindeldürre Ärzte mit hervorstehenden Augen in der Farbe von Teichschlamm. Man sollte meinen, dass ein Doktor etwas gegen solche Augen unternehmen würde. Sie schienen kurz davor zu stehen, ihm aus dem Kopf zu fallen.

Er sah aus wie ein Lurch.

Der Doktor erwiderte: »Ich mache hier keine Haustiere, Mr Goodson. Niemand wird sich bei mir eine Tintenratte bestellen.«

»Nennen Sie mich Duke«, gestattete Duke mit einem Aufblitzen seiner weißen Zähne. Er würde den Doktor gegenüber seinen Geschäftspartnern als »Dr. Lurch« bezeichnen.

»Ich erforsche die Eigenschaften und Merkmale bestimmter Tiere und ob man diese erfolgreich auf andere Spezies übertragen kann, ohne die Gesundheit des Testtiers zu gefährden. In diesem Fall möchte ich herausfinden, ob Ratten die Möglichkeit zur Änderung ihrer Fellfarbe erhalten können, so wie ein Tintenfisch die Farbe seiner Haut ändern kann.«

»Wie soll das funktionieren?«, erkundigte sich Duke. »Fell ist totes Gewebe und Haut ist …«

»Ich habe keine Zeit, Ihnen die wissenschaftlichen Hintergründe zu erläutern, Mr Goodson.« Der Doktor blickte auf seine Uhr. »Und ich sehe hier nirgendwo das Exemplar, das mir versprochen wurde.«

Was fiel diesem kleinen Lurch ein, Duke Goodson, den Problemlöser der Problemlöser, zu unterbrechen, als wäre er ein Niemand! Duke war kurz davor, dem Mann eine zu verpassen und ihn auf dem Boden liegen zu lassen, wo ihn seine kleinen Tintenratten fressen konnten. Aber Slant wollte mit dem Doktor arbeiten und es war Dukes Aufgabe, solche Dinge zu arrangieren, ganz egal, wie ärgerlich sie waren. Und er besaß eine Menge Erfahrung in der Zusammenarbeit mit kaltblütigen Kreaturen. Möglicherweise sogar mehr als der Doktor selbst.

Also ging Duke langsam im Labor umher. Kleine Käfige waren an den Wänden aufgereiht und er nahm sich die Zeit, jeden ausgiebig zu begutachten. In einem befand sich ein Meerschweinchen mit einem merkwürdigen, langen pelzigen Schwanz wie der eines Affen. Er entdeckte eine Schlange mit einem Dutzend winziger pinkfarbener Füße. Die kleinsten Mäuse, die Duke je begegnet waren, flogen mit leuchtend blauen Schmetterlingsflügeln in ihrem Käfig herum. Und dann war da noch ein Käfig voller Kaninchen, die absolut normal wirkten.

»Was ist mit den Kaninchen?«, fragte er. »Die sehen für mich nicht verändert aus.«

Der Doktor seufzte dramatisch und marschierte hinüber zur Wand. Dort schaltete er das Licht aus. Die Hasen, die vorher normal gewirkt hatten, leuchteten im Dunkel grün. »Ich habe den Hasenembryos ein natürlich leuchtendes Quallenprotein injiziert. Jetzt leuchten sie.«

»Das ist ziemlich …«

»Nichts. Es ist nichts. Oder genauer gesagt, es ist etwas, um Investoren zu beeindrucken, aber nichts weiter. Noch nicht.« Er schaltete das Licht wieder ein und Duke Goodson blinzelte angesichts der plötzlichen Helligkeit.

»All diese Hybriden sind eher klein«, stellte Duke fest.

»Sie wissen, dass größere Schimären illegal sind«, entgegnete der Doktor. »Im Naturpark befinden sich einige der letzten bekannten Liger und Grolarbären der USA. Sobald die sterben, existieren keine mehr.«

»Das ist schade«, behauptete Duke, obwohl ihm Tiere auf dem Teller am liebsten waren.

»Schade?«, wiederholte der Doktor gereizt. »Sie wissen genau, dass das dazu dienen soll, Quacksalber vom Erschaffen von Monstern abzuhalten!«

Monster konnten ziemlich nützlich sein, fand Duke. Besonders die menschlichen. Aber das behielt er für sich.

Im letzten Käfig befand sich eine Reihe großer Kokons, die an einer Art Naturharz von der Decke hingen. Doch sie waren nicht kokonförmig und ähnelten eher grauen, gesprenkelten Eiern. »Und was wird aus denen hier?«

Der Doktor klopfte mit einem Stift auf den Labortisch. *Tap, tap, tap*. »Das Exemplar, Mr Goodson. Wo ist das Exemplar, das mir versprochen wurde?«

»Wir arbeiten daran.«

»Was soll das heißen, *Sie arbeiten daran*? Ich dachte, Sie hätten es in Gewahrsam.«

»Hatten wir auch. Aber anscheinend ist es geflüchtet.«

»Geflüchtet? Wie konnte es flüchten?«

»Es ist ein cleveres kleines Miststück«, erklärte Duke.

»Es ist nicht klein und genau darum geht es. Es sind nur sehr wenige größere Schimären als Arbeitsmaterial verfügbar, erst recht bei Schimären, die aus mehr als zwei Spezies bestehen. Ich brauche dieses Exemplar.«

»Mehr als zwei Spezies? Wovon reden Sie da? Ich dachte, es handelt sich um eine Mischung aus einer Katze und einer Großkatze.«

Die Lurchaugen des Doktors schienen genauso zu leuchten wie zuvor die Kaninchen. »Oh, es ist viel mehr als eine Katze, Mr Goodson. Viel mehr. Ich muss es unbedingt studieren.«

»Ich habe meine besten Leute darauf angesetzt. Es wird nicht lange dauern.«

»Ihre besten Leute? Candi?«

Wenn Lurche für jemanden schwärmen könnten, würde Duke behaupten, dass der gute Doktor für Candi schwärmte. Das war bei den meisten Männern der Fall. Candi, genau wie Dukes andere Damen, entwaffnete die Menschen, beruhigte oder regte sie auf, je nachdem, was sie für Emotionen in ihnen auslösen wollte. Ihr sanftes, hübsches Gesicht mit den zuckerwatteweiß gebleichten Haaren, den schwarzen dichten Wimpern und dem präzise aufgetragenen Lippenstift war faszinierend und hypnotisierend. Sie konnte nahezu alles sagen und die Leute akzeptierten es als Fakt. »Es wurde wissenschaftlich bewiesen, dass mit der richtigen Einstellung jeder reich werden kann.« »Der Präsident spioniert für Grönland!« »Ihre Nachbarn stehlen Ihr WLAN!« Eigentlich ziemlich außergewöhnlich, wenn man darüber nachdachte. Aber das war der springende Punkt. Die meisten Menschen dachten nicht gern nach, das machte viel zu viel Mühe. Es war ihnen lieber, wenn ihnen jemand das Denken abnahm. Und wer wäre dafür besser geeignet als jemand, der wie eine zugänglichere Version eines Filmstars aussah oder wie die Barbiepuppe, mit der man als Kind gespielt hatte?

»Ja, Doktor. Candi bearbeitet diesen Auftrag gemeinsam mit vielen anderen. Die schaffen das.«

Die Miene des Doktors verhärtete sich. »Das will ich hoffen. Ansonsten sehe ich mich nicht in der Lage, die Anfragen Ihres Freundes auszuführen.«

Freund? *Anfragen?* Duke lachte. »Er ist nicht mein Freund. Und Ihrer auch nicht. Er stellt auch keine Anfragen. Sie haben eine Abmachung.«

»Korrekt. Wir haben eine Abmachung. Eine Abmachung, die das Exemplar beinhaltet. Hierher an mich geliefert, sicher und unverletzt.«

Hm, der Doktor hatte Rückgrat, das musste er ihm lassen.

Duke würde ihm einen schönen Schlag auf den Kopf verpassen müssen, wenn der richtige Moment gekommen war.

Aber jetzt noch nicht. Der Doktor hatte einen Ruf und eine Vorgeschichte. Er stammte aus einer langen Linie von Männern, die für ihre brillanten wissenschaftlichen Entdeckungen bekannt waren, für ihre flexible Auslegung von Moral und den Hang zu beruflichem Desaster und finanziellem Ruin. Mitte des neunzehnten Jahrhunderts hatte einer der Vorfahren des Doktors vielversprechende Experimente zur Behandlung von Infektionen abgebrochen, um ausgerechnet Spinnen zu studieren. Er hatte seine Ersparnisse geplündert und das Erbe seiner Frau zu Geld gemacht, um die Welt zu bereisen und so viele Spinnengattungen wie möglich zu sammeln. Ironischerweise starb er durch den Biss einer Schwarzen Witwe. Man erzählt, seine Frau habe ihn gefunden, sein Körper von oben bis unten bedeckt von den zahlreichen Vogelspinnen, die er als Haustiere hielt. Um seine beträchtlichen Schulden zu bezahlen, musste sie sein Labor, seine Ausrüstung, seine Dokumente und seine Kreaturen an den höchsten Bieter verkaufen, der nicht besonders hoch dafür bieten musste. Derselbe Bieter entwickelte später Medikamente und sogar Waffen aus Spinnengift und machte damit mörderisch viel Geld.

Ha, mörderisch.

Duke lächelte den Doktor an. »Sie bekommen Ihr Kätzchen so bald wie möglich. Darauf gebe ich Ihnen mein Wort.«

»Ihr Wort«, wiederholte der Doktor. Er blinzelte langsam, als zählte er die Sekunden ab. Dann ging er hinüber zu dem

Glaskäfig, in dem die übergroßen Eier hingen. Er tippte gegen das Glas. Eins von ihnen zuckte und kurz darauf noch mal.

Der Doktor wandte den Blick nicht davon ab, während er sagte: »Ich befürchte, Sie müssen jetzt gehen, Mr Goodson. Ich muss mich um eine Geburt kümmern.«

»Natürlich«, antwortete Duke. »Ich melde mich bei Ihnen.«

»Das werden Sie.«

Bevor er zur Tür hinausging, warf Duke einen letzten Blick über die Schulter auf den Mann und die Kokoneier, aus denen wer weiß was schlüpfen würde.

Der Doktor *redete* leise mit den Dingern. »Hallo«, flüsterte er sanft in Richtung der grauen, gesprenkelten Schalen. »Willkommen auf der Welt.«

Nicht zum ersten Mal fragte sich Duke, ob der Geburtsname einen Menschen von Anfang an formte oder ob man ihn selbst durch Handlungen und Erfahrungen definierte. Wie auch immer, der Name des Doktors passte perfekt zu ihm.

»Wir sprechen uns bald, Dr. Munsterberg«, verabschiedete sich Duke. Aber der Mann hörte ihn überhaupt nicht.

KAPITEL 17

Tess

Tess musste zumindest für eine Weile weggedöst sein und einen Albtraum gehabt haben, an den sie sich nicht erinnern wollte, weil Theo neben ihrem Bett kauerte, schnarchend, die Finger um ihr Handgelenk gelegt. Sanft löste sie seine Finger und zog ihren Arm fort. Sie glitt ans Bettende und schlüpfte in ihre Turnschuhe und ein Sweatshirt. Dann schlich sie so leise wie möglich nach unten.

Im Haus war es dunkel und still. Nun ja, überwiegend still, da die Spinnen, die sich um die Pflanzen kümmerten, niemals schliefen. Ein leises Kichern folgte Tess zur Tür hinaus.

Auf der Straße waren nur Tess und die Roller unterwegs. Die Roller hoben behutsam Müll von den Gehsteigen und dem gläsernen Kopfsteinpflaster auf und rollten ihn zu Kugeln, genau wie sie es schon seit mehr als einhundertfünfzig Jahren taten. Tess schenkte ihnen kaum Beachtung, während sie einen Häuserblock entlangging, zwei, drei … und dabei Gärten und Gassen durchsuchte, in Mülltonnen und unter Müllcontainer schaute. New York City, das ihr immer so klein und vertraut vorgekommen war, fühlte sich um vier Uhr morgens riesig und merkwürdig an. Sie stellte sich versteckte Gefahren und lauernde Fremde vor, die bereit waren zu nehmen, was ihnen nicht gehörte. *Wer's findet, darf's behalten*, würden die Fremden sagen, völlig ungerührt von der Tatsache, dass ihre Fundstücke gestohlen und nicht verloren gegangen waren.

Nachdem sie bis zum Sonnenaufgang nach Nine gesucht hatte, setzte sich Tess entmutigt auf die Eingangstreppe zu Tante Esthers Haus. Jemand musste sie mitgenommen haben, das war die einzige Erklärung. Jemand, der wusste, wie besonders sie war, und sie behalten wollte. Statt Tränen brannte Frust in Tess' trockenen Augen und sie rieb sich ärgerlich mit den Fäusten darüber. Genauso fand ihre Mutter sie – die Augen juckend und rot, die Hände im Schoß verschränkt.

Ihre Mutter setzte sich im pinkfarbenen Licht des frühen Morgens neben sie. »Hast du nach Nine gesucht?«

Tess antwortete nicht, sondern beobachtete einen Roller dabei, wie er eine Bananenschale vom Gehweg vor dem Haus kratzte.

»Ich nehme an, du sprichst immer noch nicht mit mir, oder?«

Das tat Tess ganz sicher nicht.

»Okay, du musst nicht mit mir reden. Aber vielleicht kannst du mir einfach zuhören?«

Tess erwiderte wieder nichts.

»Hör zu, Schatz. Es tut mir leid. Wirklich sehr leid«, versicherte sie ihr. »Ich habe einen Gefallen bei der Tierschutzbehörde eingefordert. Sie halten Ausschau nach ihr.«

Tess presste die Lippen zusammen.

»Sie suchen überall. Die wissen, wie besonders sie ist. Wie wichtig.«

Darauf sagte Tess: »Du hättest das nicht tun dürfen.«

Weil Tess' Mutter eben ihre Mutter war, wusste sie, dass Tess meinte, Nine hätte von Anfang an nicht mitgenommen werden dürfen. Dass dieser Fehler ihrer Mom leidtun sollte.

»Ich weiß, dass du wütend bist. Aber was ich nicht hätte tun dürfen, war, meine Beziehungen spielen zu lassen, um dir überhaupt eine Lizenz für Nine zu besorgen.«

Das ließ Tess erschrocken Luft holen. *»Was?«*

»Wenn andere Leute keine Lizenzen für große Schimären erhalten, warum sollten wir dann eine kriegen? Es war nicht fair, meinen Einfluss zu nutzen. Ich habe mich falsch entschieden.«

»Das war nicht die falsche Entscheidung!«, rief Tess.

»Nicht? Glaubst du nicht, dass es andere Menschen gibt, die ebenfalls eine Gefährtin wie Nine verdienen, aber keine bekommen konnten? Ich hätte mich für eine neue Gesetzgebung starkmachen sollen, statt die Vorschriften für das Kind, das ich liebe, zu umgehen.«

Tess war so wütend, dass sie Angst hatte zu platzen, doch sie wusste nicht genau, gegen was oder wen sie ihre Wut richten sollte. Ihre Mutter hatte unrecht, aber gleichzeitig auch recht. Jeder sollte eine Nine haben dürfen.

»Falls es dich tröstet, mein neuer Partner ist deiner Meinung.«

Tess erinnerte sich, dass der neue Partner ihrer Mutter gesagt hatte, die Geschichte der blonden Frau wäre voller Apfelmus oder Vanillesoße oder so was in der Art gewesen.

»Oh, er kann mir das nicht direkt ins Gesicht sagen, weil ich seine Vorgesetzte bin«, fuhr Tess' Mom fort. »Ich bin seine Ausbilderin und er hat mein Urteilsvermögen nicht zu hinterfragen. Aber ich merke, dass er meine Handlungsweise für falsch hält.«

Tess lockerte eine ihrer Fäuste. »Ich mag deinen neuen Partner.«

»Ich auch«, gab ihre Mutter zu. »Selbst wenn er vor sich hin murmelt, dass er keine Ahnung hat, was zum Erdnusskrokant ich mir dabei gedacht habe.«

»Was zum Erdnusskrokant hast du dir denn dabei gedacht?«

Ihre Mom rieb sich über die Stirn. »Ich weiß es nicht. Angeblich wird man mit dem Alter klüger. Aber so funktioniert das nicht immer. Du musst mir glauben, ich tue alles, was ich kann. Wirklich. Ich werde nicht aufhören, nach ihr zu suchen, okay?«

Tess konnte nichts gegen die Tränen unternehmen, die ihren Blick glasig werden ließen. »Okay.«

»Kommst du dann jetzt mit hinein und frühstückst mit mir, bevor ich zur Arbeit gehe? Tante Esther ist zu sauer auf mich, um zu kochen, daher hat sie Lance in die Küche geschickt. Er hat genügend Pfannkuchen für eine Armee gemacht und es sieht nicht so aus, als ob er bald damit aufhören würde.«

Sie gingen ins Haus und taten ihr Bestes, Lances Riesenstapel Pfannkuchen ein wenig abzubauen. Kurz darauf kam ihr Dad herab, um ihnen zu helfen. Und dann Theo. Tante Esther setzte sich widerwillig zu ihnen und knabberte den knusprigen Rand eines Pfannkuchens ab. Es klingelte und ihre Mutter stand auf, um zu öffnen. Anschließend kam sie mit ihrem neuen Partner, Detective Clarkson, in die Küche zurück.

»Oh! Pfannkuchen!«, freute er sich.

»Bitte nehmen Sie sich welche«, bot ihre Mom an. »Lance hört gar nicht mehr damit auf.«

Detective Clarkson sah Lance in der Küche herumstampfen, daher stopfte er sich schnell einen Pfannkuchen in den Mund, als ob er befürchtete, Lance würde ihn angreifen, wenn er es nicht täte.

Sie waren beinahe mit dem Frühstück fertig, als die Türklingel erneut ertönte. Jedoch nicht nur einmal, nein, dreimal hintereinander – panisch und hartnäckig.

»Okay, okay!«, rief ihr Dad. »Immer langsam mit den jungen Zebras!«

Diesmal erschien Jaime in der Küchentür, schwer atmend, als wäre er den gesamten Weg von Hoboken gerannt.

»Es geht um Karl«, keuchte er.

»Was ist mit ihm?«, fragte Tess.

»Er ist verschwunden.«

»Moment«, bat Detective Clarkson. »Also dieser Karl ist ein Waschbär?«

»Ein Katzenwaschbär«, korrigierte Jaime. »Glaube ich.

Vielleicht stecken auch noch andere Tiere mit drin, das ist schwer zu sagen. Aber im Großen und Ganzen sieht er aus wie ein Waschbär. Mit Geweih.«

»Geweih?«, wiederholte Detective Clarkson.

»Kein echtes. Cricket setzt ihm häufig Mützen mit Hörnern oder Geweih auf. So was in der Art.«

Detective Clarkson runzelte so stark die Stirn, dass sich seine Augen beinahe kreuzten. »Wer ist Cricket?«

»Meine Nachbarin«, erklärte Jaime.

»Deine Nachbarin spielt Cricket?«

»Nein, das ist ihr Name.«

»Erst Nine, dann Karl«, fasste Tess zusammen. »Ich halte das nicht für einen Zufall.«

»Hm«, machte Theo und zog an seiner Lippe. »Verbrecherische Bären.«

»Was für Bären?«, fragte Detective Clarkson.

»Keine Bären«, klärte ihre Mom ihren Partner auf. »Nur Verbrecher.«

»Mom, ich glaube, jemand stiehlt die Hybriden«, sagte Tess.

Ihre Mutter nickte. »Das könnte sein.« Sie wandte sich an ihren Partner. »Clarkson, rufen Sie bei der Tierschutzbehörde an und fragen Sie, ob die Anrufe wegen verschwundener Schimären erhalten haben.«

»Ich dachte, die größeren Butterkekse wären verboten?«, hakte Clarkson nach.

»Das stimmt, aber wer schon eine Schimäre besaß, war von der Neuregelung ausgenommen. Daher konnten wir Nine behalten. Diese großen Schimären sind wertvoll. Und es sieht aus, als ob der Täter auch die kleineren Schimären für gewinnbringend hält. Wer weiß, warum die entführt wurden.«

»Oder wer sie entführt hat«, ergänzte Tess.

Clarkson nickte. »Ich kümmere mich darum.« Er zog sein Handy aus der Tasche und drückte einige Tasten. »Verbinden Sie mich bitte mit der Tierschutzbehörde, Nancy. Es ist mir egal, ob das Telefonsystem Sie verwirrt, tun Sie's bitte einfach. Es ist nicht für mich, sondern für Biedermann. Ich hab keine Ahnung, wo um alles in der Wurst die Katze ist, deshalb rufe ich an. Es geht nicht mehr nur um die Katze. Möglicherweise haben wir es mit einer ganzen Bande verbrecherischer Bären zu tun. Was? Ich meinte Diebe. Verbrecherische *Diebe*. Ich wiederhole mich nicht, Sie wiederholen sich.« Seine Stimme verklang, als er hinaus auf die hintere Veranda ging, um dort den Rest des Gesprächs zu führen.

»Das ist mein Stichwort«, sagte ihre Mom. »Ich muss zur Arbeit.« Sie küsste Tess auf den Kopf. »Ich weiß, dass du dir Sorgen machst. Ich mache mir auch welche, aber ich verspreche dir, der Sache auf den Grund zu gehen. Und Jaime, wir fahren hinaus nach Hoboken und sprechen mit Cricket, ihren Eltern und allen anderen, die wir erwischen. Wir werden herausfinden, ob irgendjemand etwas Merkwürdiges gesehen hat.«

»Alles in Hoboken ist merkwürdig«, erwiderte Jaime.

»Dann werden wir wohl eine Menge Aussagen aufnehmen«, antwortete ihre Mom. »Aber ich möchte, dass ihr Kinder euch das nicht zu sehr zu Herzen nehmt. Macht heute etwas Schönes. Geht in den Park oder ins Kino. Leiht euch ein paar Exos aus und geht spielen. Lenkt euch für eine Weile ab.«

»Klar«, erwiderte Tess, die absolut nicht vorhatte, irgendwas davon zu tun.

Nachdem ihre Eltern zur Arbeit gegangen waren, marschierten Tess, Theo und Jaime nach oben, um sich wieder dem Kassenbuch zu widmen. Wenn sie schon nicht viel dazu beitragen konnten, Nine oder Karl zu suchen, wollten sie zumindest den nächsten Hinweis auf den Code herausfinden.

Doch wie sich herausstellte, war der nächste Hinweis genauso schwer zu finden wie die Tiere. Vielleicht sogar noch schwieriger.

Mehrere Tage vergingen. Ihre Mom und Detective Clarkson befragten Leute, machten Anrufe und führten Durchsuchungen durch, während Tess, Theo und Jaime das Kassenbuch durchsahen. Sie analysierten die Zahlen auf alle möglichen Arten, versuchten, irgendeine Verbindung zwischen den Listen herzustellen, untersuchten jede Seite und fanden doch nichts. Jaime, der Ono überall mit hinnahm, holte den kleinen Roboter gewöhnlich aus seiner Tasche und stellte ihn auf den Boden, während sie über dem Buch zusammensaßen. Manchmal schien Ono mit glänzenden Augen ihrer Analyse zu folgen, andere Male erkundete er das Zimmer, wobei er gegen Kisten, Schuhe und Wände stieß. Oder er fiel mit einem dumpfen Plumpsen um und schlief ein, wobei er leichte Summgeräusche wie ein Kühlschrank von sich gab.

»Tyrone liebt ihn«, erklärte Jaime. »Und sie mag nicht

jeden. Ich glaube, er spricht hamsterigelisch. Oder sie spricht Ono.«

Eines Nachmittags, mehr als eine Woche nach Nines Verschwinden, lagen Tess, Theo und Jaime mit dem Buch zwischen sich auf dem Boden. Sie hatten über die Familien nachgeforscht, die das Kingsland-Haus und die umgebenden Grundstücke besessen hatten. Sie hatten sich über die Produktionsmenge von Sägemühlen in den frühen 1800ern informiert. Sie hatten versucht, die Identitäten von Bob junior, Bob senior und Wiley Dan zu ermitteln, sie hatten sich den Kopf zerbrochen, aber ihnen war immer noch nicht eingefallen, wie sie den Hinweis dazu bringen konnten, sich ihnen zu zeigen.

»Jetzt ist es offiziell. Ich hasse dieses Buch«, erklärte Jaime.

»Ich auch«, stimmte Tess ihm zu.

Jaime nahm seine Brille ab und säuberte sie an seinem T-Shirt. »Vielleicht sind wir irgendwo gedanklich falsch abgebogen?«

»Ja, aber wo?«, fragte Tess. »Vielleicht war alles falsch. Möglicherweise sind wir nicht erst bei diesem Hinweis zur falschen Schlussfolgerung gelangt, sondern schon vor drei Hinweisen?«

Theo legte die Hände hinter den Kopf. »Wir brauchen einen frischen Blick«, schlug er vor. »Eine andere Perspektive.«

»Ich kann nicht für euch sprechen«, sagte Jaime, »aber mir brennen schon die Augen.«

Ono, der zwischen einigen von Tess' Plüschtieren gedöst

hatte, wachte auf. Er setzte sich auf und stellte sich dann auf die Füße. Als ob er Theos Aussage wortwörtlich genommen hätte, blitzten seine Juwelenaugen auf und leuchteten dann. Er schritt hinüber zum Kassenbuch und drehte seinen kastigen Kopf hin und her. »Auf ins Land der Könige!«, sagte er.

»Waren wir schon, Bro«, antwortete Jaime.

»Auf ins Land der Könige!«, beharrte der Roboter. Er marschierte im Kreis: »Auf ins Land der Könige, ins Land der Könige, ins Land der Könige.« Er lief so schnell, dass er stolperte und hinfiel. »Oh no.«

»Hm«, machte Jaime. Er kroch dorthin, wo der Roboter lag, und legte sich dann selbst flach auf den Boden, um das Kassenbuch aus Onos Blickwinkel zu beäugen. Er drückte die Seiten hinunter und blätterte sie dann auf. Seine Augen wurden groß.

»Die Seiten!«, rief er. »Da ist ein Bild drauf. Schaut!«

Er nahm das Buch hoch, schloss es und zeigte ihnen die eisengrauen Seitenränder. Doch als er den Deckel aufschlug und die Ränder leicht aufblätterte, erschien ein Bild.

»Buchschnittmalerei!«, stellte Tess fest.

Theo schlug sich eine Hand vor den Kopf. »Die einzige versteckte Codeart, an die ich nicht gedacht habe.«

»Du kannst nicht an alles denken«, beruhigte ihn Tess.

»Aber das hätte ich müssen«, grummelte Theo.

Normalerweise hätte sich Tess über ihn lustig gemacht, aber da er versucht hatte, Nines Aufgabe zu übernehmen und sie während ihrer Albträume nachts – und tagsüber – zu beruhigen, benahm sie sich ihm gegenüber so nett sie nur konnte.

Was ziemlich nett war. Manchmal jedoch, wenn sie befürchtete, Nine niemals zurückzubekommen, war sie kein bisschen nett.

Alle drei versammelten sich um das Buch. Das Bild zeigte eine riesige Halle mit kunstvollen schmiedeeisernen Bögen und Säulen und einer großen Uhr, die von der Decke herabhing.

»Ich weiß, wo das ist!«, verkündete Jaime. »Das ist die Innenansicht von Underway-Station One. Wenn wir meine Tante in South Orange besuchen, fahren wir immer von dort mit dem Zug.«

Unter dem Bild stand eine Botschaft:

Halte die Uhr an in finsterer Nacht.
Wecke den Schläfer und sieh, was er macht.

»Das klingt ja überhaupt nicht ominös«, kommentierte Jaime.

»*In finsterer Nacht*«, las Theo vor. »Station One ist rund um die Uhr geöffnet, aber die Wohnungen unserer Familien nicht. Wie sollen wir uns in finsterer Nacht fortschleichen? Und welche Uhrzeit genau ist mit ›finsterer Nacht‹ gemeint?«

»Wenn es am dunkelsten ist, würde ich vermuten«, sagte Jaime.

Tess fuhr mit dem Finger über die Wörter. »*Wecke den Schläfer.* Aber was schläft in Station One?«

»Wie ich schon sagte: ominös.«

»Vielleicht sind schlafende Mäuse gemeint«, wandte Theo ein. »Es muss nicht unbedingt etwas Furchteinflößendes sein.«

Doch Tess beschlich ein mulmiges Gefühl. Was auch immer die Morningstars schlafend in Station One zurückgelassen hatten, war keine Maus.

Und wenn sie es aufweckten, standen die Chancen gut, dass es niemals wieder einschlafen würde.

KAPITEL 18

Theo

Sie entschieden, dass es zu riskant war, bei Jaime zu übernachten. Seine Großmutter würde sie garantiert hören, wenn sie versuchten, mitten in der Nacht aus der Wohnung zu schleichen. Doch da Tess so häufig unter Albträumen litt, waren ihre Eltern und Tante Esther an Geräusche aus dem Dachgeschoss gewöhnt, erst recht in letzter Zeit, seit Nine nicht mehr da war. Die drei wollten im Zimmer der Zwillinge übernachten und sich um Mitternacht zum Fenster hinausschleichen. Theo erklärte seinen Eltern, dass sie sich keine Sorgen zu machen brauchten. Er würde sich um Tess kümmern, falls sie einen Albtraum hätte.

Was sie zu überraschen schien.

Doch das war nicht das erste Mal, dass Theo sie überraschte. Ihre Eltern verstanden nicht, warum Tess so viel häufiger Albträume hatte als er. In seiner frühen Kindheit hatte Theo jedoch etwas gehabt, was seine Schwester nicht hatte – einen imaginären Freund.

»Kannst du auch einen Teller für Pink hinstellen?«, hatte er seine Mutter gefragt, als sie den Tisch fürs Abendessen deckte.

»Wer ist Pink?«, hatte sich seine Mutter erkundigt.

»Pink. Mein Freund. Er sitzt hier.« Er deutete auf einen Stuhl.

Seine Mutter runzelte die Stirn, doch sein Dad nickte. »Okay, hier ist ein Teller für Pink. Ich hoffe, er mag Rinderbrust.«

»Er liebt Rinderbrust«, versicherte ihm Theo. »Und Kartoffelbrei. Kartoffelbrei isst er am liebsten.«

»Gut zu wissen«, antwortete seine Mom.

»Kartoffelbrei bleibt ihm nicht in den Zähnen stecken. Er hat eine Menge Zähne.«

»Wirklich?«, hakte seine Mom nach. »Ist er ein Hai?«

»Was? Nein!«, empörte sich Theo.

»Ein Tiger?«

»Nein.«

»Ein Löwe?«

»Nein! Er ist ein Wolf.«

»Ein pinkfarbener Wolf?«

»Warum sollte ein Wolf pink sein?«, erwiderte Theo.

»Richtig, tut mir leid. Manchmal verwechsle ich da was«, antwortete seine Mom und lächelte auf diese Art, wie es Erwachsene taten, wenn sie etwas für niedlich hielten, statt es ernst zu nehmen.

Pink war ein großer, böser Wolf, der sich jederzeit noch größer machen konnte, wenn er das wollte, und das war eine ernste Angelegenheit. Sehr ernst. Dass Pink über ihn wachte, war der Grund, warum Theo weniger Albträume hatte als seine Schwester. Wenn alle Menschen einen Pink hätten, würde nie jemand unter Albträumen leiden.

Auf jeden Fall gab es da überhaupt keinen Anlass wegen irgendetwas zu lächeln.

»Warum lächelst du?«, wollte Theo wissen.

»Mom freut sich, dass du einen Freund hast«, erklärte sein Dad.

»Das ist nicht der Grund«, murmelte Theo.

»Doch«, behauptete seine Mom.

»Egal. Pink möchte keine Rinderbrust mehr.«

Während er davonstürmte, hörte Theo seine Eltern über seinen »imaginären« Freund sprechen, was ihn nur noch wütender werden ließ. Grandpa Ben sagte immer, dass alle möglichen Dinge – Geschichten, Maschinen und Medikamente – als Ideen in der Vorstellung der Menschen begonnen hatten. Pink war nicht imaginär, und falls doch, machte ihn das nicht weniger real.

Später am Abend, nachdem er ihm eine letzte Gutenachtgeschichte vorgelesen hatte, bat ihn Grandpa Ben, nicht mehr wütend oder traurig zu sein. Er erzählte ihm, dass seine Mom als kleines Mädchen ebenfalls eine imaginäre Freundin gehabt hatte.

»War es eine Wölfin?«

»Nein. Kein Wolf.«

»Ein Hai?«

»Auch kein Hai. Es war ein Mädchen.«

»Wie langweilig«, antwortete Theo.

Von der anderen Seite des Zimmers rief Tess: »Mädchen sind NICHT langweilig!«

»Du bist langweilig«, erwiderte Theo.

»Ha«, machte Tess, die alles andere als langweilig war und das auch wusste.

»Die Freundin deiner Mutter hieß Ms Trixie. Und Miriam – eure Mom – wollte auch immer, dass wir für sie am Tisch mitdecken. Ms Trixie kam mit uns in die Bibliothek, in den Park und sogar mit in den Urlaub. Eure Mom wollte ohne sie nirgendwo hin.«

»Wie sah sie denn aus?«

»Ich konnte sie leider nicht sehen. Aber eure Mom hat gesagt, sie war nicht sehr groß, doch sie wirkte groß, falls ihr versteht. Sie konnte ein Rad schlagen und noch andere Tricks. Und wenn eure Mom traurig war, strich ihr Ms Trixie übers Haar.«

Das klang Theos Meinung nach nicht besonders interessant, zumindest nicht so interessant wie ein riesiger Wolf mit zu vielen Zähnen. Aber er freute sich, dass seine Mom auch einmal eine Freundin gehabt hatte. Jeder brauchte Freunde.

Und jetzt, wo er um elf Uhr abends als Einziger wach war, wünschte sich Theo, er würde immer noch an Pink glauben, daran, dass ein Wolf über ihn wachte, während er schlief. Doch wie es schien, hatten er und Tess wieder den Platz getauscht. Sie waren früh ins Bett gegangen, um halb zehn, und Tess hatte sich seither nicht mehr gerührt. Ono ruhte in ihrem Arm. Jaime lag ausgestreckt auf seinem Schlafsack und atmete leise. Eine der Dreadlocks auf seiner Stirn hob und senkte sich bei jedem Atemzug. Theo fand jedoch einfach keine bequeme Schlafposition. Er machte sich Sorgen, dass seine Mutter Nine und Karl nicht finden würde, dass sie für immer verschwunden wären. Er machte sich Sorgen, dass Tess dann nie wieder dieselbe sein würde wie vorher.

Cricket vielleicht auch nicht.

Theo machte sich Sorgen bis dreiundzwanzig Uhr fünfundvierzig, dann weckte er Tess und Jaime. Sie zogen Tante Esthers Overalls über, da sie annahmen, dass in dem Bahnhof sicherlich Arbeiter herumlaufen und sie so womöglich weniger auffallen würden. Dann stopften sie Werkzeuge in ihre Taschen: einen Schraubenschlüssel, einen Schraubendreher, einen Meißel, einen kleinen Hammer. Sie schoben ihr Bettzeug und den Schlafsack so zusammen, dass es aussah, als ob sie immer noch darin lägen. Dann öffneten sie leise das Fenster und kletterten hinaus auf den kleinen Balkon vor dem zweiten Stock. Obwohl ihre Eltern unter einem Libellenventilator schliefen, um den Straßenlärm auszublenden, krochen sie so leise und langsam wie möglich die Holztreppe hinab. Anschließend warteten sie einige Minuten im Garten, nur für alle Fälle. Doch im Haus wurde kein Licht eingeschaltet und niemand kam herausgerannt, um sie zu fragen, warum um allen Mais der Welt sie nicht im Bett lagen, zur Erdnussbutter noch mal.

Sie bestiegen den N-Zug. Überall anders konnte man vermutlich erwarten, dass die Züge um Mitternacht leer waren, aber in New York City ging es nachts genauso lebhaft zu wie am Tag. In den Underway-Waggons von Queens nach

Manhattan befanden sich immer noch viele Menschen. In ihren formlosen Uniformen gönnte ihnen niemand einen zweiten Blick, nicht mal der Zunftgenosse, der den Zug fuhr. Ono beobachtete, wie die Raupe über die Wand glitt, und flüsterte »Oh no, oh no, oh no« vor sich hin.

Bei Station One stiegen sie aus. Theo war schon einmal hier gewesen, doch er war immer noch beeindruckt von der Pracht. Wenn alles vorbei war, würde er den Bahnhof nachbauen, inklusive jeder Steinsäule und aller zweiundzwanzig Steinadler, die den Fries an der Vorderseite des Gebäudes zierten. In diesem Moment wurde ihm bewusst, wie merkwürdig es war, sich eine Zukunft ohne den Code vorzustellen. Während der vergangenen Monate hatte er jede wache Minute und den Großteil ihrer schlafenden eingenommen. Wer würden sie sein, wenn sie nicht mehr dieses große Rätsel lösen mussten?

»Theo!«, sagte Tess.

»Hm?«

»Du hattest einen Anfall.«

»Was? Nein!«

»Ich habe dich eine volle Minute lang beim Namen gerufen.«

»Ich war in Gedanken.«

Tess öffnete den Mund, um etwas zu erwidern. Etwas Bissiges, da war er sich sicher. Stattdessen sagte sie jedoch: »Okay. Wir sollten die Uhr suchen. Wir müssen zurück sein, bevor die anderen aufstehen, sonst wird uns Mom niemals wieder das Haus verlassen lassen.«

Innen war der Bahnhof sogar noch prachtvoller und Theo bewunderte ihn aufs Neue. Schmiedeeiserne Bögen dekorierten die Decke der enormen Halle. Der Mond strahlte silberfarbenes Licht durch die gerahmten Oberlichter und verwandelte die polierten Marmorböden dadurch in kunstvolle Schachbretter. In jeder Ecke befanden sich eindrucksvolle Treppen, die die Reisenden nach oben in die Wartehalle und zu den Restaurants oder nach unten zu den Zügen führten, die sie entweder nur bis nach Queens oder sogar bis zum Pazifik bringen konnten. Um die gesamte Halle herum war das Zischen riesiger Getriebe zu hören, das Murmeln und Dröhnen der Maschinen, mit denen die Underway betrieben wurde, und sie pochten wie zahlreiche Herzen auf einmal.

»Theo!«, rief Tess. »Komm zu dir.«

»Die Uhr, Theo«, erinnerte ihn Jaime.

Obwohl es in dem Bahnhof eine große Anzahl von Uhren gab, eine größer als die andere, hing die größte und prachtvollste in der Mitte der Halle, über dem breitesten Tunnel, der zu den Zugbahnsteigen führte.

»Das muss sie sein«, stellte Jaime fest. »Sie sieht genauso aus wie auf dem Bild im Kassenbuch.«

»Auf jeden Fall ist sie ein guter Ansatzpunkt«, pflichtete Theo bei. »Aber sie hängt ziemlich hoch. Wie sollen wir da raufkommen?«

»Wir brauchen eine Leiter«, beschloss Tess. »Eine sehr hohe Leiter. Wo finden wir hier eine sehr hohe Leiter?«

»Ich bin sicher, ich hab irgendwo eine in der Tasche«, behauptete Jaime.

»Ist deine Tasche so was wie Hermines Perlenhandtäschchen?«, fragte Tess.

»Wessen Handtasche?«, wunderte sich Theo.

»Es muss hier doch irgendwo eine Abstellkammer geben«, vermutete Tess.

Sie blickten frustriert hinauf zu der Uhr. Jaimes Tasche biepte. Da sich nicht allzu viele Menschen in der Halle befanden, knöpfte er die Tasche auf und ließ Ono herausspähen.

»Auf ins Land der Könige«, sagte Ono.

»Ja«, antwortete Jaime. »Wir müssen dort rauf, aber wir brauchen eine Leiter.«

»Auf ins Land der Könige«, wiederholte Ono.

»Weißt du, woher wir eine Leiter bekommen können?«, fragte Tess den Roboter.

»Woher sollte der Roboter wissen, woher wir eine Leiter kriegen können?«, fragte Theo gereizt, obwohl er sich viel Mühe gegeben hatte, mit Tess genauso geduldig zu sein, wie sie es mit ihm gewesen war.

Ono streckte seine stummeligen Roboterarme nach oben, allerdings waren die gar nicht mehr so stummelig. Am Ende der Roboterarme erschienen neue silberfarbene Blöcke, die sich mit einem *Klack! Klack! Klack!* aneinanderreihten. Theo blickte nach links, dann rechts und wieder nach links. Die wenigen Menschen in der Halle saßen zusammengesunken auf den Bänken oder starrten mit leerem Blick auf die Tafel, auf der die abfahrenden und ankommenden Züge angezeigt wurden. Niemand beachtete die »Arbeiter«. Die drei hätten genauso gut unsichtbar sein können.

»Moment mal, bilde ich mir das ein oder werden seine Arme länger?«, fragte Jaime und linste in seine Tasche.

»Stell ihn mal auf den Boden«, schlug Tess vor.

Genau das tat Jaime. Sofort begannen Onos Beine zu wachsen und zu wachsen – *klack, klack, klack, klack* –, genau wie seine Arme – *klack, klack, klack, klack*. Zwischen den Armen und Beinen sprangen horizontale Sprossen hervor und befestigten sich an beiden Seiten. Jaime griff nach Onos »Füßen« und hielt sie fest, während dessen Gliedmaßen sich immer weiter verlängerten, bis sie die Uhr erreichten. Ein weiteres Set Sprossen wuchs senkrecht bis zum Boden und machte Ono somit zu einer Standleiter.

Jaime schüttelte staunend den Kopf. »Ich weiß, dass mich inzwischen nichts mehr überraschen sollte, aber …«

Theo blickte sich erneut um, allerdings schenkte ihnen und ihrer magischen Morningstar-Leiter auch weiterhin niemand Beachtung. Vielleicht schleppten hier ständig Arbeiter Leitern herum.

»Glaubt ihr, sie kann das Gewicht eines Menschen tragen?«, fragte Tess.

»Ja«, erwiderten Theo und Jaime gleichzeitig. Niemand lachte.

»Ich gehe«, bot Jaime an. »Ich bin der Stärkste.«

»Du bist zwar der Stärkste, aber ich bin die Leichteste«, gab Tess zu bedenken.

»*Ich* bin der Leichteste«, widersprach Theo.

»Wir sind ungefähr gleich groß«, behauptete Tess. Sie versuchte, nett zu sein. Denn sie wusste, dass er kein Freund von großen Höhen oder Akrobatik war – oder von schmalen Roboterleitern, die ein Stockwerk oder zwei hoch waren, und auch von vielen anderen Dingen nicht. Doch Theo und Tess waren nicht mehr gleich groß. Tess war stark gewachsen, aber Theos Größe lag immer noch überwiegend in seiner Frisur.

»Theo ist vermutlich am besten geeignet, die Uhr anzuhalten«, gab Jaime zu bedenken.

»Dann lasst es mich versuchen«, bat Theo. »Falls ich es nicht schaffe, kann einer von euch hochklettern.«

»Bist du sicher?«, vergewisserte sich Jaime.

»Nein«, antwortete Theo. »Gebt mir all eure Werkzeuge. Ich werde sie wahrscheinlich brauchen.«

Tess und Jaime gaben ihm alles, was sie dabeihatten, und er stopfte es in seine eigenen Taschen. Dann stellte er vorsichtig einen Fuß auf die erste Sprosse. Er drückte, testete, schob dann den zweiten Fuß darauf und wartete, ob die Sprosse nachgab.

»Auf ins Land der Könige!«, quiekte Ono scheinbar ungeduldig. Das »Gesicht« und der »Körper« des Roboters – wenn man das so bezeichnen konnte – befanden sich jetzt weit oben in der Mitte der Leiter. Nur zwei winzige Kästchen, eins über dem anderen.

»Ich komme«, versprach Theo. Die ersten paar Stufen waren kein Problem. *Ein Fuß nach dem anderen*, sagte er sich. *Sieh nicht runter.* Doch je höher er stieg, desto schwieriger wurde es, *nicht* runterzusehen.

Er sah runter. *Oh no.*

Seine Wadenmuskeln verkrampften und er umklammerte

die Sprossen. Er presste die Augen zusammen und versuchte, seine Atmung unter Kontrolle zu bekommen. Sein hastiger Atem schien um ihn herum widerzuhallen, von den Marmorböden und den Metallbögen und den glänzenden Oberlichtern geradewegs wieder zu ihm zurück.

»Du machst das toll«, sagte Tess. »Nur noch ein kleines Stückchen.«

Theo machte das nicht toll.

Und es war weitaus mehr als nur noch »ein kleines Stückchen«.

Doch er zwang sich, weiterzugehen. Nur noch ein bisschen und danach ein weiteres bisschen und dann noch mal und noch mal. Und plötzlich stieß er mit dem Kopf gegen die Uhr und fiel beinahe von der Leiter. Sein Magen fühlte sich an, als wäre er bis hinab in die Füße gerutscht.

Theo umklammerte mit einer Hand die Leiter und starrte auf das Ziffernblatt der Uhr. Ein leises, aber beharrliches *Tick-tick-tick* ging von ihr aus wie das Zirpen eines unermüdlichen Insekts. Theo versuchte, die Glasabdeckung des Ziffernblattes zu öffnen. Es funktionierte nicht. Dann griff er um die Uhr herum und fand hinten einen Riegel. Er schob ihn zur Seite und legte das Innenleben der Uhr frei.

Das Ticken wurde lauter. Theo schluckte schwer und blickte nach unten. Keiner der herumlaufenden Fahrgäste schien auf ihn zu achten. Er wappnete sich und tastete vorsichtig zwischen den Teilen der Uhr herum. Seine Finger streiften Zahnräder und Gewichte. Eine Gewichtsuhr, die nicht aufgezogen werden musste, eine Gewichtsuhr, angetrieben von … was? Dem durch die Decke hereinströmenden Licht? Der Bewegung der Luft? Der Text des Buchschnittbildes schoss ihm durch den Kopf:

Halte die Uhr an in finsterer Nacht.
Wecke den Schläfer und sieh, was er macht.

Wie sollte er eine unstoppbare Uhr anhalten? Sie mit einem Hammer einschlagen? Mit einer Brechstange Teile heraushebeln? Und selbst wenn er sie anhalten könnte, sollte er das tun? Der Hinweis klang ominös. Als zum letzten Mal ein Hinweis so ominös geklungen hatte, hatten Tess, Jaime und er ihr Gebäude zum Einsturz gebracht. Sie hatten Slant damit nicht aufgehalten, er war inzwischen mächtiger denn je. Nicht zum ersten Mal fragte sich Theo, was genau die Morningstars wirklich wollten, was genau der *Code* wollte.

Unter ihm ließ Tess ein ungeduldiges Husten hören. Sie waren so weit gekommen. Er musste es einfach wissen.

Theo tastete noch einmal im Getriebe herum. Seine geschickten Finger berührten einen Draht. Er brauchte die Werkzeuge nicht, die Tess und Jaime ihm gegeben hatten, um ihn aus seiner Verbindung zu reißen.

Das Ticken hörte auf.

Theo wartete, dass noch etwas passierte, irgendetwas, aber da war nichts. Er blickte hinab zu Tess und Jaime und schüttelte den Kopf.

»Komm herunter!«, rief Tess in einer Art gebrülltem Flüstern.

Theo holte tief Luft und zwang sich, einen Schritt hinab zu machen.

»Du bewegst dich nicht«, informierte ihn Jaime.

»Ich bereite mich darauf vor, mich zu bewegen«, murmelte Theo. »Gib mir einen Moment.«

Gerade als sein Fuß die Sprosse darunter berührte, hörte er ein merkwürdiges polterndes Geräusch. Er umklammerte die Leiter und blickte sich um, aber er entdeckte nichts außer einem Haufen schläfriger Zugfahrgäste, die genau das taten, was er auch machte – sich nach der Ursache des Geräuschs umsehen.

Ein weiteres Poltern und noch mehr knackende Geräusche wie herabfallende Steine. Es kam von irgendwoher draußen. Aber woher?

Und was war es?

»Oh no«, sagte Ono.

»Beeil dich!«, drängte Tess.

Theo hatte es zu einem Viertel die Leiter hinab geschafft, als ein ohrenbetäubendes Krachen ertönte. Auf der anderen Seite der Halle zerbrach eins der enormen Fenster und Glassplitter regneten auf den Boden hinab. Die Leute bedeckten schützend ihre Köpfe, als etwas Großes, Silbriges durch die Luft schoss, herumkreiste und alle mit Steinbröckchen und Staub überschüttete. Ein weiteres großes Objekt schoss durch das Fenster und begann, in der anderen Richtung Kreise zu ziehen.

Theo blieb wie angewurzelt auf der Leiter stehen, als eine der großen silberfarbenen Kreaturen so dicht an ihm vorbeiflog, dass er ihr auf den Rücken springen und damit geradewegs bis nach Mordor hätte fliegen können.

Ihm blieb gerade genug Zeit zu sagen: »Oh, die Adler sind endlich da«, als eine riesige Flügelspitze gegen die Leiter stieß und Theo hinunterwarf.

KAPITEL 19

Jaime

Jaime beobachtete völlig schockiert, wie der große Silberadler Theo von der Leiter stieß. Theo fiel und fiel und fiel. Der Sturz dauerte lange, so, so lange. Ono rief »Oh no!« und Tess rief »Oh no!« und auch Jaime. Stunden schienen zu vergehen, bevor er in der Lage war, nach vorne zu sausen, die Arme ausgestreckt, als könnte er Theo damit auffangen, ohne dass sie beide hart auf dem Marmorboden aufknallten.

Das ist doch dumm, warnte er sich selbst. *Du bist nicht Superman.* Doch genau in diesem Moment kam ein anderer Adler angeschossen und schnappte sich Theo am Kragen. Dann landete er lang genug, um Theo auf den Boden zu legen, bevor er wieder abhob.

Klack! Klack! Klack! Klack! Ono veränderte sich wieder. In Jaimes Kopf wirbelten alle möglichen Comicbücher und Actionfilme herum. Er war sich sicher, dass er gleich sehen würde, wie sich Ono in eine Art Kampfroboter verwandelte, der sich die Adler einen nach dem anderen vorknöpfte. Doch

Ono war lediglich Ono, und er wuchs nicht, sondern schrumpfte und zog seine verlängerten Gliedmaßen wieder ein. Jaime fing den kleinen Ono mit einer Hand auf.

»Land. Könige.«

Wenn Jaime es nicht besser wüsste, hätte er geschworen, dass der Roboter schwer atmete. Er steckte Ono in seine Tasche und kroch dorthin, wo Theo benommen lag. Tess hockte neben ihm und betastete seine Arme und Beine.

»Theo? Theo? Geht's dir gut? Ist irgendwas gebrochen?«

»Was?«, fragte Theo. »Nein, ich glaube nicht. Was ist passiert?«

»Ein Adler hat dich umgestoßen und ein anderer hat dich aufgefangen«, berichtete Jaime.

»Mich aufgefangen?«

»Ja.«

Alle drei drehten den Kopf in Richtung Decke. Nicht einer, nicht zwei, sondern mehrere Adler schossen durch das zerbrochene Fenster herein und wieder hinaus, segelten herum und stießen im Sturzflug herab. Die Underway-Fahrgäste, die zuvor so schläfrig und desinteressiert gewesen waren, schrien inzwischen, warfen sich unter Bänke und rannten völlig aufgelöst umher.

»Was glaubt ihr, wie viele das sind?«, fragte Tess.

»Zweiundzwanzig«, sagte Theo.

»Du hast sie gezählt?«, hakte Jaime nach.

»Auf dem Steinfries auf der Vorderseite des Gebäudes befanden sich zweiundzwanzig Adler«, erklärte Theo.

»Und wir haben sie aufgeweckt«, erkannte Jaime.

»Das wird unschön werden«, war sich Tess sicher.

»Es ist jetzt schon unschön«, entgegnete Jaime. »Wir sollten hier verschwinden.«

»Nicht ohne den nächsten Hinweis!«, beharrte Tess.

»Vielleicht müssen wir den Adlern folgen, so wie wir Ono gefolgt sind«, vermutete Theo.

»Ja, aber die fliegen doch in keine bestimmte Richtung«, antwortete Jaime. »Sondern einfach nur im Kreis herum und machen den Leuten eine Heidenangst.«

»Und das sehr erfolgreich«, fügte Theo hinzu.

Unmittelbar vor ihnen landete ein Adler mit einem *BUMM!* auf seinen scharfen Metallklauen. Alle drei schrien und wichen zurück. Der Adler senkte den silberfarbenen Kopf und fixierte sie mit einem feurigen Blick aus roten, juwelenartigen Augen. *BUMM! BUMM! BUMM! BUMM!*, kam er auf sie zu. Seine Krallen kratzten über den Marmorboden und sein Metallschnabel klickte.

»Oh no, oh no, oh no«, sagten sie alle drei, als der Adler ein metallisches Kreischen ertönen ließ und wieder und wieder mit dem Schnabel klickte.

Als sie die Arme umeinanderlegten und die Augen zukniffen, kreischte der Adler nur noch lauter und klickte, klickte, klickte.

Jaime öffnete ein Auge und zuckte zusammen. Der Adler war nur noch wenige Zentimeter entfernt, doch sein klickender Schnabel biss nicht zu und die Krallen schlugen nicht nach ihm.

Er öffnete auch das andere Auge und setzte sich auf. Der

Adler bäumte sich auf und streckte ihm eins seiner Beine entgegen. Und da erkannte Jaime, dass etwas daran befestigt war, direkt über der riesigen Metallkralle. Eine Art Band oder Fußkettchen war an sein Bein gebunden. Trotz seiner Angst beugte Jaime sich vor, um es besser sehen zu können. Jemand zog ihn hinten an seinem Overall, jemand sagte »Nein!«. Aber womöglich war es eins dieser Bänder, wie es Brieftauben trugen. Vielleicht versuchte der Adler, ihnen etwas zu sagen?

Oder er führte erst noch einen kleinen Tanz auf, bevor er sie fraß.

Nein, die Adler hatten Theo nicht verletzt und dieser Adler griff sie nicht an. Jaime kroch vor und streckte die Hand nach dem Band aus. Hinter sich hörte er Leute schreien: »Fassen Sie den nicht an, Mann! Verschwinden Sie! Der beißt Ihnen den Arm ab!« Jaime ignorierte sie. Als er das Band berührte, fühlte es sich an wie Leder. Er knotete es auf und der Adler klickte mit dem Schnabel und schlug mit den Flügeln, als wollte er sagen: »Na endlich!« Dann erhob er sich in die Luft und durchbrach die Decke. Einer nach dem anderen folgten ihm alle Adler wie silberfarbene Raketen in finsterer Nacht.

Sie waren von den Adlern so gebannt, dass erst Onos gekreischtes »OH NO!« sie aus ihrer Trance riss.

Leute krochen unter den Bänken hervor, spähten über die Tische, zogen Handys aus den Taschen, um die zerbrochenen Fenster und die kaputte Decke zu fotografieren.

»Los, wir müssen hier verschwinden«, drängte Jaime.

»Aber wir brauchen erst den Hinweis!«, beharrte Tess.

»Ich hab den Hinweis«, erklärte ihr Jaime. Er hoffte, dass das stimmte. Aber letztendlich war es egal, denn wenn sie hier nicht bald verschwänden, würde die Polizei auftauchen und sie festhalten. Dann würden sie sich wünschen, die Adler hätten sie gefressen.

»Theo«, begann Jaime. »Stell dich zwischen uns. Leg deine Arme um unsere Schultern. Tu so, als wärst du verletzt. Lasst die Köpfe gesenkt.«

Sie folgten seinen Anweisungen. Mit dem hinkenden Theo zwischen sich humpelten Jaime und Tess, so schnell sie konnten, in Richtung der Treppe, die zu den Zügen führte.

»Ob die Züge überhaupt noch fahren?«, wunderte sich Tess.

»Für die nächsten paar Minuten werden sie das hoffentlich noch«, antwortete Jaime. »Es ist auf jeden Fall schneller als mit dem Bus.«

Sie erreichten den Bahnsteig genau in dem Moment, als der N-Zug eintraf. Hier unten auf den Bahnsteigen blickten die Fahrgäste zwar neugierig hinüber zur Treppe, aber niemand sah wirklich besorgt aus. Noch nicht. Die drei stiegen in den Zug und ließen sich auf ihre Sitzplätze fallen, die Kappen tief ins Gesicht gezogen. Niemand sprach sie an. Niemand schien sie überhaupt zu bemerken.

Wie durch ein Wunder schafften sie es vor vier Uhr morgens zurück nach Queens. Sie schlichen die Treppe zum Zimmer der Zwillinge hinauf. Alles wirkte noch genauso wie zuvor, nichts hatte sich verändert. Sie leerten ihre Taschen auf dem Nachttisch. Ono biepte die verschiedenen Werkzeuge an, als könnten auch die zum Leben erwachen. Alle waren erleichtert, als das nicht passierte.

Jaime, Theo und Tess zogen die Overalls aus und Tess versteckte sie in einem großen Koffer in ihrem Schrank, auf dem das Wort »MAGIX« in Goldschrift prangte. Jaime nahm sich vor, sie irgendwann mal zu fragen, was das bedeutete.

Sie legten sich in ihre Betten und versuchten zu schlafen. Das war natürlich lächerlich, denn dafür waren sie alle viel zu aufgeregt. Jaime hatte sich das Band oder den Gurt – oder was auch immer das war – um das Handgelenk gebunden wie ein Armband. Er fuhr mit dem Finger darüber. Etwas war in das Leder gestanzt, vielleicht eine Art Code oder Rätsel. Der Adler hatte es ihm hingehalten, ihm persönlich. Warum? Weil er der Erste gewesen war, der es entdeckt hatte? Weil er ihn für vertrauenswürdig hielt? Aber das war Quatsch. Wie sollte ein mechanischer Adler entscheiden, dass er das Armband bekommen sollte statt jemand anderem?

Es sei denn, die Adler wussten, dass sie diejenigen waren, die sie aufgeweckt hatten.

Der Tag begann kühl und regnerisch. Müde schleppten sich Jaime, Tess und Theo aus dem Bett und nach unten, wo Mr Biedermann Rührei mit Insektenschinken briet und Lance schmollend in einer Ecke hockte. Jaime hatte nicht gewusst, dass eine Ritterrüstung schmollen konnte. Aber er hatte schließlich auch nicht geahnt, dass ein Rätselwürfel sich in einen Roboter und dann in eine Leiter und zurück verwandeln konnte. Oder dass Adler mehr als einhundert Jahre schlummern konnten, bis jemand eine Uhr anhielt. Es fühlte sich an, als befänden sie sich in einem Comicheft. Als *lebten* sie in einem Comicheft.

Jaime kniff sich und jaulte laut auf.

Tess blickte verwirrt zu ihm herüber. Er zuckte mit den Schultern. »Ich wollte nur was überprüfen.«

Sie nickte, als ob seine Worte Sinn ergaben. Vielleicht hatte sie sich in letzter Zeit auch häufiger selbst gezwickt.

Mr Biedermann hielt einen Pfannenwender hoch. »Wer möchte Schinken?«

Alle drei hoben die Hände, alle drei gähnten.

»Ihr seid wohl gestern Abend ein wenig zu lange aufgeblieben?«, erkundigte sich Mr Biedermann und legte ihnen mehrere Streifen Insektenschinken auf die Teller. »Ihr könnt euch später noch mal hinlegen.«

Tess schob den Schinken auf ihrem Teller herum, aß aber nichts davon. »Wo ist Mom?«

»Na, wo schon? Auf der Arbeit.«

»Gibt's was Neues von Nine und Karl?«

Mr Biedermann füllte ihre Teller mit Rührei. »Nein, leider noch nicht. Aber eure Mom verfolgt einige Spuren.«

»Was für Spuren?«

»Einzelheiten hat sie mir nicht verraten. Ihr kennt sie doch.«

Tess nahm diese Informationen mit ungerührter Miene hin, doch unter dem Tisch begann sie, mit dem Knie zu wippen. Theo berührte sie am Arm und formte mit den Lippen die Worte: *Atme*. Sie holte tief Luft, hielt sie an und stieß den

Atem wieder aus. Das Wippen beruhigte sich ein wenig. Nicht besonders viel, aber ein wenig.

Jaime machte sich hungrig und wütend über das Rührei und den Insektenschinken her. Er wusste nicht, ob sie weiterhin versuchen sollten, den Code zu knacken, oder lieber alle fünf Stadtbezirke nach Nine und Karl durchkämmen sollten. Ihm fiel ein, dass Mrs Biedermann nach Hoboken hatte fahren wollen, um mit Cricket und ihrer Familie zu sprechen. Er wollte wissen, was dabei herausgekommen war.

Es war leicht, die Zwillinge davon zu überzeugen, sich dem neuen Hinweis erst am nächsten Tag zu widmen, nachdem sie sich alle ein bisschen ausgeruht hatten. Falls das Band an seinem Handgelenk überhaupt ein neuer Hinweis war.

»Wir gehen das nächste Mal zu dir«, schlug Tess vor. »Es ist nicht fair, dass du immer hin- und herfahren musst.«

Er verschwieg ihr, dass er gar nicht gewollt hatte, dass sie hin- und herfuhren. Wenn ihn niemand in der neuen Wohnung in Hoboken besuchte, dann wurde sie auch nicht real und blieb nur eine Übergangslösung. Aber er widersprach ihr nicht. Er nannte ihr die entsprechenden Züge und machte sich dann auf den Weg zu dem Ort, den er nicht als sein Zuhause bezeichnen wollte.

Gegen Mittag schob er die Türen zu seinem Gebäude auf und fand Cricket und ihren Bruder Otto in der Lobby vor. Beide trugen grüne Tarnkleidung. Beide waren zu Fuß unterwegs, Dreiräder oder Roller waren nicht zu sehen. Und beide inspizierten jeden Winkel. Cricket hielt sogar eine Lupe in der

Hand. Damit untersuchte sie gerade den Schreibtisch des Wachmanns. Der wiederum, ein großer Schwarzer mit einer glänzenden Glatze, lächelte geduldig, als sie die Lupe auf ihn richtete und verkündete, dass er seinen Leberfleck besser mal einem Arzt zeigen sollte.

»Cricket«, sprach Jaime sie an. »Wonach suchst du?«

Cricket drehte die Lupe in Jaimes Richtung. Ihr Auge dahinter wirkte so groß wie ein Baseball. »Was glaubst du denn?«, fragte sie. »Hinweise natürlich.«

»Welche Art von Hinweisen?«

»Die hinweisige Art.«

»Okay. Kann ich dir helfen?«

»Keine Ahnung«, antwortete Cricket und senkte die Lupe. »Kannst du?«

Otto kam mit Einwickelpapier von einem Schokoladenriegel in der Hand herübergerannt. »Ist das ein Hinweis, Zelda?«

»Nenn mich nicht Zelda. Und nein, das ist nur Müll.«

»Es könnte aber ein Hinweis sein«, beharrte Otto. »Vielleicht hat es die Person fallen gelassen, die Karl mitgenommen hat?«

»Und dann?«, fragte Cricket.

»Wir könnten es auf Fingerabdrücke untersuchen!«, behauptete Otto.

»Nein, können wir nicht.«

Ottos Gesicht wurde feuerrot. »Können wir doch!«

»Das ist eine tolle Idee, Otto«, mischte sich Jaime ein. »Wie wär's, wenn du mich darauf aufpassen lässt, während du weiter nach Hinweisen suchst?«

Grinsend reichte Otto ihm das Papier. »Okay! Ich suche drüben bei den Fahrstühlen weiter.« Er sauste davon.

Cricket verschränkte die Arme vor der Brust und öffnete sie dann wieder. »Du kannst gut mit Kindern umgehen«, stellte sie fest.

Jaime achtete sorgfältig darauf, nicht zu lächeln. »Danke, Cricket.«

»Das da ist kein Hinweis.«

»Aber es macht nichts, wenn Otto das glaubt. Apropos Hinweis, kannst du mir bitte noch mal genau erzählen, was gestern passiert ist, als Karl verschwand?«

»Das hab ich doch längst jedem erzählt! Und niemand hat ihn gefunden!«

»Ich weiß, und das tut mir leid. Aber es wird nach ihm gesucht.«

»LIPPENBEKENNTNISSE«, widersprach Cricket laut und verschränkte erneut die Arme.

»Diesmal nicht. Es wird wirklich nach ihm gesucht. Du kennst doch die Katze von Tess?«

Cricket nickte. »Die große?«

»Genau. Sie ist auch verschwunden. Ich glaube, die beiden Fälle haben etwas miteinander zu tun.«

Cricket ließ die Arme sinken. »VERDUNKELUNG. VERSCHWÖRUNG.«

»Möglicherweise. Also, meinst du, du könntest es noch mal mit mir durchgehen? Nur für mich?«

»Ja. Aber erst brauche ich eine STÄRKUNG.«

Crickets Vorstellung von einer Stärkung bestand aus einem

Käsesandwich, den Brownies ihrer Mutter und einem großen Glas Milch. Mrs Moran bot auch Jaime etwas zu essen an und er konnte nicht ablehnen, daher aß er zum zweiten Mal innerhalb von zwei Stunden. Ono begann, in seiner Tasche zu biepen, also nahm Jaime ihn heraus und stellte ihn auf den Tisch. Otto kicherte, als Ono über den Tisch marschierte und jedes Mal »Oh no« sagte, wenn er den Rand erreichte.

»Vielen Dank, Mrs Moran«, sagte Jaime. »Diese Brownies sind köstlich.«

»Keine Ursache, Jaime. Ich freue mich, dich wiederzusehen. Es war sehr nett von deiner Großmutter, uns dabei zu helfen, diese wunderschöne Wohnung zu finden. Dafür kann ich ihr gar nicht genug danken. Uns gefällt es hier sehr. Mein Mann hat jetzt sogar ein eigenes Büro. Und die Zimmer sind so geräumig.«

Mrs Moran hob ihre Kaffeetasse und deutete auf das Wohnzimmer. Sie hatte es hellgrau gestrichen und mit modernen Möbeln in verbranntem Orange und Rot dekoriert. Jaime musste zugeben, dass es gut aussah, überhaupt nicht steril. Mrs Moran war schon immer eine hübsche Frau gewesen, mit brauner Haut und großen Augen und einem kurzen Afro, doch jetzt strahlte sie wie in einer Werbung für Gesichtscreme. Sie war glücklich.

Wenigstens ein Mensch war es.

Aber auch nicht vollständig. »Ich mache mir Sorgen um Karl. Cricket ist bestürzt.«

»Was bedeutet bestürzt?«, wollte Cricket wissen.

»Traurig.«

»Ich bin nicht BESTÜRZT«, widersprach Cricket. »Ich bin IRRITIERT.«

»So oder so«, stellte Mrs Moran fest. »Sie ist nicht mehr sie selbst.«

»ICH BIN NICHT JEMAND ANDERS«, entgegnete Cricket.

»Das ist nicht das, was ich … Cricket, möchtest du noch einen Brownie?«

»Ich möchte noch einen!«, meldete sich Otto zu Wort.

Cricket zog die Brauen hoch. »Du hast schon vier Stück gegessen. Glaubst du nicht, dass das reicht?«

»Du bist nicht mein Boss«, empörte sich Otto. »Warum tust du immer so, als wärst du mein Boss?«

»Ich bin der kleine Boss«, erklärte Cricket und nahm sich noch einen Brownie.

Otto schlug auf den Tisch. »MOM!«

»Oh no«, sagte Ono.

Während Mrs Moran die Kinder mit mehr Milch beruhigte, erzählte sie Jaime, dass Cricket wie immer mit Karl auf dem Dreirad unterwegs gewesen war, als sie anhielt, um mit dem Wachmann zu sprechen. Sie hatte das Dreirad an der Wand abgestellt, Karl immer noch im Korb darin. Als Cricket sich umgedreht hatte, war Karl fort gewesen. Er befand sich nirgendwo im Haus. Die Polizei aus Hoboken glaubte, dass Karl vielleicht einfach zur Vorder- oder Hintertür hinausgeschlüpft war, aber das sah ihm überhaupt nicht ähnlich. Dafür hing er viel zu sehr an Cricket. Außerdem waren tagsüber immer eine Menge Menschen in der Lobby, fuhr Mrs Moran fort. Jeder hätte ihn mitnehmen können.

»Ich habe ihn gehört«, warf Cricket ein.

»Was meinst du, Schatz?«, hakte ihre Mom nach.

»Ich habe Karl gehört. Er hat meinen Namen gesagt.«

»Schätzchen, Karl kann nicht …«

»DOCH. ER HAT MEINEN NAMEN GESAGT.« Cricket wischte sich Tränen der Wut von der Wange. »Was, wenn sie dort, wo er jetzt ist, keine Käseflips haben? Was soll er dann essen? Wo soll er schlafen?«

»Detective Biedermann sucht wirklich mit allen Mitteln nach ihm, Cricket«, versicherte ihr Jaime. »Und ich auch.«

Cricket runzelte die Stirn. »Was machst du denn?«

Jaime dachte daran, was Tante Esther über ihn gesagt hatte. »Ich tue alles, was ich nur kann, Cricket. Genau wie Tess und Theo.«

»Ich will auch mithelfen«, verkündete Cricket.

»Das tust du«, versicherte ihr Jaime. »Und du hast auch schon geholfen. Indem du Detective Biedermann gesagt hast, was gestern passiert ist, und indem du es mir heute noch einmal erzählst.«

Cricket setzte eine trotzige Miene auf. »Das ist keine Hilfe. Du solltest mich zum Sheriff machen.«

»Zum *kleinen* Sheriff«, korrigierte Otto, den Mund mit Brownie verschmiert.

»Fällt dir zu gestern sonst noch irgendwas ein?«, erkundigte sich Jaime. »Waren vielleicht ungewöhnliche Leute in der Lobby?«

»Jeder hier ist ungewöhnlich. Die tragen alle diese komischen Shorts.«

»Okay, jemand, den du zuvor noch nie gesehen hast. Der dir oder Karl überraschend viel Aufmerksamkeit geschenkt hat?«

Darüber dachte Cricket einen Moment lang nach. »Da war diese eine Frau.«

»Welche Frau?«, fragte Mrs Moran.

Cricket ordnete die Browniekrümel auf ihrem Teller kreisförmig an. »Sie trug ein rotes Kleid.«

KAPITEL 20

Karl

Wenn man Karl gefragt hätte und er in der Lage gewesen wäre zu antworten, dann hätte er erzählt, dass er gerade gemütlich in Crickets Korb abhing und Käseflips verspeiste, als ihm jemand eine Tüte über den Kopf gestülpt, ihn hochgenommen und fortgetragen hatte, ohne ein »Bitte«, »Verzeihung« oder »meine aufrichtige Entschuldigung für mein unhöfliches Verhalten«. Während er im Dunkeln fortgeschleppt wurde, tat er sein Bestes, Crickets Namen zu formen, aber ohne Erfolg. Er hörte Straßengeräusche – Autos und Roller und Stimmen – und roch den Fluss. Einen schrecklichen Moment lang befürchtete er, dass sein Entführer, wer auch immer das war, ihn ins Wasser werfen wollte. Stattdessen wurde Karl jedoch in einen Käfig im Inneren eines Transporters gesteckt.

Wenigstens nahmen sie ihm die Tüte vom Kopf. Aber der Anblick war nicht angenehm. Im Transporter befanden sich mehrere Käfige.

In dem links von Karl saß eine katzengroße Eidechse mit einer roten Fellkrause um den Hals. Ein eher merkwürdig aussehender Zeitgenosse, aber er schien nicht feindselig zu sein. Rechts von Karl jedoch … nun ja. Karl war sich nicht ganz sicher, womit er es hier zu tun hatte. Ein Kojote vielleicht? Aber dafür hatte er zu viele Beine. Viel zu viele. Die Kreatur quoll vor Beinen geradezu über. Mit den Zähnen verhielt es sich genauso.

Karl rutschte nach links und wandte sich an die Eidechse. *Hallo, mein freundlicher Herr*, flötete er. *Würde es Ihnen etwas ausmachen, mir zu sagen, wohin wir unterwegs sind?*

Die Eidechse wandte ihm eins ihrer blauen Augen zu, machte aber kein Geräusch. Wohl nicht der gesprächige Typ, vermutete Karl.

Die Kreatur rechts von ihm lachte jedoch. »Heh, heh, heh.«

Karl presste sich gegen die linke Seite seines Käfigs. *Würden Sie mir freundlicherweise verraten, was so amüsant ist?*

Die Kreatur sprang auf ihren zahlreichen Beinen auf Karl zu. Es war ein äußerst verstörender Anblick. »Heh, heh, heh.«

Halten Sie bitte Abstand, sagte Karl. *Zu diesem Zeitpunkt empfinde ich ein besonders großes Bedürfnis nach persönlichem Raum. Ich bin sicher, Sie haben dafür Verständnis.*

Die Kreatur musterte ihn und neigte den Kopf, wie es ein Hund tun würde. Dann sprang sie gegen die Käfiggitterstäbe. »HEH!«

Karl versuchte, sich noch weiter zurückzuziehen, aber dafür war kein Platz. Fellbedeckte Beine wurden durch die Gitterstäbe in seine Richtung gestreckt. Daran befanden sich lange, gebogene Klauen. Eine davon verfehlte Karls Nase nur um wenige Zentimeter. Die Kreatur machte die ganze Fahrt über damit weiter – lachen, schlagen und greifen. Es war geradezu traumatisiernd.

Daher war Karl ziemlich erleichtert, als das Fahrzeug anhielt und die Türen geöffnet wurden. Zwei Männer in weißen Kitteln und mit dicken Handschuhen hoben die Käfige heraus und trugen sie in ein Gebäude, das nach Reinigungsmitteln und noch etwas anderem roch. Stärker und beängstigender. Es roch wie der Kojote mit den zu vielen Beinen. Es roch nach *vielen* Kojoten mit zu vielen Beinen.

Karl sehnte sich nach einem Käseflip. Er sehnte sich nach seinem Bett mit seiner gehäkelten Lieblingsdecke. Er sehnte sich nach Cricket.

Gemeinsam mit den anderen Tieren wurde er in einen großen weißen Raum mit weiteren Käfigen gebracht. Dann wurde er mit seinem in ein Regal gestellt. Einer der Männer öffnete die Käfigtür und hielt Karl fest, während der andere eine Wasserflasche an einem Gitterstab befestigte. Dann stellten sie eine Schüssel mit Trockenfutter in die Ecke und legten eine Decke auf den Käfigboden. Anschließend wurde die Tür wieder geschlossen. Die Männer verschwanden aus dem Labor und überließen die verschiedenen Kreaturen sich selbst. Der vielbeinige Kojote fuhr mit seinem irren Lachen fort und einige der anderen Tiere jaulten und heulten. Ein regenbogenfarbig gestreifter Tintenfisch warf nacheinander alle Steine aus seinem Aquarium auf den Boden, während ein Vogel mit Affengesicht immer wieder »SOS! SOS! SOS!« rief.

Karl zog sich die Decke über den Kopf, um die Geräusche auszublenden, doch das funktionierte nicht. Als die Lichter im Labor wieder eingeschaltet wurden, fühlte er sich erschöpfter als je zuvor und hungrig genug, um das merkwürdige Trockenfutter zu fressen, das ihm zwischen den Zähnen stecken blieb. Er wischte sich gerade mit seiner kleinen Hand den Mund ab, als ein weiterer Mann eintraf. Dieser war sehr dünn mit ziemlich vorstehenden Augen. Er spähte durch die dünnen Gitterstäbe in Karls Käfig hinein.

Wenn Karl es nicht besser gewusst hätte, hätte er den Blick des Mannes für … hungrig gehalten. Genauso hungrig wie der einiger Kreaturen, die die Käfige bevölkerten.

»Hallo, Karl«, sagte der Mann. »Ich freue mich sehr, dich endlich kennenzulernen.«

Er hielt eine Spritze hoch.

Karl war nicht begeistert. Alles andere als begeistert sogar.

KAPITEL 21

Tess

Tess’ Träume strotzten nur so vor riesigen Adlern, die durch Fenster krachten und durch die Wolken schossen. Sie träumte, sie befände sich auf einem dieser Adlerrücken und ritte darauf in Sicherheit. Aber wo sollte dieser sichere Ort sein? Sie wusste es nicht, aber sie hoffte, dass der Adler es tat.

Sie erwachte zu genau demselben Anblick wie schon die ganze Woche über: Theo kauerte neben ihrem Bett. Sie sprach es nicht an und er tat es auch nicht, denn sie hatte keine Ahnung, was sie dazu sagen sollte. Ihr gefiel nicht, dass er zu glauben schien, er müsste das für sie tun, und ihr gefiel nicht, dass sie es überhaupt brauchte. Ihr gefiel nicht, dass Nine fort war und sie sich allmählich an ein Leben ohne sie gewöhnte. Das kam ihr am schrecklichsten vor: dass man etwas so Wertvolles, so Besonderes und Geliebtes verlieren und trotzdem weitermachen konnte. Grandpa Ben hätte gesagt, dass es im Leben um Lieben, Verlieren und wieder Lieben ging, trotz der Risiken. Aber sie hatte Grandpa Ben verloren, zumindest auf eine bestimmte Weise, und sie wollte keine weiteren Verluste mehr erleben müssen. Ihr gefiel nicht, dass sie das nicht würde verhindern können.

Sie berührte Theo an der Schulter und er regte sich. Er gähnte, streckte sich und stand auf, als wäre es das Normalste der Welt, neben dem Bett seiner Schwester zu übernachten, als täten das alle Brüder. Er duschte zuerst, daher ging sie nach unten, um sich etwas zum Frühstück zu suchen, da die Erwachsenen alle frühzeitig zur Arbeit gegangen waren. Sie brauchte jedoch nicht lange zu stöbern, da Lance eigenmächtig frische Haferplätzchen gebacken hatte. Das war ein völlig akzeptables Frühstück, daher nahm sie sich vier, was Lance zu freuen schien. (Gut, es war nicht einfach zu erkennen, ob sich eine Ritterrüstung freute. Aber Tess glaubte, eine gewisse Fröhlichkeit in Lances Schritt zu bemerken, als sie nach einem weiteren Plätzchen griff.) Bis Theo nach unten kam, hatte sie bereits sechs Stück verputzt. Theo machte es ihr nach und packte dann noch einige für Jaime in eine Tasche.

Nachdem Tess geduscht und sich angezogen hatte, überließen sie Lance und den kichernden Spinnen das Haus und machten sich auf den Weg nach Hoboken. Tess freute sich darauf, Jaimes neue Wohnung zu sehen. Sie wusste, dass er damit nicht glücklich war, dass er das Haus in Hoboken merkwürdig fand, noch merkwürdiger als Tante Esthers Haus in Queens. Es waren mehrere Wochen Wartezeit und der Angriff von zweiundzwanzig mechanischen Adlern notwendig gewesen, damit er sie zu sich bat.

Wie Jaime vorgeschlagen hatte, nahmen sie den N-Zug bis zum PATH-Zug, der unterhalb des Hudson River nach New Jersey führte. Der nächtliche Regen hatte die Luft abgekühlt. Als die Zwillinge den Bahnhof verließen, schien die Sonne hell auf Bars, Restaurants und Sandsteinhäuser. Sie folgten Jaimes Wegbeschreibung bis zu seinem Haus und erreichten schließlich die große Eigentumswohnungsreihe, die auf das leuchtende Blau des Hudson blickte. Es war ein wunderschönes Gebäude, aber im Gegensatz zu ihrem geliebten 354 W. 73. Straße in Manhattan war es erst ein Jahr alt. Die Steine der Außenfassade waren weiß und glänzend. In der Lobby roch es nach neuem Teppichboden und frisch gestrichenen Wänden.

Tess fragte die lächelnde Angestellte des Sicherheitsdienstes nach Jaimes Apartment, die daraufhin zum Telefon griff und ihn anrief.

»Eine Bess und ein Thom Friedman fragen hier nach dir«, sagte die Frau ins Telefon. »Bess und Thom.« Musternd blickte sie die Geschwister an. »Ja, sie trägt einen Zopf. Und seine Haare sind tatsächlich ziemlich buschig. Prima! Ich schicke sie rauf.« Sie legte auf und deutete auf die Fahrstühle. »Zehnter Stock. Viel Spaß.«

»Vielen Dank«, antwortete Tess. »Wir wünschen Ihnen auch einen schönen Tag.«

Theo grummelte und drückte die Fahrstuhlknöpfe.

»Was ist denn los mit dir?«, erkundigte sich Tess.

»Bess and Thom?«

»Das war nur ein Versehen, nichts weiter.«

»Sie ist viel zu fröhlich«, behauptete Theo. »Alles hier ist irgendwie komisch.«

»Es ist neu.«

»Das meine ich nicht.«

»Ich weiß«, erwiderte Tess.

Das schien Theo nur noch grimmiger zu machen. Er drückte erneut auf den Fahrstuhlrufknopf.

»Du weißt, dass der Fahrstuhl deshalb nicht schneller kommt«, erinnerte Tess ihn lächelnd. Normalerweise war das Theos Text.

»Das weiß ich«, antwortete Theo und drückte gleich noch einmal. »Ich wette, dieser Fahrstuhl fährt nur nach oben und unten.«

»Du hast den alten Fahrstuhl immer als Platzverschwendung bezeichnet«, rief ihm Tess in Erinnerung. »Er konnte nur in alle möglichen Richtungen fahren, weil der Fahstuhlschacht so viel Platz einnahm.«

Drück, drück, drück. »Ja, aber ich habe auch gesagt, dass er cool war.«

»Okay«, erwiderte Tess. Eigentlich war sie auch schon ohne Theos Herumdrückerei nervös genug, aber sie beschwerte sich nicht. Zusammengekauert neben ihrem Bett konnte er keinesfalls gut geschlafen haben. Sie war daran gewöhnt, nur wenige Stunden pro Nacht Ruhe zu finden, doch für Theo war das etwas Neues.

Er behielt recht, der Fahrstuhl fuhr nur nach oben und unten. Innerhalb einer Minute erreichten sie Jaimes Stockwerk und spürten kaum eine Bewegung. Die Fahrstuhltüren öffneten sich zu einem großen Flur hin, der ebenfalls nach frischer Farbe roch. Das Solarfenster an der Wand war so klar wie die Luft. Tess erinnerte sich, wie das alte wellige Solarglas in 354 W. 73. Straße das Licht in kleine Regenbogen gebrochen hatte, und vermisste ihr altes Haus so sehr, dass es wehtat. Sie legte sich eine Hand übers Herz und Theo blieb stehen.

»Ist alles in Ordnung?«

»Mir geht es gut«, behauptete sie, was nicht stimmte, aber was konnte sie schon dagegen tun?

Sie klopften an Jaimes Wohnungstür und seine Großmutter ließ sie herein. Sie trug einen Overall, ähnlich denen von Tante Esther. Auf ihrem waren jedoch die Worte »DIE HANDWERKERIN« auf der Brusttasche und dem Rücken eingestickt.

Sie grinste die beiden an. »Tess! Theo! Warum hat es so lange gedauert, bis ihr mich besucht?«

Mima zog beide in eine Umarmung. Sie roch nach etwas Süßem, wie Marmelade, und auch nach etwas Holzigem wie Eiche. Als hätte sie einen Topf Marmelade gekocht und gleichzeitig Zauberstäbe für Magier geschnitzt.

Sie führte die beiden in das Apartment hinein. Es war geräumig, mit einem großen offenen Bereich, in dem sich Küche und Wohnzimmer befanden. Alles war weiß: die Küchenschränke, die Arbeitsplatten, die Wände. Die wenigen Möbelstücke, die sie aus ihrer alten Wohnung mitgebracht hatten, wirkten abgewohnt und klein in den brandneuen Räumen. Sie hatten sich bisher nichts Neues angeschafft. Sie hatten auch nicht die Wände gestrichen. Auf einigen Tischen standen ein paar Fotos, aber die meisten schienen noch eingepackt zu sein. Es war, als ob die Wohnung nur zum Schein ausgestattet worden war und eigentlich niemand wirklich darin lebte.

Jaimes Großmutter wusste, was sie dachten, weil sie ihre Gedanken oft kannte. »Wir hatten bisher viel zu viel zu tun, um uns richtig einzurichten«, erklärte sie. »Eines Tages streichen wir alles.«

»Es ist eine sehr schöne Wohnung«, sagte Tess.

»Nein, ist es nicht«, widersprach Jaimes Großmutter. »Aber eines Tages wird sie das vielleicht sein.«

»Eines Tages«, wiederholte Jaime, der einen langen Flur entlangkam aus der Richtung, in der sich vermutlich die Schlafzimmer befanden. »Hi.«

Theo reichte ihm die Tüte mit den Plätzchen. »Sonderlieferung von Lance.«

»Danke«, antwortete Jaime. »Möchtet ihr etwas zu trinken oder so?«

»Später vielleicht«, erwiderte Tess.

»Apropos später«, mischte sich Jaimes Großmutter ein. »Wir sehen uns später. Ich habe heute einen straffen Zeitplan. Viele Aufträge, und die weit verstreut.« Sie küsste Jaime auf die Wange und dann auch Tess und Theo. »Ich freue mich sehr, euch beide zu sehen. Im Kühlschrank steht was zum Mittag. Behaltet meinen Jungen im Auge. Und macht nichts Dummes in meiner Abwesenheit.«

Da alles, was sie während der vergangenen Monate getan

hatten, als dumm oder sogar lebensgefährlich bezeichnet werden konnte, nickten sie lediglich, als Jaimes Großmutter zur Tür hinaus verschwand.

»Also«, begann Jaime. »Möchtet ihr mein Zimmer sehen? Es ist ungefähr genauso aufregend wie das hier.«

Sie folgten ihm den langen Flur entlang, in dem ebenso verdächtig wenig Fotos hingen wie im Wohnzimmer, bis in ein riesiges Zimmer mit Blick auf den Fluss.

»Die Aussicht ist der Wahnsinn!«, rief Tess.

»Hmmm«, machte Jaime. Er fütterte seine Hamsterigel. Eine von ihnen sprang in ihr Rad und rannte wie eine Wilde. »Ich glaube, Tyrone mag sie auch nicht«, kommentierte Jaime ihr Verhalten.

Tess setzte sich auf Jaimes Schreibtischstuhl. Auf dem Tisch lag ein offenes Skizzenbuch. Die Seiten waren mit Zeichnungen derselben Frau in verschiedenen Outfits gefüllt: Rüstung, Trikotanzug, Cargohose und so weiter. Tess blätterte weiter und entdeckte eine Zeichnung von der Frau in einem einfachen grauen Mantel, der ihr bis zu den Knöcheln reichte.

Sie tippte mit dem Finger darauf. »Die hier gefällt mir bisher am besten.«

»Mir auch«, pflichtete Jaime ihr bei. »Aber sie stimmt nicht ganz. Noch nicht. Ich arbeite noch daran.«

Theo setzte sich auf Jaimes Bett. »Kommen wir zum Hinweis.«

Jaime band sich den Lederstreifen vom Handgelenk. »Ich habe ihn mir heute Morgen angesehen, aber ich habe keine Ahnung, was er bedeutet.«

Er legte das Band aufs Bett. Darin waren in einer langen Kette folgende Buchstaben eingeprägt:

Jaime hatte sie sich nebeneinander in sein Notizbuch geschrieben:

DrePnoeusoktrdgceageeknurrn
ehfowanaBßeukuleiirsaBßmaru

»Das ist vermutlich ein ausländisches Wort für ›Dieser Hinweis verschafft euch enorme Kopfschmerzen‹ oder es ist eine Art Transpositionsverschlüsselung. Aber die Rätselseiten im Internet haben keine wirklichen Lösungsvorschläge hervorgebracht.«

»Dazwischen stehen einige Großbuchstaben«, hob Theo hervor.

Jaime schrieb die Großbuchstaben gesondert auf:

D P B B

»Hm. Ich glaube nicht, dass uns das weiterhilft.«

Tess zog an ihrem Zopf. »Okay. Hast du ein Stück Papier für mich, Jaime?«

Jeder von ihnen nahm einige Blätter und probierte eine andere Anordnung der Buchstaben aus. Nach einer Weile war Tess völlig in die Aufgabe vertieft. Das mochte ihr Grandpa Ben so an Rätseln: Man konnte damit seinen Sorgen für eine Weile entfliehen. Tess erinnerte sich an eine Zeit, als sie noch sehr klein gewesen war, vielleicht vier, und mit baumelnden Beinen in der Küche ihrer Großeltern gesessen und versucht hatte, ihr allererstes Kreuzworträtsel zu lösen. Aber es war nicht Grandpa Ben gewesen, der ihr die Kreuzworträtsel gezeigt hatte, sondern ihre Grandma Annie. Obwohl Grandma Annie sich nicht so für den Morningstar-Code begeistern konnte wie Grandpa Ben, liebte sie dennoch Kreuzworträtsel.

»Arthur Wynne hat dieses Rätsel vor mehr als hundert Jahren entwickelt«, hatte ihr Grandma Annie erklärt. »Er nannte es damals ein ›Wortkreuz‹.«

Es war ganz anders als die Kreuzworträtsel, die Tess kannte. Es hatte eine Rautenform:

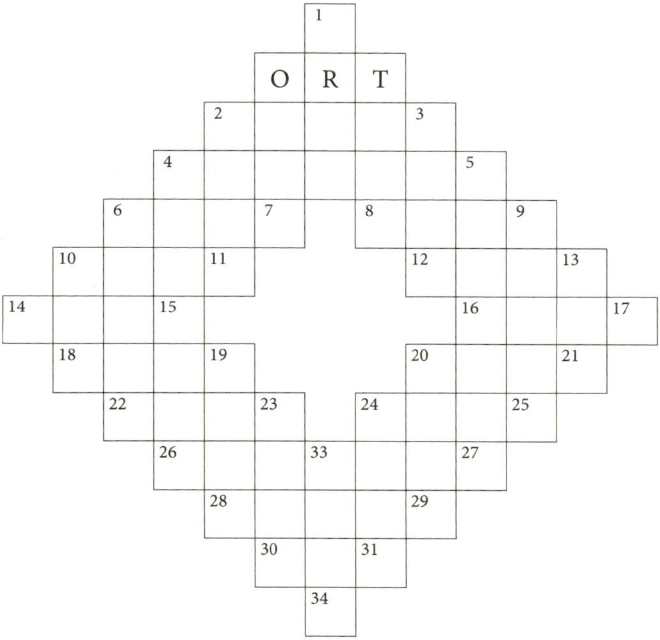

Tess deutete auf die Kästchen. »Ich weiß 2-3. Das ist *Taube.* Und 24-25: *Sand.* O-7 habe ich auch: *Oval!* 28-29: Was lernen Künstler? *Malen!* Aber der Rest ist gar nicht einfach, Grandma!«

»Gerade hast du eine weitere Lösung gefunden.«

»Was?«

»Die Antwort zu 26-27: Was ist dieses Rätsel nicht?«

Tess betrachtete die Felder 26-27. Da war Platz für sieben Buchstaben. Sie schrieb *e i n f a c h* hinein.

»Siehst du? Du machst das toll«, ermunterte sie Grandma.

Nach Grandma Annies Tod vor fünf Jahren hatten sie eine Schiv'a abgehalten. Obwohl sie normalerweise nicht so strenggläubig waren, hatte ihre Mom alle Spiegel mit schwarzen

Tüchern abgehängt. Besucher waren gekommen, hatten Essen gebracht und leise mit ihnen gesprochen. Tess hatte unter einem Tisch gesessen und so sehr geweint, dass ihr irgendwann die Tränen ausgegangen waren. Grandpa Ben hatte sie auf seinen Schoß gezogen. Er hatte ihr versichert, dass er auch sehr traurig war, aber dass ihr Kummer ein Zeichen dafür war, wie sehr sie Grandma Annie geliebt hatten und wie viel Freude sie in ihr Leben gebracht hatte. Er würde seine Zeit mit ihr für nichts in der Welt eintauschen, hatte er ihr erklärt, nicht mal, um seine Tränen zu stoppen. Und er wollte versuchen, so viel zu lachen wie möglich, denn so hatte Grandma ihr Leben gelebt und nur so konnte er sie in Ehren halten.

Tess war in letzter Zeit nicht allzu häufig zum Lachen zumute gewesen, aber sie hatte das Gefühl, dass sie mit diesem Teil des Codes sowohl ihre Großmutter als auch ihren Großvater ehrte. Sie schob die Blätter fort und konzentrierte sich auf das Lederband. Etwas an der Art, wie die Buchstaben eingeprägt waren, beschwor eine Erinnerung herauf. Warum standen sie vertikal statt horizontal? Warum sollte man einen langen Streifen mit Buchstaben machen, statt die Buchstaben hintereinander in das Band zu stanzen, damit man sie besser entziffern konnte? Sollten sie die Buchstaben irgendwie anders lesen? Das Band auf eine bestimmte Art anordnen?

Jaime warf den Bleistift auf den Tisch, nahm die Brille ab und rieb sich über die Nasenwurzel. »Deine Kopfschmerzen sind ansteckend, Tess.« Er setzte die Brille wieder auf. »Mir hat das Ding als Armband besser gefallen.«

»Es würde auch einen schönen Gürtel abgeben«, stellte Theo fest.

»Einen Gürtel?«, wiederholte Tess. Ihre Gedanken rasten. Wo hatte sie das schon einmal gehört? Wer trug Ledergürtel mit rätselhaften Buchstaben?

»Woran denkst du?«, fragte Theo, der sie beobachtete.

»Ich weiß, wie man es lesen muss«, erklärte Tess.

»Wirklich?«

»Ja. Wir brauchen lediglich jemanden mit einem breiteren Arm.«

KAPITEL 22

Theo

Moment, was stimmt denn nicht mit meinem Arm?«, wollte Jaime wissen.

»Nein, nein, nein, so habe ich das nicht gemeint«, versicherte ihm Tess.

Theo wusste, was sie meinte. Vor langer Zeit hatte Grandpa Ben ihnen einmal von einer Verschlüsselungsmethode erzählt, die in Kriegszeiten von den alten Griechen und Spartanern benutzt worden war. Dabei wickelten sie einen Streifen Pergament oder Leder um einen Holzstab mit einem bestimmten Durchmesser, schrieben eine Botschaft darauf und wickelten ihn dann wieder ab. Ein Bote überbrachte den Pergamentstreifen oder trug den Lederstreifen als Gürtel mit der Rückseite nach außen, um die Aufschrift zu verbergen, falls er gefangen genommen wurde. Die Buchstabenfolge auf dem Streifen wirkte bedeutungslos, bis der Empfänger sie um einen Stab mit derselben Dicke wickelte. Erst dann konnte man die Botschaft lesen.

»Wir brauchen keinen Arm, sondern eine Skytale«, widersprach Theo.

»Oder einen Arm«, beharrte Tess.

»Sogar Tyrone kommuniziert klarer als ihr beiden«, beschwerte sich Jaime.

Theo informierte ihn, wie die Verschlüsselung funktionierte und dass der dabei verwendete Stab als Skytale bezeichnet wurde. »S-k-y-t-a-l-e.«

»Ich hatte also schon den richtigen Gedanken, als ich es mir ums Handgelenk gewickelt habe«, fasste Jaime zusammen. »Dass das Band ums Bein des Adlers geschlungen war, war vermutlich auch schon ein Hinweis.«

»Ja, einer, der uns entgangen ist«, stellte Theo fest.

»Aber nur bis jetzt.«

Sie wickelten das Band um Jaimes Oberarm, seinen Bettpfosten, Theos Bein und dann Tess' Bein. Sie versuchten es mit einigen Holzstücken, die Jaimes Großmutter im Gästezimmer aufgestapelt hatte. Doch was sie auch probierten, die Buchstaben ergaben keinen Sinn.

»Sie hat hier hinten noch einiges gelagert«, sagte Jaime und wühlte im Schrank herum. Plötzlich jaulte er auf und zog die Hand blitzschnell zurück. Ein Silberfisch krabbelte aus dem Stapel, schoss über den Fußboden und versteckte sich unter Jaimes Bett.

»BÄH«, machte Jaime. »Ich hasse diese Dinger.«

»Ich auch«, pflichtete Tess ihm bei. »Die fressen Bucheinbände.«

»Und Schuppen«, ergänzte Theo.

Jaime machte ein würgendes Geräusch. »Lasst uns hier verschwinden.«

»Die Dinger sind überall«, erklärte ihm Theo.

»Lasst uns trotzdem hier verschwinden«, bat Jaime.

»Wo willst du denn hin?«

»Irgendwohin, wo ich von einer Welt ohne schuppenfressende Insekten träumen kann.«

Theo fand die Insekten eigentlich eher elegant und bewunderte, wie schnell sie sich bewegten. Allerdings glaubte er, dass es momentan nicht die beste Idee wäre, das Jaime gegenüber zu erwähnen. Tess schlug vor, sich Pizza zum Mittagessen zu holen. Sie verließen das Gebäude und gingen bis zur Pizzeria an der Ecke, wo sie zu dritt eine ganze Pizza und zwei Calzonen verschlangen. Dann fuhren sie mit dem Zug zurück zu Tante Esthers Haus in Queens. Dort gab es vermutlich viel mehr Silberfische als in Jaimes Haus, aber auch das erwähnte Theo nicht.

Als sie den Bahnhof in Queens verließen, schien die Sonne hell und heiß vom Himmel und tauchte alles in eine Art goldfarbenen Schimmer. Kinder spielten in den Parks und auf Parkplätzen, Eltern und Teenager plauderten und lachten auf den Treppenstufen. Die Feuerwehr hatte einen Hydranten geöffnet und ein paar kleine Jungs rannten kreischend durch das herausspritzende Wasser. Ein Mann im Exoanzug stampfte den Bürgersteig entlang und blieb dann stehen, um einem anderen Mann dabei zu helfen, eine Couch in ein Apartmentgebäude zu tragen. Die Exos waren riesig und klobig und man konnte sich in ihnen nur ungelenk bewegen. Aber

Theo war sich sicher, dass eines Tages jemand einen Anzug entwickeln würde, der nicht schwerer als normale Klamotten war, vielleicht sogar leichter. Eines Tages würden die Menschen die Exos vielleicht sogar unter die Haut implantiert tragen, damit sie zehnmal mehr heben und zehnmal schneller rennen konnten. Sogar schneller als Silberfische.

Da keiner von ihnen an einem solchen Tag in der Stube hocken wollte, setzten sie sich auf Tante Esthers kleine Veranda im Garten. Jaime nahm Ono aus der Tasche und stellte ihn auf den Tisch. Lance brachte ihnen ein Tablett mit Milch und Plätzchen und für eine Weile taten sie so, als ob keinerlei Haustiere fehlten und es kein Rätsel zu lösen gäbe. Theo war sich nicht mehr sicher, was er vom Code erwartete. Es ging nicht mehr darum, sein Zuhause zu retten. Das hier war jetzt sein Zuhause. Obwohl er immer noch einen kleinen Nervenkitzel empfand, wenn sie einen Hinweis richtig deuteten, spürte er gleichzeitig auch ein wenig Angst. Sie hatten am eigenen Leib erlebt, wie gefährlich und zerstörerisch der Code sein konnte. Was hatte er wohl noch auf Lager?

Bei diesem Gedanken schob sich Theo ein ganzes Plätzchen in den Mund. Jetzt klang er schon wie Tess.

»Theo, wie wär's mit kleineren Bissen?«, fragte Tess.

»Was?«

»Du hast überhaupt nicht zugehört, oder?«

»Doch.«

»Was hab ich denn gesagt?«

»Diese Plätzchen könnten eine Prise Salz vertragen«, behauptete Theo.

»Das hab ich nicht gesagt!«

»Nein, *ich* sage das. Diese Plätzchen könnten eine Prise Salz vertragen.«

»Lass das nicht die Ritterrüstung hören«, empfahl ihm Jaime.

»Du hast dir wieder diese Backsendungen im Fernsehen angeschaut, oder?« Tess deutete mit einem Plätzchen auf ihn.

»Die sind sehr informativ«, behauptete Theo.

»Wie ich *gerade sagte*«, fuhr Tess unbeirrt fort, »hat Tante Esther eine Menge Hartschaumzylinder auf dem Dachboden. In unterschiedlichen Größen. Wir könnten es damit probieren.«

»Gute Idee. Lass uns das versuchen, sobald wir die Plätzchen aufgegessen haben«, stimmte Jaime zu.

»Wenn wir die weiterhin essen, wird Lance auch immer weiter welche backen«, erinnerte ihn Theo.

»Und das hältst du für ein Problem?« Jaime drehte sich zum Küchenfenster um. »VIELEN DANK, LANCE. DIESE PLÄTZCHEN SIND PERFEKT! DA FEHLT AUCH KEIN SALZ ODER SO.«

»Witzig«, kommentierte Theo.

Und das war es. Genauso witzig war, als Jaime das Lederband um Onos Bauch wickelte und Ono ständig versuchte, sich herauszuwinden, ähnlich wie Nine, wenn Tess ihr eine Mütze aufsetzte.

Daher waren sie alle überrascht, also Ono plötzlich ungefähr dreißig Zentimeter breiter wurde – *Klick! Klick! Klick! Klick! Klick!* – und dann wieder auf seine normale Größe zurückschrumpfte. Das Band rutschte ihm hinab zu den Füßen. Er versuchte, einen Schritt darüber hinweg zu machen, stolperte und fiel hin.

»Oh no«, sagte er.

»Oh doch«, erwiderte Jaime.

»Ono kann unsere Skytale sein«, schlug Theo vor.

Jaime stellte Ono wieder aufrecht hin. »Möchtest du unsere Skytale sein?«

»Oh no?«, antwortete Ono.

»Tu einfach genau dasselbe wie eben. Wir wickeln das hier um dich herum, und wenn wir dir Bescheid sagen, machst du dich ein wenig breiter. Aber nur ein bisschen, nicht zu viel auf einmal. Verstehst du mich?«, fragte Jaime.

»Land der Könige«, sagte Ono. Er blieb still stehen, während Jaime erneut das Lederband um Onos Körper schlang. Diesmal wuchs er jedoch immer nur einen Block in die Breite.

Theo legte die Wange auf den Tisch, um die Buchstaben besser lesen zu können. »Noch ein bisschen«, bat er.

Klick!

»Weiter.«

Klick!

»Weiter.«

Klick! Klick!

»Jetzt stimmt es«, stellte Theo fest. »Da ist die Schrift.«

Jaime hob den kleinen Roboter hoch und legte ihn auf den Rücken. Die Buchstaben auf dem Lederband waren jetzt horizontal angeordnet:

D	e	r	g	r	o	ß	e	B
r	u	d	e	r	w	e	i	ß
e	s	g	e	n	a	u	i	m
P	o	c	k	e	n	k	r	a
n	k	e	n	h	a	u	s	r
o	t	a	u	f	B	l	a	u

Der große Bruder weiß es genau
im Pockenkrankenhaus, rot auf
Blau

»*Im Pockenkrankenhaus, rot auf Blau*«, wiederholte Tess. »Welches Pockenkrankenhaus? Und was bedeutet *rot auf Blau*? Und welcher Bruder? Sprechen wir hier über Theodore Morningstar? Und warum reimen sich die Hinweise neuerdings?«

Theo zog an seiner Lippe und ließ sie dann wieder los. »Es gab ein Pockenkrankenhaus auf Roosevelt Island, aber ich glaube, das wurde in den 1850ern woandershin verlegt.«

»Man hat das ganze Gebäude versetzt?«, hakte Jaime nach.

»Nun ja.«

Sie suchten es auf Jaimes Smartphone.

»Eine der wenigen Ruinen der Stadt, die auf der Denkmalschutzliste stehen«, las Tess vor. »Das Krankenhaus wird häufig als ›Renwick Ruin‹ bezeichnet und wirkt wie der Schauplatz für einen Schauerroman aus dem neunzehnten Jahrhundert.«

Die Ruine auf dem Foto sah tatsächlich wie ein Bauwerk aus dem neunzehnten Jahrhundert aus. Als hätte jemand ein altes europäisches Schloss einfach auf eine Insel in New York verpflanzt.

»Die Ruine wird derzeit für fünf Millionen Dollar restauriert«, las Tess weiter.

»Ich sehe hier aber nichts über irgendwelche Brüder«, kommentierte Jaime. »Ihr vielleicht? Hatte Theodore irgendwas mit diesem Gebäude oder den Geldern für das Krankenhaus zu tun? Litt er an Pocken?«

»Nein, nein«, widersprach Tess und zeigte auf das Display. »Das kann nicht sein. Dieses Krankenhaus wurde 1856 eröffnet. Das war zu spät für die Morningstars.«

»Möglicherweise gibt es ja noch irgendwo ein anderes Pockenkrankenhaus?«, schlug Jaime vor. Er nahm Tess das Handy aus der Hand und tippte rasch etwas mit beiden Daumen ein. »Da ist noch ein Quarantänekrankenhaus auf North Brother Island. Vielleicht ist *North* hier im Sinne von ›übergeordnet‹ oder ›älter‹ gemeint?«

Tess wickelte das Lederband von Ono ab. »Das könnte es sein!«

»Oh no«, kommentierte Ono.

»Damit hast du recht«, bestätigte Jaime. »Wir können nämlich nicht nach North Brother Island fahren.«

»Warum nicht? Gibt es dahin keine Fähre oder so?«

»Nein.«

»Ein Wassertaxi?«

»Nein.«

»Wir könnten uns ein Boot mieten oder jemanden darum bitten, es für uns zu tun. Obwohl das vermutlich ein Vermögen kosten würde. Ich habe ein bisschen Geld gespart. Aber ich weiß nicht, ob das reichen wird.«

»Nein.«

»Nein?«, wiederholte Tess. »Was meinst du damit?«

»Es gibt keine Fähren und keine Wassertaxis. Keine Boote. Nichts. Die Insel ist seit einhundert Jahren verlassen und inzwischen ein Vogelschutzgebiet.« Jaime hielt sein Smartphone hoch, damit Theo und Tess die Information selbst sehen konnten. »So steht es hier auf der Website. Besucher sind dort verboten.«

»Wo sind Besucher verboten?«

Sie drehten sich herum und sahen Tante Esther im Garten stehen, wo sie auf eine Antwort wartete.

Wie sich herausstellte, hielt Tante Esther nicht viel davon, dass Besuchern irgendwo auf Gottes grüner Erde der Zutritt verweigert werden sollte. Falls es sich um verantwortungsbewusste Besucher handelte, die ihren Müll mitnahmen, nichts kaputt machten und niemanden ausnutzten.

Daher saßen sie kurz darauf in einem kleinen Solarboot in Richtung North Brother Island. Das kühle Spritzwasser befeuchtete Haare und Haut. Tante Esther trug Watstiefel und hatte ihre Angel dabei.

»Ich wusste gar nicht, dass du ein Boot besitzt«, sagte Tess.

»Ach, das ist nicht meins. Ich habe es mir von einer Freundin geborgt. Sie hat nichts dagegen.«

Trotz des spritzenden Wassers und des Windes musste Tante Esther kaum die Stimme erheben, so leise lief der Solarmotor.

»Mir fehlt das Meer. Ich war nicht mehr draußen seit meiner Zeit als Kapitänin auf der *Mrs Cheng*. Was gibt es Besseres als Thunfischfischerei, um den Blutdruck hochzutreiben? Aber wir müssen uns mit dem arrangieren, was wir haben. Es gibt eine Menge Fische bei North Brother Island.«

»Du warst also schon mal dort?«, erkundigte sich Tess neugierig.

»Schon oft«, bestätigte Tante Esther. »Die Insel hat eine ziemlich interessante Geschichte.«

Jaime nahm die Brille ab und wischte die Wassertropfen fort. »Welche Art von Geschichte?«

»Die *Dutch West India Company* hat North und South Brother Island in den 1600ern für sich beansprucht, obwohl sie dazu überhaupt kein Recht hatte, wie ihr wisst. Damals hießen die Inseln *De Gesellen* – die Gefährten. Ein freundlicher Name, dabei hat es sich nicht immer um einen freundlichen Ort gehandelt. Während der letzten zwanzig Jahre ihres Lebens war Mary Mallon hier gefangen.«

»Mary Mallon?«, hakte Tess nach.

»Ihr kennt sie vielleicht als Typhus-Mary. Sie war die erste bekannte Überträgerin von Typhus ohne eigene Symptome. Sie arbeitete als Köchin und hat viele Leute krank gemacht, weil sie ihnen unwissentlich die Krankheit übertragen hat. Selbst ist sie jedoch nie krank geworden, daher hat sie auch nicht geglaubt, dass sie infiziert war. Also zog sie immer weiter umher und steckte Leute an, bis sie hierher zur Quarantäne gebracht wurde.«

Die beiden Inseln, die Gefährten, kamen näher. Theo hatte kein Problem mit dem Alleinsein, er war gern allein, aber er konnte sich nicht vorstellen, zwanzig Jahre lang auf einer winzigen Insel gefangen zu sein, mit nur Ärzten, Krankenschwestern und Vögeln als Gesellschaft.

»Und das war nicht die einzige Tragödie«, fuhr Tante Esther fort. »Im Jahr 1905 starben mehr als eintausend Menschen, als ein Dampfschiff in Ufernähe Feuer fing. Man sagt, dass die Geister der Toten heute noch die Insel heimsuchen.«

Tess bekam große und dunkle Augen wie ein Underway-Tunnel. Tante Esther lachte. Ihre grauen Haare glänzten im Nachmittagslicht wie Silber.

»Die Geister sind aber nicht furchterregend. Sie sind nur traurig.«

»Ich wäre wütend«, erklärte Tess.

Tante Esther musterte sie. »Ja, das glaube ich dir.«

Tess blinzelte, vielleicht wegen des Sprühwassers oder weil sie nicht wusste, was sie von Tante Esthers Bemerkung halten sollte. Doch als North Brother Island immer näher kam, stellte Tess ihre Fragen ein. Die Insel war üppig und grün, mit Bäumen und Büschen. Nur einige wenige Schornsteine oder Türme lugten hinter den undurchdringlich wirkenden Baumkronen hervor. Überreste eines alten Stegs ragten wie Holzzähne aus dem Wasser.

Tante Esther lenkte das Boot langsam in Richtung Ufer, wo ein kleiner Teil des Stegs noch intakt zu sein schien.

»Lässt du uns am Steg raus?«, fragte Theo.

»Welcher Steg? Oh. Das? Das hält euer Gewicht nicht aus. Wir müssen auf dem Ufer stranden. Na ja, nicht wirklich. Ein wenig. Ein kleiner Schiffbruch, das ist alles.«

Tess wollte gerade zum Reden ansetzen, doch aus ihrem Mund kam lediglich ein unterdrückter Schrei, als Tante Esther den Bug des Schiffes in den schmutzigen Sand rammte. Das Boot hüpfte im Wasser. Theo hielt sich fest, damit er nicht über den Rand geschleudert wurde. Das Wasser war nicht tief, aber etwas an der Insel kam ihm jetzt schon unheimlich vor. Dabei hatten sie ihre Suche noch nicht einmal begonnen.

»Ich lasse euch hier raus. Ihr habt« – Tante Esther blickte auf ihre Uhr – »zwei Stunden, um euch umzusehen, während ich ein wenig angle. Dann erwarte ich euch genau hier zurück. Seid pünktlich! Wenn man uns erwischt, werden wir verhaftet.«

Sie sagte das mit ziemlich viel Begeisterung, als hätte sie schon lange auf die richtige Gelegenheit gewartet, verhaftet zu werden, und endlich war sie da.

Theo, Tess und Jaime kletterten vorsichtig aus dem Boot und auf den Sand. In ihren Turnschuhen schwappte das Wasser hin und her. Sie griffen nach ihren Rucksäcken, die Tante Esther ihnen gepackt hatte. Darin befanden sich ein Snack, Wasser, Insektenspray, ein Kompass und eine grobe Karte der Insel, die sie aus dem Internet ausgedruckt hatte.

»Danke, Tante Esther«, sagte er. »Wir wissen das wirklich zu schätzen.«

»Kein Problem«, entgegnete Tante Esther. »Schießt viele Fotos, stört die nistenden Reiher nicht, esst keine Beeren und setzt euch nicht in Giftefeu. Ich hab das einmal aus Versehen bei einem Außeneinsatz für das Museum gemacht. Schrecklich. Schiebt mich kurz an, bitte!«

Zu dritt schoben sie das Boot zurück ins tiefere Wasser. Tante Esther salutierte und wendete das Boot.

Sie folgte dem Ufer und verschwand kurz darauf hinter einer Kurve.

»Hat sie gemeint, dass sie Beeren gegessen oder sich in Giftefeu gesetzt hat? Oder beides?«, fragte Tess, sobald sie außer Hörweite war.

»Bei Tante Esther weiß man das nie so genau«, antwortete Theo.

Jaime suchte etwas auf seinem Handy. »Eure Tante hat ihr Thunfischboot nach der bekanntesten Piratin der Geschichte benannt. Cheng I Sao hat eine ganze Flotte Piratenschiffe kommandiert und hatte einen Ehrenkodex für ihre Piraten. Sie durften keine weiblichen Gefangenen missbrauchen. Falls doch, wurden sie hingerichtet.«

»Klingt nach jemandem, den Tante Esther gemocht hätte«, sagte Tess.

»Abgesehen von der Piratensache«, widersprach Theo. »Sie hält nichts vom Stehlen.«

»Dann wollen wir mal hoffen, dass wir nichts stehlen müssen«, warf Jaime ein.

Er verschloss sein Handy in einer wasserdichten Tüte und steckte es in seine Tasche neben Ono, der gereizt biepte.

Dann drehte er sich zum Wald um. Theo zog die Karte aus dem Rucksack. Darauf war die ungefähre Lage mehrerer Gebäude auf der Insel verzeichnet, aber nicht, um welche Gebäude es sich handelte.

Jaime deutete auf eins davon. »Lasst uns hier beginnen.«

»Warum mit diesem?«, wollte Theo wissen.

»Irgendwo müssen wir ja anfangen.«

Es war so gut wie jedes andere.

Den dichten Wald zu betreten, war, wie in ein anderes Land zu gehen. Außen war es heiß, trocken und hell, innen war es kühl, feucht und dunkel. Moos bedeckte die Stämme und Pilze breiteten sich auf verrotteten Baumstümpfen aus. Zweige und Blätter knirschten unter ihren Füßen.

»Das ist unglaublich!«, sagte Theo.

Er war erst wenige Schritte gegangen, als er den Boden nachgeben spürte und in die Dunkelheit fiel.

KAPITEL 23

Jaime

Einen Moment war Theo noch da und im nächsten war er weg.

»Theo?«, rief Jaime. »Theo!«

Eine dünne Stimme schien aus der Mitte der Erde zu dringen. »Hilfe! Ich bin hier unten!«

Jaime und Tess knieten sich hin. Inmitten von Blättern und Schlingpflanzen befand sich ein dunkles Loch, eine Art Schacht oder Abwasserkanal, der geradewegs in den Schmutz hinabführte, vielleicht sogar bis zum Gestein im Boden. Wer konnte das schon genau wissen? Theo baumelte an einem Riemen des Rucksacks, der glücklicherweise an einem zerbrochenen Rohr hängen geblieben war, das aus dem Rand ragte. Unglücklicherweise jedoch stand der Riemen kurz vorm Reißen. Er machte ein leises, aber furchterregendes *Ssschhh*, während die Gewebefäden allmählich nachgaben.

Tess und Jaime griffen mit den Händen in den Schacht und

packten Theo am Arm. Sie schafften es, ihn gerade rechtzeitig herauszuziehen, bevor der Rucksackriemen riss.

»Danke«, sagte Theo und atmete schwer. »Das war knapp.«

»Ja«, bestätigte Tess, die genauso keuchte.

»Passt auf, wo ihr hintretet«, warnte Jaime. »Die ganze Insel könnte voll mit diesen offenen Schächten sein.«

Sie staubten ihre Kleidung ab und gingen weiter. Diesmal schoben sie die Blätter und Äste zur Seite, um sicherzugehen, dass sie die Füße auf festen Boden setzten. Es dauerte nicht lang, bis die Ruinen des ersten Gebäudes vor ihnen auftauchten, wie aus einem Märchen entsprungen. Oder einem Horrorfilm. Das Gebäude bestand aus Backstein und Natursteinen, aber es war zur Hälfte vom dicken grünen Wald verschluckt. Efeu kletterte über die Steine und aus den Fenstern ragten Äste. Die Eingangstür schien schon vor langer Zeit verschwunden zu sein und das Haus stand offen wie das Maul eines hungrigen Biests.

Wer war hungriger: das Haus oder der Wald?

»Wow«, machte Jaime.

»Das ist cool, oder?«, fand Theo.

»So hab ich das eigentlich nicht gemeint.«

Tess warf ihren Zopf zurück, sodass er ihr über den Rücken fiel. »Ich frage mich, was das ist. *War.* Ich meine, wer hat hier gewohnt?«

»Geister«, war sich Jaime sicher.

»Schauen wir es uns einmal an«, schlug Theo vor. Er marschierte auf das Haus zu, als wäre er nicht gerade erst in einen Schacht gefallen und beinahe gestorben.

»Du hast keinerlei Selbsterhaltungstrieb, oder? Hast du denn noch nie einen Horrorfilm gesehen?«, rief Jaime hinter seinem Rücken, aber Theo stand bereits am Eingang des Hauses.

»Er hat einen Selbsterhaltungstrieb«, korrigierte Tess, »aber der schlägt nicht immer an, wenn er neugierig ist.«

»Na toll«, meinte Jaime. »Ich hoffe, es gibt keine Bären in dem Gebäude.«

»Tante Esther hätte uns bestimmt gesagt, wenn es Bären auf der Insel gäbe«, beruhigte ihn Tess. Sie imitierte Tante Esthers sachlichen Ton: *»Und denkt daran, nicht die Bären streicheln! Ich habe das einmal versucht, als ich als Reiseleiterin im Yosemite-Nationalpark gearbeitet habe, und der verdammte Bär hat mir den Arm abgebissen!«*

»Und daher stammt meine Metallhand!«, spann Jaime weiter.

Tess lachte. Es war ein hoher, reiner Klang, der durch die dichten Bäume schallte. Ein in den Blättern versteckter Schwarm Vögel stob auf und flog in Richtung Himmel. Tess schlug sich eine Hand vor den Mund.

»Hoffentlich waren das nicht die Reiher, von denen Tante Esther gesprochen hat«, sagte Jaime und Tess lachte erneut, das Geräusch gedämpft durch ihre Hand.

Sie folgten Theo ins Haus. Schon beim Betreten konnte Jaime sich gut vorstellen, dass in jeder Ecke Geister lauerten. Traurige Geister, wütende Geister, alle möglichen Arten von Geistern. Auf dem Fußboden in der Eingangshalle lagen Bücher und Papiere. In der modrigen Luft tanzten Staubflocken. Eine brüchige Wendeltreppe führte … nun, Jaime hatte keine Ahnung, wohin sie führte, und er war sich auch nicht sicher, ob er es herausfinden wollte.

Theo, der schon vorgegangen war, rief ihnen zu: »Kommt her! Seht euch das an.«

Tess rannte zu ihrem Bruder. *Auch bei ihr ist von einem Selbsterhaltungstrieb nichts zu merken*, dachte Jaime. Doch er befand sich ebenfalls hier, auf einer verlassenen Insel, wanderte in einem Geisterhaus herum, das vermutlich von Bären und wer weiß was noch umringt war. Daher traf wohl auf ihn der Spruch mit dem Glashaus und den Steinen zu. Er steckte einen Finger in seine linke Hosentasche, wo Ono döste.

»Es ist alles in Ordnung, Ono«, murmelte er.

»Oh no«, sagte Ono.

»Das ist jetzt keine gute Reaktion«, entgegnete Jaime.

Er erreichte die Zwillinge und blickte über ihre Köpfe hinweg in einen Raum, der einmal eine Aula gewesen sein musste. Die Sitzreihen waren eingefallen – oder waren zerdrückt worden – und dicke Schmutz- und Staubschichten bedeckten den Boden.

»Welche Art Vorstellungen wurden eurer Meinung nach hier aufgeführt?«, fragte Tess.

»*Hamlet*«, behauptete Jaime und ging den Flur zurück, bis er zu der immer noch intakten Hintertür gelangte. An ihrem Holz und an den Wänden befanden sich winzige Löcher. Er fuhr mit der Hand darüber. Dann öffnete er die Tür und betrachtete die andere Seite. Dort waren die Löcher von spitzen Holzsplittern umrahmt.

Was konnte denn solche Löcher verursacht haben?

Oh no.

»Okay«, sagte Jaime. »Das ist nicht das Krankenhaus. Lasst uns hier verschwinden.«

»Ich möchte mich einen Moment oben umsehen«, erklärte Theo.

Jaime deutete auf die Löcher in der Tür. »Ich bin mir nicht hundertprozentig sicher, aber ich halte das für Einschusslöcher.« Er zeigte ihnen die Außenseite der Tür, wo die Löcher zersplittert waren. »Und die Waffen wurden von *innen* abgefeuert.«

Theo untersuchte die Löcher. »Die könnten schon seit Jahrzehnten hier sein.«

»Worauf willst du hinaus?«, fragte Jaime.

»Das, worauf die Menschen geschossen haben, ist sicherlich nicht mehr da«, antwortete Theo.

»Woher willst du das wissen?«, hakte Jaime nach.

Die Zwillinge schwiegen einen Moment und sagten dann genau gleichzeitig: »Du hast recht, verschwinden wir.«

Sie rannten nicht aus dem Haus, aber sie liefen auch nicht gerade langsam. Und sie waren auch nicht besonders vorsichtig im Wald, stolperten und strauchelten über versteckte Erhebungen und Schlingpflanzen, die über den Boden rankten. Als es ihm sicher genug schien, wandte sich Jaime um, um einen letzten Blick auf das Haus zu werfen.

Und da sah er im oberen Fenster ein Gesicht.

Er stolperte rückwärts, stürzte und schnappte atemlos nach Luft.

»Jaime!«, rief Tess. »Ist alles okay?«

»Ich hab ein …«, begann Jaime, doch als er auf das Haus deutete, wo er das Gesicht gesehen hatte, war es verschwunden.

»Einen Bären«, behauptete er. »Ich hab einen Bären gesehen.«

»Sehr witzig«, kommentierte Tess und streckte eine Hand aus.

Er nahm sie und ließ sich von ihr hochziehen. Ein letztes Mal überprüfte er die Fenster des Hauses, doch sie waren so verwaist wie vorhin, als sie sich dem Haus genähert hatten.

Er verlor schon den Verstand.

»Lasst uns noch mal auf die Karte schauen und herausfinden, welches Gebäude am wahrscheinlichsten das Krankenhaus ist«, bat Jaime.

»Wir könnten es mit diesem hier versuchen«, schlug Theo vor. »Es scheint das größte zu sein.«

Sie marschierten zum nächsten Gebäude. Äste schnappten nach ihnen, der Schmutz und die Blätter unter ihren Schuhen zogen sie nach unten, um sie zum Stehenbleiben zu zwingen, zum Hinlegen, zum Schlafen, um zu bleiben, für immer hierzubleiben, zu …

»Jaime!«, rief Tess.

»Was?«

»Ist alles in Ordnung?«

»Mir geht's gut.«

»Du sahst aus, als hättest du …«

»… einen Anfall«, beendete Theo ihren Satz.

»Dieser Ort lässt mich durchdrehen«, gab Jaime zu.

»Geht mir genauso«, versicherte ihm Tess. »Je eher wir den

nächsten Hinweis finden, desto früher können wir hier verschwinden.«

Sie schafften es ohne weitere Geistererscheinungen oder Anzeichen von Bären bis zum nächsten Gebäude. Es kam ihnen riesig vor, wie die Steine über ihnen aufragten. Auch hier kroch überall Efeu entlang und kleine Vögel flogen durch die zerbrochenen Fenster hinein und heraus. Zwischen den Zimmern hingen Rohre, das Dach und die Veranda waren zum Teil eingestürzt und sie fanden einige rostige Metallkästchen, die vielleicht einmal Generatoren gewesen waren.

Sobald sie jedoch das Haus betraten und die vielen Reihen blauer Fliesen entdeckten, die immer noch an den Wänden hingen, wussten sie, sie waren am richtigen Ort.

»Das Blau«, stellte Tess fest. »Der Hinweis befindet sich also hier.«

»Wir suchen nach dem Roten auf dem Blauen, was auch immer das bedeutet«, rief Theo ihnen in Erinnerung.

»Aber wo? Dieses Haus ist riesig.«

Theo sagte: »Vielleicht sollten wir uns auftei–«

»Sprich es nicht mal aus«, warnte ihn Jaime und bereute jeden gruseligen Film und jedes Horrorcomicheft, den er je gesehen und das er je gelesen hatte. »Wir teilen uns *nicht* auf.«

»Aber wir könnten …«

»Nein. Wir bleiben zusammen, okay?«

Theo zuckte mit den Schultern. »Okay.« Er blickte auf die Uhr, die seine Tante ihm gegeben hatte. »Uns bleibt noch eine Stunde.«

»Wir gehen nacheinander durch alle Zimmer. Niemand geht allein irgendwohin. Hast du mich verstanden, Theo?«

»Ja, Dad«, grummelte Theo.

»Dann los«, sagte Jaime.

Er ging einen langen Flur entlang, in dem überall verstreut Staub, faulende Holzstücke und Deckenfliesen lagen. In einem Zimmer standen, umgeben von einem Haufen Backsteinen, eine altmodische Badewanne mit Füßen und ein Waschbecken. In einem anderen schlängelten sich nackte, braune Ranken ohne Blätter über Wände und Decke. Stapel von Büchern lagen wild verstreut herum. Einige faulten vor sich hin, andere waren noch intakt. Tess nahm eins in die Hand.

»*Studien zu den Auswirkungen von Tuberkulose*«, las sie vor.

Jaime hob ein anderes auf: »*Baltimore-Katechismus.*«

Sie legten die Bücher zurück und gingen weiter. Im nächsten Zimmer fanden sie ein altes Bett, möglicherweise ein Operationstisch, der eher nach einem Folterinstrument aussah. Auf dem Fußboden lag inmitten einer Suppe aus geschmolzener Seife ein Bund mit Kupferschlüsseln, die sich bereits grün färbten. In einem weiteren Zimmer, das mit Kacheln im Farbton von vergilbten Zähnen gefliest war, stand ein großer rechteckiger Metallcontainer unter einem gefährlich aussehenden Hahn.

»Wurden hier Kleidungsstücke oder Menschen gewaschen?«, fragte Tess.

Niemand antwortete ihr.

Nachdem sie einen Großteil des Erdgeschosses erkundet

hatten, wagten sie sich nach oben. In einigen Zimmern, wo die Tuberkulose- oder Typhuspatienten untergebracht gewesen waren, standen immer noch reihenweise Bettrahmen. In manchen Räumen befand sich ein einzelnes Bett neben einem Fenster. Viele Wände waren mit Graffiti beschmiert:

BERTRAND WAR
HIER, 1898.

Sagt Richard, ich werde ihn immer lieben.

ICH BIN BEREITS EIN GEIST.

Lasst mich raus,
lasst mich raus,
lasst mich raus.

Jaime schaute aus einem der Fenster hinaus. Er hatte einen perfekten Blick auf den saphirblauen East River und Manhattan, das sich wie eine Fata Morgana auf der anderen Uferseite spiegelte. Kaum vorstellbar, hier in Quarantäne zu sein und jeden Tag die Stadt in dem Bewusstsein zu sehen, dass sie so nah war, er sie aber womöglich niemals wieder betreten würde. Er erschauerte.

»Ich wünschte, wir wüssten, wonach wir suchen«, beschwerte sich Tess. »Uns bleibt nicht mehr viel Zeit.«

»Deshalb habe ich vorgeschlagen, dass wir uns auftei–«

Jaime warf ihm einen bösen Blick zu. Theo schloss den Mund.

Sie gingen weiter und blätterten durch Bücher und Papiere, durchwühlten Holz und Müll, lasen die Notizen und Graffiti. Als sie sich gerade fragten, ob sie jemals finden würden, wonach sie suchten, entdeckten sie noch mehr Graffiti. Eine Zeile zog sich von einer blau gefliesten Wand über die nächste und war mit abgeblätterter roter Farbe aufgemalt:

Begrabt mich direkt neben Louis MG,
dem talentiertesten Mann der ganzen Stadt.

»Wer ist Louis MG?«, fragte Tess.

»Ich hab keine Ahnung«, gab Theo zu.

»Ich auch nicht«, gestand Jaime. Er zog sein Notizbuch heraus und schrieb die Botschaft hinein.

»Haltet ihr diese Nachricht für wichtiger als die anderen?«, erkundigte sich Tess.

»Es ist die einzige Nachricht in Rot. Und wir haben nichts anderes gefunden, das einen Nachnamen enthält. Außerdem steht hier was über *begraben*.«

»Wie in ver*grabener Schatz*?«, fragte Theo.

»Vielleicht«, antwortete Jaime. In genau diesem Moment

ließ ein lautes Geräusch sie alle zusammenzucken. Tess griff nach Theos Arm, Jaime nach dem von Tess.

»Was war das?«, flüsterte Tess.

»Das Haus arbeitet«, behauptete Theo. »Zumindest sagt Dad das immer.«

Sie standen stockstill und lauschten. Jaime war sich nicht sicher, ob er sich das einbildete, aber er glaubte, irgendwo im Erdgeschoss Schritte zu hören. Seine Haut kribbelte.

»Hört ihr das auch?«, fragte er. *Bitte sagt Nein, bitte sagt Nein, bitte sagt Nein.*

»Ja«, bestätigte Tess. »Es ist noch jemand anderes hier.«

»Tante Esther«, nahm Theo an, klang aber nicht sehr sicher.

»Es muss noch eine Treppe auf der anderen Seite des Gebäudes geben«, vermutete Jaime.

Er deutete in die entsprechende Richtung und alle drei schlichen so leise wie möglich den Flur entlang zu einer Treppe, von der sie hofften, dass sie existierte und immer noch benutzbar war. Doch Jaime hatte recht. Am Ende des Korridors befand sich ein weiterer Treppenaufgang. Lauschend standen sie auf dem Absatz.

»Nichts«, sagte Theo.

»Ich höre auch nichts«, bestätigte Tess.

»Möglicherweise war es etwas anderes?«, stellte Jaime erleichtert fest. »Ein Tier oder …«

Ein weiteres lautes Krachen, als ob jemand oder etwas durch eine morsche Wand stürmte. Die drei rannten so schnell die Treppe hinunter, dass Jaime sich dabei versehentlich auf die Zunge biss. Sie schossen aus dem Gebäude, stolperten über die Schlingpflanzen und durch Büsche und warteten darauf, dass der East River in ihr Sichtfeld geriet. Erst nach einer ganzen Weile bemerkte Jaime, dass sie in die falsche Richtung geflohen waren, weg vom Wasser und dem vereinbarten Treffpunkt mit der Tante der Zwillinge. Er hielt an und stützte sich mit beiden Händen auf den Knien ab.

»Wir müssen zurück und in die andere Richtung gehen«, sagte er. »Hier sind wir falsch.«

Tess drehte sich im Kreis. »Aber wohin? Alles sieht gleich aus!«

»Was ist das?«, fragte Theo.

Jaime traute sich beinahe nicht, hinzusehen, aus Angst, dass ein Geist, ein Bär oder ein Geisterbär zwischen den Bäumen lauerte. Stattdessen erkannte er jedoch etwas Großes, Kauerndes und Kastenförmiges: ein weiteres Gebäude, das nicht auf der Karte verzeichnet war. Es war grün gestrichen und daher beinahe nicht von seiner Umgebung zu unterscheiden. Aber warum? Damit man es vom Himmel aus nicht sehen konnte? Ein brandneuer Zaun, der oben mit Stacheldraht bestückt war, umgab das Grundstück.

»Ich dachte, die ganze Insel wäre verlassen«, sagte Tess. »Und dass man verhaftet wird, wenn man hier erwischt wird.«

Sie krochen näher an den Zaun heran und blieben dann abrupt stehen, als sie weitere Schritte hörten, diesmal lauter und schwerer als die zuvor.

Um das Gebäude herum kam ein Schatten auf sie zu: etwas unglaublich Großes, mit dunklen Federn und Flecken am

Hals. Die Füße schienen falsch herum an den Beinen befestigt zu sein und an jedem Knöchel saß eine lange, gefährlich aussehende Kralle.

»Was ist das?«, fragte Theo.

»Ein Jumbie«, erklärte Jaime. »Das ist ein Jumbie.«

KAPITEL 24

Tess

Zuerst blieb Tess wie angewurzelt stehen. Sie konnte sich nicht regen, während ihr Gehirn versuchte zu verarbeiten, was sie da sah. *Federn?*, dachte sie. *Flecken? Klauen?* Die Knie zeigten in die falsche Richtung und der winzige Kopf auf dem langen gefleckten Hals wackelte wie der eines Huhns. Doch die Kreatur hatte die Größe eines Nashorns, sofern Nashörner auf Stelzen gingen. Das Tier blieb stehen, starrte genau dorthin, wo sie sich versteckten, und brach dann in einen Trab aus, sprang und warf sich gegen den Zaun. Als die Kreatur den Zaun nach außen bog, fielen Tess, Jaime und Theo nach hinten. Noch einmal warf sie sich kreischend dagegen und dann noch einmal.

Durch Tess' Kopf schoss nur eine einzige Frage: Was ist das? Was ist das? Was …?

Ein Schnabel schnappte plötzlich über ihren Köpfen zu und ließ sie alle drei aufschreien. Der Kreatur war es offenbar egal, dass der Stacheldraht ihr dabei den Hals blutig kratzte.

Sie warf sich vorwärts, kreischte und schnappte wie wild nach ihnen.

Eine Bewegung hinter der Kreatur erregte Tess' Aufmerksamkeit. Eine große schwarze Katze schlich sich heran.

»Nine?«, flüsterte Tess. »Nine?«

»Nine ist nicht schwarz«, erinnerte Jaime sie. »Das sieht eher nach …«

»Was?«

Die riesige Kreatur schnappte erneut zu und erwischte beinahe Tess' Nase.

»Wir müssen hier verschwinden«, kommandierte Theo.

»Nine!«, rief Tess. »Nine!«

Die Katze blickte auf, aus ihrem Jagdinstinkt gerissen. Tess hätte diese Augen überall wiedererkannt.

»Das ist Nine!«, behauptete Tess. »Das ist ihr Gesicht, das ist ihr Schwanz, das sind ihre Augen!«

»Tess …«, begann Jaime.

»SIE IST ES!«, brüllte Tess über das Gekreische der gefederten Kreatur hinweg.

Tess musste die Katze retten, sie musste sie von diesem Ort fortbringen, von dieser Kreatur, was auch immer das war. Nine war mutig und stark, aber mit diesem traurigen und wütenden Ding konnte sie es nicht aufnehmen.

Doch die Kreatur hatte inzwischen die Katze bemerkt und jetzt einen neuen Feind gewittert. Sie umkreisten einander argwöhnisch. Tess riss sich ihren Rucksack vom Rücken und wühlte darin herum. Dann hielt sie die Drahtschere hoch, die Tante Esther ihnen für den Fall der Fälle mitgegeben hatte.

»Tess!«, rief Theo.

»Bist du sicher, dass sie es ist?«, wollte Jaime wissen.

»Ja«, zischte Tess und machte sich am Draht zu schaffen. Sie sägte, so fest sie konnte, daran herum. Jaime nahm die Ränder des durchschnittenen Drahts und zog sie auseinander, um ein Loch zu schaffen. Sobald es groß genug war, kroch Tess hindurch.

»Nein«, sagte Theo. »Lass Nine zu uns herauskommen.«

Doch Tess hörte ihm nicht zu. Sie wedelte mit den Armen. »Hey! Ich bin hier drüben!«

Die Kreatur schoss herum und dann wieder zurück in die andere Richtung. Sie schien sich unsicher, wer die größere Gefahr – oder die köstlichere Mahlzeit – war: das Mädchen oder die Katze.

Das Mädchen.

Die Kreatur warf sich in Tess' Richtung. Die Katze sprang ihr auf den Rücken, die scharfen Krallen ausgefahren, und zerkratzte dem Tier damit den Rücken, dass die Federn nur so stoben. Die Kreatur schrie. Die Katze duckte sich, wich ihr aus und rannte dann auf Tess zu.

»Nine!«

Tess hatte Nine gerade in die Arme geschlossen, als ein Mann in grüner Uniform mit einer Art Waffe in der Hand aus dem Gebäude kam.

»Hierher!«, rief Theo. »Tess!«

Er und Jaime hatten die Arme durch das Loch im Zaun gesteckt. Tess rannte darauf zu. Theo und Jaime zogen sie zu sich herüber.

»Nine! Nine, na los!«, rief Tess und streckte die Arme nach ihrer Katze aus.

Der Mann brüllte: »Hey! Wer ist da?«

Seine Waffe war eine Armbrust. Zumindest ähnelte sie einer. Bisher hatte Tess so etwas nur im Kino gesehen.

Nine fauchte. Die Kreatur schnappte. Der Mann zielte und schoss. Die riesige Kreatur krächzte und fiel zu Boden. Tess zog fest an Nines Halsband.

Und jemand anders – Jaime? Theo? – zog Tess an *ihrem* Halsband, genauer gesagt am Kragen.

»Nine!« Tess griff nach der Katze.

»Verschwindet!«, rief eine raue Stimme. »Ihr alle!«

Sie rannten und krachten durch Büsche und Unterholz. Durch das Laubwerk sahen sie noch weitere grüne Gebäude und noch mehr eingezäunte Kreaturen. Diese waren ein verschwommenes Bild aus Fell und Klauen und Haut und Zähnen und Zähnen und Zähnen, aber Tess blieb nicht stehen. Hinter ihnen erfüllte ein Summen die Luft, eine Vibration, die unter Tess' Haut kroch und einen Juckreiz auslöste. Eine weitere Waffe? Eine Art Gerät, das Schallwellen produzierte? Doch sie hörten nicht auf zu laufen, bis sie den schmalen Streifen schmutzigen Sandes am Rand der Insel erreicht hatten und der blaue East River vor ihnen lag.

»Wo ist der Steg?«, fragte Theo. »Wo ist Tante Esther?«

»Wo ist Nine?«, wollte Tess wissen.

»Wir sind in die falsche Richtung gerannt«, stellte Jaime fest. »Der Steg ist dort drüben.« Er deutete nach links.

Auf dem Wasser tauchten zwei Umrisse auf. Boote, die auf

sie zurasten. Plötzlich teilten sie sich auf. Eins steuerte von links auf sie zu, das andere von der rechten Seite.

»Sie versuchen, uns einzukreisen«, kommentierte Theo.

»Polizei!«, rief Tess. »Wir dürfen nicht erwischt werden. Na los, wir müssen zurück.«

»Zurück?« Jaime riss ungläubig die Augen auf.

»Durch den Wald«, bestätigte Tess. »Dort können wir uns zumindest verstecken.«

»Bei den ganzen Jumbies?«

»Den was?«

Sie eilten zurück zwischen die Bäume, fielen über abgebrochene Äste, stießen gegen altertümliche, efeubewachsene Hydranten, rutschten auf feuchtem Laub auf den heruntergekommenen Straßen aus. Im dunkelsten Teil des Waldes tauchten ein Stapel Backsteine und verfaulendes Holz auf. Das musste einmal eine Hütte oder ein Lagerhaus gewesen sein. Das eingefallene Dach und das morsche Holz bildeten eine Art Höhle.

»Hier hinein«, kommandierte Tess.

Sie kroch in die Dunkelheit. Theo folgte ihr und dann Jaime. Sie machten sich so klein, wie sie nur konnten. Das Holz um sie herum ächzte und wurde dann still. Eine Million Fragen schossen Tess durch den Kopf. Was war das Ding in dem eingezäunten Garten gewesen? Wer hatte diese Anlage gebaut? Wer hatte ihnen geraten fortzulaufen? Wer hatte Nine entführt? Was machte sie hier? Wie konnte Tess sie zurückbekommen?

»Ein Giraffen-Kasuar«, flüsterte Theo.

»Psst«, machte Jaime.

Natürlich, Theo hatte recht. Eine Giraffe und ein Kasuar, durch genetische Manipulation bösartig gemacht. Aber wozu?

Das Knurren und Bellen wurde lauter, Männer brüllten. Falls dieses Bellen auf Hunde hindeutete, würden Tess und die anderen entdeckt werden, selbst wenn es sich nicht um genetisch verbesserte Hunde handelte. Man würde sie gefangen nehmen. Vielleicht würde man auch an ihnen Experimente durchführen, sie in etwas völlig anderes verwandeln. Sie mit Schlangen oder Nilpferden oder Löwen oder Bären oder Spinnen oder Hummern kreuzen oder mit …

Jaime und Theo packten jeweils einen ihrer Arme, um sie am Zittern zu hindern. Sie schloss die Augen und versuchte zu atmen. Als sie die Lider wieder aufschlug, fiel ihr Blick auf die Kratzer im Putz vor ihr. Gekreuzte Linien markierten die Tage, und zwar so viele, dass sie mehrere Jahre ergeben mussten. Daneben standen die Wörter:

ICH WERDE DICH BIS ANS
ENDE DER ZEIT JAGEN.

Draußen heulte ein Hund. Oder etwas, das einmal ein Hund gewesen war. Schritte näherten sich.

»Hier entlang«, befahl eine tiefe Stimme. »Unter diesem Holzhaufen.«

Tess, Jaime und Theo erstarrten vor Schreck, als die Männer und ihre Hunde ihr Versteck umzingelten. Doch dann hörten sie ein verwirrtes »Hey! Wer sind Sie?« und ein »Uff!«.

Ein Hund jaulte. Dann noch einer. Tess riskierte einen Blick durch die Bretter und sah, wie die Tiere ins Gebüsch verschwanden. Ein Mann lag auf dem Waldboden und hielt sich den Kopf. Tess blickte zur anderen Seite. Eine kleine Person in einem langen silbergrauen Mantel, das Gesicht durch eine Kapuze verdeckt, trat einen Mann und dann den nächsten. Die Person sprang hoch, stieß sich an einem Baumstamm ab und riss in einer Art Sprungkick noch zwei weitere Männer nieder.

Dann zog sie einem Mann die Beine weg und schlug dem Letzten mit der Faust auf den Kopf. Er fiel zu Boden, als wäre ein Amboss auf ihn draufgefallen.

Endlich drehte sich die Person um. Ihr langer Mantel schwang um sie herum wie ein Umhang. Leise rief sie zu ihnen herüber: »Wir haben nicht viel Zeit. Los!«

Sie besprachen nicht, ob sie der Person folgen sollten, sondern hechteten hinter ihr her und hofften inständig, dass sie keinen schrecklichen Fehler begingen. Die Person führte sie so schnell zwischen den Bäumen hindurch und an alten und neuen Gebäuden vorbei, dass Tess Seitenstechen bekam. Sie wurde allein von den vielen Fragen, die ihr im Kopf herumschossen, angetrieben. Als sie diesmal die Waldgrenze durchbrachen und auf den Strand zuliefen, sahen sie die alten Holzreste des Stegs aus dem Wasser ragen und dann noch etwas anderes: Tante Esther in ihrem Boot, die ein Ruder schwang und damit einem Mann eins überzog, der sich abmühte, sie aus ihrem Boot zu zerren und in ein anderes zu verfrachten.

»Ganz sicher NICHT!«, rief sie und schlug nach einem zweiten Mann, der das Gleiche versuchte.

Die graue Gestalt summte, dieses Summen, das unter Tess' Haut kroch, und plötzlich begannen die Männer in dem Boot zu brüllen und auf das Wasser zu deuten, auf etwas, das sich im Wasser bewegte. Dunkle Schatten näherten sich im klaren Blau des Flusses, zu schnell, um zu erkennen, worum es sich handelte.

Ein dumpfer Schlag und ein Krachen. Das Boot kippte zur Seite.

»Geht!«, sagte die Person in Grau. »Eure Tante wird sich um euch kümmern.«

»Aber Nine …«, begann Tess.

Bellen und Knurren brachen plötzlich auf beiden Seiten aus.

»Nine hat Streifen und Flecken, Tess«, rief ihr Theo in Erinnerung. »Das war sie nicht.«

»GEHT!«, befahl die Person in Grau. »Die haben andere Waffen. Dinger, die euch lähmen, blenden oder vergessen lassen können!«

»Komm schon, Tess«, bat Jaime.

»Bitte«, sagte sie.

»Ich weiß, ich verstehe dich ja, aber wir müssen jetzt hier verschwinden«, erklärte Jaime.

Tante Esther steuerte das Boot ans Ufer und sie kletterten

hinein. Sie wartete nicht, um die Person in Grau zu begrüßen, und schien auch nicht daran interessiert, wer sie war. Sie lenkte das Boot von North Brother Island weg und fuhr so schnell davon, wie sie nur konnte.

Doch Tess drehte sich zum Ufer um. Während sie noch hinsah, nahm die Figur ihre Kapuze ab und enthüllte das wunderschöne – und bekannte – Gesicht darunter.

KAPITEL 25

Cricket

Während Tess, Theo und Jaime in Tante Esthers geborgtem Solarboot von North Brother Island wegrasten, raste Zelda »Cricket« Moran nirgendwohin. Sie saß auf ihrem puderrosafarbenen Bett in der Mitte ihres puderrosafarbenen Zimmers und starrte auf das Wandbild, das sie an ihrem allerersten Tag hier gemacht hatte.

Gerade erst hatte sie ein Bild von Karl hinzugefügt, wie er seine Lieblingsspeise aß. Aber das war nicht der Grund, warum sie an einem so schönen Tag hier drin saß, statt draußen zu ermitteln. Nein, ihre Mutter schien zu verstehen, warum sie das Bild von Karl an die Wand gemalt hatte, selbst wenn es nicht zu dem Pfirsichrosa passte, das ihre Mutter ausgewählt hatte. »Die Farbe des Sonnenaufgangs« hatte sie es genannt. Was ihre Mutter jedoch nicht verstand und sich weigerte zu verstehen: dass das Gebäude bis zum Rand mit NIEDERTRÄCHTIGEN SCHAUSPIELERN gefüllt war, die NIEDERTRÄCHTIGE TATEN vollbrachten.

»Du hast dich herumgeschlichen, Sachen gestohlen und die Wände vollgemalt. Die einzigen ruchlosen Taten in diesem Haus werden von dir begangen!«, hatte ihr Vater beim Frühstück gebrüllt, so rot im Gesicht wie immer.

»Ich glaube nicht, dass diese Worte bedeuten, was sie deiner Meinung nach bedeuten«, antwortete Cricket. Es war ein Zitat aus ihrem Lieblingsfilm. Sie fand es sehr nützlich.

»WAS?« Das Rot im Gesicht ihres Vaters wurde dunkler. Cricket fand, er sollte das mal einem Arzt zeigen. Es wirkte nicht gerade gesund.

»Cricket«, hatte ihre Mutter sie gewarnt. Und an ihren Ehemann gewandt: »Sei nicht so streng. Sie vermisst Karl.«

Ihr Vater schien noch etwas brüllen zu wollen, aber er schluckte seine Worte hinunter (die vermutlich auch nicht bedeutet hätten, was er glaubte). Er seufzte erstickt und legte Cricket dann eine seiner rauen Hände auf die Schulter. »Ich weiß. Es tut mir sehr leid wegen Karl. Ich rufe Detective Biedermann vom Büro aus an und frage, ob es etwas Neues gibt, okay?«

Cricket, die einen Streit erwartet hatte, spürte, wie ihr Tränen in die Augen stiegen. Sie hasste weinen. Doch sie liebte ihren Dad, so brüllend und rot er manchmal sein konnte.

»Okay«, brachte sie mit Mühe heraus.

Aber das ersparte ihr nicht die Bestrafung. Sie hatte zwei Tage Hausarrest, weil sie das Buch aus dem Schreibtisch des Sicherheitsmannes gestohlen hatte. Otto hatte für Ablenkung gesorgt, indem er mitten in der Lobby einen Tobsuchtsanfall vorgetäuscht hatte. Während der Wachmann ihn zu beruhigen versuchte, hatte sie das Buch an sich genommen. Doch irgendjemand hatte sie dabei beobachtet und jetzt saß sie hier in diesem pinken Raum mit der pinken Tagesdecke und den pinken Vorhängen und den pinken, orangen und gelben Kissen, die laut ihrer Mutter den Sonnenaufgang symbolisierten, aber für Cricket sahen sie einfach aus wie Kissen. Da Otto zwei Jahre jünger als sie war und BEEINFLUSSBARER, hatte er nur für den Nachmittag Hausarrest bekommen.

Das war einfach nicht fair.

Viele Dinge auf der Welt waren nicht fair.

Die Tür öffnete sich. Ihre Mutter stand ihm Türrahmen und trank Kaffee. »Was für Taten, Cricket?«

Cricket wischte hektisch die Tränen fort, die immer weiter aus ihren Augen tropften. Vielleicht sollte sie auch mal zum Arzt gehen, so wie ihre Augen ausliefen.

»Du hast gesagt, dieses Gebäude ist voller niederträchtiger Schauspieler, die niederträchtige Taten begehen. Von welchen Taten sprichst du?«

Cricket zuckte mit den Schultern. Sie liebte auch ihre Mutter, aber Cricket hatte festgestellt, dass die meisten Menschen mit achtzehn oder so ihren Verstand verloren. Plötzlich glaubten sie an gar nichts mehr. Nicht an Geister, nicht an Eindringlinge, nicht an Spione, nicht an NIEDERTRÄCHTIGE SCHAUSPIELER und ihre NIEDERTRÄCHTIGEN TATEN. Erzählst du ihnen, dass du wieder das Monster unter deinem Bett gehört hast, wird dir irgendein Erwachsener zu beweisen versuchen, dass es gar keine Monster gibt. Obwohl du genau weißt, dass sie sehr wohl existieren. Und die Erwachsenen wüssten das auch, wenn sie ein bisschen besser aufpassen würden. Erwähnst du Spione, beginnt ein ganzer Raum voller Erwachsener in ihre Weingläser zu lachen. Cricket verstand den Sinn von Wein nicht. Warum sollte jemand etwas trinken wollen, das einen albern werden ließ? Dann sagen sie deiner Mutter, wie bezaubernd du wärst und was du für eine blühende Fantasie hast. Eines Tages könntest du vielleicht Geschichtenerzählerin werden oder deinen Lebensunterhalt mit Zeichentrickfilmen oder Videospielen verdienen. Cricket mochte Zeichentrickfilme nicht einmal und hielt die meisten Videospiele für Zeitverschwendung. Sie hörte sich Podcasts zu wahren Verbrechen an und schaute die Nachrichten. Sie kannte die Welt. Sie wusste, wie die Dinge liefen.

»Cricket?«

Cricket suchte nach einer angemessen niederträchtigen Tat, die ihre Mutter glaubwürdig finden würde, sodass sie mit den Fragen aufhörte. »Viele der Leute hier tragen diese grellen Hemden und diese Shorts, die bis zu den Knien reichen.«

»Bermudashorts?«

»Trägt man so was auf den Bermudas?«

»Ich weiß es nicht.«

»Warum heißen sie dann Bermudashorts?«

»Cricket!«

»Was?«

»Ich glaube kaum, dass das Tragen von albernen Klamotten als niederträchtig gilt. Und ich glaube, *du* hältst es ebenfalls nicht für niederträchtig. Wofür brauchtest du das Buch?«

Nicht zum ersten Mal fragte sich Cricket, ob ihre Mutter eine Doppelagentin war. Manchmal wirkte sie wie eine normale Mutter: an Kaffee, Buchklubs und ihrer Arbeit als freiberufliche Designerin interessiert. Doch manchmal betrachtete sie Cricket, als ob sie jeden einzelnen von ihren Gedanken und ihre Absichten kannte, als ob ihre Geheimnisse überhaupt keine Geheimnisse waren.

Moms waren BEFREMDLICH.

»Ich wollte im Gästebuch nachschauen, wer im Gebäude war.«

»Wegen Karl?«

Das war nicht der Grund, zumindest nicht der eigentliche Grund, aber für ihre Mutter würde es reichen. »Ja.«

Ihre Mutter nickte nachdenklich. »Wie wäre es, wenn ich dir ein Angebot mache?«

Jetzt wurde Cricket misstrauisch. »Was für ein Angebot?«

»Ich gehe mit dir zum Sicherheitschef des Gebäudes, damit er dir die Aufzeichnungen von dem Tag zeigt, an dem Karl verschwunden ist …«

»Aber Detective Biedermann hat sich die doch schon angesehen.«

»Aber wir noch nicht«, antwortete ihre Mutter.

Cricket konnte ihr Glück kaum fassen. »Ja!«

»Warte, ich bin noch nicht fertig. Wenn ich mit dir dorthin gehe, versprichst du mir dann …«

»Ich werde ganz artig sein!«

»Das wollte ich gar nicht sagen. Lass mich erst mal ausreden.«

»Okay«, stimmte Cricket zu und wünschte sich, ihre Mutter würde ein wenig schneller ausreden.

»Was ich sagen wollte: Du versprichst mir, dass du mir Bescheid gibst, wenn du etwas wirklich Merkwürdiges oder Gefährliches oder Gruseliges bemerkst. Ich kann dir helfen. Aber ich kann dir nicht helfen, wenn ich nicht weiß, was los ist, wenn ich keine Ahnung habe, was du treibst. Verstehst du das?«

Ihre Mutter war schon wieder befremdlich. Vielleicht war sie ja tatsächlich eine Doppelagentin – eine Mom und mehr als eine Mom.

Eine Supermom. Eine Person, die immer noch deprimierende Erwachsenendinge tat wie Lebensmittel einkaufen und Steuererklärungen machen und Wäsche waschen, ohne dabei zu schreien, aber auch noch nicht ihre Fantasie und ihre Neugier und ihren Verstand verloren hatte. Jemand, der wusste, wie die Welt funktionierte und wie unfair die Dinge häufig wirklich waren.

Vielleicht wäre es okay, ihr zu vertrauen. Nur dieses eine Mal.

Cricket griff unter ihr Bett und zog eine Schachtel hervor. Sie öffnete den Deckel und zeigte ihrer Mutter den Inhalt. Ihre Mutter machte einen Schritt zurück, das Gesicht vor Ekel verzogen.

»Bäh, Cricket! Was ist das?«

»Nicht das, was du denkst«, versicherte ihr Cricket.

KAPITEL 26

Theo

Genau wie seine Schwester hatte auch Theo das Ufer der Insel beobachtet. Er sah dabei zu, wie die Person in Grau ihre Kapuze abnahm und bemerkte ihr perfektes ovales Gesicht.

»Es ist eine Frau«, erkannte er beeindruckt. Er blickte hinüber zu Tess und Jaime und erwartete, die beiden genauso beeindruckt zu sehen. Doch sie waren viel mehr als beeindruckt. Sie wirkten absolut schockiert, vor allem Jaime.

»Was?«, fragte er. »Was ist los? Ich meine, es ist ein wenig überraschend, dass so eine kleine Frau so viele Männer besiegt hat, aber sie hat vermutlich eine Ausbildung in vielen verschiedenen Kampfdisziplinen. Ich hätte erwartet, dass ihr beiden wisst, dass Frauen gut allein zurechtkommen können.«

»Darum geht es nicht«, unterbrach ihn Jaime.

»Was ist es denn dann?«

»Ich kenne sie. Sozusagen.«

»Du meinst, du hast sie wiedererkannt?«

»Das sollte ich auch. Schließlich zeichne ich sie seit Wochen«, erklärte Jaime.

»Hä? Was redest du denn da?«

Jaime durchsuchte seine Taschen und fand eine seiner Zeichnungen. Er faltete sie auseinander und hielt sie mit den Händen hoch, damit Theo sie sehen konnte. Darauf war eine hübsche kleine Frau mit brauner Haut in einem langen grauen Mantel abgebildet, der um sie herumzuschwingen schien.

»Wo hast du sie früher schon mal gesehen?«, erkundigte sich Theo.

»Nirgendwo. Ich hab sie mir ausgedacht.«

»Was?«

»Ich hab sie mir ausgedacht«, wiederholte Jaime.

Seine Haut hatte einen leicht grauen Ton angenommen und Theo fragte sich, ob Jaime ohnmächtig werden und ins Wasser fallen würde. Theo wollte nicht, dass Jaime ohnmächtig wurde, und erst recht nicht, dass er ins Wasser fiel. Er hatte die dunklen Schatten unter der Wasseroberfläche gesehen und auch, wie das Boot der Polizisten gekippt war. Etwas Schreckliches lebte im Wasser.

Und diese Frau hatte es *herbeigerufen*. Aber …

»Du musst sie schon mal irgendwo gesehen haben«, behauptete Theo verzweifelt. »In der Zeitung oder online. Irgendwo.«

»Nein«, mischte sich Tess ein. »Ich hab seine Zeichnungen gesehen. Er hat ungefähr eine Million davon. Er hat sie selbst entwickelt.«

»Ich weiß nicht, was das bedeutet!« Theo hörte das Jammern

in seiner Stimme, aber er konnte nichts dagegen tun. Er hatte allmählich das Gefühl, wahnsinnig zu werden.

»Ich habe versucht, eine Superheldin zu erschaffen«, erklärte ihm Jaime. »Eine Figur für einen Comic. Ich habe sie in unterschiedliche Kostüme gesteckt und in verschiedenen Posen skizziert, aber nichts hat richtig funktioniert. Bis das Kleid von Ada Lovelace mich auf eine Idee gebracht hat. Es war so schlicht. Also habe ich eine Art Mantelkleid für meine Figur kreiert. So habe ich sie gezeichnet.«

»Eine Superheldin? Warum?«

Theo wusste, dass die Frage dumm war. Genauer gesagt war sie viel zu schwierig, als dass Jaime oder jemand anderes sie beantworten könnte. Warum eine Superheldin? Warum tauchte sie gerade jetzt auf? Warum waren die Tiere auf dieser Insel versteckt? Warum sollte irgendjemand solche Wesen erschaffen? Warum gab es überhaupt den Code? Warum, warum, warum?

»Ich glaube, die Frage lautet: wie?«, erwiderte Jaime.

»Wir würden endlich ein paar Antworten erhalten, wenn wir auf diese Insel zurückfahren und deine Superheldin befragen würden!«, brüllte Theo. Seine Stimme übertönte das spritzende Wasser. Inzwischen fühlte er sich nicht mehr verrückt, sondern wütend.

Tante Esther, die den ersten Teil des Gesprächs nicht belauscht zu haben schien, hörte Theo. »Niemand geht zurück auf diese Insel. Ich habe keine Ahnung, worüber wir da gestolpert sind, aber es ist sehr gefährlich.«

»Aber diese Frau …«, begann Theo.

»Diese Frau hat uns davor bewahrt, von diesem … diesem Ding getötet zu werden«, erinnerte ihn Jaime. »Wie hast du es noch mal genannt?«

»Einen Giraffen-Kasuar«, erklärte Theo. »Eine Mischung aus einem Kasuar, diesem großen, gefährlichen Laufvogel, und einer Giraffe.«

»Sie hat uns vielleicht noch vor einem viel schlimmeren Schicksal gerettet«, warf Tess ein.

Theo steckte eine Hand in seine feuchten Haare und zog daran, um sich zu vergewissern, dass er nicht träumte. »Was könnte schlimmer sein, als von einem Giraffen-Kasuar getötet zu werden?«

»Da fallen mir eine Menge Dinge ein«, murmelte Tess.

»In meinen Augen war diese Frau eine sehr hilfreiche Person, die euch sicher an den Strand und aus der Gefahrenzone gebracht hat«, verkündete Tante Esther.

»Sie hat etwas im Wasser herbeigerufen«, sagte Theo. »Eine Art …«

Er verstummte. Er hatte keine Ahnung, was sich im Wasser befunden hatte. Ein Hai-Kasuar? Ein Tiger-Delfin? Ein Delfin-Bär? Oder ein ganz normaler Riesentintenfisch mit tellergroßen Augen?

»Sie hat etwas herbeigerufen?«, wunderte sich Tante Esther. »Nun, das ist ziemlich unwahrscheinlich, aber falls doch, war es gut für uns. Diese Leute verfolgen uns nicht und es sieht auch nicht so aus, als hätte jemand die Behörden alarmiert. Wer auch immer sich auf dieser Insel befindet, will seine Machenschaften geheim halten.«

»Aber was ist, wenn sie uns erkannt haben?«, fragte Theo.

Tante Esther runzelte die Stirn. »Wieso sollten sie euch erkannt haben?«

Theo stotterte herum und suchte nach einem Grund. Tess lieferte einen.

»Wegen des Videos mit Nine. Mit der Frau, die angeblich von Nine gebissen wurde«, erläuterte sie. »Sie könnten herausfinden, wer wir sind, und wir könnten Schwierigkeiten bekommen. Du auch.«

»Hm«, grummelte Tante Esther. »Dann müssen wir wohl auf der Hut sein, nicht wahr?«

»Aber wie?«, wollte Theo wissen.

»Indem wir unsere eigene Verstärkung herbeirufen.«

»Welche Verstärkung?«, hakte Jaime nach.

Tante Esther zog eine Braue hoch. »Du bist nicht der Einzige, der ein paar Superhelden kennt.«

Tante Esther brachte das Boot zum Liegeplatz in Flushing zurück und machte es dort fest. Dann scheuchte sie Theo, Tess und Jaime in die Underway nach Astoria. Zurück in ihrem Haus fanden sie Theos und Tess' Eltern im Wohnzimmer vor, wo sie Haferplätzchen aßen.

Ihr Dad lächelte. »Lance scheint irgendwie kaputt zu sein, Esther. Er hört einfach nicht mehr auf zu backen.« Er stand auf und musterte sie genauer. »Was ist denn mit euch passiert?«

»Oh.« Tante Esther winkte ab. »Es war so ein schöner Tag, da habe ich mit den Kindern eine Bootstour gemacht. Aber wer hätte das gedacht, alle wurden ein wenig seekrank, daher haben wir die Fahrt abgebrochen.«

»Seekrank?«, wiederholte ihre Mom. »Ihr beide werdet doch niemals seekrank.«

»Hauptsächlich ich, Mrs Biedermann«, mischte sich Jaime ein. »Es ist schon eine Weile her, dass ich zum letzten Mal auf einem Boot war.«

»Das tut mir leid. Seekrankheit ist schlimm«, kommentierte ihre Mom. »Setz dich hin und ich hole dir ein wenig Wasser. Oder vielleicht lieber Ingwertee? Das beruhigt deinen Magen.« Sie verschwand in die Küche.

Ihr Dad fragte: »Wo seid ihr denn hingefahren?«

»Ach, hierhin und dorthin«, antwortete Tante Esther. »Größtenteils haben wir uns in der Nähe der Bucht aufgehalten. Ich hab ein wenig geangelt.«

»Ach ja? Haben die Fische gut gebissen?«

Theo dachte an die dunklen Schatten im Wasser und das schwankende Boot. »Uns jedenfalls nicht.«

»Da bin ich aber erleichtert«, entgegnete ihr Dad lachend. »Obwohl ich nicht davon ausgehe, dass ihr Piranhas angeln wolltet.«

»Du meinst sicher, sie haben *für* uns nicht gebissen, Theo«, warf Tante Esther ein. »Es war trotzdem ein schöner Nachmittag, bis den Kindern ein wenig übel wurde.«

»Ach«, erwiderte ihr Dad. »Ich mache mir sowieso nicht viel aus Fisch. Wir können uns zum Abendessen etwas anderes überlegen. Vielleicht bestellen wir uns was. Das heißt, wenn ihr euch besser fühlt. Du bist herzlich eingeladen,

Jaime. Wie immer. Du kannst auch gern hier übernachten, wenn du möchtest.«

»Vielen Dank, Mr Biedermann.«

»Du wirkst allerdings ein wenig grün um die Kiemen«, fuhr er fort. »Hahaha. Ich hole dir einen kalten Lappen für die Stirn. Das hilft mir immer, wenn mir übel ist.«

Nachdem die Eltern das Zimmer verlassen hatten, meinte Tante Esther: »Ich muss euch vermutlich nicht erst sagen, dass ihr die heutigen Ereignisse euren Eltern gegenüber nicht erwähnen solltet. Zumindest noch nicht.«

Es kam Theo merkwürdig vor, dass Tante Esther vorschlug, ihren Eltern nicht zu sagen, dass sie von wilden und vermutlich illegalen Tieren angegriffen, von merkwürdigen Männern bedroht und von einer Frau gerettet worden waren, die sich Jaime angeblich ausgedacht hatte. Aber dann wiederum war Tante Esther selbst eindeutig merkwürdig. Und sie schien zu verstehen, dass man manche Dinge besser für sich behielt, bis der richtige Moment gekommen war. Wenn sie ihrer Mutter heute erzählten, was passiert war, würde sie keine Ruhe geben, bis sie die Täter gefasst hatte. Gleichzeitig würde sie ihren Kindern Hausarrest verpassen, um sie zu schützen. So verwirrt und wütend Theo auch war, so viele Sorgen er sich auch machte, er wollte nicht im Haus gefangen sein. Er wollte immer noch den Code knacken, falls sie das konnten. Und das würde nicht gehen, wenn sie in Tante Esthers Wohnzimmer saßen und Lances endlosen Vorrat an Haferplätzchen aßen.

»Wir verraten nichts«, versprach Theo.

Tess und Jaime nickten zustimmend. Theos Dad kam mit dem kalten Waschlappen zurück und legte ihn Jaime auf die Stirn. Jaime nahm ihn dankbar entgegen, lehnte sich auf dem Stuhl zurück und schloss die Augen. Ihre Mutter stellte eine Tasse Tee vor ihn auf den Tisch. Sie setzte sich neben Tess und nahm ihre Hand.

»Ich habe einige vielversprechende Hinweise auf die Tiere«, sagte sie.

»Welche Tiere?«, fragte Tess.

»Nine und Karl. Sind denn noch andere verschwunden?«

»Oh! Nein! Also, vermutlich doch«, sagte Tess. »Ich meine, wenn sie zwei Tiere gestohlen haben, dann suchen sie doch bestimmt noch nach weiteren, oder?«

»Ja«, bestätigte ihre Mom. »Das glaube ich auch. Ich habe mir das Überwachungsvideo aus Jaimes Gebäude von dem Tag angesehen, als Karl verschwunden ist. Clarkson spürt gerade einige Verdächtige auf.«

»Was für Verdächtige?«, wollte Tess wissen.

»Ich möchte euch nicht zu viel Hoffnung machen, aber einige Leute in diesem Video haben sich merkwürdig benommen. Eigentlich sollte ich los. Ich möchte bei den Befragungen anwesend sein.«

»Danke, Mom«, sagte Tess.

»Und um mir die anderen Videos anzusehen. Vielleicht können die mir bei meinem Fall weiterhelfen.«

»Welche anderen Videos?«, fragte Theo.

»Ihr wisst es nicht?«

»Wir wissen was nicht?«, erwiderte Tess.

»Das überrascht mich. Ihr Kinder scheint immer noch vor mir zu wissen, was in der Stadt los ist. Es gab einen Vorfall in Station One. Wie es aussieht, waren Maschinen in den Steinadlern vor dem Gebäude versteckt. Möglicherweise Morningstar-Maschinen, aber das wurde noch nicht bestätigt.«

»Huch«, machte Theo. Tess und Jaime schwiegen.

»Ich muss sagen, ich hätte mehr Begeisterung von euch erwartet. Bisher unbekannte Morningstar-Maschinen in Adlerform? Dass sie auch Vögel gebaut haben, wusste bisher niemand.«

»Faszinierend«, kommentierte Theo.

»Ungefähr so faszinierend wie eine Anhörung im Kongress, wie ich sehe«, stellte ihre Mom fest und stand auf.

»Ich liebe Anhörungen im Kongress!«, widersprach Theo.

Ihre Mom lachte. »Richtig. Jedenfalls befanden sich noch einige Menschen im Bahnhof, als die Maschinen durchdrehten. Sie haben Fenster eingeschlagen und sich auf Menschen gestürzt und im Großen und Ganzen eine Menge Chaos angerichtet.«

»Aber es wurde doch niemand verletzt, oder?«, hakte Tess nach.

»Zum Glück nicht«, bestätigte ihre Mom. »Und niemand hat die Adler seither gesehen. Aber da war noch etwas Merkwürdiges. Nun ja, merkwürdiger als mechanische Adler, die in einem Bahnhof umherfliegen und allen Angst machen.«

»Was war denn so merkwürdig, Mom?«, fragte Theo.

»Ein Zeuge behauptet, dass er einige Angestellte der Stadt

dabei beobachtet hat, wie sie eine Uhr reparierten. Einer dieser Angestellten wurde von einem Adler gerettet. Und ein anderer nahm etwas von einem Adler entgegen. Der Zeuge konnte nicht erkennen, worum es sich dabei gehandelt hat. Aber die Stadt hat uns versichert, dass keine Reparaturarbeiten an dieser Uhr geplant waren. Die Männer trugen auch keine städtischen Uniformen. Wir müssen also davon ausgehen, dass die Männer mit den Maschinen zusammengearbeitet haben. Vielleicht haben sie sie irgendwie gestartet. Ich weiß es nicht. Wir werden es herausfinden, wenn wir sie zur Befragung aufs Revier bringen.«

Theo rutschte das Herz in die Hose.

Tess fragte: »Wie wollt ihr sie finden?«

Ihre Mom lächelte. »Das ist leicht. Der Zeuge hat die ganze Sache gefilmt. Aus der Entfernung kann man ihre Gesichter nicht besonders gut erkennen, aber ich bin sicher, unsere Techniker können da was machen.«

»Toll«, kommentierte Theo. »Das ist wirklich toll.«

KAPITEL 27

Jaime

Theo und Tess sprachen mit ihrer Mutter, aber Jaime hörte ihnen kaum zu. Seine Zeichnung brannte ihm beinahe ein Loch in die Tasche und in seinen Gedanken brannte das Gesicht der Frau. Es war, als hätte er sie heraufbeschworen, zum Leben erweckt aus den Erinnerungen an seine Mutter und jede Comicheldin, die er je verehrt hatte. Ihre Existenz war absolut unglaublich, unglaublicher als alle unglaublichen Dinge, die er im vergangenen Monat erlebt und getan hatte.

Oder vielleicht hatte Theo recht und er hatte die Frau schon mal vorher gesehen. Im Fernsehen oder im Internet, und er erinnerte sich nicht mehr daran.

Er wusste nicht mehr, was er denken, glauben oder tun sollte. Er wusste nur, dass er sie noch einmal sehen und mit ihr reden wollte. Hatte sie nach ihm gesucht, war sie ihm gefolgt? Hatte sie ihn ebenfalls erkannt?

Er zog sich den inzwischen lauwarmen Waschlappen von der Stirn und setzte sich auf. Die Zwillinge sprachen immer noch mit ihrer Mutter, aber jetzt wirkten sie wiederum blass und grau im Gesicht. Ihre Mutter umarmte sie, verabschiedete sich von Jaime und ging zur Tür hinaus.

»Was ist los?«, fragte Jaime.

Tante Esther antwortete ihm: »Die Adler sind gelandet.«

»Okay«, entgegnete Jaime.

»Ich nehme an, ihr drei habt nichts damit zu tun?«

Tess schüttelte den Kopf so heftig, dass ihr Zopf vor und zurück schwang wie ein Pendel.

»Neiiiinnn«, behauptete sie und zog das Wort in die Länge. »Auf keinen Fall.«

»Gut. Ich hole die Bestellflyer aus der Küche, dann könnt ihr euch aussuchen, was ihr zum Abendessen wollt. Vielleicht kann ich Lance überreden, für die nächsten paar Stunden keine Plätzchen mehr zu backen.« Tante Esther verließ das Zimmer.

Tess fluchte leise.

»Hey!«, beschwerte sich Theo.

»Was macht jetzt schon ein Schimpfwort? Wenn die uns wieder auf Video haben, sind wir erledigt.«

»Moment, was bitte?«, fragte Jaime. Die Zwillinge erklärten, was ihre Mutter ihnen berichtet hatte. Jaime legte sich wieder den Waschlappen auf die Stirn. Es half nichts.

»Vielleicht sieht man in dem Video ja unsere Gesichter gar nicht«, hoffte Tess.

»Mom schien ziemlich zuversichtlich, dass die ›Arbeiter‹« – Theo machte Anführungszeichen in der Luft – »identifiziert werden können. Selbst wenn man unsere Gesichter nicht deutlich sieht, wird sie sogar aus der Ferne meine Frisur erkennen.«

»Sie war sich auch ziemlich sicher, dass sie Nine finden würde, und das hat bisher auch nicht geklappt«, gab Tess in eher traurigem als bissigem Ton zurück.

Theo antwortete nicht, aber seine Miene sagte alles. Er war sich bei gar nichts sicher. Der Verlust von Nine hatte Tess definitiv verändert – ihre zuckenden Knie katapultierten sie praktisch aus ihrem Stuhl. Doch das Lösen der Hinweise hatte auch Theo verändert, ihn verunsichert. Jaime fragte sich, ob das gut oder schlecht war.

»Hier sind die Speisekarten«, verkündete Tante Esther. »Wir haben die Auswahl zwischen chinesisch, thailändisch, japanisch, Südstaatenküche und italienisch. Sucht euch etwas aus.«

Außer Jaime hatte niemand Hunger, aber sie schienen alle zufrieden, als er sich für Südstaatenküche entschied. Eine Dreiviertelstunde später kam das Essen: Makkaroni mit Käse, Kohl, Maisbrot, Shrimps und Maisgrütze, Rippchen und frittiertes »Geflügel« aus Grillenprotein, denn Tess hatte momentan Mitleid mit Vögeln.

»Mit allen Vögeln?«, fragte Theo.

»Ja«, bestätigte Tess. »Mit allen. Sogar den furchterregenden. Sie haben nicht darum gebeten, so Furcht einflößend zu sein.«

»Warum sind Vögel Furcht einflößend?«, erkundigte sich Mr Biedermann.

»Zum einen sind sie Nachkommen von Dinosauriern«,

begann Theo. »Und bestimmte Vögel merken sich Gesichter und hacken dir auf dem Kopf rum, wenn sie dich zu häufig in ihrem Territorium entdecken. Jeder hält Eulen für niedlich, aber die picken dir …«

»Theo«, unterbrach ihn Mr Biedermann. »Ich versuche hier zu essen.«

»Strauße können schrecklich aggressiv werden«, sprang Tante Esther Theo bei. »Mich hat einmal einer anderthalb Kilometer lang verfolgt.«

»War das zu der Zeit, als du das Wildgehege in Afrika geleitet hast?«, fragte Mr Biedermann.

»Nein. Wieso?«

»Nicht wichtig. Dieser Kohl ist köstlich.« Mr Biedermann steckte sich noch eine Gabel voll in den Mund.

Jaime blieb bei Tante Esther, hauptsächlich, weil er zu müde und ausgelaugt vom Tag war, um sich auf den Rückweg nach Hoboken zu machen. In dieser Nacht träumte er von der Frau in Grau, wie sie trat und schlug und sich ihren Weg durch ganze Armeen von Bösewichten bahnte. Als sie es geschafft hatte, fragte sie Jaime: »Weißt du nicht, wer ich bin?«, direkt bevor ein Giraffen-Kasuar durch einen Zaun brach und Jaime durch eine schwach beleuchtete Stadt jagte. Er wachte genau in dem Moment auf, als das Monster ihn in einer Gasse ohne Ausweg in die Ecke getrieben und den rasierklingenscharfen Schnabel zum Angriff erhoben hatte.

Danach schlief er nicht mehr besonders viel.

Am nächsten Morgen warteten er und die Zwillinge am

Frühstückstisch darauf, dass Mrs Biedermann herunterkam und ihnen sagte, dass sie auf dem Video erkannt worden waren, dass ihre Abenteuer vorbei waren und sie alle ins Gefängnis gehen würden. Aber das passierte nicht. Mrs Biedermann kam in die Küche geschlurft und wirkte genauso müde wie ihre Kinder. Niemand stellte ihr eine Frage, bevor sie nicht eine Tasse Kaffee getrunken hatte. (Jedes Kind wusste, dass man Erwachsene nichts fragte, bevor sie mindestens eine Tasse Kaffee intus hatten. Falls doch, konnte man sich genauso gut in ein Gehege voller Giraffen-Kasuare stürzen.)

Während ihre Mutter sich eine zweite Tasse Kaffee einschenkte, wagte Tess einen Versuch: »Und, konntet ihr die Arbeiter von dem Bahnhofsangriff identifizieren?«

»Noch nicht. Die Techniker arbeiten noch an dem Video. Und ich bin mir auch nicht sicher, ob das überhaupt in meine Zuständigkeit fällt. Schließlich können wir die Adler nicht als gestohlen betrachten, wenn sie von allein weggeflogen sind, oder?«

»Das stimmt«, sagte Tess und machte sich plötzlich mit einem Elan über ihre Waffeln her, der vorher nicht da gewesen war.

»Was war das doch für eine merkwürdige Woche«, stellte Mrs Biedermann fest.

»Ein merkwürdiger Monat«, korrigierte Theo.

»Der ganze Sommer war merkwürdig«, fügte Jaime hinzu.

»Da hast du recht, Jaime, da hast du recht.« Mrs Biedermann schüttete Milch und Zucker in ihren Kaffee und setzte sich damit an den Tisch. »Was habt ihr heute vor?«

Ach, einige weitere Gesetze brechen, riskieren, dass wir sterben oder Gliedmaßen verlieren, dachte Jaime. *Was alle Jugendlichen in ihrer Freizeit so tun.*

»Nichts Besonderes«, behauptete Tess. »Vielleicht gehen wir ins Kino oder so.«

»Ihr solltet euch den neuen Film ansehen, den sie letztes Jahr in Manhattan gedreht haben. Wie heißt er noch mal? Irgendwas mit *Monster.* Oder *Roboter. Monster und Roboter?*«

»Dann müsst ihr aber Slants Visage ertragen«, warf Mr Biedermann ein. »Ich habe gehört, dass er darin einen Gastauftritt hat.«

»Bäh«, machte Mrs Biedermann. »Dann solltet ihr euch vielleicht diesen anderen Film anschauen, der die vielen Preise gewonnen hat. *Die Verlorenen* heißt er. Basiert auf einem alten Buch von derselben Autorin wie *Penelope,* glaube ich. Es wurde in den 1860ern veröffentlicht und handelt von den letzten Menschen auf der Erde, nachdem einige böse Menschen sie zerstört haben.«

»Das klingt fröhlich«, bemerkte Mr Biedermann. »Hießen die bösen Menschen Slant?«

»Hast du gehört, dass er eventuell in die Politik gehen will?«

»Nein! Welches Amt?«, wollte Mr Biedermann wissen.

»Bürgermeister, nehme ich an. Oder Senator. Was auch immer er sich kaufen kann. Er möchte ›New York City voranbringen‹, indem er Gelder für Dinge streicht, die wir nicht mehr benötigen, und sie in ›neue Technologien‹ investiert.«

»Was brauchen wir denn nicht mehr?«, fragte Mr Biedermann.

»Bibliotheken. Kunstprogramme. Öffentliche Schulen.«

»Wir brauchen keine Bibliotheken mehr?«, wiederholte Theo.

»Oder Schulen?«, meldete sich Tess zu Wort.

Mr Biedermann legte die Gabel weg. »Ich glaube, mir ist gerade der Appetit vergangen.«

»Ja, tut mir leid, dass ich das Thema angeschnitten habe«, entschuldigte sich Mrs Biedermann. »Ihr wolltet mir gerade erzählen, was ihr heute vorhabt?«

»Wir könnten zu mir nach Hause gehen«, schlug Jaime vor. »Auf dem Dach ist ein Pool. Ich habe ihn noch nie benutzt, aber er sieht ganz nett aus.«

»Das ist eine tolle Idee!«, fand Mr Biedermann. »Draußen sind es ungefähr achttausend Grad.«

»Überanstrengt euch nicht, okay?«, bat Mrs Biedermann. »Ihr seht alle ein wenig geschafft aus.«

»Theo sieht immer geschafft aus«, behauptete Tess.

Sie räumten den Frühstückstisch ab und verabschiedeten sich von den Eltern und der Tante der Zwillinge. Falls Tante Esther tatsächlich einige Superhelden kannte, dann waren es diskrete, denn Jaime sah niemanden in einem Kostüm kleine Kätzchen aus Bäumen retten oder Spinnennetze auf Bankräuber werfen oder ihm und den Zwillingen nach Hoboken folgen, um ihre Sicherheit zu garantieren. Sie schienen auf sich allein gestellt zu sein, so wie immer. Jaime öffnete den Knopf an seiner Brusttasche, damit Ono herauslugen konnte. Ein weiteres Augenpaar konnte nicht schaden.

Sie erreichten Jaimes Gebäude ohne Schwierigkeiten,

vermutlich weil es so heiß war, dass alles und jeder Gefahr lief zu zerschmelzen. Jaime brach sein stummes Versprechen, keine Einrichtungen des Hauses zu nutzen, und ging mit den Zwillingen zum Pool auf dem Dach. Er musste zugeben, es war schön, im kühlen, klaren Wasser zu schwimmen, ohne dass von irgendwoher Gefahr durch Monster drohte.

Nachdem sie eine Weile geschwommen waren, nahmen sie mehrere Liegestühle in Beschlag und ließen sich von der Sonne trocknen. Tess rieb sich mit Sonnenmilch ein und bot auch Jaime welche an, der besonders seine Nase und die Füße einrieb.

Einige Teenager drängten sich auf die Liegestühle neben ihnen. Sie waren eine bunte Mischung aus Formen, Farben und Größen wie in einer Werbung für Kleidung. Doch sie schienen so wenig wie möglich anzuhaben. Besonders die Jungs ließen ihre Brustmuskeln und ihre Bizepse so häufig spielen, dass es aussah, als hätten sie ein medizinisches Problem. Einer von ihnen, ein blasser rothaariger Junge mit einem so großen Pickel auf der Stirn, dass er wie ein drittes Auge wirkte, beobachtete Jaime beim Eincremen und kommentierte: »Ich dachte, Schwarze brauchen keine Sonnencreme?«

»Nur, wenn sie einen Sonnenbrand bekommen wollen.« Jaime deutete auf die Nase und die Wangen des Jungen, die bereits gerötet waren. »Möchtest du welche? Du siehst schon ziemlich knusprig aus.«

»Ich werde braun«, verkündete der Junge.

»Du holst dir Hautkrebs«, gab einer seiner Freunde zu bedenken.

»Nein, er versucht nur, diesen Pickel wegbrennen zu lassen«, kommentierte ein anderer.

»Das stimmt nicht«, widersprach der Rothaarige.

»Du willst den Pickel nicht verschwinden lassen?«, fragte ein dritter Teenager mit dunklen Haaren und so weißer Haut, dass sie beinahe blau wirkte. »Wir sollten ihm einen Namen geben.«

»Hört auf!«, sagte der Rotschopf lachend.

»Wie wäre es mit Percival?«

»Nein, wie wäre es mit Wilhelm? Kurz Willy.«

»Das ist ein Name für eine Pflanze.«

»Ja, für einen Kaktus oder so.«

»Was redest du denn da?«

Die Teenager begannen eine wilde Handtuchschlacht, die damit endete, dass sie sich alle im Pool gegenseitig nass spritzten.

Theo fragte: »Seit wann ist Wilhelm ein Name für einen Kaktus?«

»Hormone scheinen einen echt dämlich zu machen«, stellte Tess fest. »Ich hätte nichts dagegen, diesen Teil zu überspringen.«

»Doch, hättest du«, widersprach ihr Theo.

»Nicht den Teil mit dem Größer- und Älterwerden«, korrigierte Tess. »Nur den dämlichen Teil.«

»Ich bin mir nicht sicher, ob man den überspringen kann«, vermutete Jaime. »Die hängen vermutlich zusammen.« Er verspürte den plötzlichen Drang, seinen Bizeps spielen zu lassen, unterdrückte ihn jedoch.

»Ich möchte wirklich nicht dämlich sein«, sagte Theo. »Zumindest nicht dämlicher, als ich schon bin.«

»Du gehörst zu den klügsten Menschen, die ich kenne«, widersprach Jaime.

»Das war ich einmal«, gab Theo zu. »Inzwischen kannst du mich auch genauso gut Wilhelm, die Pflanze nennen.«

»Hör auf, dich selbst zu bemitleiden«, verlangte Tess. »Wir haben einen Hinweis zu lösen, oder nicht?«

Jaime musste nicht mal in seinem Notizbuch nachsehen. Sie alle erinnerten sich, was an der Wand im Pockenkrankenhaus geschrieben stand:

Begrabt mich direkt neben Louis MG,
dem talentiertesten Mann der ganzen Stadt.

»Wir können damit beginnen, diesen Louis zu identifizieren«, schlug Jaime vor.

»Wenn er so talentiert war, warum haben wir dann noch nie von ihm gehört?«, wunderte sich Theo.

»Die meisten Hinweise bezogen sich auf Leute, Orte und Dinge, die von der Geschichte vergessen wurden, richtig?«, sagte Tess. »Vielleicht war dieser Mann also nur zur Zeit der Morningstars bekannt.«

»Hm«, überlegte Jaime. »Wenn wir online nach Louis suchen, finden wir in Kombination mit Daten aus den 1850er-Jahren vielleicht etwas.«

Sie überließen den Pool den spritzenden, posenden Teenagern und gingen zurück zu Jaimes Apartment. Ihre

Badesachen waren inzwischen vollkommen getrocknet, daher zogen sie ihre Straßenkleidung einfach darüber und setzten sich an Jaimes Computer. In die Eingabeleiste tippten sie »Louis MG«, »New York City« und »1850«. Sie fanden eine Ausstellung von Louis Vuitton, eine Information darüber, dass ein Komiker, der Louis hieß, sich eine Wohnung gekauft hatte, und eine ganze Reihe Einträge über andere Männer namens Louis. Aber keiner von denen schien besonders talentiert zu sein oder überhaupt während der Zeit der Morningstars gelebt zu haben.

»Begrabt mich«, sagte Jaime. »Vielleicht ist das der Hinweis.«

»Wäre möglich«, gab Theo zu.

Jaime fügte den Suchbegriffen »Friedhof« hinzu. Sie durchkämmten die Ergebnisse, aber nichts sprang ihnen ins Auge.

»Nimm mal das Datum raus«, bat Theo. »Möglicherweise ist das zu konkret.«

Also tat Jaime wie geheißen. Der erste Artikel der neuen Suche hieß »Die berühmtesten Bewohner von New Yorks Friedhöfen«.

»Das könnte etwas für uns sein«, fand Jaime und tippte auf den Artikel.

Genau in diesem Moment klopfte es an die Tür. Jaime stand auf, um zu öffnen. Merkwürdigerweise erwartete er die Gruppe Teenager, die ihn um die Sonnenmilch bat oder sich vielleicht immer noch fragte, wie sie den Pickel des Rotschopfes nennen sollte. (*Roy*, dachte Jaime. *Roy ist ein guter Name für einen Pickel.*)

Aber es waren nicht die Teenager, sondern Cricket und ihre Mutter. Mrs Moran hielt eine Schachtel in der Hand, doch nur mit den Fingerspitzen, als hätte sie den Inhalt gern verbrannt oder vielleicht von einem Flugzeug aus in einen aktiven Vulkan geworfen.

»Hi Jaime«, sagte Mrs Moran. »Darf ich dir eine Frage stellen?«

»Klar«, antwortete er.

»Was weißt du über Insekten?«

KAPITEL 28

Candi/Ashli/Toni/ Tammi/Lori/Laci/Lu

Im sechzehnten Stock eines Glasturms in Manhattan versammelte sich eine Gruppe Frauen, um sich für den Tag frisieren und schminken zu lassen.

An diesem Morgen saßen sie zu siebt in einer Reihe, ungeschminkt und in identischen roten Bademänteln und Hausschuhen. An manchen Tagen waren sie nur zu dritt, an anderen wiederum befanden sich fünfzehn Frauen im Zimmer. Ihre Termine waren gestaffelt, sodass ihre Lieblingshairstylistin Anniq und ihre Lieblingsvisagistin Belinda – gemeinsam mit ihren diversen Assistentinnen – an ihnen allen ihre Wunder bewirken konnten. Nicht jeder Friseur konnte bei so vielen unterschiedlichen Frauen mit verschiedenen Haarstrukturen genau dieselbe Blondschattierung erzielen oder die gewünschten langen Korkenzieherlocken, die bis über den Rücken reichten.

Und nicht jede Visagistin konnte künstliche Wimpern mit einer solchen Geschicklichkeit anbringen, Grundierung so auftragen, dass die Haut jeder Frau im selben Pfirsichsahneton strahlte, ganz egal, mit welcher Gesichtsfarbe sie geboren worden waren. Jedes Mal wenn Anniq einer der Frauen vorschlug, ihren Look ein wenig zu verändern, vielleicht durch honigfarbene Strähnen in den langen Locken, Stufen, einen Bob oder einen Kurzhaarschnitt, lächelten die Frauen traurig und antworteten mit: »Du weißt, dass ich das nicht tun kann.« Und wenn Belinda ihnen eine neue Lidschattenpalette zeigte, die sie vielleicht ausprobieren wollten, oder einen dezenteren Lippenstift vorschlug als den roten, den sie täglich trugen, schüttelten die Frauen reumütig den Kopf. »Du weißt, dass ich das nicht tun kann«, sagten sie. »Sie wollen das hier.« Die Frauen erklärten nicht, wer mit »sie« gemeint war, aber das war auch nicht nötig. »Sie« waren alle, die ihre Videos ansahen und ihren Kommentaren lauschten. »Sie« waren die Polizisten, die gerufen wurden, wenn Duke jemanden verhaftet sehen wollte, und »sie« waren die Investoren, die einen kleinen Schubs in die richtige Richtung benötigten.

Anniq und Belinda waren Profis und taten ihr Bestes, um ihre Kunden zufriedenzustellen. Außerdem zeigten die Frauen keinerlei Zickigkeit gegenüber Anniq und Belinda, die sie nach eigenen Angaben liebten und schätzten, die sie jeden Morgen mit einem Kuss auf die linke und die rechte Wange begrüßten wie bei den Franzosen. Anniq war dunkel und üppig und wirkte mysteriös mit ihren dichten lockigen Haaren und den blauen Strähnen. Belinda hatte kupferfarbene

Haut, volle Lippen und braune Augen mit grünen und goldfarbenen Sprenkeln.

Keine sah aus wie jemand anderes, beide strahlten wie Stars. In den Momenten, in denen sich die blonden Frauen verletzlich fühlten, wenn sie übermüdet oder ein wenig zu hungrig waren, dachten sie bei sich: *Für wen hält sie sich, sich solche albernen Strähnen zu färben?* Oder: *Das müssen Kontaktlinsen sein und garantiert hat sie sich die Lippen aufspritzen lassen. Niemand sieht von Natur aus so aus.* Oder sogar: *Warum muss ich so aussehen? Warum muss ich meine Haare blondieren und auf diese Weise frisieren? Was stimmt denn nicht mit meinen braunen Haaren? Warum glaubt man mir mehr, wenn ich diese Aufmachung trage? Was mache ich hier überhaupt?* Aber meistens unterdrückten sie diese unproduktiven Gedanken durch intensive Yoga-Atmung oder mit den Grünkohlchips, die ihnen die Kellner als Frühstück brachten. Sie mussten jederzeit kampfbereit sein und ein Soldat konnte keine einzige Minute mit Selbstmitleid verschwenden.

»Salzig«, kommentierte Candi, als sie in einen Grünkohlchip biss. Ihr Name war tatsächlich Candi, die Kurzform von Candace. Genau genommen war sie die Blondeste von allen und hatte die Leitung über all diese Frauen. Ihr hörte der Boss zu und damit konnte keine der anderen Blondinen prahlen. Zumindest nicht momentan. Der Boss hatte den Ruf, die Frauen regelmäßig zu wechseln. Eine Weile lang bevorzugte er die eine, bis selbst Belindas Magie nicht mehr die kleinen Fältchen um ihren Mund und ihre Augen verstecken konnte. Oder bis die blonde Lady zu hungrig wurde und ganze Schachteln voller Donuts am Wochenende verschlang und das auch nicht mehr ausgleichen konnte, indem sie den Rest der Woche über nur Brühe trank. Und dann wurde sie gegen eine andere Blondine ausgetauscht.

Die blonden Frauen wussten nicht, wohin die ausgemusterten verschwanden. Vielleicht irgendwohin in den mittleren Westen. Kansas oder Minnesota.

Die Blondinen dachten nicht gern an Minnesota.

Also vermieden sie es. Jede von ihnen hielt sich für etwas Besonderes, anders als die anderen, und war davon überzeugt, dass sie bleiben und vielleicht sogar den Platz des Bosses einnehmen würde, wenn er sich zur Ruhe setzte. Endlich wahre Macht ausüben! Aber momentan warteten sie ab und taten, was von ihnen verlangt wurde. Besonders Candi.

Aber Candi war aufgetragen worden, eine Katze zu finden. Damit hatte sie Schwierigkeiten. Und Candi hatte noch nie zuvor Schwierigkeiten gehabt.

»Noch Tee, Ms Candi?«, fragte eine der Assistentinnen.

»Ja, bitte.« Candi hielt ihre Tasse hoch.

Als ihr Blick auf ihr Spiegelbild fiel, runzelte sie die Stirn. Eigentlich hätte sie ihre Stirn gar nicht runzeln können dürfen. Sie musste sich wohl bald Botox nachspritzen lassen. Und vielleicht gleich noch die Fältchen um den Mund herum ein wenig auffüllen.

»Du siehst heute Morgen besonders schön aus, Candi«, sagte Toni, das blonde Mädchen zu ihrer Linken. Sie war neu und ziemlich jung, mit den runden Wangen eines Teenagers, die Belinda mit Puder schattieren und modellieren würde, bis Toni mehr wie eine Erwachsene aussah.

»Danke«, erwiderte Candi, die genau wusste, dass Toni auf ihren Job scharf war. Nun, da würde sie sich hinten anstellen müssen. Unmittelbar hinter Ashli, Tammi, Lori, Laci und Lu. Die beeilten sich, Candi auch schnell Komplimente zu machen.

Ashli: »Oh ja, Candi strahlt geradezu ohne Make-up!«

Tammi: »Sie braucht gar keins.«

Lori: »Vielleicht solltest du Anniqs Vorschlag beherzigen und dir eine neue Frisur zulegen. Einen Kurzhaarschnitt, um deine Wangenknochen zu betonen!«

Laci: »Oooh, ein Kurzhaarschnitt wäre mutig. Aber Candi ist ja auch der Inbegriff von mutig.«

Lu: »Ich finde, sie sollte sich Stufen schneiden lassen. Ein Kurzhaarschnitt ist vielleicht zu extrem.«

Alle sahen Lu an und zogen die sorgfältig gezupften Brauen hoch. Lu würde nicht lange bei ihnen sein. Zuerst einmal nannte sie sich Lu. Nicht Luli oder Lulu. Wenn man auf den Job eines Mannes aus war, sollte man keinen Männernamen tragen. Man musste sich den am wenigsten bedrohlichen Namen geben, der einem einfiel. Wenn die anderen auch nur vermuteten, dass man Ambitionen hatte, die über die zugedachte Position hinausgingen, wenn man dickköpfig war und auf die falsche Art herausstach, wurde man entlassen. Einfach so.

Die arme Lu. Sie befand sich schon mit einem Bein im Flugzeug nach Minnesota und wusste es nicht einmal.

»Oh, ihr seid so lieb«, sagte Candi. »Aber ich könnte mir

niemals einen Kurzhaarschnitt schneiden lassen. Dafür mag ich meine Frisur viel zu sehr.«

In anderen Worten: *Legt euch nicht mit mir an, dann lasse ich euch auch in Ruhe. Es gibt allerdings keine Garantie, dass ich es nicht doch auf euch abgesehen habe, denn so funktioniert die Welt nun mal.*

Toni lächelte sie an. »Das verstehe ich. Sie steht dir auch so gut.«

»Danke, meine Liebe.« Candi tätschelte ihr das Knie. »Frag doch Belinda mal nach ihrem neuen Lidschatten. Sie hat gesagt, damit kann man sogar die kleinsten Augen größer wirken lassen.«

Toni neigte den Kopf wie ein Welpe und versuchte herauszufinden, wie Candi das gemeint hatte. Dann verengten sich ihre Augen, als sie es verstand. Es war egal. Toni war keine ebenbürtige Gegnerin für Candi und würde es niemals sein. Candi nippte an ihrem grünen Tee und stärkte sich mit einem weiteren Grünkohlchip.

»Wie kommst du denn mit deiner Suche voran, Candi?«, fragte Lu. »Hast du die Katze schon gefunden?«

Erneut starrten die anderen Frauen sie an. So direkt war man nicht. Es sei denn, es ging darum, ein Video zu machen, das online gestellt werden sollte, in dem man sich darüber aufregte, dass der Präsident zu viel Golf spielte oder der Außenminister einen Steuerbetrugsring aus einer Cupcake-Bäckerei in New Jersey leitete. Die blonden Frauen unterstanden zwar Duke Goodson, aber sie hatten auch Rollen als Kommentatorinnen und Podiumsgäste bei verschiedenen Nachrichtensendern und

Internetunternehmen. Irgendwie musste man schließlich sein Geld verdienen.

»Die Suche verläuft erwartungsgemäß«, antwortete Candi, ihr Ton genauso kühl wie der Tee in ihrer Tasse. »Es handelt sich dabei nicht einfach nur um eine Katze, wie ihr wisst.«

»Sie sieht aber aus wie eine Katze«, beharrte Lu. »Eine große Katze zwar, aber trotzdem.«

»Das ist sie aber nicht«, erwiderte Candi. »Staci, Suri, Jenni und Zozi arbeiten momentan daran. Außerdem spielen noch andere Faktoren mit rein.«

»Welche anderen Faktoren?«, fragte Lu. Sie steckte ihre Hand in die Schüssel mit den Grünkohlchips, die ihr von einer anderen Assistentin angeboten wurde, und holte mindestens zwanzig oder fünfundzwanzig heraus. Es war abstoßend.

»Faktoren, die sich von den ursprünglichen Faktoren unterscheiden«, gab Candi zurück. Das hätte ausreichen müssen, um die Blondinen zum Schweigen zu bewegen, aber nicht bei Lu.

»Okay, aber *welche* anderen Faktoren? Und was ist an dieser Katze überhaupt so wichtig? Was hat Goodson mit ihr vor?«

»Die Suche nach der Katze ist nicht mein einziges Anliegen«, entgegnete Candi. Die Frau war ein Albtraum. Wie war sie überhaupt an diesen Job gelangt?

Anniq stellte sich hinter Candi und lockerte ihre Haare auf. »Bist du heute Morgen gestresst?«, wollte sie wissen. »Du wirkst angespannt.«

»Nicht mehr als sonst auch, Anniq«, beruhigte sie Candi.

Im Gegensatz zu ihr strahlte Anniq heute Morgen tatsächlich. Eigentlich immer, aber Candi brachte es nicht über sich, ihr das zu sagen. »Ich möchte mir heute gern die Spitzen schneiden lassen.«

»In Ordnung«, stimmte Anniq zu. »Zwei Zentimeter?«

»Du kennst mich einfach zu gut, Anniq.«

Während Anniq ihr die Haare wusch, dachte Candi über die Katze nach. Sosehr sie auch beteuerte, wie wichtig es war, die Katze zu finden, so lächerlich fand sie die ganze Sache. Aber als Candi etwas in dieser Richtung angedeutet hatte, hatte Duke ihr den Blick zugeworfen. Den unheilvollen, leeren Blick, der ihr riet, sich zurückzuhalten.

Sie hasste diesen Blick. Duke hasste sie auch, wenn sie ehrlich war, was beinahe niemals vorkam. Der Mann war geradezu gruselig. Nicht so gruselig wie dieser Doktor in der Bronx, aber trotzdem gruselig. Sie konnte sich nicht mal vorstellen, was Duke sagen oder tun würde, wenn sie ihm von dem Apartmentgebäude in Hoboken erzählte. Was passiert war, was ihr entgangen war, was ihr immer noch entging.

In ihrem Hinterkopf meldete sich eine leise Stimme: *Warum bootest du ihn nicht aus?*

Sie könnte es schaffen. Von all den Blondinen war sie diejenige, die das Zeug dazu hatte. Sie könnte den Big Boss davon überzeugen, dass Goodson es nicht mehr draufhatte. Damit würde sie das Problem mit dem Problemlöser lösen.

Sie schloss die Augen und träumte von ihrem eigenen Nachrichtensender, ihrer eigenen Beratungsfirma. Allein die Videos, die sie drehen könnte! Was sie den Leuten einreden könnte! Alles. Es war ihr besonderes Talent und davon hatte sie mehr als die anderen Mädchen. Duke würde angekrochen kommen und sie anflehen, ihn an ihrem Erfolg teilhaben zu lassen, aber sie würde ihm die Tür vor der Nase zuknallen. Vielleicht würde sie ihn sogar in ein Altersheim in Minnesota stecken. Die anderen blonden Frauen konnten ihm dorthin folgen.

Candi wäre dann die Einzige.

»Wir sind fertig«, verkündete Anniq, wickelte ein Handtuch um Candis Schultern und führte sie zurück zu ihrem Stuhl. Dort kämmte sie die langen Haare aus und schnitt an den Spitzen zwei Zentimeter ab. Es dauerte eine Stunde und noch eine weitere, um die Haare zu föhnen, zu locken und mit Haarspray einzusprühen. Bis Anniq fertig war, juckte Candis Kopfhaut und die Falten auf ihrer Stirn schienen sich verschlimmert zu haben. Die Frisur hätte vermutlich an jemand anderem besser ausgesehen. Jemandem, der weniger verärgert war. Wenn sie erst ihre eigene Beratungsfirma hatte, würde sie sich vielleicht doch diesen Kurzhaarschnitt verpassen lassen.

Aber jetzt war das unmöglich.

Es war nicht das, was *sie* wollten.

Candi schüttelte die neuen Locken auf, aber vorsichtig genug, dass sie nicht ihre Form verloren. »Du bist eine Zauberin, Anniq. Danke.«

»Gern geschehen«, antwortete Anniq so warmherzig wie immer. In ihre eigenen Haare hatte sie vor Kurzem noch mehr blaue Strähnchen gefärbt, zusammen mit einigen pinkfarbenen. Vielleicht konnte Candi Anniq und Belinda überreden, für sie zu arbeiten. Und falls sie nicht wollten, würde sie die beiden ruinieren müssen, damit sie niemals wieder für jemanden arbeiten konnten, nicht mal für sich selbst. Es würde Candi wehtun, aber falls sich die beiden als stur erwiesen oder mehr Ehrgeiz zeigten als angemessen, welche Wahl blieb ihr dann schon?

Eine Frau musste schließlich zusehen, wie sie ihre Brötchen verdiente.

Candi griff in ihre elegante Ledertasche, holte ihr Handy heraus und suchte die gewünschte Nummer.

Als eine Stimme mit »Ja?« antwortete, sagte sie: »Ich bin's. Ich will ein Update und mir sollte gefallen, was ich höre.«

KAPITEL 29

Tess

Als Tess und Theo sich zu Jaime ins Wohnzimmer gesellten, fanden sie dort Cricket und ihre Mutter vor.

»Cricket!«, rief Tess.

»Ja?«

»Du bist hier!«

»Ich weiß«, entgegnete Cricket. Sie trug ein schlichtes Outfit, zumindest für ihre Verhältnisse. Ein braunes Shirt, eine schwarze Hose. Und eine kleine schwarze Maske, die ihre Augen bedeckte.

Oh.

»Es tut mir wirklich leid wegen Karl, Cricket.«

»Ich habe mich heute angezogen wie er«, erklärte Cricket.

»Das sehe ich. Gefällt mir gut.«

Cricket senkte den Blick. »Es tut mir leid um Nine.«

»Mir auch«, sagte Tess.

»Ich weiß, eure Mutter tut wirklich alles, um Karl und Nine zu finden«, warf Mrs Moran ein. »Aber es ist sehr schön, dich zu sehen, Tess. Und dich auch, Theo. Ich glaube, du bist gewachsen.«

»Das sind nur seine Haare«, widersprach Cricket.

»Cricket«, warnte ihre Mutter.

»Es stimmt«, bestätigte Theo. »Aber Tess ist größer geworden.« Er klang verstimmt deswegen. Und dann ließ er erstaunlicherweise seinen Bizeps spielen.

»Hast du gerade versucht, deinen Armmuskel anzuspannen?«, wollte Cricket wissen.

»Nein.«

Tess verdrehte die Augen. Keiner von ihnen würde in der Lage sein, den dämlichen Teil zu überspringen.

»Wie gefällt Ihnen die neue Wohnung, Mrs Moran?«, erkundigte sich Tess.

Mrs Moran strahlte. »Wir lieben dieses Haus! So geräumig. Und neu! Alles funktioniert, nichts leckt und es gibt einen Pool und einen Fitnessraum. Es ist einfach toll.«

»Abgesehen von den NIEDERTRÄCHTIGEN SCHAUSPIELERN«, warf Cricket ein.

»Ja, abgesehen von denen.« Crickets Mom deutete auf die Schachtel, die Jaime hielt. »Cricket ist das Insektenproblem aufgefallen. Sie … hat sie gesammelt.« Sie zog die Nase kraus.

»Insekten? Was für Insekten?«, wollte Theo wissen. »Insekten sind super.«

»WACKELWÜRMER«, antwortete Cricket.

»Das sagt mir gar nichts.«

Theo öffnete eine der Laschen. Tess spähte in die Schachtel hinein. Silberfische.

»Ich hab sie alle kaputt gemacht«, erklärte Cricket mit düsterer Stimme.

Tess kam näher und berührte einen der Silberfische. Sie sahen zwar wie Insekten aus, aber …

»Metall«, hauchte Tess.

»Knallhart«, bestätigte Cricket. »Aber nicht auf eine gute Weise.«

»Ihr interessiert euch doch für Wissenschaft und Insekten und so was«, fuhr Mrs Moran fort. »Wisst ihr vielleicht, womit wir es hier zu tun haben? Dann kann ich deswegen bei der Gebäudeverwaltung anrufen. Wir müssen sofort einen Kammerjäger bestellen.«

»Und das FBI«, verlangte Cricket.

»Ich glaube nicht, dass wir das FBI brauchen werden, Cricket.«

»Dann eben die CIA.« Crickets Augen wurden groß hinter der Maske. »Es sei denn, die stecken dahinter.«

»Ich glaube nicht, dass die CIA unser Apartmentgebäude mit Insekten verseucht hat, Cricket«, bemerkte Mrs Moran.

Cricket machte ein abfälliges Geräusch. Mrs Moran ignorierte es. »Ich lasse euch die Schachtel hier. Vielleicht könnt ihr mich später anrufen und mir sagen, was ihr davon haltet?«

»Natürlich, Mrs Moran«, antwortete Jaime. »Sehr gern.«

Mrs Moran strahlte wieder. »Na komm, Cricket. Überlassen wir die drei ihren Experimenten. Ich hab dir versprochen, mit dir ins Museum zu gehen.«

»Wir wollen uns Dinosaurierknochen anschauen«, erklärte Cricket.

»Das American Museum of Natural History?«, fragte Tess. »Das ist mein Lieblingsmuseum. Ich mag auch die Megafauna-Ausstellung dort.«

»Hmpf«, machte Cricket.

»Das sind Knochen von riesigen Tieren aus dem Pleistozän«, erläuterte Theo.

»MEGAFAUNA«, wiederholte Cricket mit Bewunderung in der Stimme. »Gehört Nine zur MEGAFAUNA?«

»Nein, sie ist einfach nur groß, keine Riesin«, antwortete Tess. »Und die anderen sind alle ausgestorben.«

»Das ist traurig«, fand Cricket.

»Ja«, stimmte Tess ihr zu.

Jaime beugte sich vor und betrachtete Crickets Maske. »Danke, dass du diese Insekten gesammelt hast. Ich weiß das wirklich zu schätzen. Ich glaube, du hast etwas sehr Wichtiges und möglicherweise Niederträchtiges gefunden.«

Cricket zeigte ein seltenes Lächeln und es veränderte ihr gesamtes Gesicht. »Ich halte weiter nach ihnen Ausschau, wenn wir wieder nach Hause kommen.«

»Gut«, erwiderte Jaime. »Viel Spaß im Museum und grüß das Riesenfaultier von mir.«

Sobald Cricket und Mrs Moran gegangen waren, begann Theo: »Ich frage mich, was …«

Doch Tess unterbrach ihn, schüttelte den Kopf und legte einen Finger auf die Lippen. Dann deutete sie auf die Schachtel.

Jaime stellte sie auf den Couchtisch. Tess holte eines der Insekten heraus. Cricket hatte nicht gelogen, sie hatte sie alle zerstört.

Bei diesem hingen winzige Federn und Drähte aus der Mitte.

»Eine Wanze«, stellte Theo fest, als er die an ein Mikrofon und eine Minikamera angeschlossenen Drähte sah. Eine Wanze in einem Insekt.

Sie standen in Jaimes Wohnzimmer und versuchten das alles zu verarbeiten. Jemand hatte überall im Gebäude Abhörgeräte verteilt. Vielleicht sogar in dieser Wohnung. War nicht ein Silberfisch aus Jaimes Schrank gekrabbelt? In dem Moment hatten sie ihn für ein echtes Insekt gehalten, aber wer auch immer die Tiere ausgelegt hatte, könnte alles gesehen und gehört haben, was Jaime, Tess und Theo heute gesagt hatten.

Der Hinweis! Sie hatten über die Inschrift von der Insel gesprochen!

Ono steckte seinen winzigen Kopf aus Jaimes Tasche und musterte die Schachtel mit den zerstörten Wanzen. »Oh no«.

Tess musste ihm zustimmen.

Sie durchsuchten Jaimes Apartment und fanden drei weitere Silberfische – einen hinter dem Fernseher im Wohnzimmer, einen unter der Spüle in der Küche und einen unter Jaimes Bett. Jaime trat auf sie drauf, als wären sie giftig. Was sie auf eine gewisse Weise auch waren.

Doch obwohl sie drei gefunden hatten, konnten sie nicht sicher sein, alle erwischt zu haben. Jaime schrieb auf ein Stück Papier:

Wir müssen hier verschwinden und irgendwohin gehen, wo wir nicht belauscht werden können.

Tess nickte. Für den Fall, dass irgendwelche Spione mithörten, fragte sie laut: »Wollt ihr mit zum Central Park kommen? Wir könnten uns dort ein paar Exos ausleihen. Anschließend können wir hier noch eine Runde schwimmen.«

»Klingt gut«, bestätigte Jaime.

Sie packten zusammen und verließen das Haus. Tess versuchte, den Blick geradeaus zu halten, sich natürlich zu geben, aber ihre Glieder fühlten sich steif an und ihre Lunge eng. Sie konnte nicht genau wissen, ob die Silberfische auf sie angesetzt gewesen waren, aber sie hatte so ein Gefühl und es ließ sich nicht abschütteln. Jemand wusste, wonach sie suchten, oder wusste zumindest, dass sie nach etwas suchten. Wo befanden sich sonst noch Wanzen? In Tante Esthers Haus? In Grandpa Bens Zimmer in der Pflegeeinrichtung?

Wer tat so etwas? Slant?

Wer sonst? Wer sonst wollte alle Morningstar-Gebäude? Wer sonst faselte jeden Tag über Fortschritt?

Wer sonst wäre so niederträchtig?

Doch ein weiterer Gedanke nagte an ihr. Was, wenn die Silberfische Morningstar-Maschinen waren? Was, wenn diese Maschinen wie die anderen eigenständig dachten? Was, wenn der *Code selbst* zuhörte?

Wer waren die Morningstars? Wozu diente all das?

Schweigend führte Jaime Tess und Theo auf die Fähre, die sie über den Hudson bringen sollte. Sie fanden einen Platz am Geländer, wo es am kühlsten war und das tobende Wasser ihre Gespräche übertönen würde. Wobei sie gar nicht viel sprachen. Alle drei schienen in ihre eigenen Gedanken versunken, in ihre eigene Wut und ihre eigenen Ängste. Jaime trommelte mit den Fingern, Theo zupfte an seiner Lippe, Tess riss an ihrem Zopf, verschränkte die Arme und fühlte sich unwohl in ihrer Haut – wie eine Marionette, bei der jemand anders die Fäden zog. Die blonde Frau. Slant. Die Morningstars. Und der Code selbst.

Sie wünschte, sie wüsste, was er wollte. Oder was *sie* wollte.

Tess vermisste Grandma Annie. Sie vermisste Grandpa. Sie vermisste Nine. Sie vermisste sie alle so sehr.

Wenn sie als kleines Mädchen von Albträumen geplagt wurde, hatte sich Grandpa Ben zu ihr gesetzt und ihr eine Geschichte erzählt. Eine Geschichte, die alle Albträume verjagte. Hatte sie von einem Monster unter dem Bett geträumt, fragte Grandpa Ben, was das Monster weniger angsteinflößend machen würde. Also erzählte sie ihm eine Geschichte über ein Monster, das eingeschüchtert und einsam war, weil es seinen Teddybär verloren hatte. Und wenn sie geträumt hatte, sie schwamm im Ozean und ein Hai tauchte neben ihr auf, erzählte sie Grandpa Ben eine Geschichte über einen Hai, der beschlossen hatte, Vegetarier zu werden, und Tipps für Rezepte brauchte. Wütende Geister verwandelten sich in freundliche Geister, die beim Ausräumen des Geschirrspülers halfen; riesige, gesichtslose Außerirdische mit zu vielen Mündern wurden zu glücklichen kleinen grünen Marsmännchen, die unbedingt ihr Wissen über die Welten im Universum weitergeben wollten.

Jetzt, am Geländer der Fähre, erzählte sich Tess wieder eine

Geschichte. Eine, in der sie, Theo und Jaime die Antwort auf den Code gefunden hatten, und die Antwort war so mächtig und magisch, dass sie jeden zurückbringen konnte, den Tess verloren hatte.

Beinahe hätte Tess laut aufgelacht. Normalerweise hätte sie gesagt, sie hätte zu viele Comics gelesen, allerdings hatte sie in letzter Zeit gar keine Comics gelesen.

Und dann legte die Fähre an und sie stiegen mit all den anderen aus, die sich eine Geschichte darüber erzählten, wie sie einen neuen Kunden gewinnen würden, wie sie ihren Chef beeindrucken wollten, wie sie beim Vorsprechen oder einer Prüfung glänzen würden. In der Nähe vom Washington Square Park hielt ein Auto an einer roten Ampel und spielte sehr laut Musik. Einige Kinder, die vor dem Auto die Straße überquerten, tanzten zu der Musik, bis sie auf die andere Seite gelangt waren, was alle Passanten ringsum zum Lachen brachte. Auch Tess. Es war, als ob die Welt nicht wollte, dass sie so traurig war, weil ihre Aufgabe noch nicht erledigt war.

Sie kauften sich Brezeln an einem Stand und setzten sich damit auf eine Bank.

»Ich wusste, dass mit dem Haus irgendetwas nicht stimmt«, begann Jaime. »Aber ich hätte nie gedacht, dass es verwanzt ist. Ich wusste gar nicht, dass die Morningstars so was gebaut haben.«

»Haben sie auch nicht«, antworteten Tess und Theo gleichzeitig.

»Zumindest nicht, dass wir wüssten«, ergänzte Tess.

»Cricket hat schon vor einiger Zeit versucht, mir von den Wanzen zu erzählen, aber ich habe das nicht ernst genommen. Sie nannte sie ›Wackelwürmer‹.«

»Es ist nicht deine Schuld«, versicherte ihm Tess. »Wie hättest du das wissen können?«

»Ich hätte es wissen müssen«, beharrte Jaime.

»Jetzt wissen wir es ja«, mischte sich Theo ein.

»Aber sie wissen jetzt auch Bescheid!«, erinnerte ihn Jaime. »Die Leute, die uns ausspionieren, wer auch immer sie sind. Wir haben den ganzen Vormittag über den Hinweis gesprochen!«

»Wir wissen nicht, wer uns ausspioniert«, stellte Tess fest.

»Außerdem bin ich nicht davon überzeugt, dass wir irgendwas verraten haben«, fügte Theo hinzu. »Wir haben online recherchiert, aber haben wir auch irgendwas laut gesagt?«

Tess ging im Kopf noch einmal ihre Gespräche durch. »Ich glaube nicht. Jedenfalls nicht direkt.«

»Aber diese Wanzen haben nicht nur Ohren, sondern auch Augen«, erinnerte sie Jaime. »Vielleicht hat eine von ihnen den Bildschirm im Blick gehabt.«

»Dann müssen wir den nächsten Hinweis einfach zuerst finden. Und dann dafür sorgen, dass uns niemand folgt und nichts von dem Hinweis übrig bleibt«, erwiderte Tess.

»Du meinst, wir sollen ihn zerstören?«, vergewisserte sich Jaime. »Was, wenn er wertvoll ist?«

Ein Eichhörnchen sprang vor sie und bettelte um Futter. Jaime musterte es misstrauisch, als könnte es ebenfalls ein

Spion sein. Er riss ein Stück von seiner Brezel ab und warf es ihm hin. Sofort stürzte das Eichhörnchen darauf zu.

»Keiner der Hinweise war besonders wertvoll«, sagte Theo. Ono biepte protestierend. »Abgesehen von Ono.«

»Bevor wir uns Gedanken übers Zerstören machen, sollten wir erst mal ermitteln, wo wir hinmüssen.« Jaime zog sein Handy aus der Tasche und starrte es nachdenklich an. »Was, wenn das Handy verwanzt ist?«

»Wenn das so wäre, säßen wir schon längst in Slants Kerker«, sagte Tess.

»Du glaubst, Slant besitzt wirklich einen Kerker?«, fragte Theo.

»Oh, der hat definitiv einen Kerker«, pflichtete Jaime Tess bei. »Kommen wir wieder zurück zu dem Hinweis aus dem Spukkrankenhaus. ›Begrabt mich direkt neben Louis MG‹. Ich habe die Suchergebnisse gespeichert, bevor Cricket und ihre Mom vorbeikamen. Wir wollten gerade herausfinden, wer Louis MG war, und hatten diesen Artikel über die berühmtesten Bewohner von New Yorks Friedhöfen gefunden. Ich wette, dieser Louis-Typ ist auf einem davon beigesetzt.«

»Es gibt eine Menge Friedhöfe in New York City«, sagte Theo, als wäre das nicht offensichtlich.

»Dann müssen wir wohl eine Menge Gräber besuchen«, entgegnete Tess.

»Cool«, fand Theo.

»Oder zumindest eine Menge Friedhofswebseiten«, warf Jaime ein.

Theo zog die Nase kraus. »Nicht so cool.«

Sie durchsuchten die Aufzeichnungen zum Trinity Church Cemetery, zum Woodlawn Cemetery und dem Calvary Cemetery. Dann holten sie sich noch einige Brezeln und Hotdogs. Nach dem Mittagessen fütterten sie das hartnäckige Eichhörnchen und durchstöberten die Datenbank des Green-Wood Cemetery. Und dort fanden sie eine Liste berühmter Männer namens Louis, die auf diesem Friedhof begraben lagen. Darunter ein gewisser Louis Moreau Gottschalk.

»Louis MG.« Jaime überflog den Artikel. »Grab 19581 auf dem Friedhof. Ein internationaler Musicalstar, brillanter Pianist und der erste große amerikanische Komponist. Geboren in New Orleans als Kind eines deutsch-jüdischen Vaters und einer kreolischen Mutter. Seine Musik verband alle möglichen Klangrichtungen, darunter kreolisch, schwarze Musik, Mariachi, kubanisch. Außerdem war er ein überzeugter Gegner der Sklaverei. Scheint meine Art Mensch zu sein.«

»Und die der Morningstars«, ergänzte Tess.

»Oder die des Codes«, fügte Jaime hinzu.

»Green-Wood Cemetery«, wiederholte Theo. »Wir müssen also zurück nach Brooklyn.«

»Ja«, bestätigte Tess. »Aber wir können nicht bei Tag dorthin gehen. Nicht, wenn der Hinweis das bedeutet, was ich glaube.«

»Dass wir etwas neben Louis ausgraben müssen«, stellte Jaime fest. »Ich hoffe, es ist kein Grab. Bitte, bitte, bitte, lasst uns kein Grab ausheben müssen.« Er warf dem Eichhörnchen ein Stück Hotdog zu und es jagte dem rollenden Brötchenstück bis zu einem Baum in der Nähe hinterher.

Einem Baum, hinter dem sich zwei Leute in den verdächtigsten Trenchcoats aller Zeiten zu verstecken versuchten.

KAPITEL 30

Theo

Tess schnappte nach Luft. Automatisch griff Theo nach ihrem Arm. Jaime sagte: »Oh schick.« Aber natürlich sagte er nicht wirklich *schick*.

»Was?«, fragte Theo. »Was ist los?«

Jaime sprach aus dem Mundwinkel. »Zwei Leute verstecken sich hinter dem Baum. Auf drei Uhr.«

»Was für Leute?«

»Nicht so laut!«, ermahnte ihn Tess viel zu laut.

Die beiden hinter dem Baum bemühten sich vergeblich, sich kleiner zu machen. Es war der ungeschickteste Spionageversuch, den Theo je gesehen hatte. Nicht, dass er sich mit Spionageversuchen besonders gut auskannte. Aber er ging davon aus, dass man bei dreißig Grad im Sommer nicht in knielangen Trenchcoats herumlaufen sollte, wenn man nicht auffallen wollte. Außerdem sollte man sich vermutlich nicht ausgerechnet hinter einem Setzling verstecken.

»Das ist einfach lächerlich«, fand Theo.

»Pst!«, machte Tess.

»Es ist ziemlich lächerlich«, stimmte Jaime ihm zu. »Aber kennen wir die beiden nicht?«

»Schwer zu sagen mit den riesigen Sonnenbrillen und den Zeitungen, die sie sich vors Gesicht halten. Da wäre ja Ono ein besserer Spion.«

»Auf ins Land der Könige!«, sagte Ono.

Einer der Spione senkte für einen Augenblick die Zeitung. Tess schnappte erneut nach Luft, aber diesmal, weil sie ihn wiedererkannte.

»Omar Khayyám?«

Als er seinen Namen hörte, sagte Omar Khayyám: »Oh schick.« Aber natürlich sagte er nicht wirklich *schick*. Und dann: »Vergiss es, Priya. Sie haben uns entdeckt.«

»Gott sei Dank!«, rief Priya. »Dann kann ich endlich diesen Mantel ausziehen. Es ist heißer als im Hades!«

»Im Hades ist es nicht heiß«, murmelte Theo. Tess warf ihm einen vielsagenden Blick zu. »Aber es ist dort nicht heiß!«

»Hades ist nicht real«, erinnerte ihn Jaime.

»Ich weiß, ich wollte bloß … Ach, ist auch egal«, antwortete Theo.

Priya Sharma und Omar Khayyám von der Codistengesellschaft, alte Freunde von Grandpa Ben, nahmen die großen Sonnenbrillen ab, zogen die Mäntel aus und steckten die Zeitungen in den nächsten Mülleimer für die Roller. Verlegen kamen sie auf Theo, Tess und Jaime zu.

»Tut uns leid, Kinder«, sagte Priya. »Wir machen das nicht besonders gut. Nicht so gut wie die anderen.«

»Was nicht so gut?«, wollte Tess wissen. »Und welche anderen?«

Priya und Omar tauschten einen Blick.

»Bitte sagen Sie es uns, Ms Sharma und Mr Khayyám. Wir haben einen sehr verwirrenden Tag hinter uns und ich glaube nicht, dass wir noch mehr Verwirrung ertragen«, meinte Jaime.

»Euer Großvater hat uns gebeten, ein Auge auf euch zu haben«, erklärte Omar.

»Aber mein Großvater ist …«

»Wir wissen, wo er ist, meine Liebe«, unterbrach Priya sie sanft. »Vor langer Zeit hat er uns gebeten, dass wir auf euch aufpassen sollen, falls ihm irgendwas passiert. Nicht aufdringlich oder offensichtlich, nur aus der Ferne beobachten. Und das haben wir getan, einfach ab und zu nach euch gesehen. Wir wollten nur wissen, ob es euch gut geht, ganz besonders nach der Sache mit Edgar und 354 West 73. Straße. Wir sind ein paarmal durch Jaimes Gebäude gegangen, haben einige Male das Haus eurer Tante in Queens besucht. Alles schien so weit in Ordnung. Meistens habt ihr sogar glücklich gewirkt.«

Omar zog ein Taschentuch mit Monogramm heraus und wischte sich damit den Schweiß von der Stirn. »Aber dann haben wir das von Nine gehört. Eure Tante hat uns angerufen und gebeten, die Überwachung zu intensivieren. Daher mussten wir in letzter Zeit drei Teams einsetzen statt nur einem.«

»Ihr habt uns ausspioniert?«, fragte Theo.

»Nein!«, wehrte Omar ab.

»Ja«, gab Priya zu. »Aber nur, um für eure Sicherheit zu sorgen, nichts weiter.«

»Wer hat uns denn sonst noch ausspioniert?«, erkundigte sich Tess.

»Delancey, Imogen, Ray und Gino. Die meisten Gesellschaftsmitglieder.«

»Aber einige von uns sind besser bei diesem Geheimagentenkram als andere«, gestand Omar. »Wir beide sind leider die Schlechtesten.«

»Ich hab dir gleich gesagt, dass diese Trenchcoats eine dumme Idee sind«, erinnerte ihn Priya.

»Das ist ein Ganzjahresmantel!«, hielt Omar dagegen.

Priya verdrehte die Augen. »Na klar. So, was macht ihr denn hier im Washington Square Park? Ihr schient in ein sehr intensives Gespräch vertieft.«

»Ihr habt keine Abhörgeräte?«, fragte Jaime.

»Natürlich nicht«, empörte sich Priya. »Wir wollten sichergehen, dass es euch gut geht, und uns nicht in eure Privatangelegenheiten einmischen.«

Spionieren war per Definition das Einmischen in die Privatangelegenheiten anderer Leute, aber das erwähnte Theo nicht.

»Wir haben angenommen, dass ihr einen Plan ausheckt, um Nine zu finden«, fuhr Omar fort. »Oder diesen lustigen kleinen Waschbären, der Käseflips so sehr mag.«

Diesmal packte Tess Theo am Arm, um ihn davon abzuhalten, damit herauszuplatzen, womit auch immer er ihrer Meinung nach herausplatzen wollte. »Ja, genau das haben wir getan. Ich weiß, dass unsere Mom wirklich gründlich nach ihnen sucht, aber wir wollten auch mithelfen.«

»Und das wollt ihr vor ihr geheim halten?«, wunderte sich Priya.

»Sie weiß nicht, ob die Entführer von Nine und Karl womöglich gefährlich sind. Sie will nicht, dass uns etwas passiert.«

»Karl?«, wiederholte Omar.

»Der Waschbär.«

»Ah! Nun, vielleicht können wir euch helfen. Ich würde gern für eine Weile aus der Hitze verschwinden. Möchtet ihr mit uns zurück zur Gesellschaft kommen? Alle mal wiedersehen? Ihr habt uns gefehlt. Und dann könnt ihr uns von euren Plänen erzählen.«

»Das klingt toll, aber wir …«, begann Tess.

Jetzt packte Theo wieder ihren Arm. »Sehr gern. Wäre es in Ordnung, wenn wir bei euch übernachten? Wir möchten nicht zu spät nach Hause fahren müssen.«

Priya strahlte. »Eine Pyjamaparty! Was für eine tolle Idee.«

»Wir brauchen zusätzliche Zahnbürsten«, stellte Omar fest.

Nachdem die Zwillinge ihre Eltern angerufen und Jaime seiner Großmutter eine Nachricht geschrieben hatte, gingen sie zur Codistengesellschaft. Priya und Omar redeten die ganze Zeit über. Delancey DeBrule hatte seit seiner Pensionierung und dem Umzug nach Boca Raton, Florida, Edgar Wellingtons Rolle als Präsidentin übernommen. Imogen Sparks war ihre Hauptspendensammlerin und Kontaktperson zur Politik, was bedeutete, dass sie viel Zeit damit verbrachte, sich lautstark über Regionalpolitiker zu beschweren. Adrian Birch und Flo Harriman waren mit der Planung der diesjährigen Codistenkonferenz beschäftigt, die in einem Monat stattfinden würde. Doch Auguste Dupin, der Maina der Gesellschaft, schien seit Edgars Fortgang ein wenig depressiv zu sein.

»Er rezitiert fortwährend das Gedicht *Annabel Lee* von Edgar Allan Poe«, erzählte Priya. »Ich liebe diesen Vogel, aber ich wünschte, er würde ein etwas fröhlicheres Gedicht lernen.«

»Wenn er nicht gerade das Gedicht aufsagt, singt er Lieder aus dem Musical *Hamilton*«, berichtete Omar.

»Aber nur die traurigen«, ergänzte Priya.

Omar schüttelte den Kopf. »Auguste kann nicht rappen.«

Sie betraten das Gebäude und Omar gab einen Code in die Tastatur ein. Eine riesige Metalltür öffnete sich und gab den Blick auf die reiche Sammlung der Gesellschaft frei. Sogar jetzt spürte Theo noch den bekannten Nervenkitzel beim Anblick all dieser Regale voller Bücher und Manuskripte, während sie vier Stockwerke hinabsahen auf einen gemütlichen Haufen Stühle zwischen den kostbaren Artefakten in Glasvitrinen.

Auguste, der Maina, flatterte auf seiner Stange und sagte:

Wenn die Sterne aufgehn, so kann ich drin sehn
Die Äuglein der Annabel Lee.
Und noch jegliche Nacht hat mir Träume gebracht
Von der lieblichen Annabel Lee.

So ruh' ich denn, bis der Morgen graut,
Allnächtlich bei meinem Liebchen traut
In des schäumenden Grabes Näh',
An der See, an der brandenden See.

»Mein Gott«, sagte Gunter Deiderich. »Kennst du denn gar nichts anderes, du blöder alter Vogel? Vielleicht irgendwas von Taylor Swift?«

»Ja, Auguste!«, rief Priya Sharma. »Ich würde sehr gern *Shake It Off* hören.«

Alle in der Sitzgruppe blickten auf. Imogen Sparks grinste übers ganze Gesicht und breitete die Arme aus. »Kommt sofort hier runter, ihr drei!«

»Zerdrück sie nicht, Imogen«, mahnte Gunter, sobald sie die Treppen hinabgestiegen waren und Imogen Theo in die Arme gezogen hatte.

»Ich werde sie zerdrücken, wenn sie Zerdrückungen akzeptieren«, beharrte Imogen. »Erlaubst du mir, dich zu zerdrücken, Tess?«

»Zerdrück mich«, gestattete Tess.

Imogen umarmte die Zwillinge für eine lange Zeit und dann auch Jaime. »Euer letzter Besuch hier ist schon viel zu lange her.«

»Erst ungefähr einen Monat«, bemerkte Theo.

»Nein, länger«, widersprach Gunter.

»Außerdem kann sich innerhalb eines Monats die ganze Welt verändern.«

»Oder innerhalb eines Tages«, ergänzte Omar. »Ich

befürchte, die Kinder haben uns dabei erwischt, wie wir sie ausspioniert haben.«

Imogen stützte die Hände in die Hüften. »In dieser Verkleidung? Ich bin schockiert.«

»Siehst du?«, wandte sich Priya an Omar.

»Genug davon«, beschloss Gunter. »Was gibt's zum Abendessen? Die Kinder sind zu dünn.«

»Gino kocht gerade Pasta«, erklärte Imogen. »Was machst du denn dort drüben, Mr Jaime?«

Jaime, der Auguste murmelnd etwas vorgesagt hatte, antwortete: »Ich versuche, ihm einen Rapsong beizubringen.«

Imogen winkte ab. »Hab ich längst versucht.«

Sie aßen Ginos köstliche Tortellini mit Erbsen und Pilzen und lauschten noch weiterem fröhlichem Geplauder der Codisten. *Es ist schön, hier bei ihnen zu sein*, dachte Theo. Wieder an dem Ort zu sein, wo Grandpa Ben einen so großen Teil seines Lebens verbracht hatte, mit den Leuten, die er außerhalb seiner Familie am meisten geliebt hatte. Aber diese Menschen waren auch wie Familienmitglieder. Sogar der alberne Vogel, der nicht mit seinen traurigen Liedern und Gedichten aufhören konnte.

Doch Theo konnte nicht verhindern, dass er sich auch ein wenig traurig fühlte. Früher wussten die Codisten alles und am allermeisten wusste Grandpa Ben. Aber jetzt war Grandpa Ben fort, gefangen in seinen allmählich schwindenden Erinnerungen in der Pflegeeinrichtung in Uptown, und die Codisten wussten weniger als Theo. Früher hätte ihn das stolz gemacht. Endlich war er der Experte! Doch er fühlte sich nicht wie ein Experte, sondern wie eine einsame Erbse in einem Teller voller Tortellini.

Aber ihm blieb keine Zeit, über die traurigen Dinge nachzudenken. Sie mussten sich nachts zum Green-Wood Cemetery wegschleichen oder sich eine Geschichte einfallen lassen, damit die Codisten sie begleiteten, ohne zu merken, worum es eigentlich ging.

Geschichten waren nicht Theos Fachgebiet, sondern das von Tess. Und bisher hatte sie noch keine Geschichte zum Besten gegeben oder Vorwände und Ideen vorgebracht. Auch Jaime schien ganz in das Geplänkel der Codisten versunken oder womöglich sah er lediglich so aus. Sie waren so konzentriert auf den Hinweis und dann die Wanzen gewesen, dass ihnen gar keine Zeit geblieben war, über die Frau in Grau zu reden, die Jaime wochenlang gezeichnet hatte. Während des Besuchs der Morans hatte Tess ihrem Bruder die Zeichnungen auf Jaimes Schreibtisch gezeigt. Die Ähnlichkeit zwischen der Frau in Grau und Jaimes Superheldinnenskizzen war verblüffend, unglaublich, unerklärlich. Wenn sie nur mit ihr hätten reden können … Sie fragen, woher sie gekommen war, warum sie ihnen geholfen hatte, wer in aller Welt sie war.

»Uns ist eine Frau gefolgt«, platzte Theo heraus. Tess trat ihm unter dem Tisch gegen das Schienbein und Jaime sah aus, als wollte er ihm einen Löffel voll Erbsen ins Gesicht schnipsen, aber Theo sprach unbeirrt weiter. »Zwei Frauen sogar, vielleicht noch mehr. Alles Blondinen.«

»Blondinen?«, wiederholte Imogen. »Was für Blondinen?«

»Ich kann es nicht erklären, ich weiß nicht, wer sie sind.

Aber sie tragen alle die gleiche Frisur und das gleiche rote Kleid. Wir haben sie an verschiedenen Orten gesehen.«

»Eine davon war die Frau, die behauptet hat, Nine hätte sie gebissen. Sie ist vielleicht diejenige, die sie entführt hat«, fügte Tess hinzu.

»Wir haben mit angehört, wie sie über einen Ort in Brooklyn gesprochen haben«, ergänzte Jaime, der rasch kapiert hatte. »Den Green-Wood Cemetery.«

»Ich liebe diesen Friedhof«, verkündete Priya. »Dort sind so viele wichtige Leute begraben.«

»Und berüchtigte Menschen«, fuhr Imogen fort. »Boss Tweed zum Beispiel. Er starb 1878.«

»Was hat er getan?«, wollte Jaime wissen.

»Was sie alle tun. Den kleinen Mann bestehlen«, erklärte Omar. »Er hatte alle möglichen politischen Ämter inne, darunter auch Senator von New York. Er hat seine Positionen genutzt, um verschiedene Bauprojekte mit überhöhten Preisen durchzusetzen, damit er Gewinne abschöpfen konnte.«

»Mit vollen Händen abschöpfen«, präzisierte Imogen. »Der Bau des New Yorker Gerichtsgebäudes sollte 1858 zweihundertfünfzigtausend Dollar kosten. Am Ende beliefen sich die Kosten auf zwölf *Millionen* und das ganze Extrageld floss an Tweed und seine Freunde.«

»Wow«, sagte Jaime.

»Die Politiker in New York City waren immer schon korrupt.«

»Slant will für ein politisches Amt kandidieren«, berichtete Tess.

»Igitt«, machte Gunter. »Erinner uns bloß nicht daran. Imogen fängt sonst wieder an herumzuschreien, Auguste beginnt mit einer neuen Runde seines traurigen Edgar-Allan-Poe-Gedichts und ich bin gezwungen, nach Österreich zurückzugehen.«

Adrian ordnete die Erbsen auf seinem Teller in einer Reihe an. »Lasst uns noch mal auf die blonden Frauen zurückkommen, von denen ihr erzählt habt. Warum sollten die über den Friedhof sprechen?«

»Wir glauben, dass sie dort Tiere verstecken«, behauptete Theo. »Hybridtiere. Meine Mom vermutet, dass jemand sie aus einem bestimmten Grund sammelt. Wir denken, es sind die Blondinen. Deswegen sind sie uns gefolgt, um an Nine und dann an Karl zu gelangen.«

»Aber Tiere auf einem Friedhof verstecken?«, zweifelte Omar. »Das klingt nicht nach einer guten Idee. Wo sollten sie die verbergen?«

»Sie könnten vermutlich etwas bauen, das wie ein Grabmal oder ein Mausoleum aussieht, falls sie das Geld dazu haben«, überlegte Gunter. »Trotzdem kommt es mir sehr merkwürdig vor.«

»Oder klug«, gab Imogen zu bedenken. »Sich so vor aller Augen zu verstecken. Den ganzen Tag über kommen und gehen Touristen. Wem würden da schon ein paar blonde Frauen auffallen?«

»Wir hatten gehofft, uns auf dem Friedhof umsehen zu können«, gab Tess zu, »aber nicht tagsüber. Wir wollen nicht schon wieder gesehen werden. Wenn wir noch mal auf

Videos oder Fotos auftauchen, kriegt unsere Mom einen Anfall.«

Imogen klatschte in die Hände. »Oh! Eine mitternächtliche Erkundungsmission! Das gefällt mir!«

»Ich bin dabei«, verkündete Adrian.

»Ich auch«, bestätigte Gunter. »Wider besseres Wissen.«

Gino und der Rest wollten ebenfalls mitkommen. Es war schon viel zu lange her, seit sie ein echtes Abenteuer erlebt hatten, behaupteten sie.

»Aber«, fügte Imogen hinzu und deutete auf Omar und Priya: »Diesmal ohne Trenchcoats.«

KAPITEL 31

Jaime

Wenn man sagte, dass New York City niemals schlief, waren damit meistens die Menschen gemeint, die hier lebten.

Aber es waren nicht nur Menschen wach.

Da waren die Gargoyles auf den Gebäuden, die zu beobachten schienen, wie die Autos vorbeifuhren. Die alten Porträts, die finster auf die Wachmänner herabblickten, die durch die Museumsflure patrouillierten. Die Skelette längst ausgestorbener Tiere, die sich zu bewegen schienen, wenn niemand hinsah. Sandsteinhäuser, die wie wütende Gesichter aussahen oder wie lächelnde, je nachdem. Das Knarzen des Holzes, von dem alle behaupteten, es würde nur »arbeiten«, aber vielleicht steckte auch etwas anderes dahinter. Etwas Rastloses und Unruhiges.

Im Gegensatz zu den Menschen, den Gemälden und den Grundstrukturen der Stadt wünschte sich Jaime ein wenig Ruhe. Und nach den Ereignissen auf North Brother Island klang ein mitternächtlicher Ausflug auf einen Friedhof absolut erholsam für ihn.

Was nur bedeuten konnte, dass er jetzt völlig den Verstand verloren hatte.

Er stellte sich vor, wie Mima reagieren würde, wenn sie wüsste, was er gerade tat. Mit einem Wortschwall in wütendem Spanisch, gefolgt von Flüchen in fünf anderen Sprachen, vermutete er. Und dann einem Vortrag darüber, dass er sich wie ein Dummkopf benahm und sie keinen Dummkopf großgezogen hatte und so weiter. Recht hätte sie damit.

Und trotzdem befand er sich jetzt in einem Transporter voller erwartungsvoller Codisten, die ganz begierig darauf waren, auf einem Friedhof herumzukriechen.

Sie hatten *alle* den Verstand verloren.

Außerhalb des Fensters zog die Stadt seinen Blick auf sich, wie sie es immer tat. Die Lichter funkelten und die Menschen in den Bars und Restaurants lachten und prosteten einander zu. Gäste in Satin, Pailletten und kunstvoll zerrissenen Jeans warteten in einer Schlange hinter einem Absperrband aus Samt darauf, dass ein Türsteher von der Größe eines Giraffen-Kasuars sie in einen exklusiven Nachtclub ließ. Er öffnete die Tür für einige wenige Glückliche und die Musik dröhnte wie ein Herzschlag heraus.

Seine Gedanken schweiften zu der Frau in Grau. Wieder einmal. Er suchte die Straßen nach ihr ab, hoffte, dass sie sie beobachtete, dass sie ihnen folgte. Zwar hatte er sich bei ihr nicht unbedingt sicher gefühlt, aber auch nicht bedroht. Es war, als hätte sie ihren eigenen Grund für ihre Anwesenheit auf der Insel gehabt, als hätten sie ihre Pläne durchkreuzt und sie hatte ihr Bestes getan, so gut wie möglich auf die Situation zu reagieren. Er rief sich noch einmal ihre Bewegungen in Erinnerung, wie sie sich ihren Weg durch diese massiven Kerle gekickt und geschlagen hatte, und grinste in sich hinein.

Sie hatte recht gut auf die Situation reagiert.

Das Auto hielt am Friedhof. Er war nicht schwer zu finden mit seinem verschnörkelten Vampirschlosstor und dessen Steinspitzen, die in die Dunkelheit ragten.

»Gruselig«, flüsterte Priya. Und dann erschauerte sie, als fände sie das ganz herrlich.

Jaime knöpfte seine Tasche auf und Ono meldete sich zu Wort: »Auf ins Land der Könige?«

»Ja, wir sind in Kings County. Meine Güte!«, rief Priya, als sie Ono entdeckte. »Wer ist denn das?«

»Ono, Priya. Priya, Ono«, stellte Jaime die beiden einander vor.

»Könige«, sagte Ono.

»Ist das alles, was er kann?«

»Oh no«, sagte Ono.

»Das ist das andere.«

»Ah, schlicht, aber süß, dein Ono«, fand Priya.

Ono machte ein summendes Geräusch, das sowohl Zustimmung als auch Verärgerung ausdrücken könnte. Genau konnte Jaime das nicht sagen.

Sie parkten den Wagen unter einer Baumgruppe in einiger Entfernung vom Tor und gingen den Rest des Weges zu Fuß.

Von draußen wirkten die Spitzen noch größer und spitzer

und sogar noch Vampirschloss-ähnlicher. Hätte er Zeit gehabt, hätte er sie gern gezeichnet, aber die Codisten waren zu aufgeregt, um zu warten. Bevor sie die Gesellschaft verlassen hatten, hatten Jaime und die Zwillinge ihre Mission geplant. Jaime hatte die genaue Lage von Louis Moreau Gottschalks Grab recherchiert, während sich die Codisten hauptsächlich auf die größeren Gebäude, Mausoleen und so weiter konzentriert hatten. Er, Tess und Theo hatten sich überlegt, dass sie sich auf dem Friedhof trennen und den nächsten Hinweis finden konnten, bevor die Codisten überhaupt etwas davon merkten. Es war kein wasserdichter Plan. Die Codisten hatten vielleicht ebenfalls den Verstand verloren, aber Dummköpfe waren sie nicht. Einer, zwei oder sogar alle würden sich fragen, wohin die drei verschwunden waren. Oder warum die drei von oben bis unten mit Dreck beschmiert zurückkamen. Oder die Codisten würden sie mitten beim Ausgraben erwischen. Doch sie mussten es riskieren. Und selbst wenn sie den Codisten ihr Geheimnis enthüllen mussten, sie waren nicht wie Edgar Wellington, behauptete Tess. Sie würden sie nicht verraten, egal, was auch passierte.

Jaime hoffte, dass Tess damit recht behielt.

Aber Jaime glaubte, dass keiner von ihnen damit gerechnet hatte, wie dunkel der Friedhof sein würde, wie sehr er der Kulisse für einen Horrorfilm ähnelte, vielleicht sogar noch mehr als die Ruinen auf North Brother Island.

Als sie das Tor erreichten, ließ ein merkwürdiges Kreischen von oben Jaime, Tess und Theo zusammenzucken.

»Keine Sorge«, wisperte Imogen. »Das sind nur die

Mönchssittiche. Die leben in einem Nest auf der höchsten Baumspitze. Seht ihr?« Sie deutete nach oben. In der Dunkelheit konnte Jaime lediglich einen enormen Haufen Zweige ausmachen. *Sittiche, nur Sittiche*, sagte er sich, doch sein Herz hämmerte.

»Wie sind die Sittiche denn hierhergekommen?«, erkundigte sich Tess.

Imogen zuckte mit den Schultern. »Manche Leute behaupten, dass eine Lieferung Vögel am Flughafen entwischt ist. Aber niemand weiß es genau. Vielleicht waren es auch Haustierbesitzer, die ihre Vögel freigelassen haben.«

»Oder die Vögel haben sich selbst befreit«, schlug Jaime vor.

»Oder das«, bestätigte Imogen.

»Falls wir getrennt werden, treffen wir uns um drei Uhr hier am Eingangstor«, legte Gino fest. »Sind alle damit einverstanden?«

Sie waren es. Gemeinsam betraten sie den Friedhof und hielten sich zuerst an den größten Pfad, der sich durch viele Hektar Gräber schlängelte. Die ganze Gruppe schwieg, während sie sich auf den Weg machte, als wäre sie selbst unterwegs zu einer Beerdigung. So viele Menschen lagen hier begraben: Soldaten, Millionäre, Künstler, Sportler, Politiker und Diebe. Einige Grabsteine waren klein, die Namen darauf verwittert. Andere waren riesige Obelisken oder Pyramiden, die aus der Hügellandschaft aufragten. Es gab Statuen von Göttinnen und Statuen von Bären, Statuen von Sphinxen und Statuen von Hunden.

Doch Jaime, Tess und Theo waren an einer bestimmten Statue interessiert, die das Grab von Louis Gottschalk markierte: der Engel der Musik. Laut der Karte auf Jaimes Handy stand er nicht weit vom Haupteingang, ein wenig nach links. Die Codisten hatten sich bereits verteilt, fotografierten und untersuchten die Grabsteine, aber sie waren noch nicht weit genug entfernt, dass sich Jaime und die Zwillinge unbemerkt davonstehlen konnten.

Ein weiteres Kreischen durchdrang die Nacht und instinktiv duckte sich Jaime. Er glaubte, die Luft unter wütendem Flügelschlagen erzittern zu spüren, aber sehen konnte er nichts. Auch die Zwillinge duckten sich.

»Habt ihr das gehört?«, wisperte Jaime.

»Ich habe es gefühlt«, flüsterte Tess zurück.

Sie standen mit den Rücken aneinander und versuchten, die Quelle des Geräuschs auszumachen. Sittiche? Giraffen-Kasuare? *Jumbies?*

»Irgendwie ist das hier nicht so lustig, wie ich es mir vorgestellt habe«, bemerkte Theo.

»Du hast geglaubt, es würde *lustig* werden?«, wollte Jaime wissen.

»Pst!«, zischte Tess, während ein weiterer Schrei den Himmel zerriss.

»Oh, wo sind sie hin?«, fragte Jaime.

»Wer?«

Die drei sahen sich um. Sie konnten immer noch in der Ferne das Geplapper kaum unterdrückter Stimmen hören, doch die Codisten waren aus ihrem Blickfeld verschwunden.

»Das ist unsere Chance«, stellte Theo fest.

»Ja«, stimmten Jaime und Tess zu. Aber keiner von ihnen rührte sich, bis irgendwo in der Dunkelheit ein langer, merkwürdiger Seufzer ertönte. Wind in den Bäumen? Oder etwas anderes?

Tess, Jaime und Theo rannten los. Trotz ihrer Angst vergaßen sie nicht ihre Mission. Sie gingen von einem Grabstein zum nächsten und suchten nach dem Grab Nummer 19581.

»Hier ist es«, verkündete Theo.

Vor ihnen stand ein Bronzeengel auf einem hohen Marmorpodest. Louis' Grab war ringsherum eingezäunt und lag nicht weit entfernt von den anderen Gräbern.

»›Begrabt mich direkt neben Louis MG‹«, zitierte Jaime. »›Direkt neben Louis‹. Ich schlage vor, dass wir zuerst auf der rechten Seite graben.«

»Innerhalb oder außerhalb des Zauns?«, fragte Tess.

»Innerhalb«, entschied Theo. »›Direkt neben‹, also nahe am Grabstein.«

»Klingt logisch«, fand Jaime. »Allerdings könnten wir auch die ganze Nacht mit Graben beschäftigt sein.«

»Hoffentlich nicht«, erwiderte Tess.

Sie sprangen über den kleinen Zaun. Ono summte und biepte. Die Geräusche klangen tröstlich in der merkwürdigen Dunkelheit. Daher stellte Jaime den Roboter auf den Marmorsockel zu Füßen des Engels. Sie holten ihre kleinen Handschaufeln heraus, die einzigen Grabwerkzeuge, die sie in ihre Rucksäcke hatten stopfen können, und machten sich ans Werk. Zuerst schaufelten sie gemeinsam ein Loch, aber dann beschlossen sie, dass jeder woanders graben sollte. Der Boden war weich, doch das Graben selbst war schwere Arbeit. Jaime spürte bereits, wie sich Blasen an seinen Fingern und Handflächen bildeten.

»Wie tief sollten wir eurer Meinung nach graben?«, fragte Tess.

»Anderthalb Meter«, bestimmte Theo. »Die Standardmaße für Gräber in Brooklyn sind ein Meter mal zweieinhalb Meter plus anderthalb Meter tief.«

»Ich will gar nicht wissen, woher du das weißt«, entgegnete Jaime.

»Hoffentlich müssen wir nicht wirklich anderthalb Meter tief graben«, kommentierte Tess.

Sie schaufelten weiter. Genau wie die Stadt schien auch der Friedhof lebendig zu sein. Die Schreie der Mönchssittiche klangen erschreckend menschlich und der Wind wie das Flüstern der Geister. Der Engel machte den Eindruck, als ob er sie beim Graben beobachtete, seine Miene unergründlich. Jaime stellte sich vor, wie er zum Leben erwachte und mit den Flügeln schlug, während der Bronzekörper sich immer höher in die Lüfte erhob. Er war so fasziniert von der Vision des aufsteigenden Engels, dass er erst gar nicht verstand, dass er mit der Gartenschaufel auf etwas Hartes stieß.

Klack!

Jaime warf die Schaufel beiseite und schob etwas Erde weg, um zu sehen, was sich darunter befand. Es war kein Stein, sondern fühlte sich wie Leder an.

»Ich hab etwas gefunden«, verkündete er.

»Was?«

»Weiß ich noch nicht. Helft mir!«

Die Zwillinge gaben ihre eigenen Löcher auf und halfen Jaime graben. Zum Vorschein kam etwas, das nach einer übergroßen Lederkiste aussah. Auf den Deckel war das Wort »›GERÜMPELKOFFER‹« geschrieben.

»›Gerümpelkoffer?‹«, las Tess vor. »Das klingt nicht besonders vielversprechend.«

»Was für den einen Gerümpel ist, ist für den anderen ein Schatz«, behauptete Theo. »Er sieht ein bisschen aus wie einer von Tante Esthers alten Koffern. Oder deiner, Tess. Der, den du im Schrank aufbewahrst.«

»Abgesehen davon, dass der MAGIX nicht voller Graberde ist«, antwortete Tess. »Und meine Sachen sind kein Gerümpel.«

»Verrätst du mir irgendwann einmal, was du darin versteckst?«

»Nein.«

Sie gruben um den Koffer herum, bis sie in der Lage waren, ihn aus dem Boden zu heben. Er war nicht groß und auch nicht anderthalb Meter tief vergraben, wofür Jaimes wunde Hände dankbar waren. Außerdem war er nicht abgeschlossen. Obwohl der Friedhof mit seinen schleichenden Schatten immer noch gruselig war, grinsten sie sich an, bevor sie den Deckel aufspringen ließen.

Der kleine Koffer war bis zum Rand vollgepackt mit allen möglichen Postkarten und Papieren, kleinen Figuren und Diagrammen, die vor Staub und Dreck nur so strotzten.

Tess lehnte sich zurück auf die Fersen. »Es ist wirklich nur Gerümpel.«

»Vielleicht nicht«, widersprach Jaime.

Er zog eine winzige Kupferfigur heraus. Eine Frau, die einen Umhang und eine Krone trug und eine Fackel in die Höhe streckte. Am Boden der Figur befanden sich die Worte: *Die Freiheitsstatue, 1886.*

»Soll das die Freiheitsstatue sein?«, wunderte sich Theo. »Aber die wurde nicht 1886 gebaut. Und sie sieht auch nicht so aus. Wo ist der Adler? Und warum ist sie grün?«

Jaime stellte die Figur zur Seite und holte einen kleinen Umschlag heraus. »Geld!«

»Falschgeld«, korrigierte Theo, der es auspackte.

»Ja«, bestätigte Tess. »Andrew Jackson auf dem Zwanzigdollarschein? Wo ist Harriet Tubman?«

»Und was ist das hier?« Theo hielt einige Zeichnungen von merkwürdigen Maschinen hoch.

»Keine Ahnung«, gab Jaime zu. »Die eine erkenne ich. Solarglas. Aber es ist so wellig. Muss sehr alt sein.«

»Schaut mal!«, rief Theo und zog eine verrostete Solarbatterie aus der Kiste. »Die ist ja riesig!«

Sie wühlten sich weiter durch den Koffer. Darin befanden sich Berechnungen zur Schmelze der Polkappen, allerdings schmolzen die Polkappen gar nicht, soweit sie wussten, und sie konnten sich auch nicht vorstellen, warum das irgendjemand wollen würde. Ein Buch, das Fotos von ausgestorbenen Tieren enthielt, aber darunter waren Bilder von Eisbären, Polarfüchsen und Tigern, und keine dieser Arten war ausgestorben. Ein Artikel über die Gefahren von Bohrinseln im Golf von Mexiko, allerdings hatten sie keine Ahnung, was »Bohrinseln« waren. Und ein ausgedruckter Blogartikel, in dem Menschen als »Illegale« bezeichnet wurden, aber wie konnten Personen illegal sein? Apothekenflaschen mit mysteriösen Medikamenten. Ein Zeitschriftencover, das vor einem drohenden Krieg in der Arktis warnte. Eine Visitenkarte für eine Firma namens *Trench & Snook*.

»Was ist das bloß für Zeug?«, fragte Theo. »Irgendwelche apokalyptischen Cosplay-Requisiten eines Spinners? Das sieht nicht nach Material von den Morningstars aus. Wer hat es hier hineingelegt?«

»Wen interessiert's?«, hielt Tess dagegen. Ihre Geduld war inzwischen genauso ausgefranst wie ihr Zopf. »Wir müssen herausfinden, welches dieser Dinge ein Hinweis ist.«

»Vielleicht sollten wir den ganzen Koffer einpacken und mitnehmen«, schlug Theo vor.

»Was sollen wir den Codisten sagen? Dass wir zufällig darüber gestolpert sind?«

»Okay, dann stopfen wir eben so viel wie möglich davon in unsere Rucksäcke.«

Sie begannen, den Inhalt des Koffers auszuräumen und in ihren Rucksäcken zu verstauen.

»Aber was, wenn sich der Hinweis auf dem Koffer selbst befindet? Als Schriftzug auf dem Boden oder so?«

»Wir könnten ihn wieder vergraben und ein anderes Mal zurückkommen«, schlug Theo vor.

»Wann haben wir denn Gelegenheit zurückzukommen?«

»Ich weiß es nicht!«

»Vielleicht sollten wir versuchen, ein wenig leiser zu sprechen«, mahnte Jaime. »Man kann uns vermutlich sogar noch in der Bronx hören.«

Lichtstrahlen blendeten sie. Sie rissen die Arme hoch und blinzelten gegen die plötzliche Helligkeit an.

Ono quiekte: »Oh no!«

Aus der Dunkelheit ertönte eine Stimme. »Es ist gefährlich, nachts auf einem Friedhof herumzuschleichen. Haben eure Eltern euch denn gar nichts beigebracht?«

KAPITEL 32

Duke

Es kam nur selten vor, dass Duke Goodson persönlich auftauchte, um die Drecksarbeit zu erledigen. Manchmal war es jedoch nötig. Zum Beispiel, wenn seine Leute versagten und er gezwungen war, sie zu beaufsichtigen, damit nichts weiter schieflief.

Um diese beklagenswerte Situation würde er sich später kümmern. Jetzt war er ausschließlich an diesen drei Kindern interessiert. Seiner Meinung nach waren sie eher unscheinbar. Ein Junge, dem dringend die zotteligen Haare geschnitten werden sollten, ein Mädchen, das weniger ihrem Bruder, sondern eher einer verärgerten Eule ähnelte, und ein größerer Junge, dem ein Haarschnitt auch nicht geschadet hätte. Kümmerten sich Eltern denn nicht mehr um so etwas?

»Candi. Toni. Zozi. Bitte nehmt den Kindern den Gegenstand ab und bringt ihn her.«

»Nein«, widersprach eins der Kinder. Das Mädchen. Duke hatte nichts übrig für Mädchen mit großer Klappe.

»Nein?«, wiederholte er. »Wie wollt ihr mich denn davon abhalten?«

»Wer sind Sie?« Das kam von dem großen Jungen.

»Das ist nicht wichtig«, antwortete Duke. »Wichtig ist nur der Koffer beziehungsweise sein Inhalt.«

»Der gehört Ihnen nicht«, sagte der andere Junge.

»Das stimmt«, bestätigte Duke. »Er gehört meinem Kunden, der eine absurde Menge Geld für alles bezahlt hat, was ihr drei möglicherweise findet. Habe ich eine absurde Menge Geld gesagt? Ich meinte eine *wirklich* lächerlich absurde Menge Geld.«

Candi, Toni und Zozi machten sich auf, den Kindern den Koffer abzunehmen. Als das Mädchen Candi erblickte, umklammerte es ihn nur noch fester.

»Sie!«, presste sie zwischen den Zähnen hervor.

»Ich«, erwiderte Candi in ruhigem Ton.

»Sie verlogene …«

»Aber, aber.« Candi riss dem Mädchen problemlos den Koffer aus der Hand. »Kein Grund, gleich hysterisch zu werden.«

Candi warf Toni und Zozi einen bösen Blick zu und trug den Koffer selbst zu Duke. Das reichte zwar nicht, um irgendetwas wiedergutzumachen, aber Duke beschloss, Candi diesen Moment zu gönnen.

»Nine hat Sie nicht gebissen. Wieso haben Sie gelogen?«, verlangte das Mädchen mit der großen Klappe zu wissen.

»Jeder lügt, wenn es ihm in den Kram passt«, entgegnete Candi.

»Ich nicht!«

»Ach wirklich? Was glauben denn eure Eltern, wo ihr euch gerade aufhaltet?«

Das Mädchen blickte sie beeindruckend finster an. »Wo ist meine Katze?«

Candi stellte den Koffer vor Duke ab. Dann riss sie die Augen auf, die reinste Verkörperung von Unschuld. »Woher sollte ich denn wissen, wo deine Katze ist? Hat nicht deine eigene Mutter sie fortgebracht?«

Das Mädchen wollte sich tatsächlich auf Candi stürzen, doch die beiden Jungs hielten sie zurück. Wenn das Mädchen nicht so eulenhaft aussähe, hätte Duke glatt darüber nachgedacht, sie einzustellen, sobald sie erwachsen war. So viel Mumm war nützlich. Doch mit blonden Haaren würde sie ganz fürchterlich aussehen, das arme Ding. Sie hätte dafür sorgen sollen, dass sie in eine attraktivere Familie hineingeboren wurde.

Apropos Familie. »Was glauben denn eure Eltern nun, wo ihr seid?«, fragte Duke.

Das Mädchen antwortete: »Meine Eltern glauben, wir übernachten bei Jaime. Jaimes Großmutter denkt, er schläft bei uns.«

»Aber du lügst nicht«, wiederholte Candi.

»Was wir ihnen gesagt haben und was sie glauben, sind zwei völlig verschiedene Dinge«, erklärte der Junge mit den buschigen Haaren.

Also wusste niemand wirklich, wo sich die Kinder aufhielten. Sehr praktisch. »Ich bin sicher, ihr werdet eines Tages hervorragende Anwälte abgeben«, erklärte Duke. »Oder ihr wärt hervorragende Anwälte geworden. Aber ich befürchte, wir müssen jetzt gehen. Und ihr auch.«

Der größere Junge stand auf. »Wir gehen mit Ihnen nirgendwohin«, verkündete er.

»Hab ich gesagt, dass ihr mit mir kommt?«, wunderte sich Duke. »Die Damen werden euch zu eurem Ziel begleiten.«

Ashli, Tammi, Lori, Laci und Lu traten aus der Dunkelheit und stellten sich neben Candi, Toni und Zozi. Die blonden Frauen umringten die Kinder und drängten sie gegen den Sockel der Statue hinter ihnen. Dukes Damen sahen als Gruppe umwerfend aus. Die platinblonden Haare so hell wie der Sonnenschein, die Kleider so rot wie Blut. Statt High Heels trugen die Frauen schwarze Kampfstiefel. Mit diesen aufsässigen Kindern würden sie mit verbundenen Händen fertigwerden.

Zumindest die meisten von ihnen. Lu sagte: »Es sind doch nur Kinder.«

»Das ist mir bewusst«, erwiderte Duke.

»Was wollen Sie denn mit drei Kindern?«

»Halt den Mund, Lu«, befahl Candi.

»Ich habe eine Frage gestellt«, beharrte Lu.

»Ich bezahle dich nicht fürs Fragenstellen, sondern dafür, dass du tust, was ich sage«, fauchte Duke sie an.

Das Mädchen murmelte einen Haufen Blödsinn in Richtung ihres Bruders. Es klang, als wären ihre Lippen aus Gummi: »Wabir dabürfaben nabicht mabit abihnaben mabitgabehaben.«

»Hör auf damit«, verlangte Duke.

Der große Junge antwortete: »Wabo blabeibaben dabenn dabie Cabodabistaben?«

»Hört auf damit, habe ich gesagt!«

»Vabiellabeicht sabind sabie zabu wabeit wabeg, abum abuns zabu haböraben?«, fragte der Junge mit den buschigen Haaren.

»Hört auf!«

»Wabo sabind sabie dabenn habingabegabangaben, nabach Tabexabas?«, antwortete der große Junge.

»Schluss damit!«, befahl Duke.

»Habaltabet sabie sabo labangabe habin, wabie abihr kabönnt«, erwiderte das Mädchen. Und dann sagte sie laut und deutlich: »Warum macht ihr Frauen das überhaupt? Warum arbeitet ihr für diesen verlogenen Mistkerl?«

»Warum strebt ihr nicht nach Höherem?«, pflichtete der große Junge ihr bei. »Ihr könntet eine Selbstverteidigungsschule eröffnen. Oder als Bodyguards für Filmstars arbeiten. Oder selbst Filmstars werden. Ich wette, ihr würdet euch gut in Actionfilmen machen.«

»Oder auch in anderen Filmen«, ergänzte das Mädchen. »Wir wollen Sie schließlich nicht einschränken.«

»Können welche von euch singen?«, erkundigte sich der große Junge. »Dann könntet ihr eine Band gründen. Das könnte super werden.«

»Oder sucht euch zumindest einen Job, bei dem ihr keine Leute terrorisieren müsst«, schlug der Junge mit den buschigen Haaren vor.

»Ich würde immer noch gern wissen, wo meine Katze ist«, fügte das Mädchen hinzu.

Duke bekam Kopfschmerzen. Kinder waren schreckliche, schreckliche kleine Kreaturen. Man sollte sie alle in eine Kolonie auf dem Mond verfrachten, wo sie sich selbst großzogen, damit die Erwachsenen in Ruhe brunchen konnten. »Schluss jetzt, ihr drei. Ich hab genug von diesem Bullshit.«

Der größere Junge musterte Duke. »Ihr Akzent kommt durch.«

Das Mädchen mit der großen Klappe fragte wieder: »Wo ist meine Katze?«

»Wo kommen Sie her?«, fragte der Junge mit den buschigen Haaren. »Klingt für mich nach Long Island.«

»Mir hat der Akzent von Long Island immer gefallen«, warf der große Junge ein. »Warum tun Sie so, als kämen Sie woanders her?«

Und das Mädchen: »Und wo ist Karl? Ich weiß, dass Sie die anderen Tiere gestohlen haben! Ich weiß, dass Sie die auf dieser Insel festhalten!«

Duke zermarterte sich das Hirn, aber ihm fiel partout nicht ein, wer Karl war. Und dann war er genervt, weil er seine Zeit mit dem Versuch verschwendete, das absurde Gebrabbel dieser Kinder zu enträtseln. »Wovon redest du da, du merkwürdiges kleines Mädchen? Welche Insel? Candi! Wovon faselt sie da?«

Candi richtete ihre großen unschuldigen Augen auf Duke. »Ich habe nicht die geringste Ahnung, Sir.«

Duke bekam Kopfschmerzen. Er sehnte sich nach einem

Schmerzmittel, am besten eine ganze Packung. »Egal. Treibt sie zusammen und lasst uns hier verschwinden. Ich brauche Schlaf.«

Candi lächelte. Zu spät bemerkte Duke, dass sich Candi viel, viel zu dreist für eine Frau benahm, die inzwischen vermuten musste, dass sie kurz davor stand, nach Minnesota verfrachtet und durch eine Jüngere ersetzt zu werden.

»Wie witzig, dass Sie das sagen. Ich habe nämlich auch gerade gedacht, dass Sie ein wenig Schlaf benötigen«, sagte Candi und schoss mit der Schaumpistole auf ihn.

KAPITEL 33

Tess

Es war ein merkwürdig gurgelndes Geräusch zu hören, wie Wasser, das über Felsen fließt. Aus dem Lauf der Waffe schoss ein schimmernder Schaum und legte sich über die Arme und Beine des Mannes. Schreiend fiel er um wie ein gefällter Baum.

»Autsch«, sagte die größte der blonden Frauen. »Ich glaube, die Kinder würden das eine Gesichtslandung nennen.«

»Das zahle ich dir heim«, drohte der Mann und wand sich unter dem Schaumberg.

»Kämpf nicht dagegen an, Duke. Akzeptiere die Niederlage.«

»Ich … akzeptiere … überhaupt … nichts …«, sagte der Mann durch zusammengepresste Zähne, während der Schaum um ihn herum anschwoll.

»Das ist egal. In einer Minute hat der Schaum deine Haut durchdrungen und du kannst dich sowieso nicht mehr bewegen. Aber du wirst immer noch alles hören und verstehen können, was wir sagen.« Die Frau lachte. Es war das gruseligste Geräusch auf dem gesamten Friedhof und das wollte etwas heißen.

Wo waren die Codisten? Warum kamen sie nicht?

Die anderen blonden Frauen waren beinahe so schockiert wie der Mann auf dem Boden.

»Candi?«, sagte eine von ihnen. »Was hast du getan?«

»Wonach sieht es denn aus, meine liebe Toni? Ich weiß, das Denken fällt dir schwer, aber versuch's mal.«

»Du hast ihn geschäumt«, vermutete Toni.

»Das stimmt«, bestätigte Candi. »Ich hab ihn geschäumt. Und ich nehme seinen Platz ein.«

»Was bedeutet das denn?«, fragte eine andere Frau.

»Das bedeutet, dass ich ab jetzt direkt für den Big Boss arbeite«, erklärte Candi. »Und dass ihr mir ab sofort alle untersteht.«

»Warum sollten wir auf dich hören?«, fragte eine weitere Blondine.

»Weil ich diejenige mit der Schaumpistole bin, du dumme Knalltüte«, erwiderte Candi. »Oder willst du auch geschäumt werden?«

Eine der blonden Frauen – Toni? Tammi? – sah aus, als wollte sie auf Candis Herausforderung eingehen, aber diese lächelte sie nur noch breiter an.

»Bitte versuch es, meine Liebe. Hier, ich leg sogar die Pistole weg.« Sie steckte die Waffe in eine Tasche an ihrem Kleid und hielt die Hände hoch. »Siehst du? Versuch dein Bestes.«

Toni/Tammi überlegte es sich anders und machte einen Schritt nach hinten.

»Braves Mädchen«, lobte Candi.

Tess deutete auf den bewegungslosen Mann. »Wer ist das?«

Candi zuckte mit den Schultern. »Jemand, der sich für einen Problemlöser gehalten hat. Den Problemlöser der Problemlöser.« Sie stieß mit ihrem Stiefel gegen seinen Hut. »Von wegen Problemlöser der Problemlöser. Ich hab das Problem mit *dir* gelöst, oder etwa nicht? In einigen Minuten setze ich den Löscher bei dir ein, dann wirst du dich an nichts mehr erinnern.«

Sie strich sich mit der Hand über den Kopf und die langen, steifen blonden Haare verschwanden. Eine Perücke. Darunter war sie immer noch blond, aber statt bis auf den Rücken zu fallen, umspielten die Haare wellig ihre Schultern.

»Stufen!« Die anderen blonden Frauen schnappten nach Luft.

Tess musste zugeben, dass das Candi ein wenig besser stand, abgesehen von dem toten Blick und dem Lächeln eines Comic-Bösewichts. Da waren ja die Morningstar-Maschinen knuddeliger. Giraffen-Kasuare waren knuddeliger.

»Und jetzt, Kinder, machen wir einen kleinen Ausflug. Eure Spezies mag Ausflüge.«

»Unsere Spezies?«, wiederholte Jaime.

»Die kulturelle Elite«, erklärte Candi.

»Hä?«, machte Theo.

»Sie meint Nerds«, erläuterte eine der blonden Frauen.

Candis Stimme besaß immer noch den gruselig fröhlichen Ton, als sie sagte: »Lu, wenn du nicht aufhörst zu reden, benutze ich die Schaumpistole an dir. Und den Löscher. Und was mir sonst noch einfällt.«

»Du hast gar nicht Nerds gemeint?«, fragte Lu. »Ich dachte immer, damit wären Nerds gemeint.«

»Du bist ein Nerd, Lu«, behauptete eine andere blonde Frau.

»Nur weil ich Videospiele mag?«

Candi verdrehte die Augen. »Okay, wir hatten jetzt alle unseren Spaß. Bringen wir die Kinder und den Koffer zum Transporter und verschwinden hier.«

Ein unheimliches Summen erfüllte die Luft und ließ Tess' Haut kribbeln. Candi und die anderen blonden Frauen runzelten die Stirn und blickten sich nach der Ursache des Geräusches um. Der Wind frischte auf, ließ die Blätter in den Bäumen rascheln und die Rufe der Mönchssittiche vereinigten sich zu einem langen und gequälten Stöhnen.

Ono, der still auf dem Marmorsockel des Engels gehockt hatte, flüsterte: »Abauf abins Laband daber Kabönabigabe!«

»Spricht euer Spielzeug Chinesisch?«, fragte Toni/Tammi/wer auch immer.

»Zozi, Ashli, Lori. Schwärmt aus und schaut nach, woher dieses Geräusch kommt«, befahl Candi. »Vielleicht versucht einer ihrer Historienfreunde, uns abzulenken.«

Die Blondinen taten wie geheißen, verteilten sich zwischen den Gräbern und verschmolzen mit der Dunkelheit.

Die anderen blonden Frauen wandten sich von Tess, Theo und Jaime ab, damit sie ein Auge auf die Umgebung haben konnten.

In diesem Moment schnappte sich Jaime Ono und warf den kleinen Roboter gegen die blonde Frau in seiner unmittelbaren Nähe, wodurch sie in die Knie ging und zu Boden fiel. Tess trat der nächsten Frau in den Hintern und beförderte sie damit kopfüber in das Loch, das sie gegraben hatten, um den Koffer zu finden. Theo machte einen Hechtsprung zum Koffer, schwang ihn herum und traf damit eine weitere Frau am Kopf.

Ein plötzlicher Schmerz im Bauch ließ Tess vornüberkippen und ein weiterer Schlag in den Rücken warf sie bäuchlings auf den Boden. Theo und Jaime gingen genauso schnell nieder. Einige der blonden Frauen banden Tess, Theo und Jaime die Hände hinter den Rücken und ihre Fußknöchel zusammen.

Candi thronte über ihnen. »An eurer Stelle würde ich das nicht noch mal versuchen.«

Ono kämpfte sich auf seine winzigen Füße und marschierte langsam, aber entschlossen auf Candi zu. Als er sie erreicht hatte, holte er mit seinem Miniarm aus und schlug ihr gegen die Kniescheibe. Candi trat ihn weg. Er wirbelte herum wie ein Football …

… geradewegs in die Hand einer kleinen braunen Frau in einem sturmwolkenfarbenen Mantel, die ihn sanft auffing. Neben ihr hockte eine große schwarze Katze.

Nine?

»So behandelt man keine Kinder«, sagte die Frau mit tiefer, rauer Stimme.

»Wer sind Sie?«, fragte Toni/Tammi. »Candi, wer ist das?«

»Eine gute Frage«, fand Candi. »Was soll der Harry-Potter-Mantel?«

»Ich mag diesen Mantel. Was sollen die roten Kleider?«

»Wir mögen diese Kleider. Außerdem verleihen sie uns Superkräfte«, antwortete Candi.

Die braune Frau grinste. »Faszinierend. Habt ihr diese Superkräfte gegen euren Boss dort angewandt?«

»Das war nicht nötig. Ich hab ihn mit der Schaumpistole lahmgelegt.«

»Warum?«

»Ich habe ein besseres Angebot bekommen. Eine Frau muss schließlich zusehen, wie sie ihre Brötchen verdient.«

Die Frau in Grau stellte Ono auf den Boden. »Wie kann es ein besseres Angebot sein, wenn du immer noch Befehle entgegennimmst?«

»Du musst das nicht verstehen. Du musst lediglich vergessen, was du hier gesehen hast, und wieder dahin zurückgehen, wo du hergekommen bist.«

»Oh, aber dafür bin ich von viel zu weit hergekommen«, antwortete die Frau in Grau. »Und egal, wie sehr ich mich bemühe, ich war nie besonders gut im Vergessen.«

»Wie schade«, entgegnete Candi in gleichgültigem Ton. »Meine Damen?«

Im Handumdrehen hatten die Blondinen die Frau in Grau umstellt. Die schwarze Katze senkte den Kopf und knurrte.

»Nine, bitte«, sagte Tess.

»Ist das dein Kätzchen?«, fragte Candi. »Ich hatte sie größer in Erinnerung.«

»Tun Sie ihr nicht weh«, bat Tess.

»Das musst du deiner Freundin hier sagen«, entgegnete Candi.

»Sie ist nicht meine Freundin«, widersprach Tess.

»Gute Entscheidung. Ich habe auch keine Freunde.«

»Ich habe Freunde! Aber ich weiß nicht, wer diese Frau ist.«

»Ein lebendes Rätsel«, erwiderte Candi. »Aber bald ein totes. Oder vielleicht noch schlimmer.«

Auf ein knappes Nicken von ihr hin gingen die Blondinen um die Frau in Grau herum in Lauerstellung. Plötzlich machte die Katze einen Satz und sprang von einer blonden Frau zur nächsten. Die Frau in Grau beugte sich vor, fixierte ein Bein am Boden, schwang das andere herum und traf damit eine Blondine unter dem Kinn. Bevor diese hinstürzte, fing die Frau in Grau sie auf und benutzte sie als Schild gegen die Schläge, die die Blondinen auf sie einprasseln ließen. Dann warf sie ihren blonden Schutzschild zur Seite.

Mit schwingendem Mantel knockte sie eine Blondine mit einem gedrehten Faustrückenschlag aus und die nächste mit einem Roundhouse-Kick. Die verbliebenen Frauen kippten um wie die Dominosteine, die Tess und Theo früher in ihrem alten Apartment aufgereiht hatten.

Die Frau in Grau hielt inne. Sie war nicht mal außer Atem. »Ist das alles, was ihr zu bieten habt?«

Candi seufzte. »Gutes Personal ist heutzutage schwer zu finden.«

»Du hast immer noch nicht gemerkt, dass du selbst auch nur Personal bist«, antwortete die Frau und blickte hinab auf den Mann mit dem Cowboyhut. »Du glaubst, dass du seinen Platz einnehmen wirst, aber das stimmt nicht. Ein anderer Mann wird es tun. Und danach ein weiterer. Du hältst dich für unentbehrlich, aber das bist du nicht. Du meinst, du verfügst über echte Macht, aber das tust du nicht.«

»Oh, ich verfüge sehr wohl über Macht«, widersprach Candi und verzog wütend das Gesicht. »Möchtest du sie gern mal sehen?«

»Zeig's mir«, verlangte die Frau in Grau.

Candi sprang nach vorne, holte mit der Faust aus und traf die Frau in Grau an der Wange. Die steckte den Treffer weg und verpasste Candi dann einen Kopfstoß, wodurch die Blondine ins Wanken geriet. Der silberfarbene Mantel wirbelte wie ein Umhang, als die Frau Candi die Beine wegriss. Candi trat im Fallen um sich und schaffte es, die Frau zurückzustoßen, aber nur ungefähr einen halben Meter.

Während die beiden Frauen kämpften, rannte die große Katze zu Tess, umkreiste sie, rieb sich an ihr und erklärte ihr schnurrend alles: »Miau, miau, miau.«

»Nine! Ich wusste, dass du es bist. Wo hast du nur gesteckt?«

Nine knabberte an dem Seil, mit dem Tess' Hände zusammengebunden waren, biss und riss, bis sie es zerfetzt hatte.

Sie überließ es Tess, sich die Fesseln um die Füße selbst aufzuknoten, und machte sich derweil an Theos Seil zu schaffen. Tess streifte das Seil von ihren Füßen und ging hinüber zu Jaime. Doch Jaime hatte bereits Hilfe: Ono. Einer seiner kleinen Arme hatte sich in eine Schere verwandelt und schnitt das Seil um Jaimes Füße durch. Tess befreite Jaimes Handgelenke.

Inmitten der Grabsteine kämpften die Frauen immer noch. Candi war groß, schnell und stark, aber die Frau in Grau war stärker, schneller und brutal wie ein Sturm. Sie wirkte kaum außer Atem, während sie schlug und trat und wieder schlug. Nach einem gewaltigen Tritt der Frau in Grau flog Candi zurück und knallte gegen den Engel der Musik. Das Geräusch klang alles andere als musikalisch. Candi glitt an dem Marmorsockel nach unten.

Die Frau in Grau richtete sich auf und blickte mit undurchdringlicher Miene zu Tess, Theo und Jaime herüber. Sie war so anmutig und so merkwürdig, dass es beinahe schwierig war, sie anzusehen, aber Tess weigerte sich, den Blick von ihr zu nehmen. Sie wollte ihr so viele Fragen stellen, so viele Dinge sagen. Wer bist du? Woher kommst du? Wo gehst du hin? Danke, danke, danke.

Doch was aus ihrem Mund kam, war kein Danke und auch keine Frage: »Sie haben meine Katze gestohlen.«

»Ich habe sie mir nur für eine Weile geborgt«, widersprach die Frau in Grau. »Und ich habe eventuell ihre Flecken mit ein wenig Farbe überdeckt. Die wäscht sich wieder raus.«

Tess zuckte beim Klang des Wortes zusammen, das sie

selbst schon in diesem Kontext benutzt hatte – *geborgt.* »Sie haben sie gestohlen«, beharrte sie. »Warum?«

»Um sie zu beschützen«, erklärte die Frau. »Und ich brauchte ihre Hilfe.«

»Wofür?«, wollte Theo wissen.

»Nichts, worüber ihr euch Gedanken machen müsst«, erwiderte die Frau. Sie hockte sich neben den Koffer. »Was habt ihr entdeckt?«

»Nichts, worüber Sie sich Gedanken machen müssen«, antwortete Tess.

Die Frau lächelte. »Du bist eindeutig die Tochter deiner Mutter, Tess.«

»Woher kennen Sie Tess' Namen?«, fragte Theo. »Und was wissen Sie über unsere Mutter?«

»Nicht mehr allzu viel. Ich kannte eure Mutter vor sehr, sehr langer Zeit. Menschen verändern sich. Möglicherweise ist ja keiner von euch beiden so wie sie. War irgendwas in diesem Koffer?«

Jaime betrachtete die Frau in Grau, als sähe er einen Geist oder eine Erscheinung aus einem Traum. »Ja.«

»Jaime!«, rief Tess.

»Wir haben alles, was wir gefunden haben, in unsere Rucksäcke gesteckt«, fuhr Jaime fort, als hätte er Tess überhaupt nicht gehört.

Die Frau durchsuchte die Rucksäcke. Ihr Stirnrunzeln vertiefte sich, während sie die Papiere, das Geld und die anderen Objekte aus dem Koffer studierte. Sie hielt die kleine grüne Statue hoch, die der Freiheitsstatue so sehr ähnelte.

»Ich verstehe nicht.«

»Geht uns genauso«, gab Theo zu.

»Ich habe Sie gezeichnet«, sagte Jaime.

»Wie bitte?«, entgegnete die Frau in Grau.

Jaime stand auf. Er befühlte seine Taschen und zog ein zusammengefaltetes Stück Papier heraus. Dann streckte er es der Frau in Grau entgegen. Obwohl er größer war als sie, schien er völlig von ihr fasziniert zu sein. Seine Hand zitterte.

Die Frau faltete das Papier auseinander. Viele Momente vergingen, während sie es betrachtete. »Eine bemerkenswerte Ähnlichkeit. Ich hätte nicht gedacht, dass du an diesem Tag auf der Insel so viel von meinem Gesicht gesehen hast.«

»Nein, Sie verstehen nicht. Ich habe das hier schon zuvor gezeichnet. Ich zeichne Sie bereits seit Wochen. Vielleicht sogar noch länger.«

»Das stimmt«, bestätigte Tess. Theo nickte.

Die Frau in Grau machte rasch zwei Schritte nach vorne und packte Jaime am Arm. »Wie? Wo hast du mich noch gesehen? Am Obelisk? In Red Hook?«

»Was? Nein. Ich hab Sie mir vorgestellt.«

»Hast du ein Bild von mir gefunden? Ein Foto? Ich dachte, ich hätte dafür gesorgt, dass keine gemacht wurden, aber vielleicht …«

»Nein! Ich … ich …«

Ein weiterer schneller Schritt nach vorne. *»Was? Du hast was?«*

»Ich hab Sie mir ausgedacht!«

Die Frau trat zurück. Sie betrachtete die Zeichnung und dann wieder Jaime. Ein Kaleidoskop an Emotionen zuckte über ihr Gesicht: Wut, Schmerz und schließlich kühle Distanziertheit. Sie hielt ihm die Zeichnung hin.

»Wie ich bereits sagte, eine ausgezeichnete Ähnlichkeit. Trotzdem bin ich kein Produkt deiner Fantasie. Falls irgendjemand mich herbeibeschworen hat, dann war das ich und ich allein. Du musst mich zuvor schon mal irgendwo gesehen haben.«

Jaime wirkte betroffen. »Es tut mir leid, ich wollte Sie nicht verärgern, aber …«

Die Frau hob eine Hand. *Stopp*. Jaime brach ab, doch Tess sah, wie sich seine Augen mit Tränen füllten. Bei diesem Anblick verschwand die kühle Distanziertheit.

»Wie heißt du?«

»Jaime. Jaime Cruz.«

»Du bist ein sehr talentierter junger Mann, Jaime Cruz. Ich freue mich, deine Bekanntschaft zu machen, sogar unter diesen Umständen.«

Sie hielt ihm ihre schmale Hand entgegen, die an den Knöcheln blutig war. Jaime zögerte und schüttelte sie dann sanft, als ob er sie nicht noch weiter verletzen wollte.

»Wie dürfen wir Sie nennen, Ma'am?«, fragte Jaime plötzlich formell, als hätte er nicht Wochen damit verbracht, sie in sein Skizzenbuch zu zeichnen, als hätten sie nicht gerade mit angesehen, wie diese Frau so viele bösartige Blondinen besiegt hatte, als wäre sie nicht ein lebendig gewordener Traum.

Doch bevor die Frau überhaupt eine Chance hatte, ihren Namen zu nennen, traf es Tess wie ein Schuss aus einer Schaumpistole.

»Man kennt mich unter vielen Namen«, antwortete die Frau. »Aber ihr könnt mich Ava nennen.«

KAPITEL 34

Theo

Es gab Dinge, die einfach nicht menschenmöglich waren: ein Wort finden, das sich auf »Pfirsich« reimt. Schneller reisen als das Licht. Beinahe zweihundert Jahre lang leben, ohne auch nur einen Tag älter auszusehen als fünfundzwanzig.

»Sie sind Ava«, sagte Theo. »Aber Sie sind nicht *die* Ava. Oder?«

Ava zog amüsiert eine Braue hoch. »Gibt es etwa noch eine andere?«

Nein. Nicht möglich. Auf keinen Fall. »Sie können nicht Ava Oneal sein. Das geht nicht.«

Ava entgegnete nichts, doch ihr Schweigen war Antwort genug.

Er konnte nicht fragen, er musste einfach fragen: »Sind Sie eine Maschine?«

Jaime sog scharf die Luft ein. »Theo!«, rief eine offensichtlich entsetzte Tess. Aber er musste es wissen.

»Ich bin eine Dame und werde auch immer eine sein. Und ich bin genauso menschlich wie du«, erwiderte Ava.

»Das ist unmöglich«, widersprach Theo. »Absolut und völlig unmöglich.«

»*Unmöglich* werde ich nicht zum ersten Mal genannt«, sagte Ava. Sie ließ Jaimes Hand los und streckte ihre aus, um die von Theo und dann Tess zu schütteln. »Und ihr seid Tess und Theo Biedermann.«

»Woher wissen Sie das?«, fragte Tess.

»Wie schon gesagt, ich kannte vor langer Zeit eure Mutter.«

»Wann? Wo? Woher kannten Sie sie?«, hakte Tess nach.

»Warum zeigen Sie sich gerade jetzt?«, fragte Theo. »Wo haben Sie die ganze Zeit über gesteckt?«

»Es tut mir leid, aber ich habe keine Zeit für Erklärungen«, antwortete Ava. »*Wir* haben keine Zeit dafür.«

»Sie kannten die Morningstars!«, stellte Tess fest. »Das bedeutet, Sie leben seit mehreren Jahrhunderten!«

»Unmöglich«, wiederholte Theo. Das Wort sauste in seinem Kopf herum wie eine Sternschnuppe. *Unmöglich, unmöglich, unmöglich, unmöglich, unmöglich.*

Tess ignorierte ihn. »Sie könnten uns alles über sie erzählen! Jedem erklären, wie wichtig sie waren. Was sie getan haben! Dann kann Slant nicht noch mehr von der Stadt zerstören.«

»Streng genommen haben *wir* einen Teil der Stadt zerstört«, warf Theo ein. Tess starrte ihn an, als wären ihm überall glitzernde Spinnenaugen gewachsen. »Was? Du weißt doch, dass es stimmt.«

»Das waren die Morningstars. *Streng genommen* und auch

sonst.« An Ava gewandt, fuhr Tess fort: »Wir könnten uns an die Zeitung wenden. An die Regierung. Oder an meine Mutter.«

»Niemand wird es glauben«, gab Theo zu bedenken. »Nicht mal ich glaube es.«

Es stimmte. Er konnte es nicht.

Es war unmöglich.

Ava schüttelte den Kopf. »Es ist schon spät. Eure Freunde werden bestimmt bald hier sein. Und Verstärkung für …« Sie hielt inne und seufzte. »Ach herrje. Wie es aussieht, fehlt uns ein Lakai.«

Theo drehte sich um. Candi, die große Frau, die am Fuß des Engels gelegen hatte, war nirgendwo zu sehen.

»Das ist bedauerlich. Ich erledige nur ungern dieselbe Aufgabe zweimal.« Sie berührte den Mottenanstecker an ihrem Kragen und die Flügel funkelten im Mondschein.

Als wären Avas Worte der Text eines Herbeirufzaubers gewesen, hörte Theo das Rascheln von Gras und Blättern, hektische Schritte und eine Flut von Stimmen. Schwer atmend erschienen die Codisten. Sie sahen aus, als hätten sie gerade ein Footballspiel bestritten, das ein wenig aus dem Ruder gelaufen war. Ihre Kleidung war schmutzbefleckt.

»Oh, Gott sei Dank!«, begrüßte sie Imogen. »Wo wart ihr Kinder denn? Wir haben nach euch gerufen.«

»Wir hatten ein paar kleine Schwierigkeiten«, erklärte Ava. Sie deutete auf die Blondinen, die überall herumlagen.

»Und wer sind Sie?«, wollte Gunter wissen.

»Das ist meine Tante«, behauptete Jaime, bevor Theo

»UNMÖGLICH, UNDENKBAR, WIDERSINNIG« schreien konnte, wie Cricket nach zu vielen Energiedrinks.

»Ava«, stellte sie sich vor. »Ich freue mich, Sie alle kennenzulernen.«

»Wir haben uns umgesehen, da kamen plötzlich die blonden Frauen und haben diesen Koffer ausgegraben«, erklärte Jaime. »Wir haben uns versteckt. Weil wir euch nicht rufen konnten, habe ich Tante Ava eine Nachricht geschickt. Sie wohnt in Brooklyn, nicht weit von hier. Ich wusste, dass sie herkommen und uns helfen würde.«

»Nun«, begann Omar. Er breitete die Hände aus und deutete auf die am Boden liegenden Frauen. »Es scheint sehr nützlich zu sein, Sie in der Nähe zu haben, Ms Ava.«

Ava zuckte mit den Schultern. »Sie hatten eine Schaumpistole. Ich habe sie lediglich auf sie selbst gerichtet. Die meisten Leute, die solche Waffen bei sich tragen, halten sich deswegen für unbesiegbar. Überraschenderweise stellt sich das nicht immer als richtig heraus.«

»Die blonden Frauen, die uns gefunden haben, hatten keine Schaumpistolen«, berichtete Priya. »Aber wir hatten Imogen dabei. Sie kann Kung-Fu.«

»Das war kein Kung-Fu«, widersprach Ray Turnage. »Das war eine gute altmodische Schlägerei. Der Rest von uns brauchte kaum einen Finger zu rühren.«

Imogen schniefte und bewegte ihre Handgelenke. »Mir hat deren Art nicht gefallen.«

»Sie waren ziemlich lästig«, stimmte Ava zu.

»Ist das da, für wen ich ihn halte?«, fragte Priya und deutete auf den Mann mit dem Cowboyhut auf dem Boden. Anscheinend hatte Candi den Löscher eingesetzt, was auch immer das war, denn der Mann begann, einen albernen Schlager zum Besten zu geben.

»Dieser Mann sollte lieber nicht singen«, stellte Ray fest.

»Für wen hältst du ihn denn, Priya?«, erkundigte sich Imogen.

»Den Mann, über den ständig etwas in der Zeitung steht. Er sieht aus wie eine blasierte Schildkröte. Luke Babson. Mike Goodstone. So was in der Art.«

Gunter kniete neben dem Mann. »Mein Gott, das ist Duke Goodson! Ich habe über ihn gelesen und ihn im Fernsehen gesehen. Ein furchtbarer Zeitgenosse. Gibt gern vor, ein guter alter Südstaatenjunge zu sein, dabei hat der genauso viel Südstaatenblut in sich wie meine Großmutter Brunhilde. Arbeitet für alle möglichen schrecklichen Leute.«

»Wie Slant?«, fragte Tess.

»Wie Slant«, bestätigte Gunter. »Aber hauptsächlich arbeitet er daran, sich selbst reicher zu machen.«

»Das trifft auf eine Menge Einwohner dieser Stadt zu«, warf Imogen ein.

»Ich mag Pizza«, sagte Duke Goodson.

Gunter stand auf. »Ich schlage vor, wir rufen eure Mutter an, Tess. Anonym. Wir könnten behaupten, dass Mr Goodson dabei gesehen wurde, wie er auf dem Green-Wood Cemetery Gräber aushob.«

»Das könnte ihm eine völlig andere Art von Artikel in der Zeitung verschaffen«, stellte Imogen fest.

»Ich rufe sie an, sobald wir hier fertig sind«, erklärte sich Omar bereit.

»Kann die Polizei nicht die Nummer zurückverfolgen?«, erkundigte sich Tess.

»Ich habe ein verschlüsseltes Handy«, beruhigte Omar sie.

»Wirklich?«, wunderte sich Ray.

»Hat das nicht jeder?«

»Wonach haben sie überhaupt gesucht?«, wollte Gino wissen. Er kauerte neben dem Loch, das Theo, Tess und Jaime neben dem *Engel der Musik* gegraben hatten.

»Keine Ahnung«, antwortete Jaime. »Als sie merkten, dass der Koffer leer war, wurden sie wütend.«

»Die würden unterirdische Codisten abgeben«, stellte Priya fest. »Sogar ein leerer Behälter kann ein Hinweis sein. Alles ist ein totes Ende, bis es plötzlich keins mehr ist.«

»Totes Ende«, wiederholte Ray. »Respekt.«

»Was?«

»Totes Ende! Wir befinden uns auf einem Friedhof?«

»Du und deine Wortspiele«, entgegnete Priya.

»Hey! Du bist doch diejenige, von der es stammt!«

»Aber nicht absichtlich. Glaubt ihr, die haben versucht, den Code zu knacken?«, fragte Priya.

»Das bezweifle ich«, erklärte Gino. »Ich kann mir kaum vorstellen, dass diese Truppe Hinweise gefunden haben soll, die uns entgangen sind. Und warum sollten sie sich mit einem Code abmühen, wenn sie doch viel leichter alles kaufen oder stehlen könnten, wonach ihnen der Sinn steht?«

Theo zuckte beim Gedanken an die Dinge, die er mit Tess

und Jaime gestohlen hatte, zusammen: Ono und das Kassenbuch vom Kingsland House. Und wie viel Schaden hatten die Adler in Station One angerichtet? Jemand würde dafür bezahlen müssen. Vielleicht hatten sie es Slant damit leichter gemacht, auch noch den Bahnhof aufzukaufen und jedem eine Million Dollar abzuknöpfen, der mit der Underway fahren wollte.

Omar überprüfte den Koffer. »Der scheint alt zu sein. Stammt vielleicht aus dem frühen neunzehnten Jahrhundert oder möglicherweise ist er noch älter. Ich kann keine offensichtlichen Datierungshilfen erkennen. Aber wir können ihn mit zurück zur Gesellschaft nehmen und dort gründlich untersuchen.«

Tess öffnete den Mund, vermutlich um zu widersprechen, doch Imogen hatte Nine erblickt. »Ist das …?«

»Ja«, bestätigte Tess. »Die blonden Frauen haben sie mitgebracht. Vielleicht sollte sie helfen, den Koffer aufzuspüren, wer weiß das schon. Sie haben sie gefärbt, damit sie nicht wiedererkannt wird. Aber ich kenne sie. Ich würde sie überall erkennen.«

»Miau«, machte Nine.

Theo war froh, dass Nine wieder da war, aber gleichzeitig war er auch empört, wie Tess und Jaime einfach so dastehen und diese Lügen erfinden konnten. Diese Frau behauptete, *die* Ava Oneal zu sein, tauchte hier auf und plauderte mit ihnen, als wäre sie nicht geradewegs den Seiten eines Geschichtsbuchs entstiegen. Oder den Seiten von Jaimes Skizzenblock.

Theo schwirrte der Kopf. Er brauchte etwas zu trinken und ein paar Kekse. Er brauchte ein Nickerchen.

»Ich bin so froh, dass ihr Nine gefunden habt, dass euch nichts passiert ist und dass deine Tante in der Lage war, euch zu helfen«, sagte Imogen.

»Ich fühle mich schrecklich, weil unser Ausflug euch in Gefahr gebracht hat«, gestand Priya. »Wir haben uns so auf unser kleines Abenteuer gefreut, dass wir die Risiken überhaupt nicht bedacht haben.«

»Wir denken häufig nicht über die Risiken nach«, gab Gino zu bedenken.

»Einige von uns denken viel zu häufig darüber nach«, warf Tess ein.

Nine stupste gegen ihre Finger. Tess kraulte die Katze zwischen den Ohren. Trotz des lebenden Rätsels, der atmenden Unmöglichkeit, die vor ihnen stand, wirkte Tess ruhiger als die letzten Tage. Wieder einmal schien es, als hätten Theo und Tess die Plätze getauscht: Theo war der Ängstliche und Tess die Logische. Er würde bald sein eigenes Therapietier brauchen. Wenn man seinen schwirrenden Kopf und seinen aufgewühlten Magen bedachte, müsste es ein großes sein. Ein Wolf namens Pink. Ein Giraffen-Kasuar namens … Giro.

Hilfe.

»Genug geredet«, bestimmte Gino. »Wir müssen diese Leute fesseln und der Polizei hinterlassen. Das ist mehr, als sie verdienen. Wer greift denn Kinder an?«

Die Codisten machten sich ans Werk und fesselten Duke Goodson und die blonden Frauen mit der Hilfe von Ava,

Jaime und sogar Nine, die um Tess' Beine herumstrich, miaute und so laut schnurrte, dass Theo sie auch von Manhattan aus gehört hätte.

Während alle anderen mit dem Verschnüren von Bösewichten und Kriminellen beschäftigt waren, untersuchte Theo den inzwischen leeren Koffer. Die bisherigen Hinweise waren so ausgeklügelt gewesen – Zahlenrätsel und in Gebäuden versteckte Fingerzeige. Der »Gerümpelkoffer« war ein alberner Name für eine Antiquität, die einen Hinweis auf den Morningstar-Code enthalten konnte, und ein irgendwie primitives und willkürliches Versteck. Aber vielleicht war das Absicht gewesen. Um die Wichtigkeit des Koffers zu verschleiern, die Menschen in die Irre zu führen. Theo tastete das Innere des Koffers nach etwas ab, das sie möglicherweise übersehen hatten. Einen doppelten Boden oder Deckel. Ein falsches Seitenteil.

Als er mit den Fingern über den Rand fuhr, spürte er etwas Spitzes. Er zog daran und holte ein altes Foto heraus, das zwischen die Wand und das Futter des Koffers gerutscht war.

Theo betrachtete das Foto durch zusammengekniffene Augen und zwang sein überlastetes Hirn, das zu verarbeiten, was er in der Hand hielt. Was er da sah, war eine unmögliche Sache zu viel.

KAPITEL 35

Jaime

Während Tess glücklich plapperte und Theo sich in seine Gedanken zurückzog, stand die Zeit für Jaime still. Eben noch wanderte er auf einem Friedhof herum und fesselte Comic-Superschurken, sprach mit einer Reihe von Rätseljägern und einem zum Leben erwachten Produkt seiner Fantasie und in der nächsten Minute erlebte er noch einmal seinen sechsten Geburtstag.

Jaimes Vater war mit ihm nicht an einen der Orte gefahren, an die andere Väter ihre Söhne zu ihren Geburtstagen brachten. Sie besuchten nicht das Baseballstadion, um die Stars gegen die Cubs spielen zu sehen, sie veranstalteten keine Exo-Party am Chelsea Piers, sie gingen nicht in ein Restaurant und aßen dort Pizza und Kuchen, sie luden auch keine Gruppe Kinder für eine chaotische Runde Blasenfußball im Park ein, bei der sich die Teilnehmer in riesige aufblasbare Blasen stecken ließen und zum Spaß gegeneinanderknallten.

Stattdessen waren Jaime und sein Vater in ein Museum gegangen und hatten zugesehen, wie ein Mann Papier faltete.

Es hatte sich jedoch nicht um irgendeinen x-beliebigen Mann gehandelt und er hatte auch keine Papierflieger gebastelt. Er war ein Origami-Meister und was er aus einzelnen Blättern Papier kreieren konnte, war geradezu magisch: Schmetterlinge und Käfer, Krabben und Grillen, Skorpione und Libellen. Abstrakte Polyeder und Polypolyeder. Einen Allosaurus und einen Pegasus und Katzen, Katzen, Katzen.

»Die Japaner perfektionieren seit vierhundert Jahren die Kunst des Papierfaltens«, erläuterte die Museumsführerin, während der Mann am Tisch hinter ihr schweigend ein Blatt glänzendes Bronzepapier faltete. »Einer der berühmtesten und fähigsten war ein Mann namens Akira Yoshizawa, bekannt für alles, was er gefaltet hat, aber besonders für seine Gorillas.«

Sobald die Gruppe zu den besagten Gorillas und dem Rest der Ausstellung weitergezogen war, blieben Jaime und sein Vater zurück, um dem Mann beim Falten zuzusehen. Dieser Künstler war kein Japaner, sondern ein Weißer mit einem gepflegten Bart. Auf Jaime wirkte er wie ein Lehrer oder vielleicht ein Bibliothekar. Seine Finger schienen zu groß, um solch zarte Objekte wie die Papierkraniche herzustellen, die die Besucher im Geschenkeladen kaufen konnten.

»Waren Sie schon immer ein Origamikünstler?«, fragte ihn Jaime.

»Vor langer Zeit habe ich als Wissenschaftler gearbeitet«, gab der Mann Auskunft.

»Oh! Welche Art von Wissenschaft?«, wollte Jaimes Vater wissen.

»Als Physiker.«

»Meine Mom war Physikerin«, erklärte Jaime stolz. »Sie hat viele wichtige Dinge getan. Es hat ihr sehr gefallen. Warum haben Sie das aufgegeben?«

Der Mann lachte. »Das habe ich nicht. Nicht direkt.«

»Hä?«, machte Jaime.

»Was ich meine, ist, dass Papierfalten und Mathematik viel gemeinsam haben. Es ist der Wissenschaft sehr ähnlich.«

Jaime hatte da seine Zweifel. »Wirklich?«

»Natürlich. Die NASA-Wissenschaftler sind an der Kunst des Faltens interessiert, weil sie große Dinge klein verstauen müssen. Es gibt einen weiteren Wissenschaftler, dessen Kunst hier ausgestellt ist, einen Mann namens John Montroll. Der hat Modelle von platonischen Körpern und archimedischen Körpern geschaffen.«

»Ich weiß nicht, was das ist«, gestand Jaime.

»Wunderschön«, antwortete der Mann so verträumt, wie wenn Jaimes Vater über seine Frau sprach. »Origami ist auch wie Zauberei. Egal, wie viel man faltet und ob man am Ende eine Katze, einen Kranich, eine Gottesanbeterin oder einen Fisch erhält, man hat immer nur ein Blatt Papier zur Verfügung. Das Papier bleibt immer gleich. Es verliert nie sein Wesen.«

»Was ist ein Wesen?«

»Seinen Geist. Seine Seele.«

»Papier hat keine Seele.«

»Nein?« Der Mann streckte ihm eine winzige Papierfigur entgegen. Jaime nahm sie. Es war eine bronzefarbene Frau in einem langen, kunstvollen bronzefarbenen Kleid.

»Wer ist das?«, wollte Jaime wissen.

»Ich weiß es nicht genau. Sie könnte vieles sein. Aber ich halte sie für eine Wissenschaftlerin.«

»Und auch eine Künstlerin?«

»Warum nicht?«, bestätigte der Mann. »Vielleicht kannst du sie selbst fragen.«

Jaime besaß die winzige Frau immer noch. Ab und zu fragte er sie, was sie war. Manchmal stellte er sich vor, dass sie mit »Wissenschaftlerin« antwortete, manchmal mit »Künstlerin« – eine Partikelkünstlerin, eine Sternenkünstlerin. Manchmal, stellte er sich vor, sie sei seine Mutter und auch all die anderen Dinge. Alles gleichzeitig.

Sie war außerdem ein Stück Papier. Das Papier blieb immer dasselbe.

Wie konnte er also hier stehen und sich mit jemandem unterhalten, den er entworfen hatte? Jemandem, der ein wenig seiner Mutter ähnelte, aber nicht seine Mutter war. Jemandem, den er mit Sicherheit noch niemals irgendwo gesehen hatte, außer in seinem Kopf und als Ergebnis seiner Bleistiftstriche? Wie hatte er eine Frau heraufbeschworen, die in der Vergangenheit gelebt hatte? War sie dieselbe Frau, die mit den Morningstars zusammengearbeitet hatte? Oder handelte es sich um eine völlig andere Person? War ihre Seele dieselbe?

»Hey, Theo!«, rief Tess und riss damit sowohl Jaime als auch

Theo aus ihren jeweiligen Überlegungen. »Willst du die ganze Nacht dort rumsitzen oder hilfst du uns?«

Theo, der neben dem leeren Koffer hockte, antwortete: »Ja.«

»Ja, du willst die ganze Nacht dort rumsitzen, oder ja, du hilfst uns?«

»Was?«, fragte Theo. Er sah aus, als hätte ihm eine Großmutter mit einer riesigen Handtasche eins über den Kopf gezogen.

»Ist alles in Ordnung mit dir?«, erkundigte sich Jaime.

»Ja«, behauptete Theo. »Prima. Alles toll. Gut. Sicher.«

»Klar.«

Theo steckte sich eine Hand in die Haare. »Du fotografierst doch viel. Weißt du, wann die Fotografie erfunden wurde?«

Jaime war an die kontextlosen Einwürfe der Zwillinge inzwischen gewöhnt, insbesondere an die von Theo. »Hmm, machte er. »Ich glaube, die ersten Fotos waren Daguerreotypien. Vielleicht in den 1830ern oder 1840ern?«

»Okay.« Theo ließ den Arm sinken. »Danke.«

»Warum fragst du nach Fotos?«

»Ohne bestimmten Grund.«

»Du hast immer einen Grund. Du bist der König der Gründe.«

»Nein, bin ich nicht«, murmelte Theo. »Nie gewesen.«

»Okay«, gab Jaime nach.

Er konnte Theo seine Verwirrung nicht vorwerfen. Schließlich hatte ihm jemand genau dieselbe sprichwörtliche Handtasche über den Kopf gezogen. Er war überrascht, dass sie nicht alle auf dem Friedhof herumrasten und jammerten wie

Geister, die einen Geist gesehen hatten. Würde sich ein Geist vor einem anderen Geist fürchten? Das waren die Gedanken, die ihm gerade durch den Kopf schossen.

»Oh no?«, plapperte Ono.

Jaime tätschelte ihm den kleinen Metallkopf. »Könige, Ono. Könige.«

Und das war die Art von Dingen, die er sagte, die Art von Dingen, die er tat. Nine, die die allgemeine und tief greifende Unruhe zu spüren schien, kam jetzt zu Theo und Jaime herüber, knabberte an ihren Fingern und strich um ihre Beine.

»Könige, Könige«, wiederholte Ono und machte das beruhigende Schnurren der Katze nach.

Imogen klopfte sich die Hände ab. »Böse Menschen gefesselt. Loch zugeschaufelt. Ich glaube, wir sind hier fertig.«

Omar hob den Koffer hoch. »Ich nehme den hier mit in den Transporter und rufe auf dem Rückweg die Polizei an.«

»Was wird aus dem Rest von uns?«, erkundigte sich Priya.

Omars Grinsen war wie ein Licht in der Dunkelheit. »Für euch habe ich ein schnelleres Transportmittel besorgt.«

»Was meinst du damit?«, fragte Imogen.

»Schaut hoch, meine Freunde«, empfahl Omar.

Über ihren Köpfen schwebte still ein Luftschiff in derselben Farbe wie der Nachthimmel. Eine Strickleiter wurde abgerollt und das Ende fiel zu Boden.

Imogen klatschte in die Hände. »Es ist so eine klare Nacht. Die Aussicht wird spektakulär sein. Kinder, warum geht ihr nicht voran? Wir sind direkt hinter euch.«

Ava sagte: »Und das ist, wie es so schön heißt, mein

Stichwort. Es war mir eine Freude, euch alle kennenzulernen. Ich werde mich jetzt verabschieden.«

»Verabschieden?« Imogen nahm Avas Hände. »Oh, bitte nicht. Wir würden uns freuen, wenn Sie und Jaime mit uns kommen. Seine Familienmitglieder sind auch unsere Freunde. Ich könnte Ihnen die Morningstar-Sammlung im Archiv zeigen. Die ist sehr umfangreich, wie Sie sicher wissen.«

Die Frau in Grau lächelte, wie ein Lehrer einen eifrigen Schüler ansah. »Da bin ich mir sicher.«

»Wir haben auch Plätzchen!«

Imogens Herzenswärme konnte man nur schwer widerstehen. Und zu Plätzchen konnte niemand Nein sagen. »In Ordnung«, sagte Ava. »Danke.«

Nacheinander stiegen sie die Leiter hoch. Nine ließ zu, dass Gunter sie sich um den Hals legte, damit auch sie mit dem Luftschiff nach Manhattan fliegen konnte. Er hatte ihr jedoch vorher das Versprechen abgenommen, nicht die Krallen auszufahren. Aus dem Cockpit wurden sie von Delancey DeBrule begrüßt. Sie hieß sogar Ava herzlich willkommen, was Jaime überraschte, wenn er bedachte, dass die Zwillinge Delancey einmal mit einer Stabheuschrecke verglichen hatten. (Was in ihren Augen ein Kompliment gewesen war.)

»Sind alle bereit?«, fragte Delancey.

»Lass uns hier verschwinden, Delancey«, bat Imogen. »Ich möchte nicht in einem Zeitungsartikel mit Luke Songood enden.«

»Ich glaube, du meinst Schoomp Sonfluke«, korrigierte Priya.

»Nein«, widersprach Gunter. »Doof Flukenfluke.«

»Der gute alte Doof«, bestätigte Ray. »Ich hoffe, sie begraben seine Karriere im Dreck.«

»Keine Wortspiele!«, mahnte Priya.

Rays Lachen klang wie fröhliche Musik. »Doch, immer.«

Sie zogen die Leiter ein und das Luftschiff begann seinen langsamen Aufstieg. Unter ihnen wurde der Friedhof immer kleiner. Kurz darauf erhellten winzige rote Lichter der eintreffenden Polizeifahrzeuge die Dunkelheit, doch das Luftschiff war schon zu hoch, um vom Boden aus gesehen werden zu können. Sie erkannten das funkelnde schwarze Wasser des Flusses und, wenn sie sich ein wenig herausbeugten, auch die Sterne über ihnen. Dort oben, zwischen Himmel und Erde, klärten sich allmählich Jaimes Gedanken. Die Verwirrung fiel von ihm ab und es gab nur noch den glitzernden Fluss, die leuchtende Stadt und die blinkenden Sterne. Gott musste ein Künstler sein – ein Sternenkünstler, ein Partikelkünstler –, um so einen hübschen Himmel zu erschaffen, solch interessante Menschen. Er machte sich nicht einmal Gedanken über den Code. Sie würden die Hinweise entschlüsseln, so wie immer. Es würde eben so lange dauern, wie es dauerte. Und sie würden Karl für Cricket finden. Vielleicht würde Ava ihnen dabei helfen.

Ihm fiel ein, dass Theo erzählt hatte, sein Großvater glaubte, dass es beim Knacken des Codes eher um den Prozess als das Ergebnis ging. Obwohl Jaime Ergebnisse mochte, war er mit dem derzeitigen Zustand zufrieden. Die Codisten taten, was jeder beim Anblick solch wunderbarer Sterne zu tun schien, sie zeigten einander die verschiedenen Konstellationen, obwohl sie sie alle selbst erkannten: Großer Wagen, Kleiner Wagen, Herkules, Kassiopeia, Schwan, Leier, Luchs, Wasserschlange, Zwillinge. Ava steuerte eine Geschichte zum Sternbild Orion bei. Manche waren davon überzeugt, dass Poseidon Orions Vater war, erzählte sie, und die große Jägerin Euryale der Amazonen seine Mutter. Orion erbte ihr Talent und wurde zum größten Jäger der Welt. Gleichzeitig hatte er jedoch auch das Ego seines Vaters geerbt. Er gab damit an, die größten und gefährlichsten Kreaturen der Erde töten zu können, alle Wesen, was auch immer er wollte. Als Strafe schickte Gaia, die Erde, einen einzigen kleinen Skorpion, der ihm einen tödlichen Stich versetzte.

»Das klingt nach einer Geschichte, wie sie Grandpa Ben erzählen würde«, sagte Tess. »Stimmt's, Theo? Theo!«

»Klar«, antwortete Theo, der ganz offensichtlich nicht zuhörte. Er saß allein auf einer Seite des Luftschiffs und zog abwechselnd an seiner Lippe und steckte eine Hand in die buschigen Haare. Theo schwieg auf dem gesamten Rückweg zur Gesellschaft, während der Landung, während der Tour durch das Morningstar-Archiv, die Imogen für Ava veranstaltete. Und er blieb still, als sich verschiedene Codisten verabschiedeten und nach Hause gingen, als Gino und Imogen in der Küche herumwerkelten und die letzten Plätzchen wegräumten, als Imogen ihnen zeigte, wo sie die paar Stunden bis zum Morgen schlafen konnten, und als Imogen selbst einschlief und leise in einem der Ledersessel in einer Ecke des Zimmers schnarchte.

Es war nicht normal, dass Theo so still war.

Sobald alle anderen eingeschlafen waren, stand er aus dem Schlafsack auf, den die Codisten für ihn ausgebreitet hatten. Jaime beobachtete, wie Theo durch die Ausstellungen streifte und bei dem jahrhundertealten Ei in der Vitrine stehen blieb und bei den Briefen von Benedict Arnold, dem Verräter aus dem Amerikanischen Unabhängigkeitskrieg, und Maria Stuart, Königin von Schottland.

Jaime setzte sich auf und flüsterte: »Ist alles in Ordnung mit dir?«

Theos Lippen bewegten sich, aber es kamen keine Worte heraus.

»Was ist?«, fragte Tess, die ebenfalls wach war.

Theo zog ein quadratisches Papier aus seiner Gesäßtasche. »Ich habe das hier im Koffer gefunden.«

Er gab es Jaime.

Jaime betrachtete es mithilfe der Taschenlampen-App auf seinem Handy. Bei dem quadratischen Papier handelte es sich um ein Foto, genauer gesagt um ein Polaroid. Seine Eltern hatten einige davon, aufgenommen in den 1970ern mit einer speziellen Kamera, die nicht länger verwendet wurde. Auf dem Foto saßen ein dunkelhaariger junger Mann und eine Frau in einem Kleid im Stil des neunzehnten Jahrhunderts lachend vor einem Baum. Darunter hatte jemand geschrieben: *Die Morningstar-Zwillinge, 1807*. Jaime drehte das Foto um. Auf der Rückseite standen die Worte: *Jetzt wisst ihr es.*

Jaime starrte auf das Bild, das Datum, die Worte.

»Jaime?«, sagte Tess. Nine kam zu ihm herübergekrochen, stupste gegen seine Knie, doch er spürte es kaum.

»Was ist los?«, fragte Ava. Ihre dunklen Augen verrieten ihm, dass sie ebenfalls nicht geschlafen hatte.

»Was siehst du dir da an, Jaime?«, wollte Tess wissen.

Jaime betrachtete ein Foto, das mit einer Kamera aufgenommen worden war, die 1807 nicht existiert hatte. Er betrachtete ein Foto der Morningstars, als sie jung und stark gewesen waren und etwas getan hatten, von dem die Leute behaupteten, dass sie es nie tun würden – sie lachten. Und er betrachtete ihre offenen, strahlenden, hoffnungsvollen Gesichter.

Jetzt wisst ihr es.

Minuten vergingen, liefen weiter und blieben wieder stehen.

»Jaime«, wiederholte Tess. »Was sieht du dir da an?«

Jaime riss den Blick vom Foto los. Er sah von Tess zu Theo und von Theo zu Tess.

»Euch«, sagte er. »Es ist ein Bild von euch.«

1953/1972/1979/2005/2007/?

Grandpa Ben

Wenn man das Seniorenwohnheim »Sonnenaufgang in Gotham« von Manhattan aus besuchen wollte, musste man durch die Stadt nach Marble Hill fahren, dem einzigen Stadtteil in Manhattan, der auf dem Festland statt der Insel lag.

Anders als in den Straßen im Großteil von Manhattan gab es in Marble Hill Häuser mit Veranden und weitläufige Grundstücke mit Rasen und Bäumen. Das Wohnheim selbst befand sich in schöner Lage auf einer Anhöhe mit Blick auf den Hudson. Es war hoch genug, dass die zahlreichen Fenster des Heims von Sonnenaufgang bis Sonnenuntergang von Sonnenlicht durchflutet wurden. Die Menschen im »Sonnenaufgang in Gotham« glaubten an die Kraft der Sonne zur Aufmunterung und zum Ausleuchten der dunkelsten Gehirnecken. Sie glaubten auch an tägliche Bewegung, gute

Ernährung, lebendige Unterhaltungen, saubere, bequeme Zimmer und sympathische Gesellschaft. Es war das beste Zentrum für Gedächtnisstörungen in allen fünf Stadtbezirken. Zumindest behauptete das die Broschüre.

Benjamin Adler fand es recht angenehm. Er genoss die großen sonnigen Räume, die »Bop to the Beat«-Gymnastikstunden, das reichliche, wenn auch ein wenig fade Essen. Im Heim gab es eine Vielzahl von Haustieren – Therapietiere –, die die Bewohner besuchten, darunter vier Hunde, drei Miniponys, zwei sehr große Katzenhasen und Norma, das Lama, das bisher nur einen Bewohner angespuckt hatte, den alten Mr Mitchell. (Da aber viele der Bewohner und sogar einige Angestellte versucht waren, den alten Mr Mitchell anzuspucken, regte sich niemand besonders darüber auf.) Außerdem gab es eine kleine Morningstar-Maschine, einen Miniroller, der den Müll aufhob. Die Bewohner nannten ihn Simon. »Hallo, Simon«, begrüßten sie ihn und Simon machte eine merkwürdige, aber anmutige Drehung, bevor er die Krümel und den Abfall aufhob. Manchmal engagierte das Heim Coverbands, die Lieder von Chubby Checker oder den Beatles spielten, und die Bewohner tanzten mit knackenden Knien den Twist oder Lindy Hop. Andere Male traten Violinisten oder Sänger auf und die Bewohner schlossen die Augen und erinnerten sich an längst vergangene Konzerte mit Ehemännern und Ehefrauen, Tanzauftritte der Kinder und Enkel, die niemals häufig genug zu Besuch kamen, selbst wenn sie täglich vorbeischauten.

Jetzt saß Benjamin auf seinem Lieblingsplatz am Fenster

und beobachtete ein ziemlich entschlossenes Eichhörnchen, wie es einen ganzen Bagel über den Rasen zog. Die Menschen im »Sonnenaufgang in Gotham« gaben ihr Bestes mit dem Essen, aber die Bagels, nun ja. Nicht so gut.

»Guten Tag, Mr Adler«, sagte eine von Benjamin Adlers Lieblingspflegerinnen. Ihr Name begann mit einem G. Gloria? Gracie? Gwendolyn!

»Guten Abend«, antwortete er und freute sich, dass ihm ihr Name eingefallen war.

»Guten Abend schon? Bis dahin haben wir noch einige Stunden vor uns«, antwortete Gwendolyn fröhlich. Sie tippte auf das Rätselbuch vor ihm. »Wie kommen Sie mit dem Rätsel voran?«

Sein Kopf suchte nach dem Wort, das er brauchte, seine Zunge verdrehte sich. Manchmal fielen ihm die Wörter schnell ein, meistens nicht. Und wenn er sie fand, dann waren es nicht immer unbedingt die, die er gesucht hatte. Das frustrierte ihn und machte ihn traurig, aber er versuchte, so gut wie möglich damit zu leben. So wie er bei vielen anderen Dingen gezwungen gewesen war, sich mit ihnen abzufinden.

»Es ist ein gütiges Rätsel«, sagte er. »Vielen Dank.«

»Das höre ich gern«, entgegnete Gwendolyn. »Ich hoffe, Sie freuen sich auf Ihre Besucher.«

»Äpfel und Orangen«, antwortete er, was überhaupt nicht das war, was er hatte sagen wollen.

Früher hatte er einmal gesagt, was er meinte. Vor vielen Jahren, 1972, hatte er in einem Delikatessenladen versehentlich ein wunderschönes Mädchen namens Annie angerempelt und sich dabei seine Matzeknödelsuppe über das Hemd gegossen. Nach einem Blick in ihre wunderschönen dunklen Augen hatte er sie gebeten, ihn zu heiraten. Sie hatte gelacht, aber er hatte das völlig ernst gemeint.

»Möchten Sie einen Apfel?«, fragte Gwendolyn. »Ich kann Ihnen einen holen.«

»1972«, antwortete er.

»Was ist 1972 passiert, Mr Adler?«

»Das ist alles Zeug und Blödsinn«, erwiderte er, auch wieder etwas, was er gar nicht hatte sagen wollen. Er meinte das Gegenteil von Zeug und Blödsinn, er meinte, dass er sich auf den ersten Blick in seine Annie verliebt hatte, dass sie alles für ihn war und alles war sie.

»Ein Lied«, versuchte er sich zu korrigieren. *»La-la-LA-la, la-la-la-LA-la-la.«* Annie war eine Sängerin und ein Lied.

»*1972* ist ein Lied? Das wusste ich gar nicht.«

Da war noch ein kleines Mädchen, ebenfalls ein Lied. Wie lautete ihr Name? *M, M, M.* Miriam! Eine winzige Kopie ihrer Mutter, aber mit seinen Augen. Geboren 1979 mitten in der Nacht. Hat nie geschlafen, immer gerufen. Sie hatte schon etwas zu sagen, bevor sie überhaupt sprechen konnte. Benjamin konnte das inzwischen sehr gut nachvollziehen. *Hush, little baby, don't say a word, Daddy's going to buy you a mockingbird.* Die Vögel sangen ebenfalls.

»Wir haben ihr Bett in die Badewanne gestellt, damit sie die Nachbarn nicht aufweckt«, fuhr er fort.

»Wer war in der Badewanne, Mr Adler?«

»Das kleine Lied«, erklärte Benjamin.

Die Wörter kamen alles andere als richtig aus seinem Mund, aber das war egal. In seinem Kopf spielten sich komplette Filme aus der Vergangenheit ab und sie anzusehen, war beruhigender als reden. Obwohl sie nicht in der richtigen Reihenfolge abliefen – in einem war er vier Jahre alt und ritt zum ersten Mal auf einem Pferd, im nächsten war er achtundfünfzig und Miriam hatte ihre eigenen kleinen Lieder, dann wiederum war er dreiundzwanzig und alle Hochzeitsgäste tanzten die Hora und er und Annie wurden im Kreis auf Stühlen angehoben und im nächsten Film war er sechzig und Miriams kleine Lieder riefen ihm zu: »Grandpa! Grandpa!«

»Mr Adler? Soll ich Ihr Geschirr vom Mittagessen abräumen? Und Ihnen vielleicht einen Apfel bringen?«

»Far kinder tsereist men a velt.« Er erinnerte sich zwar nicht mehr genau daran, was es bedeutete, aber es stimmte, das wusste er.

»Ich bringe Ihnen einen Apfel«, versprach Gwendolyn, nahm das Tablett und eilte davon.

Auf der anderen Seite des Tisches saß eine kleine runzelige Frau in einem Rollstuhl und wrang die Hände. »Was mache ich denn jetzt? Ist alles in Ordnung?«

»Es ist alles in Ordnung. Du brauchst gar nichts zu tun«, versicherte ihr Benjamin.

Die Frau lächelte. »Danke. Ich frage einfach gern nach.«

Manchmal fielen ihm die richtigen Wörter ein und dann war es, als hätte ein Puzzleteilchen seinen Platz gefunden. Benjamin erwiderte das Lächeln. Er deutete auf das Eichhörnchen vor dem Fenster. »Sie geben hier ihr Bestes, aber die Bagels, oje.«

»Oje«, wiederholte die Frau. »Nicht so gut.«

»Aber gut für die Puschelschwänze«, gab er zu bedenken.

»Puschelschwänze«, stimmte die Frau zu.

»Die kleinen Lieder kommen zum Singen vorbei«, informierte er sie.

»Das ist schön. Ich mag Musik.«

Eine Weile lang saßen sie in einträchtigem Schweigen da, genossen die Sonne im Gesicht, den Anblick des Puschelschwanzes mit seinem kostbaren, aber offensichtlich schrecklichen Bagel, und ließen im Geiste die Filme ablaufen. Ein weiterer Vogel war zu hören, keine Spottdrossel, sondern eine … eine … Krähe? Nein. Ein sprechender Vogel. Groß und schwarz. Man konnte ihm etwas beibringen und er erinnerte sich daran. Wenn man die richtigen Fragen stellte, gab er sein Wissen preis.

»Hier, Vögelchen, Vögelchen«, machte Benjamin.

Da tauchte Gwendolyn neben ihm auf. »Ihr erster Besucher ist jetzt da«, sagte sie. »Ein Überraschungsgast.«

Benjamin drehte sich um. Eine Frau mit brauner Haut und schwarzem aufgetürmtem Haar stand dort. Sie trug eine Sonnenbrille mit blauen Gläsern und einen langen silbergrauen Mantel, der ihr um die Knöchel schwang.

»Es ist Sommer, nicht wahr?«, fragte er.

»Ja«, bestätigte die Frau. »Aber ich möchte nicht zu sehr schwitzen.«

Das ergab Sinn und gleichzeitig auch wieder nicht, aber

Benjamin wollte sich nicht lange mit diesem Widerspruch aufhalten.

Genauso wenig wie Gwendolyn. »Ich lasse Sie beide einen Moment allein. Kommen Sie, Mrs Feingold. Wir gehen ein wenig draußen spazieren.«

»Ich möchte die Puschelschwänze sehen«, verlangte Mrs Feingold.

»Und die wollen Sie sehen«, versicherte ihr Gwendolyn.

»Behandeln Sie mich nicht wie ein Baby!« Und dann: »Ist alles in Ordnung?«

»Alles wunderbar, Mrs Feingold.«

»Pff.«

Die Besucherin setzte sich neben Benjamin. »Erkennen Sie mich?«

»Ich habe das Gefühl, dass ich das sollte«, gab Benjamin zu. Die richtigen Wörter, aber gleichzeitig auch die falschen, denn er kannte sie nicht. Zumindest nicht ihren Namen. Doch sie war ihm vertraut, als hätte sie ihm jemand vor langer Zeit beschrieben, und hier war sie nun. Wie die Antwort auf eine Frage in einem Kreuzworträtsel. Annie hatte Kreuzworträtsel geliebt.

»Mein Name ist Ava. Ich kannte Ihre Tochter«, erklärte die Frau.

»Ja?« Sobald er das gesagt hatte, lief ein weiterer Film in seinem Kopf ab. Sein kleines Lied, das ihm von dieser Frau erzählte – wie sie aussah, wie sie ihr manchmal nachts die Haare aus der Stirn strich. Ihre unsichtbare Freundin. *T, T, T.* Tara, Tabitha, Tiffany …

»Trixie!«, rief er.

»Ja, so hat sie mich immer genannt. Sie dachte, ich wäre magisch.«

»Ich dachte, Sie wären ein Geist«, sagte er, aber es war nicht das, was er meinte. Er tippte sich an die Schläfe.

»Ich bin kein Geist«, widersprach Ava. »Ich bin eine Dame und werde auch immer eine sein.« Sie nahm seine Hand. Ihre Finger waren warm.

»Eine Dame«, wiederholte er. »Ja.«

»Ich bin lange weggeblieben. Das wollte ich. Aber manchmal ist man trotzdem neugierig. Und so weit weg ich auch war, mir sind einige interessante Dinge über Sie zu Ohren gekommen. Dass Sie bestimmte Theorien zum Code haben und zu den Leuten, die ihn erschaffen haben. Dass Sie glauben, die Morningstars hätten gerne gelacht.«

»Die Welt ist ein lustiger Ort«, sagte er. Es waren die richtigen Wörter.

»Sie haben tatsächlich gerne gelacht. Zumindest anfangs. Ihre Miriam hat auch gerne gelacht. Sie hat mich an sie erinnert. An Tess. Also kam ich ab und an zu Besuch vorbei, wenn alle geschlafen haben. Ich habe einen großen Teil meines Lebens damit verbracht, anderen beim Schlafen zuzusehen. In Betten oder Gräbern.«

Benjamin versuchte, sie zu verstehen, aber die Worte und ihre Bedeutung vermischten sich in seinem Kopf. Alles schien irgendwie falsch rum zu sein oder auf den Kopf gestellt.

»Ich habe eine Frage an Sie«, sagte sie. »Und bitte versuchen Sie, sie zu beantworten, auch wenn es schwierig sein könnte.«

»Ja«, antwortete er. Ja, es könnte schwierig sein, ja, er würde es versuchen.

»Wussten Sie es? Wussten Sie, wer die Kinder waren?«

Die Kinder? Die Kinder. *Far kinder tsereist men a velt.* Für deine Kinder würdest du die Welt aus den Angeln heben.

Vielleicht hatte er das.

Doch er konnte die Frage der Frau nicht beantworten, denn die Kinder waren die Kinder, nicht weniger und nicht mehr. Wer sollten sie sonst sein, wenn nicht sie selbst?

Hilflos zuckte er mit den Schultern. Ihr Lächeln war so traurig, dass es ihm beinahe das Herz brach. Er hatte nicht gewusst, dass noch so viel davon übrig war, das man brechen konnte.

»Ich habe geglaubt, ich wäre zu alt, um wütend zu sein«, erklärte Ava. »Ich dachte, dafür wäre zu viel Zeit vergangen, zu viele Menschen wären gekommen und gegangen. Ich habe mich für taub gehalten. Aber …«

Sie zögerte. Ihre dunklen Augen waren mit Schmerz, Trauer, Wut, Einsamkeit und etwas anderem gefüllt, das er vermutlich nicht mal hätte benennen können, bevor er alles verloren hatte, bevor alle Wörter in seinem Kopf vermischt worden waren.

»Aber wie sich herausstellt, bin ich doch nicht taub«, sagte sie nicht zu ihm, sondern zu sich selbst.

Er war es genauso wenig. Er drückte ihre Hand und sie erwiderte die Geste.

»Die kleinen Lieder werden bald hier sein.« Es war gleichzeitig eine Einladung und eine Warnung.

»Darf ich bis dahin hier bei Ihnen sitzen bleiben?«, fragte sie. »Es ist so friedlich hier. Und mir gefällt die Sonne.«

»Mir auch.«

Sie saßen am Fenster des Seniorenwohnheims »Sonnenaufgang in Gotham«, zwei alte und müde Seelen, die hofften, dass das Licht ausreichte, um sie wieder ins Leben zurückzubringen.

DANKSAGUNG

Dieses Buch ist meinem verstorbenen Vater Richard Ruby gewidmet. Er verbrachte den Großteil seiner Jugend damit, als Stahlarbeiter im Bauunternehmen seines Großvaters gemeinsam mit vielen anderen bei der Errichtung von Brücken und Gebäuden um New York City mitzuhelfen. Er ist nicht mehr da und doch begleitet er mich weiterhin jeden Tag.

Während der Arbeit an diesem Buch wurde bei mir eine Krankheit diagnostiziert. Ohne massive Unterstützung hätte ich es nie fertigschreiben können. Vielen Dank an meine Agentin Tina DuBois, meinen Lektor Jordan Brown, Debbie Kovacs bei Walden Media, Artdirector Amy Ryan, die Designer Aurora Parlagreco und Laura Mock, Renée Cafiero, Mark Rifkin und Josh Weiss in der Redaktion und an alle anderen bei Walden Pond Press für ihr Vertrauen und ihre Geduld. Ich möchte mich auch bei den Studenten und Lehrkräften der Hamline MFAC bedanken, die mir Karten, Witze, Essen und Geschenke geschickt haben, was mir geholfen hat, immer weiterzumachen. Ich bin unendlich dankbar für die unglaublich tollen Frauen von LSG und Shade, meine wunderbaren Harpies und meine Schreibgruppe (ihr wisst, wen ich meine).

Mein Dank gilt auch Miriam Busch, der ursprünglichen Tante Esther, die alles kann und alles weiß, und Annika Cioffi, der Hüterin der Nines.

Liebe Grüße an meine Familie, an jedes Mitglied der Familien Ruby und Metro, das mich angerufen und besucht hat, auch wenn ich zu krank und zu missmutig war, um mich zu unterhalten, und an Anne Ursu, die Tess zu meinem Theo und der Theo zu meiner Tess.

Und schließlich ein großer liebevoller Dank an Steve, ohne den ich lediglich ein Geist wäre, verloren und losgelöst von der Welt.

N
Underway
Station 1
Star
Hotel
Freiheitsstatue
Rätsel- und
Codisten-
gesellschaft
von Old York
Botschaft
Fünfhundert N